残月記

小田雅久仁

双葉社

目次

装画　釘町 彰「snowscape 蒼茫」
ブックデザイン　鈴木成一デザイン室

そして月がふりかえる

一

一歳のころ、高志《たかし》は自分の影に怯《おび》え、それを足の裏から引き剝《は》がすべく泣きながら店先で踊り狂ったという。手をあげれば黒いものも手をあげ、足をあげれば足をあげ、どれほど必死に走りまわろうとも寸秒の遅れもなくぴたりと喰らいついてくる。跳びあがればほんの一瞬だけ引きはなすことができるが、黒いものは彼がいつどこに着地するかを彼以上に心得ていて、やすやすと先回りしている。もちろん一歳の記憶など残っていないが、四十三になったいまもなお、その恐怖の残響が腹の奥底でうっすら木霊《こだま》している気がする。

ちなみに、〝踊り狂った〟というのは、当時まだ千葉のF市に自分の鮨屋《すしや》を持っていた父の言いまわしだ。母のではない。母は結局、誰かを悪く言ったり笑いものにしたりということができない人だった。小さな柔らかい手をしていて、その拳はけっして誰かに振りあげられることがなく、ただ胸の前で祈るようにそっと握られるだけだった。一方、父は「自分の影に腰抜かしてな、お前、家の前で泣きながら踊り狂ったんだよ」と言って銀歯だらけの四角い口をがらあんと開けて、頭が割れるようなけたたましい笑い声をあげるのだった。父にはそういうところがあった。相手の足を踏みつけながら、気づかないふりをしてぬけぬけと話しつづけるようなところが……。

しかし実のところ、追ってくるものへの恐怖は母の無邪気な冗談によっても補強されたかもしれない。というのも、執拗《しつよう》な追跡者が影だけではないと教えてくれたのは母だったからだ。

「ほら、たかちゃん、まんまるお月さんが追っかけてきてるよ……」と母はたびたび言ったものだ。

母の言葉どおり、低い空にかかる満月は、家々のかげに姿を消したかとこちらを油断させては、すぐさま隙間からひょこりと顔を出し、瞬《まばた》きもせず冴えざえと見つめてくる。夜道を歩いているときも、車やバスや電車に乗っているときも、隣町の上空を横ざまにひた走り、ぴたりとついてくるのだ。幼稚園に通っていたころだろうか、

「なんでお月さんが追っかけてくるか知ってる？」と母が聞いてきた。

そもそも三十八万キロもの彼方《かなた》に浮かんでいるのだから、ちっぽけな日本の下町でどれほど足《あ》掻《が》こうと月を振りきることなどできはしない。しかし母の答えは違った。

「たかちゃんの上の名前はなんて言うの？」

「おおつき……」と高志は答えた。

答えながら、とんでもない秘密に気づいてしまった気がした。そのころはまだ自分の名字を〝大槻〟と書くとは知らなかったし、〝槻〟の字が欅《けやき》の古名、つまり樹木の名前だとはさらに知らなかった。言葉の響きだけを頼りに、自分の名前の上に、つまり自分の上に、あるいは自分の人生の上に、巨大な月が皓々《こうこう》と照り輝くさまが、くっきりと描き出された。そういうことか、と思った。だから月が追ってくるのか、と。

二

どうせ父親になるなら暑苦しいぐらいの父親になってやろうと、高志はずっと考えていた。つ

まり、自分の父親のようにはならないということだ。空っぽの酒瓶でも眺めるように家族を見る父親にはならないということだ。だから七年前に長男の泰介《たいすけ》が生まれると、家族そろっての外食の習慣を絶やすまいとひそかに心に決めた。月に二回以上、外でテーブルを囲み、互いに目を向けあう。そこでは言葉だけが頼りだ。テレビもなし、ゲーム機もなし、スマホやタブレットもなし、沈黙だの所在なさだのを払いのけたければ何事かを語らねばならない。陳腐《ちんぷ》なホームドラマに出てくる騒がしい家族を演じる必要はないにしても、いつもよりほんの少しだけ率直に語らねばならない。それが重要なのだ。いつもよりほんの少しだけ率直になれる特別な時間と空間が。そしてそれによって生まれるちょっとした気まずさをその場に置き捨てて、いつもと変わらない我が家に帰れるということが。泰介と美緒《みお》が幼いいまはまだいいが、年々難しくなってゆくだろう。しかし難しくなってゆくからこそ、やめると言いだすのも面倒な惰性《だせい》の習慣として続けてゆかねばならない。この気恥ずかしさと倦怠《けんたい》こそが家族の証《あかし》だというふうに。

十月末の日曜日のことだ。その習慣を守るべく、妻の詩織《しおり》、この四月に小学校にあがった七つになる泰介、もうすぐ三つになる長女の美緒、三人を連れて晩の六時半を回ったところで家を出た。すぐさま思った以上の秋の冷気がひやりと肌に張りついてきたが、高志をはっとさせたのは肌寒さではなく、小高い住宅街の上に顔を出したばかりの満月だった。高志は美緒を左腕で抱えたまま月に頭をぶつけたみたいに思わず玄関先で立ちつくした。

どこか妙な月だった。錆《さび》が浮いたように赤みを帯びているのはいいにしても、なんとはなしにいつもの満月と様子が違う。地球に近いところを回っているのか、いつもより大きくて腫《は》れぼったい気がしなくもなかったが、そもそも低くかかる満月はいつだって大きく見えるものだ。なんだろうこの違和感は、と内心で首をかしげたとき、腕のなかで美緒が、

「お月さん……」と言った。

近ごろの美緒は知っているものを見つけると名前を口にせずにはおれない。名前を呼べるものは、それだけでもう半分自分のものだと言わんばかりに。

「ただのお月さんじゃないよ。満月って言うんだよ。まん、げつ！　言ってみな！」と泰介がいつものように兄貴風を吹かせる。

美緒はにやりとしながらそっぽを向き、泰介の言葉には乗らなかった。二歳児特有の天邪鬼《あまじゃく》によるものか、それともそれが生来の性分《しょうぶん》なのか、美緒は言ってみろと言われると余計に言わない。が、泰介も意地になって「まん、げつ！　ほら、言いなよ！」と喰いさがる。そこで詩織がさも可笑《おか》しそうに、

「そんなふうに言っても、みいちゃんは言わないよ。絶対言ったら駄目って言わないと……」と口を挟んだ。

そんな三人のやりとりを見ながら、高志は違和感のしっぽをつかんだ気がした。あ、みんなにもあれが見えるのか、という妙な感慨が脳裏をかすめ、そのことで、家族から切りはなされて一人きりで月と向きあっているような感覚に陥っていたことに気づいたのだ。まったく道理の通らない考えではあるが、憶《おぼ》えのない感覚ではなかった。

昔、小学校の入学祝いで母方の祖父母から屈折式の天体望遠鏡を贈られた。父方の祖父母からはランドセルで、母方からは望遠鏡というわけだった。子供だましのちゃちなおもちゃではなかった。どっしりとした大きな三脚がついており、口径七〇ミリ、倍率一五〇倍、その気になれば木星や土星の模様まで見ることができる代物だ。しかしもちろん、もっとも多く眺めたのはもっとも間近に見える天体、つまり自分の人生にかかったあの大月《おおつき》だった。

望遠鏡で見る月は、虫眼鏡で見る虫のような緻密《ちみつ》な不気味さをそなえていた。灰が積もったような砂漠がひろがり、球形の骨が剝《む》き出しで浮かんでいるようだった。それでも月は高志を惹《ひ》きつけた。月は何十億年ものあいだ何か重大な秘密を隠匿《いんとく》しているようであり、しかし目をはなした隙《すき》にそれをぼそぼそと語りだしそうでもあり、ときおり無性《むしょう》に望遠鏡をのぞきたくなるのだ。そしてあるとき、ふと思った。世界ひろしといえども、この瞬間、この月をこの場所から見ているのはこの俺だけだ、あれは俺の月だ、俺だけの月だ、と。それは不思議な感覚だった。ほかに何もない宇宙にぽかんと置き去りにされ、月と一対一で永遠に対峙《たいじ》しつづけている、そんな肌寒いような寂寥感《せきりょうかん》だった。

ところが三人のやりとりを見たとたん、月と高志とのあいだに張りつめていた魔法の糸が切れた。いまや満月は目を逸《そ》らし、赤く濁《にご》って気怠《けだる》げに住宅街の上に浮かんでいるだけだ。もはやその月は〝俺の月〟ではなかった。誰の目にも映る、そこらじゅうにだらしなく月光を垂れ流す凡庸な月でしかなかった。

しかし川沿いの道を四人で歩きはじめたとき、長いあいだ忘れていた母の言葉がふと耳に蘇った。ほら、たかちゃん、まんまるお月さんが追っかけてきてるよ……。思わずふりかえった。月がまた、さっと目を逸らし、いかにも企み深げに背を向けた感じがした。

十五分後、四人はすでにファミリーレストランのなかにおり、窓ぎわのテーブル席に座を構えていた。〈ブリックハウス〉という名のとおり、煉瓦調《れんがちょう》の外観の小洒落《こじゃれ》た店で、家から歩いて十分ほどということもあって、いまの家になってから月に一度は来ている。ファミレスと言っても、茶髪にスウェット姿の家族がどやどやと雪崩《なだ》れこんで来る店でもなければ、行き場のない若者たちが夜更けに流れ着いてひと晩じゅう頬杖をつく店でもない。地に足のついた現実的な人間が、地に足のついた料理を現実的な料金で楽しむための、下手な飾り気のない堅実なレストランなのだ。

泰介はさっそくメニューを手に取って、選択肢の乏《とぼ》しい〝お子様ドリンク〟の欄をさも悩ましげに眺めだす。どうせまたコーラだろうと高志は思うが、どうせまたコーラだろうと言われるのはもちろん、そう思われるだけでも泰介としては大いに誇りが傷つけられるらしく、毎回、ほかの案も充分に検討した結果、わずかの差でやむなくコーラになるのだという雰囲気づくりに励《はげ》むのだ。

詩織は美緒にもメニューを持たせると、いつもやるようにちょっとにやつきながら、

「なんて書いてあるの?」と聞く。

美緒は促されるままに、料理の写真を見ながら、

「はんばーぐさんは、すたべっきーさんとはもうあそばない、といいました」などと物語を即席ででっちあげる。絵本や図鑑はもちろんスーパーのチラシを渡しても、美緒は産みの苦しみなど毛ほども感じさせずにつらつらと話をこしらえる。二歳でこれなのだから、男が女の嘘に敵《かな》うはずがない。「すたべっきーさんが、ちかごろ、いじわるするからです」

「〝ちかごろ〟だって!」と詩織が笑いながら高志を見る。「一応、使い方合ってるよね」

「みいちゃんが〝ちかごろ〟なんて言うと、チカチカゴロゴロする何かみたいだな」と高志も笑う。

「チカチカゴロゴロするもの? たとえば何?」と泰介が話に入ってくる。

「それはまあ、あれだな……」と高志は少し考える。「雷だな。チカチカッとしたなと思ったら、

しばらくしてゴロゴロいうでしょ」

「うわッ、よく思いついたね。天才！」と詩織が茶化してくる。

「たまたまだよ。絶対たまたま……」と泰介が悔しげに腕を組む。

「たまたまじゃないよ！　お父さんはちっちゃいころからずっと、雷のことばっかり考えながら生きてきたんだから……」

「嘘ばっかり！」と詩織と泰介が声を合わせる。

「うそばっかり！」と美緒までもが満面の笑みで重ねてくる。これでまた一つ語彙《ごい》が増えたわけだ。


泰介は結局、決まり悪げにコーラを頼んだのだが、高志も詩織もまたかという思いをおくびにも出さなかった。美緒はカルピスで、詩織はラ・フランスのフレッシュジュース、高志は隣の市に工場のある地ビールの生だ。ペールエール一杯で九百円もするが、高志はこういうちょっとした贅沢《ぜいたく》は世界に対するささやかな復讐だと思っていた。

大学教員を志す者にとっていまはまさに冬の時代、というよりまだ氷河期のとば口に立ったところなのだろうが、地べたを這いずりまわるような非常勤講師の身から辛《から》くも脱し、三十五のときにようやく都内の私立大学の社会学部に准教授としての職を得た。長い長いトンネルを抜け、にわかに空が眩《まぶ》しく晴れわたったのだ。とうとう本物の人生、それまでの借りを世界から返してもらうための、まっとうな男の人生が始まったのである。

学生時代から十五年にわたって交際していた詩織と、やっと籍を入れることができた。十五年のあいだに一度だけ別れていた時期があったが、それはどちらかに愛情がなくなったからではなく、結局のところ、一向に専任教員の職に就《つ》けない高志の年々深まりゆく卑屈さがそうさせたのだ。いまとなっては、高志は内心で詩織のことを〝糟糠《そうこう》の妻〟と呼んでいた。もう一度生まれてきて、今度はさんざっぱらほかの女たちと遊んだとしても、それこそ港に帰るように最後はまた詩織と一緒になりたいとさえ思っていた。

詩織は不思議な女だった。知りあって二十年以上になるが、高志は詩織が涙を流すところを一度も見たことがない。浮かれてはしゃぎまわるところも見たことがない。怒りに我を忘れる姿も見たことがない。もちろん笑うことも気落ちすることもあるし、腹を立てることもあるのだが、心が天井の低い部屋に住んでいるみたいに、感情の赴《おもむ》くままに立ちあがって頭をぶつけてしまうのをいつも恐れているように見えるのだ。

喫茶店でこちらから別れ話を切り出したときも、詩織は取り乱すことなく、大きな危うい感情が潮みたいに引いてゆくのをじっと待つようにしばし黙りこんでから、ほとんど震えるようなかすれ声で、ただ「悲しいこと言うねえ……」と言った。それを聞いた瞬間、詩織が悲しいと言うときは本当に悲しいのだ、というほとんどこの手でつかみとれそうな気づきに胸を貫かれた。そしてその悲しみは目の前に詩織と一緒に座っていて、詩織がそこから立ち去れば詩織の背中にぴたりとついて歩き、詩織が床《とこ》につけば一緒に蒲団《ふとん》にもぐりこみ、詩織が目を覚ませば一緒に目を覚まし、それこそ影のようにどこまでも詩織についてゆくのだ。結局、高志は詩織と半年ほどしか別れていられなかった。

これは別れているあいだにある日、はたと気づいたことなのだが、そんな硬い殻を背負ったような詩織の性格は、高志の母ととてもよく似ていた。気づいてしまったとたん、その事実は紙に書かれて最初から自分の額《ひたい》に貼りついていて、それを見た何かがずっと笑っていた気がした。「お父さん、悲しいこと言うねえ」。そんな言葉が母の口から出るのを聞いた憶えはなかったが、父が滔々《とうとう》と捲《まく》したてる理屈っぽい罵言《ばげん》のあとなどに、いかにも母がぼそりと言いそうなことに思え、幾度も想像するうちに聞いたのに忘れているだけのような気さえしてきた。母は高志が十五のときに死んだが、もし母と詩織を並べて指ではじいたら、きっと同じように淋しく澄んだ音色を響かせたに違いない。自分が母に似た女を探していたなどと考えたことはなかったが、探していなくてもその前を通ったときにふと立ちどまってしまうということはあるだろう。そしてなんとなく腰をおろし、そのままなんとなく日々を過ごしてしまうということもあるだろう。

高志は、美緒の頼んだキッズプレートのハンバーグに息を吹きかけて冷ます詩織の姿に目をやった。美緒は待ちきれずに口が半びらきになり、フォークの先の肉を見つめすぎて寄り目になっているのが可笑しい。詩織は美緒を身籠《みご》もっているときに胸まであった髪をばっさりと切った。髪が薄くなってきたから、と詩織は言った。長いと重みで髪が寝て、分け目の地肌が目立つと気にしていた。気にならないよ、と高志はなだめたが、気づいてはいた。ああ、こうやって女は髪を切るのか、と思った。きっと詩織も同じような感慨にふけりながら髪を切ったのだろう。切ってしまうと、見た目まで高志の母に似てきた。詩織にそんなことは言わなかったが……。

高志は隣で〝ふんわりとろとろオムライス〟を頬張る泰介の顔をのぞきこみ、言った。

「そういえば、泰介、歯はどうなった?」

それまではくちゃくちゃと汚らしい音を立てて食べていたのだが、泰介は急に口を閉じてつんと澄まし顔になり、静かに咀嚼《そしやく》しはじめた。歯を見せないつもりなのだ。ついこのあいだまで上の前歯が二本とも抜けて門扉《もんぴ》が吹き飛んだみたいだったのが、最近になって左の歯が生えてきた。それがまたパワーショベルみたいな馬鹿でかいぎざぎざの歯で、これから相当に歯並びを荒らしそうな具合なのだ。泰介は明らかに父親似で、こうして自分で子供を持つようになると、息子の歯並びの悪さに責任を感じて、ときおり、ごめんね、と謝っていた母のことをよく思い出す。そのころはなぜ謝られるのかぴんとこなかったが、いまはわかりすぎるほどよくわかる。

「見せないつもりか？」と高志はからかうように聞いた。「まあ、それならそれでいいよ。口閉じて食べてるからな」

「恥ずかしいんだよねえ」と詩織が泰介に言う。「お父さんがパワーショベルとか言うから……」

「そんなこと言った、俺？」

「言いました。三回ぐらい言いました」と泰介は澄まし顔のまま答える。

「何？　三回言ったら、もう見せないの？　スリー・パワーショベルでアウト？」

「なんの競技？」と詩織が笑う。

泰介もちょっと可笑しかったようで、たまらず口もとがほころび、件《くだん》の前歯が顔を出した。

「どうやら違ったようです！」と高志はのぞきこみながら声を張りあげる。「まだアウトではないようです！　またパワーショベルが見えました！」

「うるさい！　声を落として！」と詩織が笑みを含んだ怒り顔をつくり、はしゃぐ夫をたしなめた。

そんないつもの調子で食事をしながら、高志はふと隙間風に気づくように、俺はひょっとしていま、幸福なんだろうか、幸福になってしまったんだろうか、と自問した。

いまの大学で専任教員となってから、眉に唾をつけたくなるぐらいに人生の風向きがよくなった。二年前の春に四十一で教授に昇格したこともそうだが、現在までに六冊の著書を発表する機会を得て、現代日本の右傾化を扱った新書『顔のない愛国者たち』は十万部を超えるベストセラーとなった。帯には高志のいつになく凛《りん》とした姿のカラー写真までが載《の》り、最近のＣＧはいよいよ凄いなどと詩織や知人らにからかわれたものだ。三カ月前にも同世代の気鋭の哲学者との対談本『救いようがない日本の救い方』が出て、着々と版を重ねている。が、もっとも大きな変化は、今年の春から週に二度、関東ローカルの夕方のニュース番組でコメンテーターを務めるようになったことだろう。帯の写真ぐらいではどうという世間の反応もなかったが、テレビとなるとさすがに違い、いきなり顔を知られるようになった。このレストランのマネージャーの小野《おの》という四十年輩の男も、いつだったか、あ、という顔をした。サインを求められることこそなかったが、それからというものフロアスタッフの多くが三割増しぐらいに愛想がよくなった気がする。

　しかし高志は元来、浮ついたところのない慎重な男だ。悪運と無才を混同しなかったからこそ不遇の時代を生きのびられたのであれば、当然、幸運と実力を混同することもおのれにゆるすべきではない。が、それよりも何よりも、高志は幸福になることそのものを恐れるようなところがあった。傍《はた》から見れば人生の成功者に映ることは承知していたが、幸福という言葉にはどこか信用ならないところがある。不幸はいつだって幸福が力尽きるのを待っている。ただ口を開けて落ちてくるのを待っていればいいのだ。そして高志の胸の奥底にも、口を開けて静かに彼を待ちつづける一つの光景があった。

　母が死んだのは高志が中学三年の秋のことだ。すでに一家はF市から都内のアパートに移り住んでいた。鮨屋に質《たち》の悪いヤクザ者が出入りするようになり、店を畳まざるを得なかったのだ。そのヤクザ者は母の前夫の知人だとかで、ある日突然あらわれ、あの手この手を使って二年がかりでじわじわと店をつぶした。父は持ち前の頑固さが仇《あだ》となって人に使われることに我慢がならなかったようで、いくつか職場を転々としたあと、結局、向いてもいないタクシー運転手になっていた。もともと皮肉屋だった父は、そのあいだに酒に溺《おぼ》れる皮肉屋になり、家族に手をあげる皮肉屋になり、やがて皮肉すら言わない不気味な皮肉屋になっていた。普段ろくに言葉を交わさないにもかかわらず、酔った父が無言で母の体を求めることがあった。その気配が薄っぺらい壁越しに伝わってくると、地獄の底でまぐわうような父母の光景がどうしようもなく脳裏に立ちあがってきて、世界の黒ぐろとしたもつれに自分までもが引きずりこまれてゆくような気がしたものだ。

あの日、高志がバドミントン部の夕練を終えてアパートに帰り、玄関ドアを開けると、家のなかが暗く、ひっそりとしていた。ドアを開けた格好のまま、高志はしばし立ちつくした。母のスーパーでのパートは四時までであり、家にいないのは妙だった。しかしそれ以上に違和感を誘ったのは、父母の寝室のドアの前に掃除機が無造作に投げ出されていたことだ。母が掃除中に急に用事を思い出し、ちょっと外に出たとは考えもしなかった。几帳面《きちょうめん》な母は年がら年じゅう何かを片づけており、一度だけだが、「男が散らかし、女が片づける」と何やら人生訓めいた言葉を漏らしたこともあった。そんな母が掃除機をそこらに放り出すとしたら、さらに厄介な何かを先に片づけねばならなかったということなのだ。

悶《もだ》え苦しんだような格好で廊下に投げ出された掃除機は、どことなく不穏だった。高志は玄関ドアを閉め、頭上の黄ばんだ弱々しい照明を点《つ》けた。掃除機の後ろから黒いコードがまっすぐに伸び、寝室ドアの上に向かってピンと張りつめていた。コードの先はドアの上端に引っかかり、乗りこえ、寝室のなかに消えていた。寝室にある何かがコードを引っぱっているのだ。その力はかなり強いらしく、しっぽをちょいとつままれた鼠《ねずみ》のように掃除機の尻がやや持ちあげられ、半ば宙吊りになっていた。

高志はそっと鞄をおろし、靴を脱ぎ、忍びよるように寝室のドアに近づいていった。掃除機のコードが上に挟まっているせいでドアはちゃんと閉まっておらず、三センチほどの隙間からなかをのぞくことができた。母の右手が見えた。暗がりにだらりと垂れさがり、ぴくりともしない。母の背中が内側からもたれかかってドアを押さえ、コードをきつく挟みこんでいた。

いつかこういう日が来ることはわかっていた気がした。掃除機のコードはもう何年も前から母の首にかかっていたのだ。泥酔した父親が仰向けになった母親の胸にまたがり、深い穴でものぞきこむようなどす黒い形相《ぎょうそう》で、しかしあくまで静かに、死んで詫《わ》びろ、死んで詫びろ、死んで詫びろ……と呪文のようにくりかえすのを高志は何度も聞いてきた。その呪文が母の心に一滴ずつ溜まり、縁《ふち》を越えて盛りあがり、とうとうこぼれた。高志はしばしその場に立ちすくみ、寝室のドアを開けることができなかった。

「おーい。もどっておいで……」と言いながら、詩織が目の前でおどけたように手を振っていた。見なれた光景だ。昔からの悪い癖なのだが、高志はいつどこにいても突然、穴にでも落ちたみたいに自分の考えにすっぽりとはまりこんでしまう。

「はーい、帰ってきたよ。何?　なんか言った?」と高志は笑いながら聞く。

詩織は高志の空《から》になったグラスを指さし、「もういいの?」と言った。

「ああ、じゃあもう一杯だけ飲むかな」と言って高志は立ちあがる。「頼んどいて。俺、ちょっとトイレ行ってくる。泰介も行くか?」

泰介はストローをくわえてコーラをぶくぶくと泡立てながら、面倒くさそうにかぶりを振った。

「ああ、残念、俺一人か。息子と一緒に便所行くのが長年の夢だったのに……」と高志がトイレのほうへ向かいながら言うと、背後で、

「お父さん、もう何回も夢叶えたでしょ」と詩織が茶化すように言うのが聞こえた。

三

小便器の前に立ち、ふと左手の小窓を見あげると、尊大なまでに際立った満月が目に飛びこんできた。また、あれ、と思った。地平線からはなれてすでに赤みが拭《ぬぐ》われ、いまやぎらぎらと言ってもいいであろう慎《つつし》みのない月光を放ちながら、こちらをひたと見すえていた。あの月は家族四人で座ったテーブル席からも見えていて、さっきまでは特段気にならなかったのだが、こうして一人きりになって見あげると、またしても得体の知れない違和感が頭をもたげてくる。家の前で見あげた月がレストランのトイレからも見える、そんな当たり前のことが、当たり前ではなく思える。胸の奥を、あいつは影みたいに俺を追いかけてきた、あれは俺の月だ、という不条理な思いがごろりとよぎる。月とはそもそも、そういうものなのかもしれない。太陽はみなの頭上に分け隔てなく昇ってくるが、月はそれぞれの人間の心の闇に昇ってくるのかもしれない。

そういえば、前に月を見あげたのはいつだろう。長いあいだ月などまともに見てこなかった気がした。極端な話、子供の時分からずっと月が昇らなかったのだとしても、気づかなかったかもしれない。それがきょう、なぜかはわからないが、俺の心に月が帰ってきたのかもしれない。

小用を終えて洗面台で手を洗いながら、高志はビール二杯分のほろ酔い機嫌でくつくつと込みあげてくる自嘲の笑いを楽しんだ。月が追ってきただって？　心に月が帰ってきただって？　どうかしてる。まったくどうかしてる。

そのときだ。背後でトイレの扉がひらき、男が一人、後ろを通りすぎていった。高志はそれを洗面台の鏡越しに見ていた。またもや、あれ、と内心で首をかしげた。が、なぜ訝《いぶか》しく感じられたかはわからない。顔見知りだったろうかと思い、入れ替わりで小便器の前に立った男のほうを横目で見る。四十代前半の中肉中背、ハーフリムの眼鏡をかけ、グレーのセーターにチノパンという地味なファッションで身を固めている。高志でも衣装ケースを漁《あさ》れば、双子のようにそっくりな格好ができそうだ。顔立ちもまた、そこらにいくらでも落ちている目鼻を拾い集めて無難に顔らしくこしらえただけのような、いまいち印象に残らないものだ。つまりどこにでもいそうな四十がらみの男なのだが、しかしこの男にしかない何かがたしかにあって、その何かが、さっき背後を通りすぎたとき、高志の心の裏側をするりと撫でていったのである。そしてその感触は、大槻高志という人間のありようを逆撫でするような、そこはかとなく不快なものだった。

男が視線に気づいてこちらを向く気配を察し、高志はすぐさま目を逸らしてハンカチで手を拭《ふ》きはじめる。そしてそのままドアを開け、背中で気にかけながらトイレを後にした。あの男の何がこうも引っかかるのだろう。見憶えのある顔だったところでなんの不思議もない。この店に来るのは、近所に住む連中が大半だと思われるからだ。しかしそういうことではないという思いが脳裏を去らない。そういうことでないのなら、どういうことなのか。そんなことを考えていると、わずかな酔いまでトイレで流してきてしまったような心持ちになってきた。あの男が近くのテーブルに座っているようなら、あとで詩織に顔を確認してもらおう。誰だか知っているかもしれない。

トイレで見た男についてあれこれ思いを巡らしながら、高志は半ば上の空で自分たちのテーブルに近づいていった。そこでまたもや妙な光景に行きあたる。詩織たち三人はなぜかそろって首を曲げ、窓の外を眺めていた。ただなんとなく同時に目をやったという様子ではなく、外に何かがあり、あるいは外で何かが起き、それに視線が釘づけになっている、そんなふうに見えた。そう思ってレストランのフロアを見わたすと、外を見ているのは三人だけではなかった。なぜトイレを出てすぐに気づかなかったのだろう。食事中の客はもちろん厨房《ちゅうぼう》に立つ店のスタッフまでが一様に首を曲げ、窓の外に目をやり、何かを喰い入るように見ていた。まさしく喰い入るように。

高志は立ちどまり、みなの視線をたどって外に視線を向けた。それらしい物音は聞かなかったが、店の前で交通事故でもあったのだろうか。しかし店内から見える範囲の景色にさっと目を走らせても、それらしきものは見あたらない。いったいこの人たちはこうまで顔をそろえて何を見ているのだろう。誰も彼もがやや斜め上を見あげる格好だが、だからといって空に何があるわけでもないのだ。強《し》いて言えば月ぐらいか……。

そこではたと気づいた。店内がしんと静まりかえっている。話し声がまったく聞こえない。食器がふれあう音も聞こえない。レストランならBGMの一つでもかかっていそうなものだが、それすらも聞こえない。ここにいる人間は一人残らず、いや、レストランそのものが口をつぐみ、手を止め、ただひたすらに窓の外に見入っているのだ。

高志はもう一度、外に視線を向けた。しばし眺め、やがて刺すような粟立《あわだ》ちが背すじを這いのぼってきた。車が一台も動いていない。目と鼻の先に交差点があり、県道のほうの信号は青になっているのだが、どの車も中途半端な位置に停車し、まったく流れていない。人も同様だ。交差点で何人か信号待ちをしているが、店内の人びとと同じ方角を見あげたまま、身じろぎもしない。さらに滑稽《こっけい》なことに、散歩中らしいダックスフントまでが足を止め、人間たちと同じ方向を見あげている。

まるで時間が止まったかのようだ。何か動いているものはないのか、俺以外に。世界に飛びつくように視線を走らせる。樹だ。向こうの街路樹が風にそよいでいる。いや、樹だけではない。窓の外の植えこみにこのレストランの大きな幟《のぼり》が何本か立っているのだが、それも絶え間なく風になびいている。つまり時間は止まっていないのだ。ほっとすると同時に引きつるような笑いが込みあげてきた。時間が止まる？　俺はいったい何を考えてるんだ？　しかし待て。じゃあこの人たちはなんだろう。なぜ外を見たまま動かないのか。なぜひと言も口をきかないのか。

高志は詩織のもとに駆けよって肩を揺すり、「おい！」と声をかける。動かない。返事をしないどころか、こちらを見ようともしない。さらに強く肩を揺すり、何度も呼びかけるが、やはり同じだ。夜空を見あげたまま魂が抜けたように呆然とソファに座っている。顔をのぞきこむと、瞬きすらしていないことがわかる。頬に手をあてると、冷たくはない。テーブルに載った右手をつかみ、手首を親指で押さえて脈をたしかめる。脈はある。それならと、手を伸ばして詩織の向こうにちょこんと座る美緒の小さな肩を揺すってみるが、やはりいっこうに反応がない。黙らせるのもじっとさせるのもひと苦労の二歳児が、無言で空を見あげたまままいつまでも固まっている。泰介の頭をつかみ、こちらに向けようと試みるが、やはり首が硬直していて無理をするとへし折れそうな嫌な手応えだ。

高志はふたたび泰介の隣に腰をおろし、落ちついて三人の視線の先を見さだめることにした。やはり月ではないのか。そうとしか思えない。あの怪しげな満月がすべての視線を束ねてたぐりよせているように見える。しかしいつもの満月とどう違うというのか。何か異常があったからこそ誰もがあの月を見あげたはずなのだ。

もう一度しっかりと満月を睨《にら》みつけてやろうとしたが、高志はすんでのところではっと目を逸らした。みながもし本当に月を見てこうなったのだとしたら、当然俺もこうなるのでは？　あらためて家族三人の凝固した顔に目をやってから、ほかに一人でも意識のある者はいないかとすがるように店内を見わたす。見あたらない。見ているこちらが息をするのも憚《はばか》られるほどに、動いているものが何一つない。なんと不気味な光景だろう。誰も彼もがいっせいに月を見あげ、凍りついている。世界の一瞬をそっくり切りとる立体写真などというものがあるとしたら、きっとこんな具合だろう。そしてそこにうっかり足を踏みいれてしまった人間は、きっとこんな、言葉の向こう側に放り出されたような心持ちになるのだろう。

高志はしばしぽつねんと途方に暮れていたが、しかしやはり月を見ないわけにはいかない気がしてくる。敵の正体をたしかめないわけにはいかない気がしてくる。考えてみれば、ついさっきトイレの窓からじっくりと見あげたばかりだし、トイレを出てからも、ちらちらとではあるが何度か視線を向けている。月を見てこうなるのならとうにそうなっているはずだ。高志はそろそろと首を曲げ、目の端から視界に沈めてゆくようにゆっくりと満月を見た。しばらくそうしていた。またじわじわと、あれは俺の月だ、俺の夜に昇ってきた月だ、という世界の軸が尻に突きあげてくるような感覚が蘇ってきた。

そこではっとした。月が動いているように見えた。夜が胸をひらくことであらわれた白い心臓のように、ふわりふわりと拍動している。いや、錯覚だ。ほかのものが目に入らなくなるほど一途《いちず》に何かを凝視しつづければ、それがなんであれ仮そめの命を得て拍動するように見えてくるものだ。月は動いてなどいない。じゃあなんだ？　絶対に何かが変わりつつある。絶対に何かが……。

そうか。月が回転しているのか。地球にけっして裏側を見せないはずの月が、いまふりかえろうとしている。見ろ。クモヒトデのような純白の光条を放つティコ・クレーターが右へずずと動き、裏へ回って見えなくなった。そして雲の海が、コペルニクス・クレーターが、雨の海が、アナクサゴラス・クレーターが、次々と姿を消した。

やがて回転が止まった。かつて見せたことのない裏側の月世界をさらして、ぴたりと静止した。こちらこそが本当の顔だと言わんばかりに。月の裏側にはほとんど海がない。餅《もち》をつく兎《うさぎ》もいなければ、バケツを運ぶ少女もいないし、本を読む老婆も薪《たきぎ》を背負う男もいない。つまり月の裏側には物語がない。心がない。漉《す》きあげたばかりの和紙にこれでもかと滴《しずく》を散らしたような、あばただらけの白《しら》じらと荒廃した世界だ。

高志は月ではなく自分の脳味噌が裏返ったかのようにぐらりと眩暈《めまい》をおぼえ、思わず夜空から目を逸らした。その瞬間、さらに異様なものを見た。突然、泰介がふりかえったのだ。泰介だけではない。詩織も、美緒も、いっせいにこちらを向いた。その不気味なふりかえり方に高志はぎょっとした。液状の肉体の上で顔だけがずるりと地すべりを起こしたみたいに一瞬でこちらを向いたのだ。

人間としての存在の関節を無理やりもどしたような気色悪い動きに、ほとんど吐き気のようなものをもよおした刹那《せつな》、すべてが瞬時に動きを取りもどし、現実が騒がしく鳴り響いた。いまのいままで静まりかえっていた店内に、いきなりなごやかな話し声や食器のふれあう音やゆったりとした管弦楽のＢＧＭが渾然《こんぜん》一体となってわざとらしいまでになまなましく立ちあがり、分厚く耳をおおった。高志はその世界の急激な揺りもどしによってたかって担ぎあげられ、束の間、魂がぽかんと浮かびあがった気がした。

焼きたてパンの入った籠《かご》を持つフロアスタッフがにこやかに横を通りすぎた。背後に座る初老の女が「この前行った孫の運動会で、やっぱり組体操をやったんだけど……」と話すのが聞こえる。窓の外の県道を路線バスが立てつづけに二台通りすぎていった。なんだったんだ、いまのは？　座ったまま夢を見たのか？　高志ははっとして夜空を見あげた。満月だった。そこに餅をつく兎はやはりいなかった。そんな暢気《のんき》なお伽噺《とぎばなし》は掻き消え、依然として月の裏側が冷ややかにこちらを見おろしていた。やはり夢じゃない。それともまだ夢を見ているのか？　覚めても覚めてもまだ夢のなかという夢を……。

「あの……」と詩織が目の前でようやく声を発した。

夫の様子がおかしいことに気づいたのか、ひどく戸惑ったように眉根をよせている。しかし話せるのだ。やはり世界はもどってきた。

「ん？　何？」と高志は言った。

「どなたですか？」と詩織が恐るおそるという様子で言った。「その席、うちの主人が座ってるんですけど……」

「え？」と言った高志の驚きの声に、弱々しい笑い声がまとわりついた。「何？　今度はどういう遊び？」

取り入るような笑顔で隣を見るが、泰介もまた困惑と怯えが入りまじった面持ちで、こちらを見あげたり詩織の顔をうかがったりしている。その固く身がまえたような瞳にはいささかの遊び心も見て取れない。美緒に至っては、口もとをへの字にぐっと引きむすび、高志の存在を心から閉め出すべく、あらぬ方を睨みつけている。この美緒の反応は、知らない人間が、とくに知らない男が、近づいてきたときのものとそっくりだ。

「いや、遊びとかじゃなくって……」と言う詩織の声《こわ》つきもいまや怪訝《けげん》を通りこし、拒絶と恐れが喉の奥でせめぎあうぴりぴりとした抑制を帯びている。「いま、うちの主人、トイレに行ってるんですけど、もうすぐそこにもどってくるんで……。というより、ここの席はうちの家族で使ってるんで……。なんですか、急に?」

「え?」と言うばかりで高志は言葉が出ず、なけなしの笑みも軋《きし》むほどに強張《こわば》る。

鉄格子をおろしたような冷たい険のある詩織の目つきに、こんな顔もするのか、といまさらながら衝撃を受けた。最後の〝なんですか、急に?〟と言う口ぶりにも、高志の知らない斬りつけんばかりの響きがあった。演技だとはとうてい思えない。詩織は〝うちの主人〟とやらを捜すためかトイレのほうをふりかえったが、見つからなかったのだろう、またこちらをぐっと睨みつけてくる。家族の席に突然割りこんできた見知らぬ男から二人の子供を必死に守る雌《めす》の獣の目つきなのかもしれない。

この俺が〝うちの主人〟じゃないなら、俺はいったい誰なんだ? 高志は泰介の向こうの窓ガラスに目をやり、夜に浮かぶおのれの姿を映し見た。眼鏡をかけた四十三歳の大学教授、夕方のニュースのコメンテーター、大槻高志がそこにいた。無精髭《ぶしょうひげ》で口の上や顎《あご》が黒ずみ、頰が削《そ》げ落ち、ふと思い浮かべる自分の顔よりも老けてみすぼらしかったが、その失望はいつものことであり、やはり自分は自分だった。しかしガラスに映るにぎにぎしい店内の明るみのなかで、自分の姿だけが夜の側から紛れこんできた者のように憔悴《しょうすい》し、暗く沈んで見えた。

業《ごう》を煮やした様子の詩織が「すいませーん!」と手をあげ、店の者を呼びはじめた。高志は思わず腰を浮かしかけたが、なんで俺が立たなきゃならないんだと一瞬踏みとどまり、しかしやはり立ちあがってしまった。そして、

「詩織! 詩織だろ!」と手をあげつづける妻につめよる。

つい〝お前〟と言いかけたが、いままで一度たりとも詩織をそう呼んだことはないのだ。〝あんた〟や〝きみ〟というさらに言い慣れない言葉も喉もとに出かかったが、そう呼んだとたん、いよいよ詩織との隔たりがたしかなものとなりそうでためらわれた。高志は詩織のことを二十年以上ものあいだ、ひと言でその存在を抱きよせられるとでもいうように、ただ〝詩織〟とだけ呼んできたのだ。しかしいまの高志は詩織に呼びかける言葉を持たず、ただ必死の思いでその女の胸を指さし、「大槻詩織だろ?」と尋ねるばかりだった。

詩織がはっとふりむいた。ひょっとして知りあいなのか、と記憶の底を漁るような面持ちで。そのまましばらくこちらを探る目つきだったが、やがて訝しげに、

「どっかで会いました?」などと言う。

高志は胸の奥で静かに重いため息をついた。この期《ご》に及んで、どこで会ったと言えばいいのか。二十年以上前に軽音楽サークルのボックスで、目覚めるたびにベッドの上で、毎晩のように我が家の玄関で、あるいはいまだ月の表側を見あげているのかもしれないもう一つの世界で……。

詩織の呼びかけに気づいたのか、それともトラブルのにおいを嗅ぎつけたのか、マネージャーの小野がほかのフロアスタッフを目顔で制しながら近づいてくる。小野はよほど疲れているのか、いつも青白くくすんだ面相に死んだような暗い目を並べているが、少なくとも店にいるあいだはきびきびと小回りのきく男を演じていた。一瞬、この男ならきっと俺のことをテレビで見て知っているはずだと一縷《いちる》の希望が胸をよぎったが、自信はなかった。自分の家族にすら忘れ去られた男を、知人でもないレストランの一従業員がどうして憶えているだろう。

小野が詩織の前に立ち、何か問題でも、というふうに大げさに両の眉をあげ、ただ「はい……」とだけ声をかけてきた。詩織はまだ、どこかで見た顔だろうか、と確信の持てない表情だ

が、

「あの……この人が突然、あたしたちの席に座ってきたので……」と言う。

小野は不安をとりあえず受けとめる体《てい》でうんうんと大きくうなずくと、高志のほうを一瞥《いちべつ》してから「失礼ですが、お知りあいでは？」と詩織と高志の両方に尋ねるように二人の顔色をうかがった。詩織が何か答えかけたが、高志はそれを遮《さえぎ》って、

「小野さん……」とはじめて男の名を呼んだ。その名にしがみつくように。「あなた、僕らのこと、知ってますよね。家族四人でよく来てるじゃないですか。この店に……」

小野は高志の顔を見、詩織の顔を見、子供たちの顔を見、最後にまた勿体《もったい》ぶった目つきで高志の顔を見た。そしていかにも弱ったという顔をつくり、「申し訳ありませんが……」とみずからを恥じるふうに頭をさげる。「うーん、どうもお客様のお顔は、すぐには……。大槻様のほうはご家族でよくご来店いただいておりますが……」

「だから僕がその大槻ですよ！　大槻高志ですよ！」とつい声を荒らげながら、高志は狂った状況に意識が上すべりをはじめたような、ぼうっとした心地になってきた。

なんだろう、これは？　どこに出口があるのだろう。次の瞬間にも、はっと目を覚ますのではないか。そして、かたわらで眠たげに薄目を開ける詩織の胸もとに、「怖い夢見た……」と言いながら頰をすりよせ、甘えるのだ。しかし目の前にいる詩織は、高志が自分の正体を、よりによってあの大槻高志だと、自分の夫だと、臆面もなく宣言したせいだろうか、心底うんざりした面持ちでかぶりを振っていた。店じゅうの客が迷惑げにこちらの様子をうかがいはじめていた。泰介は眉間にあどけないしわをよせて大人たちのやりとりのそばで呆然としていたが、美緒がとうとう泣きはじめ、「ママぁ！」と言いながらソファの上を詩織のほうに這いよってくる。詩織は

そんな美緒を抱きあげると、高志がそうされることを夢見たように胸もとにしっかりと引きよせ、背中をさすりはじめる。

そこにさらなる追い討ちが来た。「なになに？ どうしたの？」と言いながら、さっきトイレで一緒になった眼鏡の男が詩織のほうに近づいてきたのだ。

「知らない！」と詩織はそれに吐き捨てるように答える。「なんか変な人が、急にその席に座ってきて、なんかもう……ほんとに気持ち悪い……」

その口調には、いるべきときにいなかった夫をなじるような親密な響きがあった。男が困惑の表情でこちらを見た。一瞬、目が合った。視線の上で磁石の同極のように互いに突き放しあう何かが行きかった気がした。そういうことか、と高志は思った。

男の姿をあらためてつくづく眺めた。体格も自分とほとんど違わないが、服装も髪形も、そして眼鏡までもがまったく似たりよったりだ。それでいて、すべてが少しずつ違う。その少しずつが積み重なり、二人は明らかに別人なのだ。しかしもし交換可能な二人の人間がこの世に存在するとしたら、それはこの二人ということになるのだろう。さっきトイレで高志を襲った違和感は、録音した自分の声を聞いたときのような、よそよそしさと親近感が奏でる不協和音のごときものだったに違いない。

男が、詫びるような気づかうような、それだけになおいっそういやらしく思える手つきで詩織の肩にそっとふれた。それを見た瞬間、高志は、嫉妬《しっと》とはけっして呼びたくない未知の激情によって自分の存在の芯がほとんどねじ切れそうになり、思わず身を強張らせた。飛びかかって男の手首をひねりあげ、詩織は俺の女だ、と耳に嚙みつかんばかりに怒鳴りつけてやりたかった。しかも詩織だけではない。泰介も美緒も、いまやこの男のものとなりつつあるのだ。高志の足はひとりでに半歩前に踏み出していた。と、そこで小野が押しとどめるように眼前に立ち、「お客様……」となだめる声つきで言った。「ここじゃあなんなんで、向こうでお話しさせていただいてもよろしいですか？」

高志は小野の目をのぞきこんだ。目尻にへつらうような細かいしわが集まっていたが、どんよりとした瞳の奥底には、頭の箍《たが》が外れた厄介な客をいかにして穏便につまみ出すか、そんな憂いが沈んでいた。決定はくだされたのだ。世界からはじき出されたのは俺のほうなのだ。世界は俺一人をはじき出し、ぴたりと輪を閉じてしまった。しかしどこにはじき出されたんだ？ ここはいったいどこなんだ？ 高志はいま一度、夜空を見あげた。秋のまっただなか、ふりかえった満月が、狙いつづけてきた獲物をまんまと罠に陥《おとしい》れたということなのか、いよいよ驕《おご》った輝きを放射していた。

四

しかし高志は世界から完全にはじき出されたわけではなかった。

「あんた、そこで何してんの？」と背後から声がかかったのだ。

ささくれだった女の声だった。自分が話しかけられているとは思わなかった。が、小野がひょいと眉をあげ、もの問いたげに顔色をうかがってくる。高志はふりかえった。女が立っていた。四十代半ばと思われる、細く尖った顎と鼻先で斬りこんでくるような、整ってはいるがきつい顔立ちの女だ。派手に着かざり、浅黒い肌はかさつき、眉は細く吊りあがり、目つきは鋭く、唇は薄い。そういった一つひとつが好ましくなかったが、もっとも気に障《さわ》ったのは、眉間の辺りに翳《かげ》りとなってまとわりつく、漠然とした被害者意識のようなものだ。しかしまったく同じ翳りが、いまや自分の眉間にも根を張りつつあるのかもしれない。

女はまっすぐ高志の目を見すえてから、「何？　何が起きてんの？」と苛立《いらだ》たしげに座を見わたし、またこちらに視線をもどした。怒りよりはむしろ戸惑いをおぼえているようだが、しかし自分を戸惑わせるものはなんであれ味方ではありえないという勢いだ。

「ええ……お知りあいですか？」と小野が聞いてくる。

まるで見憶えのない女だったが、女のほうは明らかに高志の知りあいという態度で場に踏みこんできた。ついさっきまで同じテーブルを囲んでいた家族三人が見知らぬ男だと一家のあるじを突きはなすことがありうるなら、いきなりあらわれたどこの馬の骨ともわからない女と顔見知りだというのもありうる話だ。

高志は小野にどう答えたものかとっさに頭に浮かばず、どうとでも取れる曖昧《あいまい》な表情をつくり、それとなく女を眺めた。茶色に染めた長い髪、てらてらとした赤茶色のレザージャケット、仄《ほの》かにラメの浮いた薄いピンクの口紅……そこかしこからまだまだ女をあきらめないという意志が立ちのぼっていたが、どこか生き崩れた気配もあり、小さな店だの会社だのを切り盛りする活動的で世知辛《せちがら》い女のように見えた。「どこに消えたかと思ったら、なんでこっち来てんの？　この人たち、知りあい？」とがさついた声で話しながら近づいてき、詩織たちを骨張った親指でぐいと差す。

女がショルダーバッグを持っているのはいいとして、この店のビニール袋をさげているのが気になった。この店は入口付近がベーカリーコーナーになっていて、奥の工房で焼いたパンを売っている。ということは、この女はそこでパンを買ったのだ。が、精算を終えてふりかえれば、一緒に来たはずの男、つまり高志の姿がない。トイレでも借りたかと見まわすと、レストランの奥で油を売っていた。そんな感じだった。

「まあ、知りあいと言うか……」と高志は言葉を濁した。出ていこう、と思った。とりあえず、この場はこの女と一緒に立ち去ろう。

女が釈然としない顔つきであらためて詩織たちに視線を走らせた。そして新たに一家のあるじに収まった男に目をやったとき、あっと言うような表情をし、何か言いたげに高志の顔色をうかがってきた。どういうわけか、この女はたったいま降って湧いたばかりのこの偽者の顔に心あたりがあるらしい。高志はその反応を無視し、女の二の腕にふれて「もういいよ。出よう」と小声で言った。それを聞いた憐れな小野の表情が、どこかでスイッチを押されたみたいにぱっと明るんだ。

出入口のほうへ足を踏み出しながら、高志はふりかえってもう一度だけ自分の家族を見た。詩織が美緒を抱いたまま、ほとんど蔑《さげす》むようにこちらを見ていた。いまのいままであんな目ができる女だとは思わなかった。泰介とも目が合ったが、すぐさま視線を逸らされてしまう。美緒とは目も合わなかった。諸々《もろもろ》の思いを引きちぎるように前を向くと、人生そのものを置き去りにして逃げようとしている、という感覚に背後からしがみつかれた。俺から詩織たちを取り去ったらいったい何が残るというのか。何も残らない。ただ自分の抜け殻《がら》だけがあの席を立ち、がらんどうの肉体で歩きはじめたような気がした。

しかしあまりにも頭が、事態が、混乱しすぎていた。すぐにでも一人になり、自分の身に何が降りかかったのかを落ちついて考えたかった。考え抜きたかった。女が後ろからカツカツと気忙《きぜわ》しい足音を立てて駆けよってきて、「ねえ、さっきの人って……」と耳打ちした。高志は耳を貸さずにベーカリーコーナーの前を足早に通りすぎ、自動ドアから店外に出た。出たところで行き場などないのだが、とにかく出た。歩道に着いたところでいきなり立ちどまってふりかえり、知らない女とようやく面と向きあう。「ねえ、さっきの人ってもしかして……」と女がくりかえそうとするのを手で制し、つんのめるように、

「あの男を知ってるのか?」と聞いた。

女がはっと息を呑み、どうしたんだろうこの人は、という緊迫の色を目に走らせた。高志はそれに構わず、「答えてくれ。あの男を知ってるのか? 誰だ、あいつは?」とつめよる。

「誰って……」と女は一瞬、気圧《けお》されたように口ごもったが、高志が正気か否かを探るような口ぶりで続けた。「ほら、あんた言ってたじゃない。おんなじ名前の人がテレビに出てるって……。ニュースだったかワイドショーだったか……」

「おんなじ名前? あいつが俺と?」

「何? ほんとに忘れたの? 何回かしたでしょ、この話……。名前、こいつと字まで一緒だって。あんた、歳まで一緒だ、気持ち悪いって言ってた気がするけど……」

「あいつって、ひょっとしてあれか? あの……S大学の教授か? 本出してるやつか?」

「そうだったと思うけど……。それにあんた言ってたじゃない。いっぺんK駅から家まで乗せたことあるって。テレビ見て、絶対こいつだって。ほんとに忘れた? 大丈夫?」

「乗せた? 何に?」

「何にってあんた……」と女はとうとう呆れたような笑いを漏らした。せせら笑いに慣れた人間特有の、癪《しやく》に障《さわ》る笑い方だった。そして言った。「タクシーに決まってるじゃない」

「タクシー?」

一瞬、呆気《あっけ》に取られた。あの男が大学教授で、この俺はタクシーの運転手なのか？　はっと思いたって財布をひらき、運転免許証を引っぱりだした。写真はたしかに自分のものだ。ホルマリン漬《づ》けにされたみたいに生気のない顔をしていた。生真面目なタクシー運転手にも見えたし、大学教員にも見えたし、これからレンタカーで雑踏に突っこんで稲穂みたいに人間の群れを薙《な》ぎ倒すつもりの男のようにも見えた。〝氏名　大槻高志〟とある。思わず安堵した。少なくとも名前までは奪われていないのだ。しかし本籍地は合っているのに、住所が違う。〝K市西本町3-2-203〟。西本町と言えばあの辺りか、とK駅の西側に雑然とひろがる住宅街が脳裏に浮かんだ。〝203〟ということは集合住宅だろう。もしやこの女と一緒に暮らしていることになっているのかと一瞬考えたが、なんとなくそうではない気がした。この女の態度はそこまでべったりと近しいものではない。

それはそうと〝種類〟と書かれた表に、〝普二〟と記載がある。こんなところをまじまじと見たのははじめての気がしたが、当然、普通自動車第二種免許の略だろう。〝二種〟の欄の取得日は〝平成16年9月12日〟になっている。十一年前だ。悪い冗談だと思った。よりによって親父と同じタクシー運転手とは……。しかしそれを言うなら、何もかもが悪い冗談なのだ。

免許証から目をあげた。女がすべて台なしだという様子で腕を組み、大げさにため息をついた。高志としてはこの女が自分のなんなのかを知りたかったが、その問いをこの女に直接ぶつけるのは憚られた。正気を疑われるのも嫌だったが、この女を不用意に傷つけたくないとも思ったのだ。つきあっている男に、ある夜突然、お前は俺のなんなんだ、お前はいったい誰なんだ、などと真顔で尋ねられれば、誰だって傷つくだろう。

この女はすでにあまりにもなまなましく困惑と苛立ちの気配を張り出しており、手を伸ばせば指に刺さりそうなほどだ。詩織たち同様、とうてい演技には見えない。きっと嫌な女だろう。人の欠点ばかりを探し、眉一つ動かさずに嘘をつき、けっして謝らず、充分に傷ついてきた、だからもう誰も信じないと言いはる、きっとそんな女だろう。不倫経験があり、一度か二度、結婚にも失敗し、子供はいない。男と出会ったその日から傷つくまいと不信の念を積み立て、別れる日には男はやっぱりみんなこうだと言ってせせら笑う、きっとそんな孤独な女だろう。そういったことのすべてが、女のかさついた肌に刻まれている気がした。

もしこの女と何一つ隠し立てすることなく話しあうことができたとして、この女がタクシー運転手の大槻高志と十年もつきあっているのだと言うなら、その十年はきっと、大学教員の大槻高志が詩織たちと生きたこの十年と、同じぐらい真実に違いない。世界とはそういうところだ、という確信めいた思いが不意に湧きあがってきた。相反《あいはん》する真実を生きる二人が夜の路上で向かいあう、そんなことは世界じゅうのありとあらゆる街で毎日のように起きているのではないか。

「そうだな……」と高志は免許証をしまいながら言った。「たしかにそうだったな。いつだったか、俺はさっきの男をタクシーに乗せたよ。どうかしてるな、俺……」

女は表情をやわらげながらもどう答えたものかさだめかねる様子で、力なく、ただ「かもね……」とだけ言った。その姿が妙に淋しげに見え、どうしたわけか高志はこの女に借りがあるような心持ちになってきた。思いもよらぬ心境の変化だった。さっきレストランのトイレを出てからどれほどの時間が経ったのだろう。十分か、十五分か……せいぜいそんなところのはずだ。それが奇妙なことに、とうの昔に身を持ち崩し、家族にも愛想を尽かされ、この女に拾われた、そんな思いが脳裏をちらりとよぎるのだ。にもかかわらず高志は、この女の名前すら知らないのである。

「なあ、いきなり変なこと聞くようだけど……」と高志は探りさぐり尋ねる。「自分の名前、気に入ってる？」

「え？　何それ……。突然、何？」と女が呆れたように片頬を歪《ゆが》めて笑う。

「いや、どうかなと思って……。なんとなく……」

「やっぱり、あんたちょっと変だね、さっきから……。名前？　まあ……気に入ってるってほどでもないけど、優秀の〝優〟じゃないのはよかったなと思ってる。おんなじ〝ゆうこ〟でもやっぱり夕暮れの〝夕〟のほうが、あたしっぽい気がするけどね……」

「うん……」と高志はうなずいた。たしかにこの女はいかにも夕子という感じだ。「そうかもな。少なくとも、〝朝〟って感じではないな」

女は男の気紛れのような話を少し楽しみはじめた様子で「あんたは？」と言う。

「俺か？　俺は嫌いだな。完全に名前負けしてる」

高志はこんなことを言うのは一度や二度ではないような気がしながら、これもまたやり慣れたように自嘲の笑いを鼻息にのせた。

「大丈夫……」と女が言った。「あたしの友達で歌子って名前の子がいるけど、ものすごい音痴……。だあれもデュエットできないの」

高志がつい笑いかけたところで、女が突然、顔をあげ、

「あ……満月だね」と言った。

高志はぎょっとし、月に首すじでも舐《な》められたかのようにふりかえった。満月はいまやガラス越しではなく、同じ部屋の空気でも吸っているかのように図々しくこちらを見おろしていた。束の間、満月のことがすっかり頭から消えていた。どうしたわけか、ついさっき自分から人生を奪

いとった満月のことを忘れ、見ず知らずの女とのたわいない会話にうつつを抜かしていた。

まどろみから覚めたようにあらためて女の風体に目を走らせた。俺はどうしてこんなすれっからしみたいな女と、しかもこんな夜の路上で立ち話をしてるんだろう。こんな女が百人、束になったところで、詩織の足もとにも及ばないのに……。それにしても、この女はいまなぜ満月のことを口にしたのか。月夜を愛《め》でるほど繊細な女にはとうてい見えない。にわかに怪しく思えてきてそれとなく女の顔色をうかがうが、しかし満月について腹に一物《いちもつ》あるような気配は微塵《みじん》もない。そもそもいま目にしているのが、月の裏側だということにすらまるで気づいていない様子だ。

高志は意を決し、「頼みがあるんだけど……」と女に切り出した。後ろめたさのせいだろうか急に声がかすれ、語尾が気弱にくぐもった。

高志の態度がまたもや硬くよそよそしくなったことに気づき、女もまたにわかに眉間に険しいしわをよせる。まるで額に黒い炎でも揺らめかすようだ。高志はつい目を逸らしながら、

「急にこんなこと言うのはなんなんだけど……何も聞かずに、先に帰っててくれないか」と続ける。言いながら、思っていた以上に常軌を逸《いっ》した頼み事をしている気がしてきた。「俺は……さっきのやつと、どうしても話をつけなきゃならないことがあるから……」

「何、あんた？　何やらかす気なの？」と女の口調がひときわ尖ってくる。

「だから、何も、聞かずに……」と言葉を重たく区切り、一つひとつ女の前に並べてゆく。「きょうのところは、先に帰っててくれ。頼むから……」

「何？　言っとくけど、揉め事は嫌だからね」

「だから言ってるんだよ。何も聞かずに、先に帰っててくれって。……でも、揉めないよ。そんなんじゃないから……」

女はまた腕を組み、苛立たしげに唇を噛み、刺すように押し黙る。きっとこの女は幾度となく、自分のそばに身を横たえてきた数々の男たちを、そして俺を、こうして冷ややかに見つめてきたんだろう、少なくともそれがこの女の生きてきた世界なんだろう、そんなことを思いながら、高志もその目を黙って見かえす。月光の下で、二人はしばらくそのまま睨みあった。

やがて、女が憤然とした面持ちで右手を突き出してきた。一瞬、握手を求められたのかと馬鹿げた勘違いをしかけたが、指先をくいっと動かしたところを見ると、何かをよこせということらしい。「何?」と高志は聞いた。「キー」と女はぶっきらぼうに言う。

なんの鍵だ、と内心、首をかしげながらジャケットのポケットを探る。この女の部屋の合い鍵か何かをいまここでただちに返せと言っているのかと思ったが、指先に四角いリモコンキーらしきものがふれ、車か、と気づいた。取り出してみたが、見たこともないキーだ。これは自分のものなのか、それとも女のものなのか、と疑問が湧いたが、この際、女を追い払えるならどちらでもいい。

キーを渡すと、女は無言でぷいと踵《きびす》を返し、レストランの駐車場に憎々しげにヒールの音を響かせて歩いてゆく。高志は居心地悪くとぼとぼと後ろを追いながら、きっと俺はこの女と約束してたんだろう、と思った。このままついてゆけば、車の後部座席には一緒に選んだワインのボトルが二、三本転がっていて、部屋にあがると、女の手料理が待ちうけているのかもしれない。そして女がさげているパン屋の袋には贅沢なローストビーフのサンドウィッチが入っていて、明朝、それが二人の朝食になるはずだったのかもしれない。そう思うと、見たことのないはずの女の部屋や、ふれたことのないはずの女の肌の手ざわりまで思い出せそうな気がしてきた。それでもいいのかもしれない。もし大学教員になることをあきらめていれば、こういう人生だってありえたのかもしれない。しかしもちろん、それでは駄目なのだ。

女はリモコンキーの開錠ボタンを押し、運転席のドアを開けた。口紅みたいに真っ赤なフランスのコンパクトカーで、いかにもこの女が乗りそうなきつい顔つきをしていた。目の前でドアが乱暴に閉じられた。エンジンをかけながら、女がガラス越しにちらりと高志の顔を見あげた。女は怒りの上に脆《もろ》そうな無表情を薄く張りつけていた。高志はすまなそうな顔をこしらえ、右手をあげ、小さくうなずいた。ささやかな謝罪のつもりだったが、本当のところ、もう二度と会えないことへの謝罪でもあるはずだった。ほんの十分前に出会い、それから何年かが過ぎ去り、もう別れが来たのだ。そんなことも知らずに、そっぽを向くように車が動きだした。高志は女が駐車場を出て左へ折れ、ほかの車に紛れてしまうまで、ぼんやりとその不機嫌な背中を見ていた。

五

高志は夜道を足早に歩く。自分の家に向かって。というより、本来自分のものであるべき家に向かって。もしかしたら、いまやあの家には〝森本《もりもと》〟だとか〝溝口《みぞぐち》〟だとかまったく縁のない他人の表札がかかっているのかもしれない。あの大槻高志はこの近辺ではあるにしても別の場所に家を買ったのかもしれない。だったらお手あげだ。レストランの前で詩織たちが出てくるのを待ち伏せし、こっそりあとをつけるべきだったという話になる。しかし間近で顔を見られたうえ、常軌を逸した男としての印象しか残せなかったというのに、のこのこあとなどつけられるかということだ。

獲物を待ちかまえるように、行く手にちょうど月が昇っていた。やはりあれは俺の月だったのだ。俺以外、誰一人として月がふりかえったことを知らない。月は形状の中心と重心が微妙にずれていて、兎のいる質量の大きい側の面が地球に引っぱられ、達磨《だるま》が転ばぬのと同じ理屈でほぼ安定してしまったのだと子供のころに読んだ宇宙の図鑑では説明されていた。それが事実なら、いま俺が目にしているものはなんだろう。大学生のとき、ピンク・フロイドの『狂気』というCDを軽音楽サークルの先輩から借りた。たしか原題は「The Dark Side Of The Moon」ではなかったか。つまり、月の裏側には狂気が宿っている。答えは二つに一つだ。その〝狂気〟が俺の側にあるのか、世界の側にあるのか。

　高志は遅ればせながら徐々に疑問の深みにはまりつつあった。狂気がどちらの側にあるにせよ、なぜ俺は身も世もなく叫びださないのだろう。あの満月に向かって、いったい何が起きてるんだ、俺が何をしたというんだ、こんな馬鹿な話があってたまるか、となぜ問い質《ただ》さないのだろう。ついさっき臥薪嘗胆《がしんしょうたん》の末に築きあげた人生を根底からひっくりかえされたばかりだというのに、なぜこうしてこんなこともたまにはあるさと言わんばかりの物わかりのいい顔で歩いていられるのだろう。ほんの三十分前まで、ちょっとは名前の知られた大学教授だったはずなのに、愛する家族とともになごやかに外食を楽しんでいたはずなのに、なぜこうして一介のタクシー運転手となっておとなしく一人きりで歩いていられるのだろう。あまりにも突然にあまりにも巨大な断崖《だんがい》を転がり落ちてしまうと、本当の衝撃がやってくるのに時間を要するということなのだろうか。

　いや、それもあるだろうが、それだけではあるまい。きっと俺はどこかで高をくくっているのだ。こんなことがいつまでも続くはずがないと。あしたはあしたの月が昇るだろうと。さっきのようにそのうちまた世界がまるごと蠟人形《ろうにんぎょう》の館にでもなったかのように動きを止め、そのあとに何もかもがけろりと元にもどっているだろうと。そしてその思い出は、目を覚ますと岩のように重い老婆が腹の上に乗っていただの、宇宙人に攫《さら》われて鼻の奥に何か埋めこまれただのと同じように、消化しきれないまま頭の片隅で色褪《あ》せ、埃《ほこり》に埋もれてゆくのだろうと。

本当にそうだろうか。あしたもまた同じ月が昇ってきたとしたら？　あさってもしあさってもそうだとしたら？　この狂気に出口なんかどこにもないとしたら？　考えたくもないことだ。考えてはいけないことだ。そして考えずにはいられないことだ。

そういえば、と思い、上着のポケットを探ると、携帯電話が出てきた。見憶えのない赤銅色《しやくどういろ》のガラケーだった。通話やメールの履歴を見ると、〝営業所〟や〝増本夕子《ますもとゆうこ》〟のほかにはまるで心あたりのない名前や番号が並んでいるばかり。そもそもアドレス帳が恐ろしくお粗末なのだ。どうやら顔が浮かぶのはただ一人、夕子だけらしい。ついさっき今生《こんじよう》の別れを決めたはずの女が、急にずいぶんと太い命綱のように思えてきた。

たとえば、はたと立ちどまり、女に電話をかける、というのはどうだ？　踵を返し、女の部屋に押しかけ、膝を突きあわせ、「いまから信じられないようなことを話す。だから俺が返事を求めるまで、絶対に口を挟まないと約束してほしい」と告げる自分の姿が脳裏に浮かんだ。自分が本当に生きてきた人生について、全身全霊をかけて懇々《こんこん》と語り聞かせる。どんなに偉大で充実した人生であれ、ここまで微に入《い》り細を穿《うが》って話すことはできないというほどに。せせら笑うような笑みに歪んでいた女の口もとは、やがて神妙に引きしまってくる。はじめは突拍子もない駄法螺《だぼら》としか思われなかった話が、必死の弁舌によって細部が緻密《ちみつ》に仕上げられ、瞳の輝きまでが描きこまれるに至って、いよいよ命を帯びはじめるのだ。最後に女は弱々しくかぶりを振りながら言う。信じられない、と。信じる、と言うのとまったく同じ口ぶりで。そして女は手を伸ばし、優しく頬にふれてくる。こちらも怖《お》ずおずと手を伸ばし、女を抱きよせる。……自分の想像に身震いがした。

閑静な住宅街のなかに見なれた一軒家が建っていた。カーポートには見知らぬ白いミニバンが停まっていたが、三年前に高志が買ったのも、メーカーこそ違えど同じような白いミニバンだった。腹をくくって表札を見ると、〝大槻〟と記されている。見憶えのないステンレス製の表札だったが、とりあえず安堵した。名前さえ同じならまだこの家を、家族を取りもどせる……そんななんの根拠もない希望が首をもたげてきた。

裏に一〇平米ほどの庭を持つ軽量鉄骨造の二階建て、築十二年の中古物件だったが、一級建築士になった大学時代の知人に見てもらうと、悪くない家だと言った。少なくとも来《きた》る南海トラフ地震で瓦礫《がれき》の山になったりはしないはずだと。延べ床面積一一九平米、その数字を嫌って火事がよりつきそうにないと詩織も気に入ってくれた。詩織は占いなんかまるで信じないのにへんに験《げん》を担ぐところがある。多くは望まないが、手の届く範囲だけはしっかりと踏みかためておきたがる守りの堅い性格なのだ。高志としても、結局は女の気に入る家がいい家だという思いがあった。大してひろくもないし、洋風のタイルを模した外壁も安っぽかったが、それでも高志にとってこの家は、けっしてささやかとは言えない、人生における勝利の殿堂だったのだ、ついさっきまでは……。

アルミ製の黒い門扉を開け、玄関ドアの前に立った。ポケットから鍵を取り出す。キーホルダーに見知らぬ鍵が加わって、大学の研究室の鍵が消えていたのに、なぜかまだ家の鍵はついていた。道々この鍵を何度か確認したのだが、何度見てもこの家の鍵にしか見えなかった。本当にひらくのだろうか、半信半疑で鍵穴に差し入れた。吸いこまれるように入ってゆく。あとは回るかどうかだ。回った。本当に玄関ドアが開いた。やはりここはまだ俺の家なのだ、と歓喜が湧きあがってきた。どうやらあの満月は詰めが甘かったようだ。

詩織たちが本当にこの家に住んでいるのだとしたら、まもなくレストランからもどってくるはずだ。猶予《ゆうよ》は三十分もあるまい。この家に踏みこんで何をしたいのか自分でもわからなかったが、なぜ俺が俺の家に踏みこむのに躊躇《ちゅうちょ》する必要があるのか。いや、そもそも踏みこむという言い方が間違っている。俺はただ帰ってきたのだ、自分の家に。

玄関ドアのレバーを回し、もしや座敷犬でも飛び出てくるのではと案じながら、ゆっくりと引いてゆく。何も出てこなかった。見なれない靴が並び、見なれない下駄箱が置かれていた。後ろ手にそっとドアを閉め、鍵のつまみを回す。自分の家とはとうてい思えないよそよそしい暗闇が息苦しく肌に張りついてきた。いつもなら手探りで玄関の電気を点けるところだが、腹立たしいことに、ためらう気持ちのほうが強い。無人のはずの家に電気が点いていたら、即座に通報されかねないからだ。

やや迷ったあと、靴を脱がずに土足のまま上がり框《がまち》に足をかける。詩織たちが帰ってくる気配がしたら、裏口から庭に逃れるつもりだった。誰に聞かれるでもないのに忍び足で廊下を歩く。子供のころ、靴をはいてしまってから忘れ物に気づくと、よくこうしてこそ泥のように土足で部屋に取りにもどったものだ。階段下の収納を開けると、思ったとおり扉の裏に懐中電灯が吊られていた。どうやら偽者のほうも考えることは同じらしい。スイッチを入れると、雪のように真っ白なLEDの光が天井を照らした。

リビングに入ってさっと光を走らせただけで、どっと違和感が押しよせてきた。カーペットが違う、カーテンが違う、テーブルが違う、テレビが違う、ソファが違う、何もかもが違う。しかしこんなものは絶対に我慢がならないというものは何一つなく、その日の気分によってはもしかしたらこっちを選んだかもしれないというものばかりだ。まるっきり正反対のセンスでごてごてと悪趣味にそろえてくれればいっそ清々《すがすが》しかったのかもしれないが、違いが微妙なだけに、なおいっそう受け入れがたい不協和音が鳴り響く。

サイドボードの上に並ぶ写真立てを照らした。泰介と美緒の、見ているだけで思わず顔がほころんでくる写真ばかりだが、一つだけ家族四人で写っているものがあった。どこで撮ったものかすぐにわかった。福井の恐竜博物館だ。本を片手に白衣を着た恐竜の像がベンチに座っており、その隣に家族四人で並んでいる。通りがかりの人に頼んで撮ってもらったのだ。きっとこの前の夏休みだろう。詩織も、泰介も、美緒までもがいささかの曇りもない笑顔を浮かべている。しかしやはり、そこに高志はいなかった。レストランで見た男がいかにも気安く詩織と泰介の肩に手を回し、どうだと言わんばかりに、お前のすべてを奪ってやったぞと言わんばかりに、容赦なく笑っていた。いきなり打ちのめされるのではなく、ゆっくりと確実に、魂の核に切っ先を押しこまれるように深手を負ってゆくのが自分でわかった。詩織は笑うのだ、肩に手を回しているのが俺でなくとも。泰介も美緒も笑うのだ、父親が俺でなくとも。

この写真によって、眼前で巨大な城門がぴたりと閉じられたかのように、何かがたしかなものとなった気がした。さっきレストランで四人を見たときは、まだにわか仕立ての仮面家族に過ぎないという考えが生きていた。しかしいまや自分のなかにある真実よりも、この写真のほうがよほど雄弁で、内実を伴い、説得力があるように思えた。高志の持つものと言えば、この記憶だけだ。しかもほかの誰の記憶とも相容《あいい》れない、完全に孤絶した小さな点のような記憶だけ。月に餅をつく兎なんか本当にいたのだろうか？　どうしてそんな子供じみたお伽噺を信じられる？　あしたになってもあしたの月は昇らない。あしたも、あさっても、何度でも永久に今夜の月が昇ってくるだろう。

不意に眩暈に襲われ、息まで荒くなってきた。高志は写真から目を逸らし、しばらく息が整うのを待った。いままで感じたことのないひどく濁った感情が胸に渦巻きはじめていた。怒りのようで怒りではない。嫉妬のようで嫉妬ではない。憎悪のようで憎悪ではない。悲しみのようで悲しみではない。そのすべてを含んでいるかもしれないが、それでもまだ充分ではない。四十三年という人生において何一つ本当のことなどなかったとする根本的な否定、長い長い歳月をさかのぼって仕組まれた底知れぬ裏切り、そこから湧き出た感情にはまだ名前がなかった。

しばらくサイドボードの前に呆然と立ちつくしていたが、やがて高志は動きだした。廊下に出て、ふたたび階段下の収納を開ける。目当てのものはすぐに見つかった。先に鉤《かぎ》のついた金属の棒だ。それを手に、二階へあがってゆく。二階の廊下で天井を照らすと、屋根裏収納の長方形の扉があった。開閉棒を持ちあげて鉤を扉の金具に引っかけ、下に引いた。かちっと音がして扉がゆっくりひらく。扉の内側には折りたたみ式の梯子《はしご》が設置されていて、それを伸ばすと廊下に梯子の足がつく。開閉棒と懐中電灯を廊下に置き、この世界の梯子が信頼に足るものかたしかめながら昇ってゆく。屋根裏収納の照明器具からさがる紐《ひも》に手を伸ばし、引いた。闇に慣れはじめた目を、蛍光灯の真っ白な光がかっと眩《くら》ませた。

光に目が慣れると、梯子をさらに昇り、屋根裏に頭を突き出す。屋根裏収納の天井は屋根の勾《こう》配《ばい》に沿って斜めになっていて、もっとも高いところでも屈《かが》まずには立てない。ひろさは四畳ほどだ。いくつもの段ボール箱が積みあげられているが、おそらく中身はほとんどあいつの書籍だろう。あとは捨てられずにいる衣類やベビーベッド、扇風機、スーツケース、加湿器、雛人形、五月人形などなど……。しかし人一人がひそむ隙間は充分にあった。壁には樹脂製の通風口もあり、酸欠で死ぬこともない。

急がねばならない。いつ帰ってきてもおかしくないのだ。梯子をおり、懐中電灯を持って一階にもどると、また階段下の収納を開け、今度は梱包用の白いビニール紐を取り出した。そしてリビングにもどってサイドボードの上のペン立てから鋏《はさみ》を抜くと、また二階に駆けあがる。梯子は三段折りになっており、二段目の一番下の踏面《ふみづら》にビニール紐を結びつけた。屋根裏収納にあがり、上からビニール紐を引っぱると、梯子が持ちあがり、首尾よく折りたたまれる。以前、泰介と一緒に上から梯子を畳んで扉を閉められるか試したことがあったから、できることは知っていたのだ。

そこではっとした。トイレに行っておかねばならない。一階にもどり、じりじりしながら便器に座ると、小便は出たが、いくら気張っても大便が出ない。かわりに舌打ちが出た。あきらめて水を流し、また二階に駆けあがった。懐中電灯と開閉棒と鋏を屋根裏にあげ、自分も昇ってゆく。そしてビニール紐を引きあげて梯子を畳み、ゆっくりと収納の扉を引きあげた。かちりと音がして扉が閉まり、耳をふさがれたような奥ゆきのない静寂が全身を押し包んだ。段ボール箱のあいだに横たわると、自分の切羽《せっぱ》つまった息づかいが目に見えそうなほど間近に迫ってき、いつまでも去らなかった。

五分も経たないうちに、玄関先から詩織たちの帰ってくる物音が伝わってきた。扉の隙間から光が漏れることを恐れて、紐を引いて電気を消した。とたんに息づまるような暗闇に抱きすくめられた。携帯電話を取り出し、ひらいた。画面の眩しさに目を細める。着信もメールもなし。二十時十七分、まだ夜は始まったばかりだ。夕子から連絡が入ることを恐れ、電源を切る。玄関ドアが開いたのがわかった。家族水入らずの晩餐《ばんさん》に見知らぬ男の邪魔が入ったせいだろうか、どことなく陰気な帰宅の気配が立ちのぼってくる気がした。
すぐに四人の足音を聞きわけられることに気づいた。男ののしのしという重たい足音が自分の父親を髣髴《ほうふつ》させ、腹の上でも歩かれているように不愉快だった。きっと俺もまったく同じような足音をさせて歩いていたのだろうと思った。音は上に向かうとよく言うが、もしかしたらここは家じゅうの音が集まってくる場所なのかもしれない。四つの足音があちらこちらへと動きまわって何度も高志の真下を通りすぎ、そのたびに身を固くする。やがて四つの足音は一階のリビングに集まり、にぎやかなテレビの音が聞こえてきた。話し声も耳に届くものの、一階からではさすがに内容までは聞きとれない。俺はいったい何をやっているのかという当然の疑問がずっと鼻先にぶらさがっているが、無視しつづける。ほかにすべきことも、ほかにいるべき場所もないのだ。

六

家族は四人とも二階で寝る。夫婦は寝室のベッドで眠り、子供二人は子供部屋に蒲団を敷いて眠る。詩織が子供を寝かしつけると、普段は閉めないはずの寝室のドアが閉められた。そして枕もとの電気スタンドだけが灯《とも》され、囁《ささや》きが交わされ、ゆっくりと潮が満ちてくるように、セックスが始まった。見えてはいなかったが、二人の一挙手一投足が、見えている以上に淫《みだ》らで気怠いものとして脳裏に浮かんできた。二人はもはや若くなく、堰《せき》を切ったように歯をぶつけながら貪《むさぼ》りあうこともなければ、新たな性の試みに笑い転げることもない。幾度となくたどった轍《わだち》をさらにもう少しだけ深めるように、優しく静かに愛しあうのだ。

詩織は高志以外の男を知らないはずだった。詩織からそう聞いたわけではないが、高志はそう確信していた。詩織は欲望と愛が重なりあう狭いところでしか、しない女なのだ。その詩織がいま、ほかの男に抱かれている。息を荒らげ、呻《うめ》き声を漏らし、震えている。ベッドの軋みと衣《きぬ》ずれの上に漂いながら、男の声が、痛くないか、と尋ねると、女の声が、痛くない、と答える。男の声が、気持ちいいか、と尋ねると、女の声が、気持ちいい、と答える。それは体を重ねるたびにくりかえされる約束された対話であり、二十年以上にわたる二人の儀式であり、そこに何か意味があるとすれば、きっとそれは愛なのだ。

耳朶《じだ》にからみついてくる二人の睦言《むつごと》を振りはらうように、暗黒のなかでむくりと身を起こした。その息づかいや身の運びはいまや人型に切りとられた闇のように静かだ。屋根裏収納の扉を懐中電灯で照らす。梯子をつかんで扉がいきなりひらかぬよう予防策を取り、留め金を引く。かちりと音がし、扉がややひらいたが、そこで止まった。耳を澄ますと、まだベッドの軋みは続いている。

梯子をつかみ、ゆっくりと扉をおろしていった。扉がひらききると、ビニール紐をつかんだまま梯子を伸ばしてゆく。音を立ててしまうたびに動きを止め、息を殺し、ベッドの軋みに耳をそばだてる。梯子の足が廊下についた。懐中電灯を消し、開閉棒を握りしめ、猫のように静かに梯子をおりてゆく。

廊下には豆電球が点いており、どこか内臓を思わせる暗い赤みを帯びた光がぬらぬらと満ちている。子供部屋のドアは開けはなたれており、ここもやはり赤暗い豆電球が点いていた。のぞくと、二人はいつもなら眠っているときですら子供である権利を放棄しないと言わんばかりの奔放《ほんぽう》な寝姿のはずなのに、なぜか今夜は柩《ひつぎ》を並べたかのようにどちらもへんにまっすぐに蒲団に横たわっている。

　子供部屋の前をはなれ、夫婦の寝室の前に立った。閉ざされたドアが、二人の喘ぎに合わせてかすかに息づいているようだ。ノブを握り、ゆっくり回してゆく。たかがノブと侮《あなど》っていたが、まるで十年も回されていなかったかのようにきしきしと小さな音を立てる。しかし愛しあうことに夢中で、あるいはそれぞれの快楽に没入しすぎて、二人は気づかない。そっと押すと、ドアが指一本の幅で音もなくひらいた。ノブをゆっくりともどす。

　ドアの隙間から、ベッドの上で絡みあう二人の姿が垣間見えた。男は詩織にのしかかり、四十男の生っ白《ちろ》い無様な尻を突きあげ、首すじに噛みつくような格好で腰を上下させつづけている。詩織は仰向けになって目をつぶり、指先で撫でるように男の背に手を回し、ひらかれた膝は右へ左へとうねりながら、絶え間なく押しよせる快楽から逃げ惑う。二人の弱々しいような儚《はかな》いような無毛の裸体は、和紙の笠をかぶった電気スタンドによって柔らかな黄昏色《たそがれいろ》に照らされているが、つながっているはずの陰部はなまぐさい翳りに黒ぐろと沈んでいる。

　左手でドアをそっと押しあけてゆく。その動きはあまりに静かで、ドアが侵入者を見逃すと決めて口をつぐんだかのようだ。一歩、二歩と踏みこんでゆく。しかし部屋の空気がどろりとして押しかえしてくるようで、思うように足が前に出ない。

　ようやくベッドのそばにたどりついたが、世界が終わるいまだからこそこうするのだというふうに、二人はまだしつこく愛しあっていた。詩織は固く目をつぶって眉根をよせ、男は遠くにちらりと姿を見せた絶頂を根気よくたぐりよせるように腰を振りながら、妻の首すじに深く顔をうずめたままだ。汗にまみれた男の背中は平板で表情を欠いており、やはりこいつには心がないのだとわかった。しばしのあいだ、二人を見おろした。数えきれないほど見てきたはずの詩織の乱れた姿だったが、どことなく見知らぬ女の退屈な情事を目にしているようだった。しかしどうあれ、二人は最後まで愛しあっていたのだ。

金属製の開閉棒が、男の後頭部、延髄《えんずい》の辺りに打ちおろされた。肉を叩く鈍い音が寝室に響いた。それが二度くりかえされた。男はうっというような小さな呻き声を漏らし、詩織の上に崩れ落ちた。詩織が訝しげに薄目を開けて侵入者の姿を認め、ようやくぎょっと見ひらいた。詩織の喉からひゅうっと息を呑む音がし、時間がぴたりと止まった。人間が生涯でただ一度だけ発することができる本当の叫び声は地の底で生まれるので、それが叫ぶ者の喉に湧きあがってくるまでには何秒間かの真空の時間を要するというような感じだった。そのあいだに開閉棒を床に投げ捨て、ぐったりとした男の体を押しのけながら詩織に飛びかかって裸体にまたがり、喉もとのくぼみに汗の溜まった細い首に手を伸ばした。

詩織の口から聞いたこともない獣じみた絶叫が迸《ほとばし》ったが、それは一瞬で断ち切られた。詩織の顔にみるみる赤みが差し、腫《は》れぼったくふくれあがり、いまにもはちきれんばかりになってきた。顔を引っ掻こうとする詩織の手から逃れるために体をねじるようにのけぞって、目をつぶり、黙々と絞《し》めつづけた。手の平は、そこが長い旅路の終着点であったかのように首すじに吸いつき、指が骨にまで沈んでゆくようだった。手首に爪を喰いこませていた手も、掛け蒲団を蹴飛ばして暴れまわっていた脚もとうとう力尽き、詩織は生ぬるい小便を漏らしはじめ、それはやがて寝室の床に滝のごとく溢れ、転げ落ちた男の死体をひたひたと揺らした。しかし死刑囚は確実を期して三十分も吊されるのだという話を聞いたことがあったから、ときおり枕もとの目覚まし時計に目をやりながら、そのまま絞めつづけたのだ……。

……悪夢から自分を引き剝がすように目を覚ました。自分がどこにいるかわからず、しばらく意識が宙を掻く。何も見えない。のしかかってくるような分厚い真っ暗闇のなかで、自分の息づかいだけがわななないていた。どこだ？　いつだ？　手で辺りを探ってみると、自分の脚、硬い床、段ボール箱、そしてひんやりとする金属の棒らしきものに指先がふれ、その瞬間、ぞっとした。

これは屋根裏収納の開閉棒だ。記憶が一気に押しよせてき、高志の意識を捕らえ、屋根裏収納の床に磔《はりつけ》にした。この棒を手に屋根裏から忍び出て偽者を殴り殺し、詩織を絞め殺す……夢だったか。か細いような安堵のため息が漏れた。が、少なくともここにもぐりこんだのは夢ではなかったのだ。そうだ。たしかに自分の足で屋根裏収納に昇ったのだ。一睡だってできるとは思っていなかったが、詩織たちの情交を聞かされたあと、悶々とするうちにいつのまにか眠ってしまったらしい。目尻にふれると、指先がわずかに濡れた。眠ったまま涙を流していたようだ。夢のなかとはいえ、なんで俺は詩織の首なんか絞めたんだろう。痛々しく波打つ詩織の首の感触が、まだ手の平にうっすらと膜のように張りついている気がした。

動揺が退《ひ》いてゆくに従い、昨晩おのれの身に起きたことがあらためて高志の胸に染みこんできた。月がふりかえる？　偽者があらわれて詩織たちが俺を忘れる？　そんな馬鹿な話があるだろうか。眠ってしまったせいで緊張の糸がゆるんだのだろう、なおいっそう信じがたい、そして堪《た》えがたいという思いが募《つの》ってくる。しかし現に高志はこうしてこそ泥のように屋根裏に身を隠している。そして耳を澄ませば、夫婦の寝室のほうから耳慣れない鼾《いびき》が、自分も夜ごとかいているのかもしれないような野太い鼾が、たしかに聞こえてくるのだ。

手探りで懐中電灯をつかむと、腕時計を照らした。四十の誕生日に詩織に買ってもらったソーラー電波時計だ。二時四十八分、まだ真夜中だ。しかしまた眠ってしまうわけにはいかない。悪夢にうなされて悲鳴なんぞあげてしまえば、いや、鼾をかいただけでも警察の手でここから引きずりおろされることになりかねない。

上半身を起こし、懐中電灯で照らしながら、音を立てないようにそこらにある段ボール箱を開けはじめた。中身はやはりほとんどが書籍だ。専門である社会学の資料は当然、研究室のほうに置いてあるのだろう、小説や漫画もあるが、雑学を増やすための一般向けの啓蒙書が多い。

一冊の新書に目が留まった。表題は『〝愛国者〟はどこにいるのか』、著者名は大槻高志とある。〝八万部突破！〟などと帯に派手に書かれているところを見ると、重版がかかったときに出版社から送られてきたものだろう。売り文句の横には、どことなく挑みかかるような目つきをしたあいつの写真が刷られていた。たまたまそんな写真を使われただけなのだろうが、こうして見ていると、この瞬間を見越し、あえて一対一でこちらに不敵なまなざしを向けてくるようにも思えてくる。

奥付《おくづけ》の上に著者紹介の欄があった。一九七二年、神奈川県生まれ、とある。高志は千葉の生まれだから出生地は違うが、出身大学と勤務先は同じだ。K大学社会学部を卒業し、現在はS大学の教授と書かれている。ほかの著書もいくつか紹介されているが、どうやら研究分野も似通っているようだ。しかも夕子の話では、厚かましくもニュース番組のコメンテーターまでやっているらしい。つまり大学に入ってからの人生を、家族やこの家を含めてそっくりこいつに横取りされたことになる。

ふと、昔、鏡を見てある奇妙な感覚に囚《とら》われたことを思い出した。中学生のころだったろうか、鏡のなかにもう一つ世界があるというなんともありきたりな空想にふけったときに、向こうから見れば、こっちこそが鏡のなかの世界なんじゃないか、という薄ら寒いような思いつきに打たれたのだ。向こうの自分が鏡を見たいと思ったときに、こっちの自分はまるでおのれの意思であるかのように鏡の前にのこのこ出てゆくが、実は向こうの自分のほうが一瞬先にその意思を持ったのであり、こっちの自分の一挙手一投足はすべて向こうの自分に引きずられてのことではないのか。向こうの人生こそが本物で、こっちの人生なんかただの影に過ぎないとしたら？　かつて必死に踊り狂って影を足の裏から引き剝がそうとしたが、自分のほうこそが影なのだとしたら？

愚にもつかない考えだが、当時はそれが間違っていると証明する方法などないように思えたし、いまもまだそう思える。いや、いまこそそう思える。そこでさらに考えを進め、鏡の向こうとこちらを月の裏表に置き換えるとどうだろう。レストランのトイレで越えてはならない境界線を誤って踏み越えてしまった影のような男がいて、月の裏側がその男に慌てて急ごしらえの役柄を割りふったのだとしたらどうだろう。

本を閉じ、そっと段ボール箱にもどした。そして懐中電灯を消し、暗闇のなかにへたりこんだまま掻きむしるように頭を抱えた。地を這うような重たいため息が次々に溢れ、いつまでも止まらなかった。

七

暗がりに座りこんだまま、どうにか睡魔との戦いを乗りきった気がするが、実際はどうかわからない。がくりとくるたびにすぐさま目を覚ましたと思っていても、本当はうなだれたまま五分十分と眠りこけていたかもしれない。生き埋めのような暗闇にいつづけると、こぼれ落ちた意識の長短すらさだかでなくなってくる。が、いずれにせよ、もうまもなく夜が明けるはずだ。朝刊が郵便受けに放りこまれ、小鳥がそこかしこでさえずり、朝の気配が真っ暗な屋根裏にまで入りこんできた。

高志の知っている詩織は目覚ましを六時にセットしている。だからといってすぐに飛び起きるわけではない。アラームを止めてから十分ぐらいかけてじわじわときょうという日を生きる覚悟を固め、ゆっくりベッドから這いおりる。下で眠る詩織もそうなら、まだ俺と詩織は細い糸でつながっていると思える。その糸をそっとたぐってゆけば、詩織のなかから何かを引き出せそうな気がする。詩織がはっと顔をあげ、見知らぬ男の匂いをなぜか懐かしく思うような何かを……。懐中電灯でときおり腕時計を照らしながら、高志はそのときを祈るように待つ。

目覚ましが鳴りはじめた。聞きなれない音だが、たしかに六時だ。詩織の手が枕もとに伸びて目覚ましを止めるさまがありありと目に浮かぶ。ほら、止まった。しばらくし、詩織が寝室を出て階段をおり、トイレに入った気配が伝わってきた。トイレから出たら洗面所で顔を洗ってうがいをするはずだと思っていたら、まったくその通りになった。やはりあの詩織は俺の知っている詩織なのだという思いが、希望のふりをした喪失として高志の胸に染みわたってきた。

それから家のなかで起きた一連のことは、何もかも高志が肌で知るともなく知っていたことばかりだ。詩織のあとにあいつが気怠げな足どりで寝室を出て一階におり、あれこれ用をすませ、朝刊をがさがさ鳴らしながらテレビを点ける。合わせるチャンネルまで同じだった。電子レンジが慌ただしく活躍し、食器の底がテーブルをコトコトと打ち、くぐもった声で二人のあいだに短い言葉が交わされる。違うのはただ、そこに自分がいないという事実だけ。結局、月が沈み、太陽が昇っても、何一つ元にはもどらず、高志はまだ世界の眼裏《まなうら》に紛れこんだ異物として屋根裏の暗がりで息をひそめているのだ。

七時になり、あいつがまた階段を登ってきた。泰介と美緒を起こすのが、あいつが家を出る前におこなう朝の最後の儀式のはずだ。「おはよう！　朝だよ！」とことさら声を張りあげて憎まれ役を半ば楽しみながら、あいつが子供部屋に踏みこんでゆく。高志はそれを〝朝の押し売り〟と呼んでいたが、あいつはなんと呼んでいるのだろう。泰介が眠りのしっぽにすがりついたままごにょごにょと何事かを口のなかでつぶやく。例によって寝起きの悪い美緒が目を閉じたままぐずぐずと泣きはじめた。そんな美緒をあいつが抱きあげたのがわかる。見えてはいないが、見えているも同然、この手で抱きあげたも同然だ。あいつはきっと、二人の子供と目を合わせるまでは、その一瞬を嚙みしめるまでは、家を出ないだろう。仕事が遅くなって帰ってきたら二人がすでに寝ていたなどということになれば、まる一日顔を合わせなかったということになりかねないからだ。

　二人を起こしたあと、ようやくあいつが家から出ていった。あいつはきっと八時には書物で溢れかえる研究室に入り、静けさのなかに腰をおろし、窓の外に目をやりながら深く息をつくだろう。そして電気ポットで湯を沸かし、ティーバッグを選び、紅茶を淹《い》れるはずだ。あいつはきっとそのひとときをこよなく愛している。一日のうちでもっとも頭が澄みわたる特別な時間だからだ。

　詩織は八時前に泰介を家から送り出した。泰介は集団登校の班で小学校まで歩いてゆくのだ。三時半には帰ってくるだろう。やがて洗濯機のうなりがごうごうと聞こえてきた。美緒は一人遊びを好まず、手伝いと称する邪魔をすべく、詩織につきまとってはなれない。短い脚でぺたぺたと家じゅうを駆けまわる。

　十時四十分ごろ、とうとう詩織が美緒を連れて家を出た。買い物だろう。すぐ近くのスーパーですますのか、それともちょっとはなれたショッピングモールまで足を延ばすのか、高志にはわからない。しかしいずれにせよ、この機を逃してはならない。高志は屋根裏収納の扉を開け、梯子をおろし、廊下に立つやいなや階段を駆けおりてトイレに飛びこんだ。思わず呻き声が漏れた。トイレから出ると、台所に行き、蛇口の下に頭を突っこんで水道水を飲んだ。腹も減っているはずだが、胃が孤独と不安に拳のように凝《こご》り、何も喉を通りそうにない。リビングに行き、ベージュ色のソファに深ぶかと腰をおろした。自分の買ったソファではなかったが、まるできのうまでの人生のような柔らかさで腰を包みこんできた。体が溶け崩れてゆくようなため息が長々と出た。このまま寝転がりたかったが、眠ってしまいそうでできなかった。それでもいいような気がしたが、しかしまだそうするわけにはいかないのだ。

やっとのことで重い腰をあげると、玄関に向かった。そして靴を脱ぎ、下駄箱の下に押しこむ。帰ってきた詩織がそこをのぞきこんで見なれない靴を発見してしまう恐れはまずないだろう。

ふたたび二階に行き、屋根裏にあがった。そして扉を閉め、段ボール箱のあいだに腰をおろし、もう少しだけだとみずからに言い聞かせた。十四時間も籠もりつづけたのだから、あと少しぐらい辛抱できるだろうと。

十一時半近くになって、二人が甲高い声をあげながらにぎやかに帰ってきた。やがて美緒にテレビを見せるためだろうアンパンマンの主題歌が聞こえてきて、そのあいだに詩織が昼ご飯の用意を始める。包丁が小刻みに俎板《まないた》を打つ音、そして何かを炒《いた》めるかすかな音、炒飯《チャーハン》か焼きそばをつくっているのではないか。

二人で昼ご飯を食べるうちに、だんだんと美緒の声が間遠《まどお》になってきた。眠くなってきたのだ。

そしてまもなく美緒の声が完全に途絶えた。詩織がゆっくりと階段を登ってくる。その腕には眠りに落ちた美緒が抱かれているはずだ。詩織が子供部屋に入り、すぐに出ていった。美緒を蒲団に寝かせたに違いない。美緒はどれぐらい眠っていてくれるだろう。一時間か、二時間か、それとも三十分か……。

詩織が階段をおりてゆき、トイレに入り、出てきた。いよいよ詩織と二人きりで向きあえるときがやってきたのだ。動悸がしてきた。ひと晩じゅうこのときを待っていたはずなのに、いざそうなってみると恐ろしくて仕方がない。しかし行くしかないのだ。ほかにすべきことなど何一つないのだから。

好都合なことに一階で掃除機の音がしはじめた。これで詩織は多少の物音には気づくまい。この機に乗じ、屋根裏収納の扉をやや大胆に開け、梯子をおろした。廊下におり立ち、高志はそろそろと階段をくだってゆく。掃除機の音を頼りに、リビングのドアの前に立った。ガラス越しに詩織の前屈みになった背中が見えた。いつものように何を案ずることもなく、ふらりと入ってゆけそうな予感が脳裏をかすめるが、けっしてそうではないのだ。高志はドアのレバーに手を伸ばし、大きくひと息ついてから、そっと引いてゆく。

息を殺し、リビングに一歩足を踏みいれた瞬間、詩織がまったく無防備な表情と所作でゆらりとふりかえった。目が合った。悲鳴はあがらなかった。詩織はぎょっと目を剝き、ふあ、というような奇妙な声を漏らした。びくりと身を震わせ、掃除機のホースを取り落とした。そういった反応が一瞬に凝縮されて詩織の身に起こった。そのまま皿のような目で高志を見つめ、立ちすくんだ。

高志は銃でも向けられたようにリビングの入口で手をあげ、「詩織!」と叫んだ。「俺だよ!

何もしない！　話だけさせてくれ！」。その声は掃除機の音を貫いて、詩織の耳に届いたはずだ。しかし詩織は瞬き一つせず、凍りついたままだった。高志は手をあげたまま、「掃除機を止めてくれ！」と叫ばねばならなかった。詩織は我に返ったようにそこでようやく溜まっていた息を吐き出し、身じろぎをした。そして侵入者から片ときも目をはなすまいというふうに恐るおそる腰を落とし、ホースを拾いあげ、掃除機の電源を切った。

刺すような静寂が二人を包んだ。高志はまだ手をあげていた。詩織はいまにもひび割れそうな硬い表情を顔に喰いこませ、ホースを握ったまま高志を見つめていた。高志は声を低め、もう一度「詩織……」と呼びかけた。「話だけさせてくれ。そしたら出ていくから……」

「誰ですか……」とようやく詩織が口をひらいた。裸で物かげに隠れるような、かすれ、震えた声だった。そう言われることはわかっていたはずなのに、そのひと言だけで高志はまた傷ついた。

「あなた、誰ですか……」と詩織はくりかえした。

八

詩織が叫び出さない理由も、そこらの物をつかんで投げつけてこない理由も、高志にはわかっていた。二階に美緒がいるからだ。正気が疑われる侵入者を興奮させれば、子供に何をされるかわからない。詩織一人だけだったら、きっと高志の隙を突いて裸足でも家から逃げ出そうとしただろう。そして通行人をつかまえ、すぐさま警察に通報したことだろう。しかし美緒がいるせいでそれができない。つまり高志は図《はか》らずも自分の娘を人質に取っているのだ。

二人はオーク材のローテーブルを挟んで向かいあっていた。そのローテーブルが、二つの世界のはざまに聳《そび》え立つ壁なのだった。昨晩レストランでやりあったばかりだから、この詩織にとっても見憶えのない顔ではないはずだが、その事実はまったく身の安全を保障するものではないだろう。それどころか、見ず知らずの男に突然つきまとわれはじめたと内心震えあがっているはずだ。詩織の警戒心を少しでもゆるめようと、高志は先に腰をおろした。が、そんなことぐらいで詩織が見知らぬ男に、しかも突然家に踏みこんできた侵入者に、気をゆるすはずもない。詩織の怯えきった瞳は石のように固く身がまえたままこちらを見つめていた。

高志は財布から運転免許証を取り出し、「名前を見てくれ」と言って詩織の前にすべらせた。詩織は免許証を一瞥し、名前を確認したようだが、強張った顔にはどんな安堵の気配もあらわれない。単なる同姓同名か、でなければ偽造だと思っているのだろう。高志はキーホルダーを取り出し、そこからこの家の鍵を外すと、それも詩織の前に置いた。

「これはこの家の鍵だよ。俺はここに住んでた。この家に……」と言葉だけでは足りず、思わずこの家を抱きよせるような身ぶり手ぶりが出てしまう。「きのうの晩まで……。きのうの晩に、あそこのレストランに行くまで……」

詩織はごくりと固唾《かたず》を呑み、ふたたび口をひらいた。

「どういう意味ですか？　あたしたちはもうこの家に二年半も住んでます」

どういう意味だろう。それが高志にもわからないのだ。

「知ってる。俺も……」と言って高志は自分の胸に手をやった。「この俺も、二年半前からこの家に住んでた。きのうの晩までは……。おかしなこと言ってると思われてるのはわかってる。でも、俺としてはそうとしか言いようがない。詩織がこの家は自分たちの家だって言うしかないように、俺にもそうとしか言いようがない。馬鹿げてると、そんなことはありえないと、そう思うだろうけど、でも試しに想像してみてほしい。いまだけでいいから、一度だけでいいから、想像してみてほしい。自分がもう一人いたら、と……。見た目も性格もそっくり同じで、名前も同じ大槻詩織、きのうの晩までは、そういう女がもう一人存在したと……。俺はそのもう一人の大槻詩織と学生のころに出会った。それで三十五のときにやっと結婚できて、三十六のときに泰介が生まれて、四十でこの家を買って、四十一で美緒が生まれて……」

詩織の表情は頑《かたく》なに強張ったままだ。そんなことは頭のネジが二、三本抜けたやつでもちょっと調べればわかることだと思っているのだろうか。それとも新手の詐欺《さぎ》のとば口に立たされているとでも疑っているのだろうか。いずれにせよ、そもそも詩織はたやすく人と打ち解ける女ではないのだから、こっちはどこまでも辛抱強くあらねばならない。

ともすれば喰らいつくように話したくなる声の調子を必死に抑えながら、高志は言葉を続ける。高志の知っている詩織の旧姓が今野《こんの》であること。宮城県のT市で生まれたこと。父親が福島の出身で、母親が岩手の出身であること。電機メーカーに勤めていた父親の転勤で、小学校にあがるときに埼玉県に移り住んだこと。二つ上の兄と一つ下の妹がいること。小学校低学年のときに妹と自転車の二人乗りをしているところをお巡りさんに見つかって牢屋に入れると脅されたけれど、わんわん泣き叫ぶ妹の横で、そんなの嘘だと言って睨みつけてやったこと。高学年のときにプロレス好きだった兄に技をかけられて二度も肘を脱臼したこと……。

泰介と美緒についても思いつく先から話していった。痛みに強い気がすると自分で言っていた詩織が、泰介を産むときに分娩台《ぶんべんだい》の上で「痛い！　痛いよー！」と何度も叫び、それをドアの外で聞いていた高志は、俺ならきっと産みの苦しみから逃れるためなら誰のどんな秘密だってべらべらとしゃべってしまうに違いないと思ったこと。真っ赤になって産声《うぶごえ》をあげる泰介を見て、ああ、だから赤ちゃんていうのか、と三十六にもなって実感したこと。ちょうど二九八〇グラムで生まれてきて、ニイキュッパの特売品みたいだと言って二人で笑いあったこと。美緒のときは詩織が庭いじりをしている最中にいきなり破水して大変だったこと。生まれたばかりの美緒は背中から腕から耳から黒ぐろとした産毛がいっぱい生えていて、ゆくゆくはチンパンジーみたいになるんじゃないかと心配したけれど、いまではもうすっかり可愛らしい人間の女の子に育ったこと。美緒が、スパゲッティのことを〝すたべっきー〟、すべり台のことを〝すれびだい〟と間違って憶えてしまったから、我が家ではみなでそう呼んで楽しんでいたこと……。

そういった自分にとっての泰介と美緒が、目の前の詩織にとっての二人とどれほど重なるのかまったくわからなかった。しかし高志としては、自分がたしかにそれを生きたと信じる過去について手当たり次第に語るしか道はないのだ。

二人がK大学の軽音楽サークルで出会ったときのこと、二人の好きな映画がたまたまヴィム・ヴェンダースの『パリ、テキサス』で同じだったこと、高志が三十五になってようやく大学の専任教員になれたときのこと、二人であちこち家を見て回ったときのこと、ひさしぶりの運転で高志がベンツにこすりそうになったときのこと……高志は黙りこくる詩織に向かって止めどなくしゃべりつづけながら、だんだんと不思議な心持ちになってきた。いまだかつて詩織に、いや、誰に対してでも、こんなにも懸命に語りかけたことがあったろうか。詩織にすら明かしたことのないいくつもの気持ちを、自分のことを知らないと主張する女に向かってこんなにも率直に話している。突拍子もない自分の話に少しでも真実味を与えるべく、思いつくかぎりの言葉を自分の魂をそっくり裏返すようにしてすべて吐き出している。

これはまさに告白だ、と高志は思った。俺はいま、最後の告白をしているのだ。まるで死後に閻魔《えんま》の前に立たされたかのように。が、もちろん詩織は閻魔ではない。ならば、なんなのだろう。俺はいったいこの詩織に何を求めているのだろう。何もかもを語りつくすことで、詩織を、泰介を、美緒を、そしてこの家を、あいつから取りもどせるとでも思っているのだろうか。思っているのかもしれない。心の奥の奥のもっとも奥底で、藁《わら》をもつかむ思いでその可能性にすがりついているのかもしれない。しかしそんなことが可能だと本気で信じてはいない気がした。にもかかわらず、どこにたどりつくとも知れぬまま高志は話すのをやめられない。泳ぎつづけなければ死んでしまう魚のように、俺もまた話しつづけられるあいだだけ詩織の前にいることができる、そんな気がしてならないのだ。

語りつづけるうちに、詩織の表情に少しずつ変化があらわれてきた。強張っていた顔にときおり感情の揺れがよぎり、何かを言いたげにわずかに口をひらくが、しかしまた閉ざされる。そんなことが幾度かくりかえされたのち、詩織がとうとうたまらずという勢いで口を挟んできた。

「じゃあ……なんで……なんであなたはここにいるの？　きのうまでは、もう一人のあたしと、もう一人の泰介と、もう一人の美緒と、もう一つのこの家に暮らしてたって言うんだったら、あなたはいま、なんでここにいるの？」

詩織の声はうわずっていたが、相手が嘘八百を並べたてていると責めるというより、幸福な現実を蝕《むしば》む異様な事態に巻きこまれ、戸惑いの声をあげはじめたように聞こえた。高志が長々と述べたてた事柄の一つひとつが、詩織の心に無数の不穏な波紋を生じさせていたのかもしれない。なぜこの男がそんなことまで知っているのか、なぜ、なぜ……と。

「なんでここにいるか……俺にもわからない。俺もきのうからずっとそれを考えてる」と高志は弱々しくかぶりを振った。「きのうの晩、俺たちは四人であそこのレストランに行ったんだ……」

高志は自分の身に起きたことを語りはじめた。食事中にトイレに立ったこと。トイレの窓からなんとなく異様な満月を見あげたこと。そのあとにもう一人の大槻高志がトイレに入ってきて、洗面台の前ですれちがったこと。そしてトイレから出てきたら、レストランにいたすべての人びとが窓の外を見あげて凍りついていたこと。

「月？」と詩織が言った。

「そう……みんな月を見あげてた。詩織も、泰介も、美緒も、ほかの連中もみんな月を見あげたまま、ひと言もしゃべらず、指一本動かさず、月を見あげてた。レストランにいた人間だけじゃない。横断歩道で待ってた人も、車を運転してた人も、散歩してた犬まで、一人残らず月を見あげてた。時間が止まったみたいだった。それで、俺も月を見あげたんだよ。そしたら……」

高志は急に力尽きたように言いよどんだ。自分の口が語っていることを、自分でも信じられないような気がしてきたのだ。なまなましかったはずの記憶が、自分をこんな境遇に追いこんだあの現象の記憶が、言葉にされる端から白じらしく色褪せ、脆くも崩れてゆく。あんなことが本当に起きたのだろうか。月がふりかえったって？　家族全員が自分のことを忘れていたって？　そんな夢みたいな話、いったい誰が信じる？　詩織がまだまっすぐこちらを見つめていたが、その瞳がまたもや不信の底にゆっくりと沈んでゆくように思えた。

「そしたら……また突然、世界が動きはじめた。詩織も、泰介も、美緒も、月から目をはなして俺のほうを見た。そこから先は……知ってるだろ……」

詩織は無言のまま、そっと何かを見捨てるようにテーブルに視線を落とした。駄目だ、と高志は思った。こんな馬鹿げた話を聞かされて、いったい何が言えるだろう。ほんの一瞬、這いあがりかけたかに思えたが、俺はまたずり落ちてしまった。結局、何一つ取りもどせない。しくじるべくしてしくじったのだ。いまの詩織の目に映る俺は、恐ろしいほどに大槻家の内情に通じた、どこまでも不気味な不審者でしかないだろう。高志の雄弁は足をすくわれてにわかに腰が砕け、行くあてもない重苦しい沈黙がリビングにおりてきた。が、高志はその沈黙をやっとの思いで押しのけ、ふたたび言葉を絞り出した。

「最後に……最後に左手を見せてほしい」

詩織が視線をあげ、警戒心をあらわに、

「どうしてですか？」と言う。

「俺の知ってる詩織には、左の手の平に傷がある。その傷があるかないか、それをたしかめさせてほしい」

詩織は押し黙ったままこちらを見つめていたが、左手を見せようとはしない。

「十年前にその傷がついたとき、俺は詩織と一緒にいた。そんな大した傷じゃないけど、痕が残ってしまった。そのころ俺は三十三で、あっちこっちの大学で非常勤講師の仕事をいくつも掛け持ちしてて、でもろくな稼ぎがなくて、まったく人生の先が見えなくて……」

十年前の秋、高志は詩織と二人で紅葉を見るために出かけた。埼玉にNという駅がある。かつてそこから別路線のR駅まで線路が延びていたのだが、昭和六十一年に廃線になった。危険な場所があるということで公式にはハイキングコースとして認められていないが、渓谷《けいこく》の景色は美しく、トンネルや鉄橋などのちょっとした刺激もあって、廃線跡を歩く者が多い。その情報をテレビで仕入れた高志が詩織を誘い、連れ出したのだ。

結局のところ、高志はそのちょっとした刺激を甘く見ていた。ルート上にトンネルが六カ所あるのだが、それが恐ろしく暗いのだ。本来なら懐中電灯を持っていかねばならないのに、高志は用意していなかった。ほかにもその道を歩く人はちらほらいたが、みな抜かりなく懐中電灯を持ってきているようだった。トンネルは湾曲しており、入ってしばらくすると出入口からの光がまったく届かなくなる。鼻をつままれてもわからないほどの暗闇に包まれるのだ。高志は詩織と手をつなぎ、足もとを探りながらその真っ暗闇のなかをゆっくりと歩くことになった。

「俺は詩織の手を握って歩きながら、だんだんとおかしな気持ちになってきた。まさにこれがいまの俺だ、俺たちだ、という怖いような気持ち……。懐中電灯一つ用意せずに、なんの策もなく、詩織の手だけをつかんで、いつ終わるとも知れない真っ暗闇のなかに連れこんで、無理やり一緒に歩かせてる。はじめは面白かったのに、あまりにも闇が濃くて、もう面白くもなんともない。はじめはしゃべりながら歩いてたのに、だんだんとしゃべることもなくなって、互いの姿もまったく見えないまま、ただもう黙々と二人で真っ暗闇のなかを歩いてる。そのうち、いまの俺たちというより、これからの俺たちだ、という思いに囚われてきた。俺はこういう先の見えない恐ろしい人生に詩織を引きずりこもうとしてる、そう思えてきた。

そんなとき、突然二人の手がはなれてしまった。詩織が何かにつまずいて転んだみたいで、〝痛ッ！〟ていう声が聞こえた。〝どうした！　大丈夫？〟って慌てて聞いたら、〝転んだ〟ってだけ詩織が言った。〝大丈夫？〟ってもう一回聞いたら、〝どうしよう。目が見えない。真っ暗だよ〟って詩織が言ったんだ。それで俺たちは、十年ぶりみたいな感じで二人で笑ったんだよ。

そのあと、二人で手探りしあってまた手をつないで、暗闇のなかを歩きはじめた。やっぱり黙ったままだったけど、俺はさっきまでの怖い気持ちがだんだんと薄らいでいくような気がした。二人で笑えたことで、俺たちはまだ大丈夫だと思えてきた。今度は手を強く握って、もう放さないぞ、次は転ぶ前に助け起こすぞ、そう思った。でも、やっとトンネルを出たと思ったら、詩織が怪我《けが》してたんだ。手の平から血がだらだら流れてた。左手を地面についたら、ガラスの破片か何かが落ちてたみたいで、手の平が切れたんだな。それで、なんか〝人〟っていう漢字みたいな形の傷ができてた。それを見て俺は思ったんだ。詩織はこうやって、俺の見えないところで、俺のせいで傷ついてきたんだって。これからも傷ついていくんだって。そのことに、俺はずっとあとになってからやっと気づくんだって……。だから俺は、俺のせいでついたその傷があるか、目の前にいる詩織の手の平にもそれがあるか、最後にたしかめたい」

詩織は固く口を引き結んでいたが、瞳が揺れていた。そしてやがて、

「たしかめてどうするの？」と言った。

「ただ、見て、たしかめたい。それだけだよ……」

詩織はにわかに声を上ずらせ、立てつづけに、

「あったらどうするの？　なかったらどうするの？　どう違うの？　何が変わるの？」と詰めてくる。

「違う！　何もかもが違う！」と高志も思わず声を大きくする。

「同じじゃない？　たとえその傷があたしにあったとしても、それはあなたのせいでついた傷じゃないでしょう？　あたしの知ってる大槻高志のせいでついた傷でしょう？」

「違う！　全然違う！　わかってるだろ？　たとえその傷がもう一人の大槻高志のせいでついたもんだとしても、俺にとっては、大きな意味がある。その傷がどういうふうにしてできたか、俺は知ってるから！　その傷を見て、俺がどう思ったか、俺が詩織について何を考えたか、俺は知ってるから！」

「それはあたしじゃないでしょう？　あなたの知ってる、もう一人の大槻詩織との話でしょ

う?」

「いない！　もう一人の大槻詩織なんかいない！　少なくとも、いまはもういない！　永久にいない！　俺にとっての詩織は最初から一人で、いまも一人で、これからもずっと一人で、それがいま、俺の目の前にいる！　だから俺もここにいるんだ！」

詩織は目を逸らし、眉間に険しいしわを刻み、何かを払いのけるように幾度もかぶりを振った。

「違う。あたしは違う。何をどう言われても、あなたのことなんか最初っから知らない。……帰って。あなたが最初に言ったとおり、さんざん話を聞いたでしょう？　充分聞いたでしょう？　だから出ていって。あたしたちの家から……」

「出ていくよ！　でも出ていく前に、最後に、左手を見せてくれって言ってるんだ！」

詩織は目を逸らしたまま、またゆっくりとかぶりを振った。それでも高志はしばらく待った。待ってから、テーブルの上に手を伸ばした。手を引っぱられると思ったのか、詩織がびくりとし、わずかにのけぞった。高志は免許証を手に取ると、財布にしまってから、また待った。そして静かに言った。

「なぜ見せられない？」

詩織は横を向いたまま無言だった。高志は今度はテーブルの上に置いたこの家の鍵にゆっくりと手を伸ばした。詩織がキッとこちらを向き、

「それは置いていって！」と言った。

高志は詩織と目を合わせたまま、鍵の上に手を載せ、かぶりを振った。「これは俺の鍵だよ。俺が住んでた、もう一つのこの家の鍵だ……」

高志は鍵に載せた手を鍵ごと徐々に引いてゆく。次の瞬間、詩織がいきなり鍵のほうに両手を

伸ばし、高志の手を鍵の上から払いのけようとした。高志はすかさずその手を取った。ローテーブルを挟んでつかみあいになる。高志は立ちあがって一気にテーブルを乗り越えると、詩織の前に飛びおり、揉みあいながら押し倒した。右手で詩織の左手首をつかみ、左手は右手首をつかみ、絨毯《じゅうたん》の上に磔にするように詩織の体を押さえつける。

「やめて！　何もしないって言ったでしょ！」と詩織がもがきながら叫ぶ。

高志はそれを必死に押さえこんで、

「何もしない！　何もしないから話を聞け！」と叫びかえす。

その言葉に詩織の力が一瞬ゆるむ。高志はその隙に両手で詩織の左手をつかみ、握りしめた拳を無理やりひらかせた。傷があった。それは高志の見なれた、たしかに〝人〟と読める傷痕だった。そのことに何かを感ずる暇もなく、体の下で詩織がいっそう激しく暴れだし、

「してるじゃない！　無理やりしてるじゃない！」と金切り声を張りあげる。

高志は詩織がこれほど取り乱すさまを、これほど攻撃的になるさまをはじめて見、内心、驚愕していたが、それを言うなら、詩織にこんな手荒な真似をするのもはじめてのことなのだ。

「わからないのか！　俺はただ信じてほしいだけだ！　泰介や美緒に信じてくれとは言わない。まだ子供だ。でも詩織にだけは信じてほしいんだ！　俺はきのうの晩に突然わけもわからないうちに何もかもを失って、一人になった！　一人きりになった！　それでも、俺が一人じゃなかったということを、詩織も、泰介も、美緒も一緒で、四人でこの家に住んでたということを、たしかにそういう男だったということを、詩織にだけは信じてほしいんだよ！　すべてを返してくれとは言わない。何か一つでも返してくれとも言わない。俺に何かをしてくれとも言わない。ただ信じてほしい、それだけだ！　詩織さえ信じてくれたら、俺はこのままこの家を出ていける！

すぐにでも出ていける！」

詩織はしだいに暴れるのをやめ、荒い息とともに細い体を波打たせながら見あげてくるが、ひと言でも言葉を与えれば高志がそこにしがみついてくるとでもいうように、頑なに口をつぐんでいる。高志はつかんでいた手首を放すと、小刻みに震える手で肩を抱き、詩織の耳もとに口をよせ、

「人間ってそういうもんじゃないのか？」とつぶやく。

詩織はただゆっくり胸を上下させ、呆然と天井を見あげている。二人はそれ以上交わす言葉を持たず、しかしぎこちなく体を重ねたまま、交わりきれなかった二つの人生そのもののように、しばしそれぞれの時間のなかに横たわっていた。

やがて二階から美緒の泣き声がしはじめた。二人は同時にはっと頭をあげ、申しあわせたようにリビングの掛け時計を見あげた。二時半を過ぎていた。美緒のか細い泣き声が、二人を捕らえていた悪夢をひと息ごとに吹きはらってゆくようだった。高志は目を逸らしたままゆっくりと膝立ちになり、詩織を自由にした。詩織もまた高志と目を合わせようとはせず、道ならぬ情事を思いとどまったかのように強張った背を向けて上半身を起こすと、乱れた髪を撫でつけながら立ちあがった。そして娘の泣き声を頼りに現実への帰り道を見出そうというように、高志を置き去りにしてドアのほうへ歩いていった。背後で詩織の足が廊下を鳴らし、誇張されたような軽やかさで階段を登ってゆく。やがて「マぁマー！」と言う美緒のあどけない涙声がし、詩織がそれに「みいちゃん、やっと起きたか。きょうはずいぶんお昼寝したねェ」と答え、見えてはいなかったが、いま優しく抱きあげたに違いなかった。

けっして手に入らず、すれ違うことだけがゆるされた何かが、終わった気がした。そしてその

残響が高志に去ることを求めていた。高志は膝に手をやり、おもむろに立ちあがると、テーブルのわきに素っ気なく落ちている鍵を見おろした。幸福な過去と自分をつなぐ最後のよすがと思えたものが、いまや主人に背を向け、この家に残ることを選んだと告げているようだった。

足音を殺して廊下を歩き、玄関に這いつくばると、下駄箱の下から自分の靴を引っぱり出した。靴をはき、そっと玄関ドアを開け、一歩外に踏み出したところで階段のほうをふりかえった。美緒がぐずぐずと甘えた声を漏らし、詩織があやすように言葉をかけているらしかったが、鳴るともなく鳴っている外のざわめきが高志の耳をおおい、もうそれを聞かせなかった。外に出ると、詩織とその家族に別れを告げるかわりに、どん、と大きな音を立てて玄関ドアを閉めた。門を出たところで、サイドボードの上から詩織たちの写真を盗んでくるべきだったと思ったが、取りにもどることはなかった。

九

歩きはじめると、空が水を張ったように冷たく澄みわたっていることに気づいた。東の地平線の辺りに綿菓子の切れ端のような雲が肩身が狭そうに散っているだけだ。こういうふうに身一つで青空と向きあうことは、世界と向きあうことは、いまだかつてないことだったが、本当に感じるべき巨大な感情はまだ遠くにあって、この胸にたどりつくのはずっと先なのかもしれなかった。

川沿いの道に出たところで立ちどまり、財布から免許証を取り出すと、ふたたび住所を確認した。〝K市西本町3-2-203〟。行ったことがないはずなのに、なんとなくそこまでの道すじを思い描くことができ、徒歩でも一時間はかかるまいという確信が湧いてきた。ひょっとしてと思い、きのうまで使ってきたバスの定期券を財布のなかに探したが、やはり見つからなかった。小銭は四百円ほど、札は一万二千円あったが、長いあいだ狭苦しい屋根裏に閉じこめられていた体を歩かせることにした。

バス通りを歩きはじめると、長々と腹が鳴った。凝りかたまっていた胃がようやく動きはじめたのだ。そういえば高速道路の少し向こうにラーメン屋があったな、と思うと、急にたしかな目標が生まれ、かすかに気持ちが浮きたってきた。

二十分ほど歩き、ラーメン屋に入ると、なぜかいちばん奥のカウンター席にすっと目が行き、吸いよせられるようにそこに座った。はじめて入る店のはずなのに、尻のほうはその薄汚れた椅子と古馴染みのような感じだった。厨房で立ち働く、黒いTシャツの二人の男もまた、どこにでもいる二人のようでありながら、ここにいることがわかっていたような気にさせる男たちだ。高志は壁に並んだ短冊やメニューに目をやることもなく、ラーメンと餃子を注文し、あとで替え玉を頼んだ。店のテレビでワイドショーをやっていて、またアメリカのどこかで銃が乱射されて子供を含めた十五人以上が死傷したと報じていた。犯人は若い白人の男で、もしかしたらこいつも俺と同じように別の世界からはじき出されてきたのかもしれない、などとぼんやり考えた。

店を出てからさらに二十分ほど歩き、K駅に着いた。ふとタクシー乗り場が目に入り、もしかしたら俺はきょう出番だったのに無断欠勤したのかもしれない、と思い、逃げるように高架下の道を抜けて駅の西側に出た。ちょっと歩くとすぐに駅前の盛り場が終わり、人けのない静かな住宅街に入りこんだ。日本じゅうのどこにあってもおかしくないまったく個性を欠いた住宅街だったが、高志の足はどの道をどう行くべきかすっかり承知しているかのように迷いなく歩を進めてゆく。

やがて小さな公園を背にした三階建てのアパートの前にたどりついた。かつては眩しいほどに白かったのだろう外壁に、すっかり褪せきった青で〝ガーデンコート1号館〟と記されている。階段のわきにステンレス製の郵便受けが並んでおり、二〇三号を見ると、貼りつけたガムテープに黒マジックで〝大槻〟と書かれていた。上の隙間からなかをのぞいたが、つまらないチラシばかりのように見え、そのままにして階段を登った。

キーホルダーについた見知らぬ鍵を手に二〇三号の前にしばしたたずんだが、胸をしめつけてくるような感慨も、何が待ちうけているのかという恐れも、いっこうに湧き起こってはこなかった。鍵は当たり前のように鍵穴に吸いこまれ、なめらかに回った。ドアを開けたとたん、こうであったのかもしれないという人生の匂いのようなものがふっと鼻先をかすめた気がしたが、たちまち鼻に馴染んでしまったのか、すぐにわからなくなってしまった。

玄関で靴を脱ぎ、洗面所やトイレのわきの短い廊下を歩くと、流しに洗い物の残った四畳半ほどのダイニングキッチンと、その奥に蒲団が敷きっぱなしになった六畳間が待っていた。何をしていいかわからず、とりあえずテレビの前の座椅子に腰をおろしたが、テレビを見る気にはならなかった。幾度かため息をつくうちに、底知れぬ疲れが濡れ砂のように重たく体を捉えはじめ、自分が何をしたいのかがわかってきた。眠りたいのだ。

ジャケットと靴下だけ脱ぎ、カーテンを閉めると、身を投げんばかりに蒲団にもぐりこんだ。はじめて寝るはずの蒲団だったが、まるで獣が自分でこしらえたねぐらのように馴れなれしく体を押し包んできた。瞬く間におとずれた眠りは、優しくもなければ残酷でもなく、どんな夢も忍びこむ隙のない、ただひたすらな眠りだった。

目を覚ますと、部屋にはもう濃い闇がおりていた。ベランダのほうを見ると、カーテンの隙間からひんやりと青白い月光が射しこんでおり、今夜もまた月夜であることが知れた。高志は窓ぎわに這っていき、カーテンを開け、恐るおそる月を見あげた。それはもう満月ではなく、右側が薄く欠けはじめており、しかしやはり兎のいない、海のない、物語のない平板な顔つきで白じらしく浮かんでいた。しばらくその月を見あげつづけたが、昨夜あらわになった無情な姿のままどっしりと腰を据え、もう一度むこうを向くそぶりなどけっして見せなかった。

立ちあがり、電気を点け、時計を見ると、まだ九時を回ったばかりだった。座卓の上に目をやると、紺色のピースの箱とジッポーとステンレスの灰皿が、悪友らの誘いのように載っていた。学生時代に吸っていた銘柄だが、煙草はもうとうの昔にやめていた。座椅子に座って箱に手を伸ばし、試しに一本くわえてみた。その感触を唇が喜んでいる気がした。キンと懐かしい音を立ててジッポーを開け、火を点けた。心地よい煙が喉を通り、咳きこませることも眩暈をもたらすこともなく、気怠く肺に染みわたってきた。二十年ぶりのはずだったが、ずっと一緒に暮らしてきたかのように煙が悠然と部屋に漂いはじめた。

そういえば、と思い、ジャケットから携帯電話を取り出した。しばらくためらったあと、意を決して電源を入れ、閉じて座卓に載せた。煙草をくゆらせていると、すぐに、ぴちょーん、ぴちょーん、と水の滴《したた》る涼やかな着信音が、閑散とした部屋に響きはじめた。一度では終わらなかった。その音は幾度も幾度も立てつづけに鳴り、いつまでも鳴りやまない。それを聞きながら、やっぱりきょうは出番だったんだな、と思った。営業所からの留守電がいくつも届いているのだろう。でなければ夕子か。いずれにせよ、この世界にも執念深いやつがいることはたしかなようだ。

しばらくすると、やっと鳴りやんだ。この一本が終わったら腹をくくって携帯を見てみようと思いながら、フィルターを焼きそうになるまで吸い、ようやく揉み消した。留守電が三件入っていた。それはいいとして、メールが二十三件も来ているのはどういうことだろう。

訝りながら受信ボックスをひらいてみると、篠原孝三、松田千晶、坂上多江子、古谷幸彦……見憶えのない名前ばかりがずらりと並んでいた。カーソルを動かして件名だけを見てゆくと、〝はじめまして〟〝ようこそ、こちら側の世界へ〟〝月にウサギはいましたよ〟〝我らThe Lightsiders of the moon〟〝あなたの月もふりかえった?〟……。思わず息を呑んだ。試しに一つひらいてみると、〝はじめまして、大槻高志さん。僕がこっちに来たのは四年前、名古屋で路線バスに乗っていたら突然——〟

魂の軸がよろめくような感覚に襲われ、携帯を慌てて閉じると、座卓の上に放り出し、何か怖い物のように、それをしばらく見つめた。もう一本煙草をくわえて火を点け、立てつづけに何服か吸った。どうにも座っていられず、狭い部屋をさんざんうろうろする。それでも落ちつかず、やがて窓ぎわに立ち、自分の人生にかかった新たな月をいま一度見あげた。さっきと何も変わりはなかった。何も変わりはなかったが、何もかもが変わろうとしていた。煙草を持つ指が小刻みに震え、いつまでも止まらなかった。また背後で、ぴちょーん、ぴちょーん、と鳴った。そして、ひと晩じゅう鳴りつづけた。

月景石

一

一緒に飲むたびに、男はものを集めずにはいられない傍迷惑《はためいわく》な生き物だと言いはる友人がいる。つきあってきた男が、狭苦しい部屋にエレキギターを十何本も立ててその隙間でほそぼそと暮らしていたとか、飛行機のプラモデルが絨毯爆撃《じゅうたんばくげき》でもせんばかりに天井からぶらさがっていて、その下で事に及ばねばならなかったとか、そんな話だ。その友人に言わせれば、男の蒐集癖《しゅうしゅうへき》の根っこは一つしかない。とどのつまり、男は女を集めたがっている、後宮をつくりたがっている。その結論でいけば、ギターであれプラモデルであれ漫画本であれバイクであれ、男のコレクションはすべて女の代用品に過ぎない。バッグだの靴だのぬいぐるみだのを集める女は山ほどいると反論したこともあるけれど、友人の理屈によれば、女がものを集めるのは、いっこうに獲物を持ち帰らない無能な男のかわりに、赤ん坊を背負っていじらしく食糧採集に勤《いそ》しんでいたころの名《な》残《ごり》でしかないのだとか……。

女の蒐集癖について、友人に話さなかった大事なことが一つある。わたしが九歳のときに他界した叔母《おば》のことだ。母は三人きょうだいで、一番上が母、まんなかが大阪の叔父《おじ》、末っ子が叔母の桂子《けいこ》さんである。叔母は母と歳が七つはなれていたけれど、実際はそれ以上に年若に見えた。親族が顔をそろえた四半世紀前の写真を見ると、母は当時からすでに母親然とした、疲れにも似たある種の貫禄《かんろく》をそなえていたけれど、叔母はもやしのように青白く痩《や》せていて、髪形もぞんざい、化粧っ気もなく、まだまだ少女くささが抜けない風采だ。子供の握り拳のようなきゅっと小さな顔と、その下にひょろりと伸びる細長い首が印象的で、薄いながらもひんやりと整った目鼻立ちが、脆《もろ》いような気配に輪をかけていた。要するに、守ってやりたい、と見た者に思わせるようなガラス細工めいた雰囲気をまとっていたのだ。

そんなこともあって、わたしと弟は叔母のことを〝おばちゃん〟ではなく、〝桂子さん〟と呼んでいた。おばちゃんと呼んでも無視されるけれど、桂子さんと呼ぶとたんに「何かしら？」などと耳まで裂けるような魔女の笑みを向けてくる、そんなかけあいを何度やったか知れない。桂子さんは子供を喜ばせるコツを心得ていて、次から次へとごっこ遊びを発明しては、わたしと弟を家じゅう引きずりまわす。宇宙船ごっこだのジャングル探検ごっこだの探偵ごっこだの、いま思うとまったくありきたりだけれど、桂子さんの手にかかれば山あり谷あり波瀾万丈の冒険譚《たん》に仕立てあげられる。そんなだから、母と一緒にH市にある祖父母の家に行くと、真っ先に二階にある桂子さんの部屋にどたどたと攻めこんでゆくのが、わたしたちのいつもの楽しみだった。

昔はそう思っていなかったけれど、桂子さんは一風変わった人だったに違いない。祖父母の家の壁には桂子さんが描いた玄人《くろうと》はだしの油絵が何枚も並んでいたし、ピアノの前に座れば、ショパンだのドビュッシーだのの独奏曲を流麗な手並みで弾いてみせた。フォークギターを抱えれば、大好きだというジョニ・ミッチェルの歌を上手にうたうし、書道も段持ちだったという話をいつか母から聞いた憶えがある。なんであれいったん始めるとまわりが見えなくなるほどのめりこむたちで、めきめきと腕をあげてゆくものの、何かをつかんだと思うとたんに憑《つ》き物が落ちてしまう。「桂ちゃんはなんでもできる娘《こ》だったけど……」と母や祖父母が言うのを何度か聞いたことがあるけれど、最後の「けど……」にはきっと器用貧乏という含みがあったに違いない。なんでもできたけれど、何にもなれなかったという……。実際、桂子さんは大学を出てからもちゃんと就職したことがなく、二十九歳で突如として病死するまで腰の据わらないフリーター生活を続けていた。

でも、そんな桂子さんから最後まで落ちなかった憑き物がある。それが石の蒐集だ。石と言っても珍しかったり綺麗だったりする鉱物を買い集めるとかそういうことではない。桂子さんの石集めには一つだけルールがあって、それが〝買ってはいけない〟というものだ。つまりそこらに落ちているただの石ころを拾ってくるのである。いや、そこらと言うのは正しくない。桂子さんは琴線《きんせん》にふれる石を手に入れるために、全国各地の、その道では名の知れた河原や海岸にまでわざわざ足を延ばしていたからだ。一人で行くこともあったけれど、石集めを通じて知りあった人と一緒ということもあった。どうやらその知人というのは、桂子さんの生涯でただ一人の交際相手でもあったようだ。そして一人で、あるいは二人で拾った石ころ二百数十個を綿を敷きつめた箱のなかに整然と並べて保管していたのだけれど、そのほとんどは石ころ界においてもせいぜい中の上といった見映えのもので、子供の興味をそそるものではなかった。

澄香《すみか》という名前からわたしは〝すうちゃん〟と呼ばれていたのだけれど、あるとき桂子さんが、目を輝かせるようにして、「すうちゃん、すごいと思わない？　この世界には一つとして同じ石ころがないんだよ。だから、この石ころを持ってるのは世界じゅうであたし一人だけ……」と言った。なるほどという気がしないでもなかった。たしかにどこの国の王様もどれほどの億万長者も、桂子さんが集めた石ころを一つとして持ってはいない。でもだからといって、灰色だの茶色だの白だのの地味な石ころがにわかに輝いて見えるというわけではなかったし、桂子さん自身も「ま、石を集めるようになったら、もう終わりだって言うからね」などと自嘲の薄笑みを浮かべたものだ。わたしはこの歳になっても、たしかに石の蒐集以上に枯れた趣味を思いつかない。世界の涯《はて》にも石ころぐらい落ちているだろうから、その違いを一つひとつ楽しめるようであれば、もはや永遠の麓《ふもと》で暮らす境地と言えるのではないだろうか。

では、桂子さんの集めた石ころがすべて無価値だったかと言うと、そうではないとわたしは思っている。〝風景石〟と呼ばれるものがある。表面にあらわれた模様がまるで風景のように見える石のことだ。そう思って見ればそう見えなくもないというものばかりではなく、そうとしか見えないという逸品《いつぴん》も稀《まれ》にではあるけれど存在する。石のなかに天があり、地がある。天の部分には太陽や月や雲が見えたり、地の部分には森の樹々や山並みや建造物が見えたりするのだ。桂子さんはそんな風景石を、石集めの仲間でもあった交際相手から贈られたとかで、一つだけ持っていた。そしてその石を〝ゲッケイセキ〟と名づけ、格別の愛着を注いでいた。当時はまだほとんど漢字を知らなかったけれど、〝月の風景の石〟だと教えてもらったから、いまのわたしの脳裏には〝月景石〟の三文字が浮かんでいる。

月景石は綺麗な楕円形で、上下に一〇センチほど、左右に六センチちょっと、厚みは三センチほどのなめらかな石だ。川の流れに揉《も》まれて磨かれたのだろう、まったくといっていいほど凹凸《おうとつ》がなく、すべすべしていて気持ちがいい。その形だけでもなかなかお目にかかれないような代物だけれど、目を引くのはやはりその模様だ。ひと言でいえば、夜景である。暗灰色《あんかいしょく》の夜空に白い石英《せきえい》の粒が星のように散らばっており、そのまんなかにまるい大きな星がぽかんと浮かんでいる。その大きな星が白かったり黄色かったりすれば、すぐさま、ああこれは満月だ、ということになるけれど、残念ながらそう見立てるのは難しかった。

「この大きな青い星は地球みたいに見えない？」と桂子さんは言った。

まさにそれだと思った。淡い青のなかに白くかすれた部分もあり、そこがまた天気予報で見る雲の流れのようだったし、やや茶色っぽい部分は大陸のように見えた。たしかに地球だ。満天の星に囲まれて地球がまるで夜の主《ぬし》のように浮かんでいる。となると当然、いったいどこから地球を見あげているのだろうとの疑問につながる。

「月から見た地球は、地球から見た月の何倍も大きいんだよ。しかも全然動かずに、ずっと同じところに浮かんでるの。お前のことをずっと見てるぞって感じで……。なんだか不気味だと思わない？」

桂子さんはそう教えてくれたけれど、そう考えるには腑《ふ》に落ちない点があった。夜空に地球が浮かんでいるのはいいにしても、その下に見える一本の白っぽい樹のようなものはなんだろう？近所の神社に聳《そび》える巨大なクスノキのような、こんもりとした枝ぶりの立派な樹が、白い大地にぽつんと淋しげにたたずんでいた。テレビだの図鑑だのから知識を得て、わたしはすでに月が灰色の砂漠がひろがるだけの死の世界だということを知っていた。月にはそもそも樹が呼吸するための空気がないから、そよ風すら吹かず、一度足跡をつけると、わたしたちがこの宇宙から滅び去ったあとも、人類のささやかな知性の証《あかし》として消えずに残りつづけるのだ。

「でも、月には樹なんか生えてないよ」とわたしが小生意気に指摘すると、

「あたしは見たよ」と桂子さんはけろりとした様子で言ってのけた。

どの大人もそうだけれど、子供を担《かつ》ごうとするときの独特の顔つきというものがあり、わたしはもうそれを見わけられる歳になっていた。

「へえ。何で？　ボウエンキョウで？」と皮肉っぽい口調で聞いたけれど、桂子さんはぬけぬけ

と、

「違うよ。月に行ったときにこの目で見たの」などと答えたものだ。

「ハイハイ……」とわたしは母の口癖を真似たかもしれない。

そこで桂子さんは急に勿体《もったい》らしく声を低めて言った。

「これは内緒だけどね、この石を枕の下に入れて眠ると、月に行けるんだよ。でも、すうちゃんは絶対やっちゃ駄目だからね。ものすごく悪い夢を見るから……」

石のなかの世界……桂子さんはいつもそんな具合に新たなごっこ遊びを思いつくのだけれど、嘘だとわかっていても胸が高鳴るような冴えた発想だった。以来、月景石はわたしの頭のなかにごろんと転がりこんできて、夜になると、よく蒲団《ふとん》のなかで枕の下の月景石を思い描きながら眠りについたものだ。そのうち、桂子さんによって、見るたびに少しずつ石の模様が変わるという発想がつけくわえられると、余計に気がかりになり、祖父母の家を訪れるたびに見せてくれとせがむようになった。実際そういう目で月景石を眺めると、地球をおおう雲の様子が見るたびに違うように思えたし、白《しら》じらと立ちつくす巨樹の葉ぶりも移ろうように思えた。弟の熱狂はすぐに冷めてしまったけれど、わたしはなぜかいつまでも飽きることがなく、石に封じられた月世界が想像のなかで日に日に豊かになってゆくようだった。


桂子さんが倒れたのも、石を拾うための旅先でのことだった。桂子さんは幼いころから心臓に病《やまい》を抱えており、ときおり動悸《どうき》や呼吸困難の発作に襲われていたそうだ。その症状が二十代半ばを過ぎてからだんだん重くなってきて、いよいよと手術を考えはじめた矢先に、房総半島のとある海岸で最後の発作を起こした。生憎《あいにく》、一人旅だった。ひょっとしたらそのときにはもう月景石をくれた交際相手とは別れていたのかもしれないけれど、本当のところはわからない。人けの少ない場所だったのだろう、偶然通りかかった旅行者に発見されたときにはすでに海のように冷たくなっていたそうだ。

わたしは子供のころからよく物をなくすたちで、文句言い言い捜し物をするたびに「どこかにはあるんだから」という母の言葉を聞かされたものだけれど、命だけは別だと九歳のときに思い知った。命だけは一度なくしてしまうと、もう二度と見つけることはできない。祖父母の家に行って二階にあがると、部屋はそのままだったけれど、桂子さんの存在だけはすっぽりと抜け落ちていた。どこかにいそうなのに、どこにもいない。あんなにはっきりと生きていたのに、もう少しも生きていない。ひっそりとした桂子さんの部屋でベッドに腰かけていると、虚《うつ》ろな静けさのようなものが彼方《かなた》から押しよせてくるようだった。寝転がると、桂子さんの匂いが鼻先をかすめた。死んだのに、もうこの世にはいないのに、匂いだけがまだ寝床にしがみついていた。その瞬間、悲しみの上に乗り出してくるように、怖い、死にたくない、という思いが襲ってきて、思わずがばりと跳ね起きたのが忘れられない。以来、人が死ぬということはこういうことだという感覚、空っぽのベッドが描き出す死者の輪郭のようなものが、くっきりと胸に刻まれた。

でも、桂子さんを失ったかわりと言うとなんだけれど、わたしは別のものを得た。ずっと憧れていたあの月景石だ。わたしが月景石を気に入っていることを祖母が知っていて、形見としてくれたのである。なのに桂子さんが死んでしまうと、月景石までが死んでしまったかのようだった。冷たいと思ったことなどなかったのに、いつさわっても冷たかったし、見るたびに微妙に違っているような気がしていたあの景色までもが、いつ抽斗《ひきだし》から取り出してもまったく同じ素っ気ない顔を向けてきた。怖いもの見たさに枕の下に入れて何度か寝てみたことはあったけれど、子供らしい信じこむ力がすでに衰えはじめていたのだろうか、結局〝悪い夢〟を見ることも叶わなかった。桂子さんのことも、あるじを失った部屋の静けさも忘れなかったけれど、わたしはだんだんと月景石のことを思い出さなくなった。

二

三十二歳になり、M市のマンションで生まれてはじめて男と二人で暮らしはじめたとき、桂子さんに似た少女に出くわした。

仕事から帰るといつも晩の七時過ぎに家に着くのだけれど、マンションの一階のホールに入ったところでちょうどエレベーターの扉がひらき、髪の短いひょろりとした少女の後ろ姿が乗りこむところだった。郵便物を取り出さねばならなかったので、郵便受けの前でふりかえりざまに、「先にあがってください」と少女に声をかけた。その瞬間、はっとした。脳裏を既視感がかすめ、なんだろうこの感じは、と思い、つい少女に一瞥《いちべつ》とは言えない無遠慮な視線を投げてしまった。制服は着ていなかったけれど、おそらく中学生だろうと思った。狭い撫《な》で肩から生白《なまじろ》い首がすうっと細く立ちあがり、その上に小さな顔が淋しげにぽつんと載っていた。

少女はにこりともせず、でもきっぱりと、

「いえ、待ってます」と言った。

親切心からそうするのではなく、自分との約束だとでもいう感じで、〝開〟ボタンを押したまま本当に一時間でも待っていそうな頑《かたく》なな表情だった。このことは、わたしに鮮烈な印象を残した。エレベーターの前で郵便物を取り出すのをわざわざ、待ってます、などと言われた憶えが三十二年の人生で一度もなく、ああ、そういう答えもありうるのか、と驚いたのだ。この歳ごろならではの純粋さだと思った。あと五歳幼ければ、こういう気づかいを期待するにはまだ頼りないし、かといってあと五歳上になれば、こういう頑なさはほどけてしまっているだろう。わたしは慌ててばたばたと郵便物を取り出すと、ほとんど小走りでエレベーターに乗りこみ、ありがとうと声をかけながら少女の斜め後ろに立った。少女がわずかに顔をこちらに向け、でも目線は床に落としたまま、

「何階ですか?」と聞いてきた。

「三階で——」と言った瞬間、すでに三階のボタンが押されているのが目に入り、「お願いします」と続けたときには早くも扉が閉まりはじめていた。

エレベーターが昇りはじめると、背後から少女を観察した。誰かに似ている気がしてならなかったけれど、まだつかみあぐねていた。わたしより五センチほど背が低く、体重となると一〇キロは軽そうだった。水色のくたびれたフリースを着て、足もとは薄汚れた白いスニーカー。両手にスーパーのレジ袋を持っていて、牛乳や玉子、そしてこれから摂《と》る夕食なのかもしれない惣菜《そうざい》が透けて見えた。帰りが遅くなるから食べておけと親から連絡があり、買いに出た、というなりゆきを想像した。二階と三階の境でガラスの向こうが束の間暗くなり、そのなかで一瞬、ひたと目が合った。見ていたことに勘づかれたかと思い、すぐさま目を逸《そ》らしたけれど、少女のほうが先に逸らしたような気がした。しんとした暗いまなざしだった。

三階に着き、扉がひらくと、少女はまたしても〝開〟ボタンを押したまま動かなくなった。無言の背中が先に降りろと言っていた。わたしはまた小声でありがとうと言いながら足早にエレベーターを降り、三〇三号のある左手に歩きだした。すると、少女の息をひそめるような足音が怖《お》

ずおずと距離を取りながらついてきた。

玄関ドアの前で立ちどまると、少女が背後をさっと通りすぎた。横目でちらりと見ると、少女は隣室の三〇二号のドアを開け、玄関に身をすべりこませながらこちらに一瞥を投げてきた。また視線がぶつかった。決まり悪さからだろう、少女はわずかに頭をさげた。会釈《えしやく》を返すと、逃げこむように玄関に入っていった。誰に似ているのだろうともどかしく思いながら、鍵を取り出すべく手は鞄のなかをまさぐっていたけれど、ただ徒《いたずら》にごそごそと動いているだけだった。ようやく鍵を捜しあてると、廊下の手すりのほうへ身を引いて、三〇二号の表札を確認した。以前にも見たけれど、白いプレートに太マジックで〝片岡《かたおか》〟と書かれていた。そのぞんざいな書きように、たぶんろくな親じゃないな、などと考えた。夫婦そろってがさつで口が悪く、憎みあっており、そのあいだで子供たちがムンクの『叫び』のように耳をふさいでいる、そんな光景が浮かんだ。当然のことながら、名字をたしかめたところで、少女が誰に似ているかを思い出すようすがとはならなかった。引っ越してから二週間になろうとしていたけれど、隣室の住人の姿を見たのははじめてだった。


一緒に暮らす斎藤《さいとう》の帰りはたいてい遅く、わたしは一人暮らしをしていたころと同じように、静まりかえった暗い部屋に帰ってくる。部屋着に着がえ、化粧を落としてソファに寝転がり、いつもなら真っ先にテレビを点《つ》けるのだけれどそうせず、さっきの少女について考えはじめた。頭のなかで芸能人や友人知人の顔をひとしきり漁《あさ》ってみたけれど、いっこうに当たりが来なかった。

ここからがなんとも不思議な進みゆきなのだけれど、あきらめてパソコンを立ちあげると、母からメールが来ていて、件名は〝またいい写真が撮れました〟となっていた。半年ほど前に、弟に長男が生まれて以来、母は初孫の写真を舌なめずりせんばかりの勢いで撮りまくっていて、傑作と信ずる出来映えのものをしょっちゅう送りつけてくるのだ。泣いたり笑ったりしているまだ髪の生えそろわない赤ん坊の写真が五枚ぐらい続き、それをにやつきながら眺めていると、いきなり色褪《いろあ》せた古い写真があらわれた。次の瞬間、その写真が画面から立ちあがってくるように思われ、はっとした。背景は祖父母の家の居間で、桂子さんと五歳ぐらいに見える自分が一緒に写っていた。最近、母は昔の写真をスキャナーで取りこむという新たな技を習得し、ときおりこれはという懐かしいものを見つくろって、甥っ子の写真に紛れこませてくるから、いつものことではあった。でもひさしぶりに桂子さんの顔を見た瞬間、さっき出会った少女の姿がそこにぴたりと重なり、歯がゆい靄《もや》がたちまち吹きはらわれるということが起こった。

そこだったか、と内心で膝を打った。こういうことのつねとして、気づいてしまえば、ほかに考えようもない明白さだった。二十代半ばの桂子さんが茶色い革張りのソファに腰をおろし、幼いわたしを後ろから思いきり抱きしめていた。桂子さんはこういうときいつも「ぎゅーっ」と声に出すのだけれど、まさにその形にやや口が尖っていた。髪型はさっき見た少女と同じ黒髪のショートボブで、ところどころにほくろの散らばるすっぴんの顔は蠟燭《ろうそく》のように青白く透きとおり、高校生と言っても通りそうだった。子供のころ、親族のうちで桂子さんが一番の美人のように思っていたけれど、あらためて見ると、〝美人〟という言葉の持つ押しつけがましさはまるでなく、桂子さんの美しさには、気づいても口に出してはならないようなひっそりとした気配があった。「若いなあ」と声に出してつぶやくと、「悲しいなあ」と言ってしまったような気がした。この数年後に桂子さんは一人きりで死んでしまうのだ。ほかに誰もいない荒涼とした海岸に骸《むくろ》をさらして。当時はわけもわからず突然いなくなったという戸惑いのほうが大きかったけれど、こうして桂子さんの享年を過ぎて生きてしまうと、逆に妹を見るように目線までが老けてきて、怖かったろう苦しかったろうという疼《うず》くような思いが胸に張りつめてきた。

一方、写真のなかのあどけない自分の姿を見ると、ただもう無邪気な子供と言うほかない。この世界を、目に映る何もかもを、そして人生を、いったいなんと心得ていたのかと思うけれど、それより、幼い自分が手に持っているもののほうが目を引いた。ハンバーガーを両手で握るみたいにして、長らく記憶の淵《ふち》に沈んでいたあの月景石を手にしていたのだ。桂子さんは死に、わたしは三十路《みそじ》を迎え、さてこの月景石はどうなったろう。どこにあるかはわかっていた。実家に帰り、机の抽斗を捜せばきっと出てくる。この写真のままの姿のはずだけれど、なんとなくそれも信じられない気がした。こんなに多くのことが変わってしまったのに、石ころだけが変わらずにいられるなんて。

あれこれ考えながら写真を眺めていると、しだいに疑問が湧いてきた。よりによってなぜきょうこの写真が送られてきたのだろう。隣室の少女をはじめて目にし、誰かに似ていると首をかしげていたら、いきなりこのメールだ。まるで早く気づけとわたしの鈍さに痺《しび》れを切らしたかのように。もし母に電話をしてこの話をしたら、たまたまだと笑い飛ばすに違いなかった。でもこちらにしてみれば、やはり消化しきれない奇妙な符合だ。占いも嫌い、霊感とやらもまるでなし、本来こういう偶然に意味を見出そうと考えるたちではないけれど、なんとなく不気味だった。さらに薄気味悪いことに、写真を見ているうちに、どうしても月景石に目が行ってしまい、子供が自分の濡れた心臓でも握りしめているような危ういなまなましさすら感じられてくる。どくりどくりと脈打ちながら、お前は忘れていたな、ずっと私を忘れていたな、もどってきたぞ、こうしてお前の人生にもどってきたぞ、と石が囁《ささや》きかけてくるかのように。

一緒に暮らす斎藤は十歳上の四十二だ。屋上緑化プランナーなる肩書きを持ち、建築緑化を請け負う会社で二十年働いて、いまや部長である。バツイチで、今度中学校にあがる息子が一人いるのだけれど、はじめて出会ったときにはすでに離婚し、独り身になっていた。わたしと違って社交的な男で、体も声も大きく、何をやらせてもきびきびと動き、太い鼻すじで世間を掻きわけるようにして生きている。何事につけ一家言《いっかげん》あり、好き嫌いが激しく、迷いがない。とあるオフィスビルの屋上緑化の件で一緒に仕事をする機会があり、その一件が終わるやいなや、わたしのほうにもまっしぐらという勢いで突きすすんできた。二人きりでの食事に誘ってきて、水みたいにがばがばとビールを飲みながら、すぐさま「好きだ」と口説《くど》いてきたのが、ついきのうのことのようだ。わたしに交際相手がいるかどうかの確認すらしなかったのは、「男がいるかどうかは見ればわかる」からだとか。たとえわたしにきっぱりとふられても、赤信号に足止めを喰らったほどの気落ちも見せずにどこかへ走り去ってゆきそうな男だった。以来、牡牛《おうし》に引きずられるようにしてつきあいはじめ、さらに遠くへ引きずられて同棲が始まった。

正直なところ、わたしはまだ斎藤のことが好きかどうかわからない。すごい人だと思うことはたびたびあるけれど、一緒にいて肩の力が抜けきらない自分を意識することも同じぐらいたびたびある。何しろ違いが多すぎた。外に出たがる男と家にいたがる女、酒を浴びるように飲む男とすぐに真っ赤になる女、新聞を読む男と小説を読む女、部屋を明るくしたがる男と暗くしたがる女、同じベッドで寝たがる男と一人で寝たがる女……数えあげればきりがない。それが面白いと斎藤は言い、わたしもときおりそう感じるけれど、いつまでも面白がれる自信はないし、それは斎藤も同じだろう。幾度か喧嘩《けんか》になりかけたことがあるけれど、幸い深刻なものは一つもない。

これが離婚歴のある者の知恵だと言わんばかりに一線の手前で斎藤が口をつぐみ、踏みとどまるからだ。でもわたしとしては、その口のつぐみ方がなんとなく気に入らない。本当は俺の言うことが正しいが、それを顔に出すまいと努力している、というどこか恩着せがましい顔を斎藤がするからだ。たしかに辛抱強さは人として美徳に違いないけれど、斎藤の場合、記憶力がいいだけに、その辛抱をわたしへの貸しとして一つひとつ腹の底に積みあげているような気がしてしまう。

でも結局のところ、わたしが彼に心をあずけきれないのは、斎藤という男の人生にわたしがいなければならない必然性がないように思えるからだろう。背が高く、がっしりとした体格で、顎《あご》を引いて世間を睥睨《へいげい》するような立ち姿はいかにも自信に満ちあふれているし、顔立ちも、さばさばと粗削りではあるけれど、整っていることをすぐには気づかせない嫌味のない整い方をしている。要するに、斎藤に口説かれて悪い気がする女はまずいないということだ。ときおりベッドの上でわたしの頬にふれながら「この顔が好きだ」とまっすぐに言ってくるのだけれど、そのたびに湧きあがってくるのは喜びではなく、不安である。そう思われたいと思っていても、言葉にされたとたんに、〝この顔〟が誰のものでもありえた、たまたま拾っただけのもののような気持ちになるのだ。

そして最近、大きな疑念が胸のなかでふくらみつづけている。わたしは匂いに敏感だ。斎藤を含めていままでつきあってきた男は三人しかいないけれど、その三人の体臭を一つひとつ鼻先につまみあげるようにして思い出すことができる。もしわたしが斎藤を愛しているのだとしたら、その理由のもっともたしかなものは、ひょっとしたらその体臭かもしれない。本人に教えたことはないけれど、斎藤の体は温かい大地のようなひろびろとした匂いがする。その匂いを胸いっぱいに吸いこもうとベッドの上でよく斎藤の体に頬をすりよせるのだけれど、斎藤はわたしのそんな薄暗いような嗜癖《しへき》に気づいていないし、これからもずっと気づかないままだろう。

ところが、ふた月ほど前からだろうか、帰宅した斎藤からかすかに香水の匂いがする夜がある。もしかしたら香水ではなくハンドクリームやシャンプーかもしれないけれど、とにかくいつも同じ匂い、わたしの嫌いなジャスミンの香りだ。外に出て仕事をしているわけだから、もちろん香水をつけた女に会うことはあるだろう。でも帰宅の遅い夜にかぎってその香りが鼻をかすめるという事実は、そしてそんな夜はけっしてわたしを抱こうとしないという事実は、否応なく猜疑心《さいぎしん》を煽《あお》ってくる。その点さえ除けば、斎藤の態度はまるで変わらない。自信、優しさ、ユーモア……そういったもので盤石《ばんじゃく》の守りを固め、つけいる隙がない。女は男の嘘を見抜けるように進化してきたという俗説を聞いたことがあるけれど、わたしだけはその大きな流れから取り残されたようだ。それとも、この嗅覚こそがその進化の証なのだろうか。どちらにしても、夜が明けると、斎藤の体からも、洗濯機に放りこまれたきのうの衣服からも、ジャスミンの香りはすっかり消えている。まるで夜に首をもたげるわたしの猜疑心こそが匂いの源であったかのように。

わたしの心の奥底に横たわる声は、この男は裏切っていると告げているけれど、やがて押しよせるであろう修羅場があまりにも厄介で、わたしはクローゼットに隠れる子供のように耳をふさぎつづけている。それどころか、斎藤の気づかいにふれるたびに、強く体を求められるたびに、ほら大丈夫と悪魔のように自分に囁きかけている。そんなとき、斎藤がほかの女に、ジャスミンの香りをまとった女に、むしゃぶりつく姿をけっして想像してはならない。汚いものを浴びせかけられた気がし、肌がきりきりと粟立《あわだ》ってくるからだ。ジャスミンと大便の匂いの源が同じだという驚くべき話を聞いたことがあるけれど、本当だろうか。大便の匂いを希釈させてゆくと、やがてジャスミンの香りになるというのは……。

でも、いまこの胸に居座っているもっとも大きな問題は、幸か不幸か斎藤への猜疑心ではない。ふと手が止まった瞬間にわたしの思いが引きよせられるのは、隣室に住んでいる少女のことだ。

引っ越してすぐに、斎藤が引っ越し蕎麦《そば》を持って隣の三〇二号に挨拶《あいさつ》に行こうとしたことがある。わたしはそういうことは無用と考える性分《しようぶん》だけれど、〝筋を通す〟という言葉を多用する斎藤はそういうことをやりたがる。夫婦でもないのに二人で行くのを決まり悪く思い、わたしはついていかなかったけれど、斎藤は三回ほど出向いて呼び鈴を鳴らした。いずれも応答がなかった。壁越しに物音を聞いて在宅と踏んでの訪問だったのにもかかわらず、出てこなかった。「隣はワケありだよ。俺のことを借金取りかなんかだと思ってるんだ」と斎藤はどこか得意げに言ったものだ。ドアスコープをのぞきに玄関まで足音を忍ばせてきたような物音さえ聞こえたと言う。ドア越しにそんな気配が感じとれるだろうかと訝《いぶか》しく思ったけれど、はじめて少女を見かけた晩、その話を思い出した。少女が薄暗いまなざしで恐るおそるドアスコープをのぞく姿がありありと脳裏に浮かんできた。ドアの向こうに図体の大きな見知らぬ男が立っているのを見て、そろりそろりと後ずさりしてゆく。でも上がり框《がまち》に踵《かかと》を引っかけ、足音を立ててしまう……。

実のところ、子供がいるに違いないとは考えていた。どたどたと走りまわる足音やはしゃぐような金切り声がときおり聞こえてきたからだ。小学生の男の子が二人というのが斎藤の読みだった。でも外れた。いや、のちに小学生の男児が二人いることもわかったけれど、その上に中学生の姉がいたのだ。

休日に歩いて十分ほどの場所にある市立図書館に足を運んだとき、はじめて片岡家のきょうだい三人が一緒にいるところを見かけた。入ってすぐの左手に、子供が座るためのひろびろとした低いソファの置かれた空間がある。そこにまず少女の姿を認め、わたしははっとした。少女が下の弟と思われる子供の横に座り、本を読んであげていた。そのすぐ横で上の弟らしき少年が仰向けに寝転がり、本をひろげていた。わたしは斎藤の袖をつかみ、目線で三人を指し示した。斎藤は無言でうなずき、これが例の、というような顔をした。すでに少女を見かけた話をし、似ていると言って桂子さんの写真も見せていたのだ。

　返却の列に並ぶあいだ、ちらちらと三人を観察した。下の子は小学校に入ったばかり、上の子は二つ三つ上、そんな背格好だった。少女は弟二人とは歳がはなれているように見え、態度もどことなく保護者然としていた。もしや近くに親もいるのではと思い、見まわしたけれど、それらしき人影はなかった。歳のはなれたきょうだい三人が一緒に出歩くのはなんとなく奇妙な感じで、もしかしたら弟二人の面倒を見るよう親から言われ、行き場に困って図書館に連れてきたのかもしれなかった。少女は最初にエレベーターで一緒になったときと同様、固い蕾《つぼみ》のような気配をまとっていたけれど、幼い弟に対してはときおり姉らしいやわらいだ頬笑みを見せていた。わたしと斎藤が本を選んで帰るときも、三人は時間をつぶすようにまだソファのところにいた。「きっと親はいまごろせっせと四人目をつくってるんだ」と斎藤がにやつきながら耳打ちしてきた。

　でもそれから少しずつ拾いあげた断片的な情報から、わたしと斎藤は、片岡家は母子家庭ではないかと推測するようになった。三十代半ばと思われる母親は、化粧が濃く、ぱさついた肩までの茶髪で、いつも挑みかかるような派手な服を着、美人ではあるけれど、眉間《みけん》に険しいしわが居座っていた。一度、昼過ぎにすでに疲れたような仏頂面で仕事に出てゆくらしい姿を見かけたが、夜更けにはさらに疲れきった仏頂面で帰ってきた。ときおり子供をがみがみ怒鳴りつけているようだけれど、どの子にどんな理由で怒鳴っているのかはわからない。ベランダで煙草を吸うので、その煙が漂ってきてわたしたちの洗濯物に臭いをつける。斎藤は気にならないと言うけれど、わたしは我慢がならず、母親を見かけるとつい胸のうちで睨《にら》みつけてしまう。

子供らの祖母らしき初老の女がしばしば出入りしていて、この人は娘と違って上品で物腰が柔らかく、いつも申し訳なさそうに会釈をしてくる。この人が穏やかな晩年を返上して八面六臂《はちめんろっぴ》の活躍をするおかげで、隣の母子家庭は崩壊を免れているのかもしれないなどと想像をふくらますと、なんだか憐れに思えてきて、こちらも丁寧に会釈を返してしまう。母親が抱える最大の感情を〝怒り〟だとするなら、この人は〝悲しみ〟で、孫娘は〝あきらめ〟という雰囲気だ。男の子二人の心のうちはまるでわからない。どちらも姉同様、可愛らしい顔立ちをしているけれど、いかにも野生児という感じで、狭いエレベーターのなかで暴れまわって唾《つば》の引っかけあいをしているのに出くわしたことがある。床が泡立つ唾でべたべたになっているのを見て、よっぽど叱りつけてやろうかと思ったけれど、けたたましい声をあげてはしゃぐ姿を前に途方に暮れてしまって、ため息をつきつき階段をあがった。子供は嫌いではないはずなのに、こんな獣が二匹も毎日毎日家にいる人生を想像すると、母親の万年仏頂面もやむなしとも思えてくる。少女と男の子二人は種違いではないかと斎藤は言うけれど、もちろんたしかめるすべはない。

週末になると、母親の交際相手だろうか、ときおり男が出入りしている。小洒落《こじゃれ》た格好の、無《ぶ》精髭《しょうひげ》を生やした四十がらみの男で、いい歳をして汚らしい茶髪なのもわたしの気に入らないし、派手な眼鏡の奥の糸のように細い目も気に入らないし、廊下ですれちがったときの、胸ポケットから出してさっと張りつけたみたいな微笑も気に入らない。でも何より気に入らないのは、その男が来ると、子供たちが何時間か家を追い出されるらしいことだ。最初に三人を図書館で目撃したのはそんな日だったようで、わたしたちはあのあとも何度か週末にきょうだいが所在なげに近所をうろついているのを見かけた。きっと母親が外で時間をつぶしてこいと言うのだろうけれど、男の望みを母親が汲《く》んでいるだけに違いなく、マンションの来客用スペースに停められた、男のものらしい黒塗りのレクサスを白ペンキでパンダみたいに塗りかえてやりたくなってくる。

でもやはりもっとも気がかりなのはあの少女だった。一度その姿に桂子さんの面影を見てしまうと、あの子までが深刻な持病を抱えているような危うささえ感じられてくる。近所のスーパーであの子が一人きりで買い物しているのを見かけることがあり、またその姿がいつもうなだれていて、青春の裏通りを歩まざるを得ない女子中学生が死んだような目で味気ない晩ご飯をつくる光景に自然と結びついてゆく。母親は目を吊りあげて怒鳴りちらすし、弟たちはがさつで言うことを聞かないし、男には追い出されるし、そのときそのときで隙間を見つけてやっと息をしている少女の姿が脳裏に描き出される。それなのに、見知らぬ女が郵便物を取り出すのを律儀に待つのだから、いじらしいと言うほかない。せめて仲のいい友達がいればと思うけれど、それらしき歳ごろの子と一緒にいるところを見かけたことはない。大人になれば孤独な人間はごろごろいるけれど、あの歳で背負う孤独は、きっと世界という名の冷たい井戸の底にでも落ちたような心地だろう。

そんなことを考えるうちに、馬鹿げた夢想にふけるようになった。すれちがいざまに少女の手をがっとつかみ、

「何もかもうっちゃって、どっかに行こう」と声をかけるのだ。

唖然《あぜん》としている少女を引きずってまず美容院に連れてゆき、暖簾《のれん》のように鬱陶《うっとう》しい前髪を切ってもらい、世界はもう少しだけ明るいところだと教えてやる。次に服屋に引っぱりこみ、着ているだけでのぼせるような色とりどりの服で全身をそろえる。三番目に遊園地まで引きずっていっ

て、怖そうなアトラクションに片っ端から挑みかかり、一生分の悲鳴を使いはたす。四番目に目も眩《くら》むような高級レストランに乗りこんで、値段も見ずに次々注文してテーブルをいっぱいにし、半日かけて食べつくす。そこから先はわからない。ひょっとしたら桂子さんの話をするかもしれない。なんでもできたけれど、何にもなれなかった桂子さんの話を。そして不思議な石の話をしてやろう、そんな暢気《のんき》なことを考えていた。

三

連休に実家に帰ったとき、とうとう月景石を机の抽斗から引っぱり出してしまった。ビー玉だの磁石だのこまごまとしたものを入れていたブリキの箱に、祖母からもらった藍染めの手ぬぐいにくるんでしまっていた。手ぬぐいをひらいてゆくとき、以前に見たのはたぶん二十年以上前だと思うと、過去への鍵穴でものぞくような心持ちになり、仄《ほの》かに胸が高鳴った。取り出して手に持つと、記憶にあるよりずいぶん小ぶりで軽い感じがしたけれど、はっとするほど目には新鮮だった。

星空に浮かぶ青白い地球、その下に聳える巨樹……こんな風景が人の手によらずに石に浮き出るというのは、ささやかではあるけれど、やはり一つの奇跡だ。これこそまさに〝この石ころを持ってるのは世界じゅうであたし一人だけ〟と言える石ではないか。そう考えたとき、あれ、と思った。樹の様子に違和感をおぼえたのだ。こんな貧弱な葉ぶりだったろうか？　もっと豊かに繁《しげ》っていたように記憶していたけれど、目の前にある月景石の樹はまるで冬枯れしたかのように白いすじばかりを寒ざむしく天にひろげていた。またその枝が毛細血管のようにぎくしゃくと交錯した模様を描き出しており、どことなく薄気味悪い。

絶対にこんなではなかったと思い、以前メールで送ってもらった桂子さんとの写真を母にパソコンでひらいてもらった。幼い自分が握りしめる石を見ると、やはり様子が違う。星空や地球の具合は同じようだけれど、樹の枝ぶりだけが様変わりしていた。でも母は光の当たり具合でそう見えるだけだと興醒《きょうざ》めなことを言うし、皮肉屋の弟はさらにひどく、「さていくらで売ろうか」などと茶化す始末だ。父に至っては、老眼で細かいものを見るのが億劫《おっくう》らしく、ちらりと目をやったきり無言で首をひねるだけだった。冷静に考えればありえないことだけに、わたしとしては誰かの共感を得たかったのだけれど、あまり声高に主張するのも行きおくれた三十女の意固地みたいに見えるかと憚《はばか》られ、やるかたなく鞄に石をしまったのだ。

帰りの電車で、さて斎藤はどう言うだろうとあれこれ思いを巡らせた。にもかかわらず、マンションにもどって彼に石と写真を見せても、模様の変化に対しては期待したような反応が得られなかった。一応、虫眼鏡で二つを見くらべてはくれたものの、「葉っぱのように見えていた白い部分が剝離《はくり》した可能性はあるけどね。今度、実家に帰ったとき、入ってた箱のなかをもう一度捜してみたら、剝《は》がれた石英の破片か何かが見つかるかも……」などと理屈っぽい意見を述べただけで、身を乗り出してくる気配は乏しく、内心では、母と同様、写真のほうの光の当たり具合が原因だろうと考えているのは見えみえだった。「でも、この石を見てよ。何かが剝がれたんだとしても、こんなふうに剝がれる？　枝みたいなすじだけ残してさ……」と喰いさがったけれど、斎藤はそもそも元の葉ぶりをその目で見ていないから、まあまあとわたしをなだめるような笑みを浮かべるばかりだ。その顔つきがまた、この女にはこんな子供じみた一面もあるのかと面白がるふうで、なんとなく癪《しゃく》に障《さわ》る。わたしとしては絶対にこんなではなかったという自信があったし、やや不明瞭ではあるものの、証拠写真まであるのだ。ほかに何を出せと言うのか。すんなり信じてもらえるとは思わなかったけれど、一人も味方を得られないというのでは立つ瀬がない。しかもわたしはそのときすでに、斎藤から何度かジャスミンの香りを嗅ぎとって、猜疑心が頭をもたげはじめていたころだったから、この熱の欠きようは自分に対する思いの減退とつながってはいまいかと妙な勘ぐりまで起こってきた。

そんな不満が顔にあらわれていたらしく、そこまで言うならと斎藤はデジカメで月景石を接写で撮って半年後にくらべてみようと言いだした。もし葉ぶりが季節と同期しているのなら、春になれば若葉がわさわさと芽吹いてくるはず、というわけだ。季節と同期しているなどと言った憶えはなかったけれど、それで斎藤をぎゃふんと言わせられなければ引きさがってもいい気がし、一緒に写真を撮ったのである。

同棲を決めたときからの取り決めだけれど、わたしと斎藤は同じ部屋では寝ない。一人暮らしが長かったせいか、わたしが他人と一緒では眠れないからだ。斎藤の体臭は好むところだけれど、他人の息づかいを感じながら眠ることはわたしにはできない。そのうえ、斎藤はベッドを好み、わたしは床に蒲団を敷いて寝ることを好むという違いもある。でも、するときは斎藤のベッドを使うと決まっている。話しあったわけではないけれど、自然とそういう流れになった。わたしが匂いにうるさいことは知っているから、男の汗だのなんだのが蒲団につくことを嫌うと斎藤が気をつかい、そういう流れをつくったのかもしれない。

一緒に月景石の写真を撮った日の夜も、斎藤はわたしをベッドに引っぱりこんだ。巷《ちまた》では草食系などという言葉が使われるようになってひさしいけれど、斎藤の情欲は四十を過ぎてなお旺《おう》盛《せい》で、よく言えば丁寧、悪く言えば執拗《しつよう》だ。頻度も多く、時間も長い。男のこういう肉体的な情熱が、女への精神的な情熱とどれほど関わりがあるのか、女をベッドの上で喜ばせたいという男の思いが、ベッドの外での愛となんの関わりがあるのか、わたしはこの歳になってもまだわからない。たとえミケランジェロのダヴィデ像のような神々《こうごう》しい肉体の持ち主であっても、わたしは嫌いな男に抱かれると考えただけで身の毛がよだつ。でも男は、性根《しょうね》の腐った女でも美しければ抱けると聞いたことがある。情事に夢中になっている斎藤を見ると、朝にジャスミンの女を抱き、夜にわたしを抱くということも容易にやってのけそうな気がしてくる。いつだったか斎藤がクーリッジ効果なる言葉について説明してくれたことがあったけれど、それによれば、雄鶏《おんどり》は相手の雌鶏《めんどり》が次々に代わればそのたびに欲望を回復して何度でも続けざまに交尾できるらしい。つまり斎藤は、自分のなかに棲《す》む雄鶏について告白したかったのだろう。ひょっとしたら、世界に昼と夜があるように、斎藤には仕事と性交という両輪が必要なのかもしれない。そんなだから、納得のいく理由もなく寝ることを拒めば、斎藤はすぐにでもわたしのもとを去ってゆくだろう。世界の半分が失われたような怒りと失望を抱えて……。

事がすむと、わたしたちはいつもくたくたに疲れはて、しばらく起きあがることができない。終わるやいなや煙草に火を点けたりスマホをいじったりする連中と同類でないことを示すためか、斎藤はいつもわたしを背中からしっかりと抱いてしばし体を休める。首すじを斎藤の熱い息がしきりに出入りするけれど、眠るつもりでさえなければ、不快な感触ではない。突然、斎藤が眠たげな声でわたしのうなじに、

「さっきの石、枕の下に入れて寝てみたら?」と囁きかけてきた。

わたしは目をつぶったまま「え?」と言ったあと、桂子さんの写真を見せたときに斎藤にその

話をしたことを思い出した。

「月に行った夢を見られるんだろ？」

「でも、まだ見れたことない」

「樹が変わったんだろ？　今夜こそは見られるかも……」

つまり斎藤は、月景石のことでわたしを小馬鹿にしているわけではないと言いたかったのだろう。あるいは、樹が変わったと思い違いしたところで女として大した欠点ではないと。

「かもね……」と答えたあと、わたしはふと、さっき二人で写真を撮っていたとき月景石が冷たくなかったような、と思った。桂子さんが他界したあと、祖母から形見分けされたものの、へんに石が冷たく素っ気なく感じられ、石も一緒に死んでしまったなどと子供心に空想していたことをいまだに憶えていた。

「でも……」とわたしは言った。「悪い夢なんだって。ものすごく悪い夢……」


寝る前に自分の部屋のキャビネットから月景石を取り出し、あらためてふれてみた。やはり冷たくなかった。温度計を見ると、室温は十六度。普通に考えればひやりとしそうなものだけれど、握りしめるとむしろ人肌めいた生ぬるささえ感じられ、薄気味悪い。理屈屋の斎藤ならこの謎をどう説明するだろうと思いながら、枕の下に差し入れた。これを試すのは小学生のとき以来だ。

結局こういうことは、好きな人の写真を入れて夢に出てくれと願うのと同じで、一種の自己暗示だろう。念じ方が強ければ強いほど夢を引きよせられる可能性が高まる。昔これをやったときもひょっとしたら月世界を夢に見ていたのかもしれないけれど、起き抜けの夢しか憶えていられないというから、朝までに忘れてしまっただけかもしれない。

でも二十代の終わりごろから、昔のようにうまく眠れなくなってきた。電気を消したとたん、ややもすると日ごろの心配事や古い心の傷が脳裏でむくりと立ちあがり、不毛なぬかるみのなかを延々のたうちまわるはめになる。年寄りのように夜中にはたと目を覚ますこともしばしばで、寝静まった世界の底で孤独の重みに輾転反側《てんてんはんそく》しながら朝を迎えることもある。いつのころからか、小さな音で音楽をかけながら床《とこ》につくようになった。静かな音楽に耳を澄ますことで、内に向かいがちな自分の思いに搦《から》めとられることが少なくなった。その夜もいつものようにアルヴォ・ペルトの『アリーナ』をかけてから蒲団にもぐりこんだ。寡黙《かもく》なピアノの分散和音《アルペジオ》にヴァイオリンがそっとよりそってくる。

月景石の生ぬるさが枕越しに伝わってくる気がした。ひょっとしたらこれは桂子さんのぬくもりかもしれないなどという病んだ考えが浮かび、叔母の姿を思い浮かべようとするけれど、そこに隣の少女が頑なな面持ちで割りこみ、溶けあってどちらがどちらかわからなくなってしまった。一つになった二人が口をそろえて言う。

「すうちゃんは絶対やっちゃ駄目だからね。ものすごく悪い夢を見るから……」

なんでこんなことをしているのだろう。もしかしたらわたしは斎藤に夢を見たと言いたかったのかもしれない。地球の下に聳える大樹を見たと言いたかったのかもしれない。ただの石ころじゃないと認めさせたかったのかもしれない。ジャスミンの女のことがまたもや頭をかすめ、必死にどこかに押しやる。また眠れなくなると思い、意識を無理矢理、音楽にしがみつかせた。

このピアノとヴァイオリンはきっと何十万年も連れそった夫婦に違いない。丘の上でベンチに腰をおろし、そっと手をつないで、ほかの人びとが一人残らず死に絶えた世界を一緒に見おろしているのだ。もはや言葉は交わされない。かつていっさいのものに吹きこまれていた意味は、世界とともに滅びつつある。残るは老いた手でふれあうことだけ。二人のぬくもりだけ。人類という物語の終幕で静寂以外のものに仕事が託されるとしたら、きっとこんな音楽が流れることだろう。

四

夢現《ゆめうつつ》にまず感じたのは絶え間ない揺れだ。斎藤はいったいどこを走っているのだろうなどと目をつぶったまま考えていた。舗装路を外れて砂利《じゃり》道か何かを走っているのか、やたらに車が揺れ、車体のそこかしこが鋭く軋《きし》み、ごつごつと尻や背中を突きあげてくる。次に感じたのは鼻が曲がるようなひどい臭気。寂《さび》れた公衆便所のような大小便の混じりあった悪臭が、またもやジャスミンの女を思い起こさせ、忌々《いまいま》しさが込みあげてき、これは女をこの車に乗せた証だ、やっと尻尾《しっぽ》をつかんだ、などと恨みがましく考えていた。

しかし私はまどろみに浮かされ、状況を完全に取りちがえていた。隣に斎藤なんかいなかったし、そもそも車の助手席でつい眠りこんでしまったわけでもなかった。薄目を開けると、暗い狭苦しい部屋の中だ。いや、違う、と内心でかぶりを振る。部屋じゃない。ここは捕らえたイシダキを運ぶ表月《ひょうげつ》連邦の護送トラックの中なのだ。中央共和国の首都ジャホールを目指してここ何日も延々と走りつづけているのである。

暗期《あんき》の月世界に降りそそぐ青白い地球光が運転席のほうの小窓から弱々しく射しこみ、壁にもたれたり床に丸まったりと思い思いの格好で眠りに就《つ》く十人ほどのイシダキの姿を暗がりに浮かびあがらせていた。私もまたその中の一人であり、空《す》きっ腹《ぱら》を抱えて壁に寄りかかり、硬い床にへたりこんでいた。後部の隅には、ちゃぷちゃぷと嫌な音を立てる、蓋《ふた》のされた桶《おけ》のようなものの影が見え、そのまわりだけ空間があいているところを見ると、それが悪臭の源となっているようだ。つまりただの桶ではなく、囚人用の便器なのである。

下腹の辺りに生暖かい感触があった。私より小柄な何者かがそこに頭を投げ出して眠っている。その小ぶりの頭は髪があちこちで汚らしくもつれ、幾日も洗っていないのは一目瞭然だ。右耳の上に出来た髪の分け目辺りが黒々と汚れているのは、どうやら乾いた血のようである。連邦の兵士に捕まった時、そうとう暴れまわったらしい。私の太股《ふともも》に置かれた手にも土だか血だか知れぬものがこびりつき、波乱多き逃避行の末にここに放りこまれたものと見える。はて誰だったろう、と寝惚《ねぼ》け眼《まなこ》で首を傾《かし》げ、顔を覗《のぞ》きこむと、変に色の白い少女が疲れきったような荒い寝息に薄い胸を上下させていた。あっ、この子は、と思ったが、名前が出てこない。確かに見憶えのある顔なのに、私にこうまで身をあずけて眠るほど深い仲だという思いがどうしても追いついてこない。どんななりゆきでこの仲睦《なかむつ》まじげな体勢になったのかがまるで思い出せないのだ。にもかかわらず、私の手はその子の骨張った肩を労《いたわ》るように抱いており、この子を守らねばという気持ちが当たり前の顔で胸の真ん中に居座っているのが感じられた。

と、右隣から突然しわがれた女の声が聞こえてきた。

「いくら憐れだからって、その子にあんまり情を移すんじゃないよ。向こうに着いたら引きはなされるもんだって覚悟しといたほうがいい。別れる時にお互いつらくなるからね。だいたいあんた、よそ者の世話を焼いてる場合じゃないのは分かってるだろ？　あたしたちだってこの先どうなるか分かりゃしないんだからさ」

六十がらみの痩せこけた女が身を起こし、私に話しかけていた。険しい皺《しわ》が縦横に走るくたびれきった顔ではあるものの、眼差しにはまだ力があり、口ぶりからは優しさと強《したた》かさが感じとれる。また名前が出てこず、一瞬ひやりとしたが、あ、そうか、同じマギロウ村のシチャエンマだ、と思い出し、内心で胸を撫でおろした。よほど深く眠りこけていたらしくまだ夢心地が抜けず、この過酷な現実にしっかりと根を下ろせていない感じがする。何十年も昏々《こんこん》と眠りつづけていたような気怠《けだる》さがまだ意識にまとわりつき、何を考えるにもなんとなく鈍くて重たい。

それにしても、さっきはなぜサイトウとかいう男の車に乗っているだなんて思ったのだろう。サイトウだなんてまったく妙な名前だ。この頭はいったいどこの抽斗からそんな風変わりな名前を引っぱり出したのか。きっとさっき覚め際まで夢に見ていた男なのだろうが、もう顔を思い出せない。しかし力強い腕を持った男だったのではないだろうか。何度となく抱かれた感触を肌が憶えている気がするのだ。

それはそうと、シチャエンマは今この子を〝よそ者〟と言った。よそ者か、と思いながら車内を見わたしていると、ようやく少しずつ寝惚けが晴れてきたらしく、確かにほかのイシダキはぽつりぽつりと名前が浮かんでくる。チェルトニム、セスバハマ、サヴィエルダク……皆、連邦の兵士によってマギロウ村やその近隣から掻き集められた顔見知りのイシダキばかりだ。が、この子は違う。そうだ。だんだん思い出してきた。この子はどことも知れぬ場所で一人だけあとから捕らえられ、銃床《じゅうそう》か何かで頭をひどく殴られたのだろう、意識のない状態でこの護送車に放りこまれたのだ。それをそばにいた私が、ただ床に転がされたのでは寝苦しかろうと思い、こうして引き受けたのである。

「でもシチャエンマ。ほら、さわってみて、この子の胸……」と私は言った。「あたしたちと同じイシダキだよ。石を抱いてる女だったら、他人とは言えないでしょう？　しかもこの子が抱いてる石はずいぶん大きいし……」

シチャエンマの手が少女の胸元に差しこまれ、しばし肌の下に埋もれた魄石《はくせき》をまさぐった。

「本当だね。よそ者にしちゃあ、なかなかの石だ。この子はいったいどこから湧いて出たイシダキだろう。こんな石を持ってるのにこのシチャエンマが知らないってことは、そうとう遠いとこから逃げてきたに違いないね。しかもこの子は、見たところまだせいぜい十四、五歳だ。これからもっと石が大きくなるね。でもスミカドゥミ、あんたの石も充分に大きいよ。もう六十年も生きてるけど、あたしはあんたほど立派な石を抱いて生まれてきた村の子をほかに知らない」

「でも、あたしの石はただ大きいだけ。なんの役にも立たない。あなたみたいに石の力で誰かの病を癒《いや》せるわけでもないし、チェルトニムみたいにこの暗闇を照らせるわけでもないし、セスバハマみたいに鳥を呼べるわけでもない」

「まだ眠ってるだけさ、あんたのその石は……。力のある石ほど長く眠るって言うからね」

「だとしても、長く眠りすぎてるんじゃないかな」と私は自嘲めかして言う。「このままだと、石が目覚めないまま あたしは――」

「それ以上言うんじゃないよ、スミカドゥミ」としわがれ声がぴしゃりと言う。「大丈夫さ。連邦の奴らがただあたしらの魄石を欲しがってるんだとしたら、こんなトラックに押しこんでどこかへ連れてく必要はないだろう? 魄石が欲しいだけなら、見つけ次第その場でぶっ殺して胸から抉《えぐ》り出しゃあいいんだからね。だから安心しな。あたしらは殺されないよ。何年かかろうと、みんな生きて村に戻れるさ。このごたごたが終われば、きっと何もかも元通りになる」

「でも、大月桂樹《だいげつけいじゅ》はどうなるんだろう。落葉禍《らくようか》がもうだいぶ進んで、遠からず枯れてしまいそうだって連邦の奴らは言ってたけど……」

「知ったこっちゃないね。大月桂樹が枯れようが倒れようが、あたしらのせいじゃない。ましてや、あたしらの石なんかなんの関係もないね。大月桂樹の下で暮らして、ずっと恩恵を受けてきたのは連邦の奴ら、中でもジャホールの奴らなんだ。大月桂樹が本当に死にかけてるんだったら、奴らのおこないが悪かったせいさ。驕《おご》れる者は久しからずってね」

「でもあの大月桂樹が枯れてしまったら、月の空気までが薄くなってしまう。そしたら連邦の奴らだけじゃなくって、裏月《りげつ》に暮らすあたしたちまで一人残らず死ぬことになる。今だってもういくらか空気が薄くなってるなんて言う人もいるぐらいだし、あたしだって、きのう辺りからなんだか息苦しい気がするもの……」

「あんたは本当に心配性だね。裏月に帰れば、あたしらにはあたしらの森がある。少しぐらい空気が薄くなったたって誰も死にゃあしないよ」

「でも連邦の奴らが、大月桂樹が死ぬと、月の引力が弱まって、結局すべての空気が宇宙に逃げていってしまうって言ってた。大昔みたいに月が灰色の砂漠に戻ってしまうって……」

「ハハッ！　大月桂樹が引力を造り出してるって？　馬鹿だね、この子は……。奴らの手前勝手な言い分を真に受けるんじゃないよ。いくら大きくったって、大月桂樹はただの樹だ。月の上《うわ》っ面《つら》に張りついた一本の樹が引力なんか造り出せるもんかね。それにだよ、万に一つ、億に一つ、大月桂樹と共にこの世界が滅ぶとしたところで、あたしらにいったい何が出来る？　せいぜい腹を括《くく》るだけさ。みっともない最期《さいご》を迎えないためにね」

「でも、あたしたちの石が大月桂樹を癒すって……」

「それが本当なら、もうとっくの昔に癒されてるはずさ。もう十年もこんなことが続いてるんだ。いったいどれほどのイシダキが奴らに連れ去られたろう。五千人？　一万人？　二万人？　誰にも分かりゃしない。まだ数が足りないだなんて、奴らには絶対に言わせないよ」

「神樹聖教《しんじゅせいきょう》の神官長メホロサが、必要なのはたった一つの特別な石、樹言《じゅごん》の石だって言ったって噂が出まわってるけど……」

「このご時世、どんな噂だって流れてるさ。そうだろ？　そんなことより、あたしの前であいつの名前を出さないでおくれ。耳が腐るよ。だいたいすべての元凶はあのいかれたペテン師なんだ。夢の中で御神樹様と話が出来るって？　冗談じゃないよ。あいつはただ自分が見たい夢をほいほい見てるだけさ。あいつは自分がペテン師なもんだから、本当に力を持ったあたしらイシダキがずっと目の上のたんこぶだったんだ。そんな時に自分らの命脈《めいみゃく》である大月桂樹が弱ってきたもんだから、自棄《やけ》になってあたしらに責任をおっかぶせようって腹なのさ。あたしらの石が大月桂樹の力を奪ってるって？　奪った力を返せって？　ああ、こうして考えてるだけでむかむかしてくるよ。いつかあいつに出くわすことがあったら、喉笛に喰らいついてでも刺しちがえてやるつもりさ。この目で見たことはないけど、樹の下で偉そうにしてる、ぶくぶくと太った金ぴか爺《じじ》いに喰らいつけば、まあ間違いはないだろうね」

「でも、その神官長の言ったことがもし本当だったら……」

「あんた、こう思ってるんだろう。もしかしたら自分の石が、そのたった一つの特別な石かもしれないって。だから自分の石は、大月桂樹のそばに行かないと目覚めないんじゃないかって。何度でも言うよ。奴らの話は全部でたらめだ。本当のことってのはそれぞれの人の胸の中にひっそりと隠れてるものなんだ。みんなが口々に何か言い出したら、そりゃあもうでたらめと思っといたほうがいい。そんなことより……」

突然、シチャエンマはちらりと視線を落とした。「スミカドゥミ、この子はもうさっきから目を覚ましてるよ。そうだろ？」

それを認めるかのように、少女の呼吸がはっと止まった気配が脚に伝わってきた。シチャエンマは手を伸ばして少女の顎をつかむと、ぐいと上を向かせ、言った。

「狸《たぬき》寝入りはいただけないね。どういうつもりだい？」

少女の睫毛《まつげ》がゆっくりと上がってゆく。小動物を思わせる黒目がちの目が、暗がりで濡れて光りながら微《かす》かに震えていた。頭から流れた血や付着した土で色白の額《ひたい》や頬が汚れてはいたものの、整った綺麗な顔立ちをしている。といっても、男好きのする華やかさはなく、行き場がなくてぐっと身を竦《すく》ませているような、硬くて小さな美しさなのだ。

「この子はただ怯《おび》えてるだけよ」と私は言った。「この中に誰も顔見知りがいないんだから……」

少女は怖ずおずと身を起こしながら、地獄の様子でも窺《うかが》うように護送車の中を見まわす。十一人のイシダキが押しこめられた荷室は、まず丈の低い鉄板で囲まれ、その上から鉄格子が馬蹄《ばてい》型に立ちあがり、さらにそれを深緑色の幌《ほろ》が覆《おお》っている。後部には鉄格子の小さな扉があるが、閂《かんぬき》に握り拳ほどもある錠がかけられ、囚人たちの意気を挫《くじ》いている。

「分かってるだろうけど、連邦軍の護送車の中だよ」とシチャエンマが言う。「あんたは捕まったんだ。あたしらもおんなじだけどね。それはそうと、あたしらの名前はもう聞いただろ？　次はあんたが名乗るべきだろうね」

少女は視線をおどおどと泳がせながら、何かを言いかけてはそれを呑みこむことを数回繰りかえした。ひょっとして口がきけないのだろうか、それともおつむが弱いのか、と疑いかけた時、ようやく言葉を発した。しかしひどく声が掠《かす》れており、

「ユウア……ヌイア……」という名前らしきものが百年ぶりに口から出る言葉であるかのようだ

った。「名前は……たぶん……ユウアヌイア……」

「たぶんと来たよ」とシチャエンマが呆れたように片眉を吊りあげた。「しかもけったいな名前だね。ユウアヌイアだって？　偽名にしたってもう少しましなのを思いつきそうなもんだ。で、どこから来たんだい？」

少女はまた押し黙った。私の顔を見、次にシチャエンマの顔を見、また私を見た。そして何かをあきらめたように視線を落としてかぶりを振り、途切れがちな細い声で答えた。

「分からない……。あたし、どこから来たんだろう。……思い出せない。名前しか出てこない。名前だって……ほんとはあたしのじゃないのかも……」

「芝居だとしたら、あんたもなかなかやるもんだね」とシチャエンマが疑り深げな目つきをつくる。

私は少女の頭部を指さし、言った。

「ほら、見て。この子は頭を殴られてるのよ。髪が血だらけ……。ホルスフォイが前にルグンドの崖から落ちて頭を打った時、村人の名前を一つも思い出せなくなったって聞いたことがある。きっとそれとおんなじなんだよ」

「さて、どうだかねえ。あたしには人の頭ん中は覗けないからねえ」とシチャエンマは皮肉っぽく小首を傾げる。「もしあんたが本当にどこから来たか忘れちまってるんだとしても、何かほかに思い出せることがあるだろう？」

少女は唇を小刻みに震わせながら、まだ心ここに在《あ》らずといった顔つきで、散らかった言葉を一つひとつ拾い集めるみたいに答える。

「なんだか、さっきまで、ずいぶん長い夢を、見てた気がする。……全然別のところで、こことは違う、全然別の世界で、ずっと暮らしてた、そんな夢を見てた気がする」

私ははっとした。その感覚はかなり薄れたものの、私もまたつい先刻まで、長々と見つづけた夢にまだ片足を突っこんでいるような心地だったのだ。ひょっとして同じ夢を見ていたのではないか、そんな突拍子もない考えがよぎり、思わず少女の顔をまじまじと見つめてしまう。

「今度は夢の話かい、もうお手上げだね」とシチャエンマが鼻で笑う。「でもまあ一つだけ確かなことがあるね。あんたはその胸に石を抱いてる。ということは裏月の生まれってことだ。あんたのその立派な石にはどんな力がある？　それも忘れちまったかい？」

少女は訝しげに眉根を寄せ、自分の胸に手をやった。服の上から恐るおそる魄石に触れ、輪郭に指を這わせる。はっと息を呑んで、今度は首元を覗いてから手を突っこみ、直接自分の魄石の盛りあがりにさわった。そして愕然とした口ぶりで呟《つぶや》く。

「なんだろう、これ……。何かある。……石？　なんで？」

シチャエンマが首を捻《ひね》りながらこちらを見、まるで私が少女を護送車に引っぱりこんだかのように言った。

「なんだい、この子は……。本当にイシダキかい？」

こっちが聞きたいぐらいだ。頭を殴られたにしても、そこまで遡《さかのぼ》って記憶を失うだろうか。かといって、イシダキではない者が一夜にして魄石を獲得するとも思えない。しかし狼狽《ろうばい》する少女の様子はいかにも心細げで真に迫っており、思わず抱きしめてやりたくなるほどだ。私たちも自分を待ちうける運命がいかなるものか知らないわけだが、この子はさらに前途多難である。全身が腫《は》れ物で覆われているかのように、何に触れても痛みに呻《うめ》くことになりそうだ。私は少女の肩に手をやり、諭《さと》す。

「ユウアヌイア、それは何も変なことじゃないの。あたしたちイシダキは、みんな魄石という石を胸に抱いて生まれてくるんだから……。ほら、あたしの胸にもさわってみて。あるでしょう?」

少女は怖ずおずと手を伸ばし、服の上から私の魄石に触れて小さくうなずいたが、だからといって合点《がてん》がいったふうでもない。この様子では、自分がどういうなりゆきでなぜ連邦の護送車に乗せられているのかも理解していないに違いない。

そこで突然、シチャエンマの向こうに寝転がっていた人影がむくりと身を起こした。背の丸い老齢の小男で、ごろりと浮き出た頰骨の下に灰色の豊かな髯《ひげ》をたくわえていたが、皺っぽい目元には今にも笑いだしそうな剽軽《ひょうきん》な気配が漂っている。

「ヤフネフルネ、あんた起きてたのかい」とシチャエンマが言う。

「お前らが隣でいつまでも喋くってるんだ。眠れるもんか」と老人が返す。「それはそうと、俺は昔、面白い力を持ったイシダキの話を聞いたことがある。そいつはセジム地方のとある村のイシダキだったが、この月世界ともう一つの世界を夢の中で行ったり来たり出来たそうだ」

「聞いたかい、スミカドゥミ。馬鹿の口から馬鹿な話が聞けたよ。ありがたいね」シチャエンマが意地悪く言う。「ヤフネフルネ、あんたには珍しいのかもしれないけどね、夢ってのはだいたいそういうもんなんだ」

「話をちゃんと聞け。そいつは若い男だったそうだが、ある日突然、頭がおかしくなったみたいに、自分はここととは似ても似つかない全然別の世界で暮らしてたって言いだした。今でも夢の中でその世界へ行けるとも……。皆が口々にからかうばかりでその話を一向に信じないもんだから、じゃあ今度はその夢の世界から自分の別嬪《べっぴん》の嫁さんを連れてくると大法螺《おおぼら》を吹きだした。しかしなんと明くる朝のことだ。誰も見たことのない見目麗《みめうるわ》しい娘、しかも石を抱いた娘が、呆然とした面持ちで村にふらふらと入ってくるじゃないか。そこで色めき立った村の男どもが、どこから来た何しに来たと寄って集《たか》って尋ねたが、娘は憶えてない分からないの一点張り……。そこに例の夢見る男が現れ、娘を目にした途端《とたん》、小躍りせんばかりに大喜び、〝見ろ！　これが俺の嫁だ。向こうから連れてきたぞ！　夢の世界から連れてきたぞ！〟と得意顔で村じゅうに触れまわったそうだ」

「なんだい、そりゃ……。今笑うところだったのかい？」

「茶々を入れるな。こいつは笑い話じゃないんだ。村の連中だって初めは大笑いしたそうだけどな、すぐに誰も笑えなくなった。なんとその娘までもが、自分も別の世界で暮らしてた気がするとか言い出して、結局その男と結婚しちまったんだから……。そしてその夫婦はその後も仲睦まじくその村で暮らしたそうだが、何十年も経《た》って旦那のほうが先に歳をくって死んだあとに、その嫁が旦那の胸から魄石を取り出してみたら、なんとでっかい風景石だったそうだ。俺は若い頃、その村の納石堂《のうせきどう》の一番奥に安置された、その風景石をこの目でしかと見たよ。なんと大月桂樹みたいな樹が真ん中にぽつんと立ってて、その上に地球みたいに青くて丸いものが浮かんでた。まるで本当に絵に描いたみたいな風景だったよ。あとにも先にも俺が風景石を見たのはそれ一度きりだ」

「なるほど風景石か……。確かに風景石を持ったイシダキはある日突然、妙な夢を見たと言いはじめると聞くね。でも、その嫁もこの子とおんなじように自分がイシダキだって知らなかったって言うのかい？」

「もう百年も昔の話だというから詳しくは知らんが、たぶんそうだったろうと思うね」

「ずいぶんあやふやな話だね。でも百歩譲《ゆず》ってあんたの言うとおりだとしても、まず風景石を持ったイシダキがいなくちゃならないね。別の世界からこの子を連れてくるイシダキがさ……」

ヤフネフルネがどこかおどけた身ぶりで急に私の胸を指さし、言った。

「いるじゃないか、ここに……。俺は前々からスミカドゥミの魄石は風景石じゃないかって睨んでるんだ。風景石の目覚めは遅いっていうからな。スミカドゥミ、どうだ？　最近、けったいな夢を見たりしないか？」

「冗談はやめてよ」と笑いまじりに返したものの、その笑顔がぎこちなく引きつるのを感じた。ついさっき見た夢がまさにそれではと思うと、微かに血の気が引くようだ。風景石にまつわるお伽噺《とぎばなし》じみた噂は時折耳にするし、魄石の目覚めが遅いイシダキはしばしばそうやってからかわれるものなのだが、今この状況では笑っていなしきれず、つい少女と目を合わせてしまった。少女はまだ話の流れについてこられず、自分がどう料理されるかを聞かされる鶏のような、怯えと戸惑いの綯《な》い交《ま》ぜになった面持ちだ。

シチャエンマもにやりとし、わざとらしくいたずらっぽい目つきをつくってこちらを見る。

「スミカドゥミの抱いてるのが風景石だって？　それを確かめたかったら、生きたまま胸を切りひらくしかないねえ。生憎あたしは刃物の持ちあわせがないけれど、あんたはどうだい、ヤフネフルネ……」

「さて、どうだったかな」とヤフネフルネも芝居がかった仕草で懐《ふところ》を探りはじめる。「いつもなら、この辺りに包丁の一本や二本は入れてるはずなんだが……」

私もだんだん呆れが勝《まさ》ってきて、鼻で笑いながら言ってやった。

「もし都合よく包丁が出てきたら、胸だろうと腹だろうと好きなところをかっさばいて、みんなでいいようにあたしを料理したらいいよ」

ところが少女には品のないおふざけが通じなかったらしく、ただでさえ硬い表情をさらに強張らせ、固唾《かたず》を呑んで私たちの顔色を窺っている。シチャエンマもその様子に気づき、少女に向かって肩を竦めて言う。

「冗談だよ。まさか本気でやるわけがないだろう？　だいいち、あたしらみんな針一本すら持っちゃいないんだ。奴らに何もかも取りあげられてね。……ユウアヌイアと言ったっけ？　実のところ、あたしが気になってたのはね、あんたが本当は一度、連邦に連れていかれて、そこから逃げてきたんじゃないかってことさ。だから、あんたはひょっとしたら、あたしらをどんな運命が待ちうけてるかもう知ってるかもしれない、そう思ったんだ。何しろ奴らに連れていかれたイシダキで裏月に戻ってきた者はまだ一人もいないという話だから、もしあんたがそうだったら貴重な話を聞けると思ったんだけど、でもその様子じゃあ、本当になんにも知らないようだね」

少女は俯《うつむ》いて弱々しくかぶりを振る。

「こりゃあ、いよいよ風景石だな」とヤフネフルネが苦笑した。

「まあいいさ……」とシチャエンマが喋り疲れたように溜息をつく。「これから降りかかる災いについて先に知っといたほうが幸せってわけでもないだろうからね。さて、あたしはもう寝るよ。ジャホールまではまだそうとうあるだろうからね。スミカドゥミ、あんたも寝といたほうがいい。休める時に休んどかないと、いざって時にへたばっちまうからね」

シチャエンマが背中を向けてごろりと横になると、その向こうでヤフネフルネもさっきのように手枕で寝る格好になった。交わされる言葉が途絶え、私たちを捕らえている檻《おり》の耳障りな軋みばかりがせわしく聞こえだした。いつの間にか鼻が馬鹿になり、目覚めた時ほど悪臭が気にならなくなっている。

私が鉄板にもたれかかると、少女は身の置き場を探すような心細げな面持ちになったので、身ぶりで左隣に来いと指し示した。少女は無言のままその隙間に背中を押しこみ、私にか細い体をぴたりと添わせてくる。荷室が狭苦しいためにそうならざるを得ないのだが、伝わってくる温もりは、少女が私に心をゆるしている証のように思われた。

自分がこの子だったらと想像を巡らせてみる。護送車の中ではたと目を覚ます。強烈な悪臭が鼻を突き、まわりにいるのは見も知らぬ囚人ばかりだ。なんでこんなところにいるのか、まるで思い出せない。どこへ連れてゆかれるのか、なんのために連れてゆかれるのか、それすらも分からない。過去が闇なら、未来もまた闇だ。あるのは逃げ場のない今という瞬間だけ。檻の中は恐ろしいが、檻から出される時はもっと恐ろしい。刺すような暗闇の中、点のような意識がかっと目を見ひらき、すべてに怯えている。何も考えたくはないが、何も考えないわけにはいかない。藁《わら》にもすがりたい気持ちだ。その藁が私なのかもしれない。が、私はその藁にすらなれそうにない。これから何が起きるにせよ、私はきっとこの子を守れない。もちろん自分の身も……。

本当に私がこの子をこの恐ろしい世界に連れてきたのだろうか。何を馬鹿な、と思う。またヤフネフルネの法螺話だ。しかし三十二にもなってこの体《てい》たらくでは、この胸の魄石は本当に風景石なのかもしれないとも思う。風景石を持って生まれたイシダキの多くは、なんの力にも目覚めないまま一生を終えるというから。

そうなるとやはり気になるのは、さっき見ていた夢だ。ほとんど思い出せないにもかかわらず、人生ほどにも長い夢に鼻面《はなづら》を引きまわされつづけたような、芯からの疲れが心の奥にまだ痼《しこ》っている。サイトウとはいったいどんな男だったのか。サイトウは私のなんだったのだろう。サイトウの力強い手が私の体を這いまわり、重たい指先でなめらかに肌を窪《くぼ》ませる。ふと、男の野太い声が脳裏を掠めた気がする。この顔が好きだ……この胸が好きだ……この腹が好きだ……この舌が……。

しかし次の瞬間、左袖をがっとつかまれ、現実に引きもどされる。少女が微かに震えながら、私の左腕にしがみついている。怯えた息が私の胸元にまで届く。私は右腕で少女の頭を抱きよせ、囁きかける。

「大丈夫、きっと助かるから……。本当に怖いことなんて、きっと何も起きないから……」

五

きっと助かるなんて嘘だ、わたしは嘘をついた、こうして世界の片隅で、たくさんの悲しい嘘が人知れずつかれては消えてゆくのだ、と胸を掻きむしるように考えながらゆっくりと目を覚ました。しばらく夢うつつの境をうろついていたけれど、ある瞬間ぎょっとして暗闇のなかで目を見ひらいた。どこだ、という問いが脳天に突き立った。まだ護送車のなかのようにも思えたし、三〇三号の自分の寝室のようにも思え、次の瞬間の寝返りの打ち方しだいではどちらの世界で目を覚ますこともありそうな気がした。

体は柔らかい蒲団のなかに横たわり、頭上にはベージュ色のカーテンにおおわれた窓があった。地面は揺れることがなく、車体も軋みをあげなかった。周囲に人の気配はなく、腕は少女を抱いていなかった。でもどうしたわけか、仄かな便臭がまだ鼻孔《びこう》に染みついているような嫌な感覚があった。

安堵のあまり、暗い天井を見あげたまま幾度もため息をついた。夢だったのだ。それにしてもなんと鮮烈な夢だったろう。うっかり目をつぶろうものなら、また目を開けたときにはやはり護送車のなかという筋書きもありそうだった。どうしてこんな肌に張りつくようななまなましい夢を見たのかと訝しく思ったとき、はっと気づいて身を起こし、枕をはねのけた。月景石があった。枝ばかりのぎすぎすとした樹が仄白く浮かんで見えた。これか、と思い、恐るおそる胸に手をやると、もう胸からは魄石のふくらみが消えていた。あらためて月景石を手に取ってみた。やはりと言うしかない生ぬるさがいまはますます不気味だった。夢のなかではちょうどこれぐらいの大きさの硬いものが、ちょうどこれぐらいのぬくもりを持って胸骨の上辺りに埋まっていたのだ。指で押したときに膝の皿のように肌の下でぬるりと動いた感触が、まだ胸に喰いこんでいた。

本当にこの石のせいなのか、という愕然たる思いが、いつまでも脳裏で木霊《こだま》して去らなかった。もし月世界を夢に見ても自己暗示の作用に違いないとすっかり侮っていたけれど、たとえその通りだとしても、もう一度、枕の下に月景石を入れて眠る勇気はなかった。もしあのあとも悪夢の幕がおりなければ、きっとなんらかの形で死ぬ宿命《さだめ》にあったろう。あのユウアヌイアという少女とともに。

シチャエンマやヤフネフルネの姿かたちが、記憶のなかのどんな材料を元につくられたかは見当もつかないけれど、ユウアヌイアだけははっきりしていた。隣の家の少女だ。背格好や容姿はもちろん、わずかしか聞いた憶えのない声までが同じだった気がした。では名前はどうだろう。澄香からスミカドゥミというわたしの馬鹿げた役名が生まれたのだとすると、ユウアヌイアは〝ユウア〟という名前から導き出されたかのように思えるけれど、わたしはあの少女の名前を知らなかった。もし万が一いつかそれが本当にユウアだとたしかめられたら、いま見た夢の不可解さに大きな輪がかかることになるだろう。まさか夢で見たからと言って本人から名前を聞き出すわけにもいかないけれど……。

電気を点け、時計を見ると、午前四時七分。この時間帯に目覚めてしまうのはよくあることで、あとふた眠りぐらいできそうだった。人はひと晩のあいだに幾つもの夢を見るが、その一つひとつはほんの数分のことだ、という話を聞いた憶えがあった。さっき見た夢が本当に数分で事足りるひと幕ものだというのなら、人間はもしかしたら一夜の夢のなかで一生に相当するほどの長大な時間を過ごしているのかもしれない。

月景石をまた手ぬぐいで包み、キャビネットの抽斗にもどした。二十年以上も実家の机に放りこんで見向きもしなかったのに、いまや爆弾でも隠し持っているような心持ちだった。昨晩、斎藤に枕の下に入れて寝てみたらと言われたけれど、もしあれが本気だったとすれば、朝食のときにでもどうだったかと冗談まじりに結果を聞かれるかもしれない。さてどう答えたものかなどと迷うまでもなく、さっきの夢について正直に話す気にはとてもなれなかった。夢の一部始終を一人芝居で再現できそうなほどはっきりと憶えていても、この現実が霞《かす》んで見えるほどのあの異様ななまなましさを伝えるすべがないのだ。理解を得るべく言葉を重ねれば重ねるほど、いっそう痛々しい女に見えるだろう。斎藤は面白がり、また意外な一面を見たとか言って、女の馬鹿さ加減を味わうようないつものにやつき顔になるに違いない。それだけならまだしも、そこまで言うなら今夜は俺が試してみるとまで言い出すかもしれない。月景石を貸す気にはなれなかった。斎藤がひと晩で一生にも相当する筆舌に尽くしがたい経験をし、別人のようになって目覚めるのではないか、そんな考えがどうしてもちらついてしまうのだ。

でも結局、斎藤は朝になっても何も尋ねてはこなかった。石の模様についてあれこれ言いあって写真まで撮ったのに、斎藤は月景石について何一つ口にしなかった。わたしにとってはみずからの正気を懸けた重大事だったけれど、斎藤にとってはひと晩でけろりと忘れられる些事《さじ》に過ぎないらしかった。月景石という岐路《きろ》を前に、斎藤は明るい軽やかな道を選んで向こうへ行き、わたしは重いぬかるんだこちらの道を選んで一人びくびくしている。わたしの中身が少しだけスミカドゥミと溶けあって、薄気味悪い女になったことに、斎藤はまるで気づいていないのだ。

例の夢を見てから二週間ほどのちのことだ。土曜日で、斎藤は仕事だったけれど、わたしは休みだった。夕方にスーパーへ買い物に出た帰り、一階のホールでエレベーターが降りてくるのを待っていた。エレベーターは六階で停まったままなかなか降りてこない。しかも、ごおん、ごおん、という音がガラス窓の向こうの暗いシャフトから響いてきた。六階でかごが揺れているのだ。こういう真似をするのは子供しかいない。エレベーターを使って鬼ごっこをするとか、なかで取っ組みあうとか、きっとそんなことだ。

階段であがろうかと苦々しく考えた瞬間、やっとエレベーターが動きだした。同時にけたたましい男の子の声がシャフトをくだってきた。ひょっとしたらまた片岡家の悪餓鬼どもではないかと思っていたら、案の定《じょう》、一階に到着するやいなや二人がどたばたと転がり出てきた。下の子が脱兎《だっと》のごとく先に出て、上の子が満面の笑みで追いかけていた。九歳と七歳と踏んでいたけれど、もちろんただの当てずっぽうだ。わたしはぶつからぬようわきにかわし、その背中に向かってそっと舌打ちをした。でもそこで、この子たちにあの少女について尋ねてみてはどうかという思いつきがはっと胸に浮かび、次の瞬間には「ねえ、きみたち！」と声をかけていた。

ホールを飛び出ようとしていた二人がつんのめるように立ちどまり、ふりかえった。さんざん人を待たせたにもかかわらず、二人とも叱られるなどという考えがかけらもよぎらない、きょとんとした面持ちだ。隣人とはいえ、ひと言も言葉を交わしたことがないから、二人にしてみれば当然〝知らないおばちゃん〟ということになるだろう。運がよければ〝たまに見かけるお姉さん〟のくくりに入れてもらえるかもしれないけれど。

「きょうはお姉ちゃんは一緒じゃないの？」とまず聞いてみた。

上の子が「え？」と間の抜けた声を漏らした。二人ともぽかんと口を半びらきにし、頭の上にはあどけない疑問符がいくつも浮かんでいた。

「きみたち、中学生ぐらいのお姉ちゃんがいるでしょう？」と質問を変えた。

返ってきたのは、また上の子の「え？」という声だ。でも今度は、

「いないよ、お姉ちゃんなんか。俺たちだけ……」と続いた。

今度はこちらが「え？」と言う番だった。「じゃあ、ときどき一緒にいる女の子は誰なの？図書館で三人一緒にいるところを何回か見たことあるよ」

上の子が一丁前に眉をひそめて腕組みなんかし、

「女の子と図書館なんか行かないけどなあ……」と首をひねった。「お母さんとならたまに行くけど……」

「違う違う。中学生か、高校生かもしれないけど、女の子と一緒に行ったことあるでしょう？え？　きみたち、片岡さんのとこの子だよね？」

そんな噛みあわないやりとりの末、二人が片岡家の小学三年と一年の兄弟、ケントとショウヤだと知った。でも二人とも姉の存在を認めず、三〇二号で父母と四人で暮らしていて、ほかに同居人はいないと頑として言いはる。ユウアという名前の知りあいはいないかと聞いてみても、そ

ろってかぶりを振り、迷いがない。嘘をついているようには見えなかったし、そもそもそんな嘘をついても仕方がない。

三階にあがるエレベーターのなか、ふつふつと胸騒ぎが湧き起こるのを感じた。はじめて少女を目にした日、あの子は買い物袋をさげ、たしかに三〇二号に入っていった。目が合い、会釈までしたのだ。一階のホールとエレベーター内で二度、言葉も交わしたし、その後も図書館やスーパーで何度か見かけている。その記憶がすべて偽りだったとか、隣室に取り憑いた亡霊を見たとか、そういうことも断じてありえない。わたしほどではないにせよ、斎藤だって幾度かあの子の姿を目撃しているからだ。

でもそこでふと、最近見かけたろうか、という不穏な疑問が首をもたげた。見ていない気がした。ではいつから見ていないのか、となるけれど、あの夢を見てからはたぶん一度も見ていない、という血の気が引くような答えが問いと同時に胸に返ってくる。三階の廊下を歩きながら、つまりこれはどういうことだ、と自分につぶやいてみた。世界ほどもある巨大な疑問のへりを覚束《おぼつか》ない足取りで歩いている気がする。考え方を誤れば足を踏みはずし、狂気の奈落に真っ逆さま……。

つい三〇二号の表札に目が行くけれど、以前と同様、太マジックで〝片岡〟と書かれているだけだ。でもなんとなくではあるものの、以前のほうが投げやりな書き方だったようにも思える。三〇二号の外観に少しでも少女の痕跡を見つけたいと思うけれど、果たせない。あきらめて自室の玄関ドアを開け、居間の床に買い物袋を放り出すと、ソファに身を投げ出し、仰向けになる。目は薄暗い天井を見あげているけれど、途方に暮れた意識がぽかんと宙に浮かび、堂々巡りの問いに囚われる。つまりこれはどういうことだ？　あの夢はいったいなんだったんだ？　あの子はどこへ消えた？

晩の十一時過ぎ、缶ビール片手にソファにひっくりかえる斎藤に、

「隣の三〇二号に中学生ぐらいの女の子がいたでしょう?」とさり気なく切り出した。

返ってきたのはまたもや「え?」という声と、虚を衝《つ》かれたような当惑顔だ。子供なら可愛げもあるけれど、四十男が同じ顔をすると、何をぬけぬけとという八つ当たりめいた苛立《いらだ》ちが頭をかすめる。斎藤が最後の砦《とりで》だと思い、いまかいまかと帰りを待っていたのに、希望はあっさり潰《つい》えた。

「男の子が二人いるけど、その上にもう一人お姉ちゃんがいるの、見たことない?」と重ねて聞いても、斎藤はスポーツニュースに気を取られながら首をかしげるばかりだ。覚悟していたつもりだけれど、一緒に図書館で見たでしょう、桂子さんに似てるって話もしたでしょう、と胸ぐらをつかんで問いつめたくなってくる。理不尽とは知りつつも、頼みの綱だった斎藤の忘却によって、あの少女の存在にとどめを刺された気さえし、額に怒りとも悲しみとも考え分けがつかないさざ波が集まってくる。おまけに斎藤からいつになく濃厚なジャスミンの香りが立ちのぼっているようにも思われ、陽炎《かげろう》さながらにむらむらと心の目に映る。きっと斎藤が今夜この体を求めてくることはないだろう。仕事にくたびれたような顔つきも、そのための巧妙な伏線に思えてくる。無毛の獣と化した斎藤が顔のない別の女を猛然と掻きいだく、そんな光景が脳裏にひろがり、体液にぬめりながら蠢《うごめ》きはじめる。

でも、いまはそれどころではない。淫《みだ》らな画《え》の上に少女の立ち姿がおおいかぶさり、エレベーターのなかからこちらをひたと見つめてくる。そして言う。いえ、待ってます。どこで待っているというのか。まさかあの夢のなかで? 嫌だ。もうあの夢にはもどりたくない。もう一度あの

悪夢に落ちたら、次こそは月の引力にしっかと囚われ、二度と帰れない気がする。そして今度こそ、死に瀕《ひん》した大月桂樹の白じらとした威容を振りあおぐことになるのだ。

斎藤はわたしの様子がおかしいのを感じとったのだろう、

「一緒にいるときに見たっけ?」と反応を見る口ぶりだ。

はっと我に返ったけれど、どう答えたものかわからず、無言で斎藤の顔を見つめてしまう。あの少女を憶えているわたしと、やすやすと忘れてしまった男、二人を隔てる壁の分厚さはどれほどのものだろう。もちろん一緒に見たのだ。でもあの少女を一緒に見たのは本物の斎藤で、いま目の前にいる斎藤は偽者なのかもしれない、だからこんなに臭うのかもしれない……そんな突拍子もない疑念が胸の裏の暗がりをぞろりと横切る。最近、斎藤さんの体から、ときどきジャスミンの香りがする、あたしがこの世で一番嫌いなジャスミンの香り……そんな言葉が喉のふたをかたかたと鳴らしている。と同時に、自分の存在の軸がどこにあるかわからないような気持ち悪さが背すじに張りついてきて、心がまったくさだまらない。あの少女がいた世界といない世界を分かつ鋭い稜線《りょうせん》にまたがり、どちらにもすべり落ちてゆきそうなのに、見えない壁にぴたりと挟まれ、どちらにも一歩も動けない。

「一緒に見たよ。ただ斎藤さんが忘れてるだけ。絶対にそう……」と自分の声がささくれだつのをわたしは聞く。

「うーん、憶えてないなあ」と斎藤がかすかな怯《ひる》みを紛らすようにビールをあおる。

「あの子のことを忘れるなんて、ちょっと驚き……。図書館からの帰りに、綺麗な子だって二人で話したのに、どうやったら忘れられるのか、不思議で仕方がない。一種の特技だね」

斎藤は押し黙り、額に忍耐と書かれた無表情でこちらを見つめてくる。女には男がけっして理解できない魔の時間があり、そんなときに男ができることは沈黙のほかに何もないとでもいうように。

それからひと月のあいだ、わたしは逡巡を続けた。待っていればあの少女とまた会えるかもしれないという虫のいい希望にぐずぐずとすがりついていたのだ。休みのたびに図書館に足を運んでみたり、大した買い物もないのにスーパーに行ってみたり、少女の気配が感じとれないかとベランダに出てみたり……。すべては徒労に終わった。少女の姿はどこにもないどころか、存在した痕跡すら見つけられなかった。ときおり弟たちや母親は見かけたけれど、少女の不在を気に病む様子は微塵《みじん》もなかった。それどころか新たに父親らしき生真面目《きまじめ》そうな人物が三〇二号に出入りするようになり、いつ見ても荒《すさ》んだ表情をしていた母親の気配までがやわらいでいた。まるであの少女がずっと一家の幸福への道に立ちふさがっていたかのように。

月景石を手に取り、あと一回だけ、と自分に言い聞かせた。そもそもこんな馬鹿げた話はないのだ。この石のせいであの夢を見たという証拠などないし、ましてや夢のせいで少女が消えたという証拠はない。もう一度だけ枕の下に入れて眠り、それで何も起きなければそれでいい。わたしにできることはもう何もない。あとは時間がゆっくりとわたしの記憶を色褪せたものにするだろう。そしていつか、あんな少女はそもそもいなかったのだと思いこむこともできるようになるかもしれない。

枕の下に入れる前に、いま一度まじまじと月景石を見つめた。以前と変わらず、地球の下に聳える巨樹は、星降る夜の世界に白骨めいた無数の枝をひろげているばかりだ。夢のなかでは大月桂樹と呼ばれていたけれど、本当にこれが地球にもある常緑樹のあの月桂樹だとすれば、こんなふうにいちどきに葉が落ちるのはあってはならないことである。でもそもそも月桂とは、月に生えるという空想上の桂《かつら》の樹らしく、その桂が地球の桂と同種だとすると落葉樹のはずだから、どうも辻褄《つじつま》が合わない。もっとも、細部はいい加減でも、発想の出どころははっきりしているように思える。おそらく桂子さんの名前から大月桂樹とやらが導き出されたのだろう。いかに緻密《ちみつ》とはいえ、所詮はこの頭がこしらえた安普請《やすぶしん》の夢だと思えば、いくらか気が楽にもなってくる。

月景石を枕の下に入れると、またアルヴォ・ペルトの『アリーナ』をかけて蒲団にもぐりこみ、仰向けになる。たぶんこれでこの前と条件は同じになった。へんに目が冴え、部屋に満ちる暗闇から怪しい考えがじわじわと染みこんでくる。ひょっとしたら、わたしはあの夜以来まだ一度も目覚めていないのではないか。別の車両に乗り移るみたいに、月世界の夢のあとで、あの子がいない世界の夢にすべりこんだだけなのではないか。となると、現実のわたしはどこかの病院のベッドで何カ月ものあいだ昏々と眠りつづけているのかもしれない。そして誠実きわまりない斎藤が、いつ目を覚ますとも知れないわたしの手を、来る日も来る日も飽かず握りしめているのかもしれない。きみの手が好きだ、きみのすべてが好きだ、と言いながら……。

六

「大月桂樹が見えてきたよ。もうすぐジャホールだ」

まどろみの中でそんな囁きを耳にし、ああ、シチャエンマの声だ、と思った。ここ何日も一緒に護送車に閉じこめられ、自分の顔も忘れるほど四六時中、顔を突きあわせているというのに、どうしたわけかそのしわがれ具合がとても懐かしく感じられた。

連邦軍に強制連行されたイシダキは、どういう運命を辿《たど》るにせよ、一人残らず雲の海のほとりにあるジャホールに連れてゆかれると言われている。ジャホールは大月桂樹を取り囲むように広がった円環状の街で、表月連邦及び中央共和国の首都にして月世界最大の都市だ。百万を数える人々が住むとされ、目に眩しい大豪邸で左団扇《ひだりうちわ》の暮らしを送る富豪もいれば、路上で物乞《ものご》いをしながら露命《ろめい》をつなぐ者たちもいる。偉丈夫《いじょうふ》の群れを妖艶な視線のひと刷毛《はけ》で自在になびかせる月世界一の美女もいれば、邪魔者を月蛇《げつじゃ》の檻に放りこんで高笑いする暗黒街の大悪党もいる。もちろんほとんどの者は当たり前の市井《しせい》の人々で、大月桂樹を産土神《うぶすながみ》と仰ぐ信心家だが、なべて商魂逞《たくま》しく、抜け目がない。

しかしジャホールの住民とて、ど真ん中に聳えて街を睥睨する大月桂樹に、自由に近づけるわけではない。三〇メルティエを超える高さまで玄武岩を積みあげた暗灰色の守護壁が、大月桂樹がたたずむゴディムの丘のぐるりを囲んでいるからだ。神樹への参拝は限られた日に限られた人数だけがゆるされており、抽選に当たるのを何年も待ちつづけている者が街じゅうにごろごろいる。表参道沿いに建ちならぶ宿屋は、地方から遥々《はるばる》やってきた敬虔《けいけん》な巡礼者たちでいつも混みあっていて、しかしそのほとんどは神樹の木肌に接吻《せっぷん》する幸運に恵まれないまま、またいつの日かと希望をつなぎながら名残惜しげにジャホールをあとにする。つまり、神樹聖教の信者たちにとって、大月桂樹の足下に拝し、無一物の手を広げて太々とした幹にしばし身をまかせることは、一生に一度あるかないかの至福の瞬間なのだ。

にもかかわらず、この十年のあいだに裏月で掻き集められたイシダキは、護送車に乗せられたままあっさり守護壁の門をくぐり、大月桂樹のお膝元である聖域へと入ってゆくという。守護壁を超える高さの建造物を建てることはゆるされていないため、人々は広大な聖域で何がおこなわれているかを窺い知ることは出来ない。運に恵まれた参拝者たちが聖域内で見ることが出来るのは、荊《いばら》のアーチの下を通る薄暗い表参道と、その先に聳える大月桂樹の正面、そしてそこから振りかえって望める丘の表側だけだと言われている。つまり丘の裏側に何があろうと、人々の目に触れることはないのだ。だからこそ、ありとあらゆる噂が巷で持ちあがっては、口さがない旅行者によって気ままに脚色をほどこされながら月世界じゅうに伝わってゆく。

数々の噂はどれも裏づけに乏しいものばかりだが、内容は多岐にわたっており、人々を飽きさせない。最も穏やかなものは、聖域内に巨大な収容施設があり、何千人とも知れぬイシダキが衰えゆく神樹の足下にひれ伏し、日々その回復を祈っているというものだ。その噂を信じるなら、イシダキは命を奪われることがなく、いつか裏月へと帰る希望も残される。神樹聖教の公式発表もほぼその通りの内容であり、〝遥々裏月から駆けつけてくれた使命感溢れるイシダキたちは、神樹の御許《みもと》を片時も離れることなく、その復活のために力を尽くしてくれている〟との決まり文句を、報道神官はこの十年飽かず繰りかえしているらしい。一方、剣呑な噂のほうは、天国より地獄のほうが人々の想像力を刺激するのと同じ道理で様々なものがあり、その多くでイシダキは死を免れない。丘の裏側には無数の土饅頭《どまんじゆう》が広がり、そこに埋められたイシダキの骸から吸いあげられた養分によって、大月桂樹が最期の命脈をつないでいるだとか、毎日、大月桂樹の根元に設《しつら》えられた祭壇で、イシダキが一人ずつ生きたまま魄石を抉り出されるだとか、そんな惨《むご》たらしい話だ。

しかし結末の明暗を問わず、多くの噂で共通しているのが、守護壁の向こうから戻ってきたイシダキはまだいないというものだ。生きて戻った者がいないというだけでなく、死体が運び出されたという信ずるに足る話もないのである。連邦軍の護送車が始終出入りしているのだから、帰りは死んだイシダキを積んでどこかの僻地《へきち》でまとめて穴に埋めていた、あるいは焼却していたなどの実《まこと》しやかな目撃談が出まわってもよさそうなものだが、それが出てこない。となると、逃げまわるイシダキたちの胸には、一度、守護壁の向こうに連れ去られれば、どうなるにせよもう戻っては来られない、という恐怖が腫瘍《しゆよう》のように痼ってくることになる。

大月桂樹が見えてきた、とのシチャエンマの言葉に、私は目をつぶったまま、いよいよかという暗澹《あんたん》たる思いを禁じえなかった。ぐずぐずと惰眠《だみん》を貪《むさぼ》る私に痺れを切らし、シチャエンマの手が肩を揺すってくる。

「ほら、見てごらん。大月桂樹を見るのはこれで五度目だけどね、あんな恐ろしい姿を見るのは初めてだよ。ジャホールの連中が震えあがるのも無理ないね」

渋々目を開けると、腹の上にまだユウアヌイアの頭があり、いかにも起き抜けといったふうに薄目を開けたり、また目をつぶったりを繰りかえしていた。頬には汚れを洗い流すような涙のすじがあったが、いい歳をしてあまりにも無防備に私に寄りかかりすぎたと思ったのだろうか、突然ふっと身を起こし、そそくさと汚い袖で顔を拭《ぬぐ》ったり髪のもつれを直したりしはじめた。

「ちょっとは眠ったみたいね」

そう声をかけると、甘えたことを恥じるように小さくうなずき、硬く澄ました表情をつくる。そしてシチャエンマが指さす窓のほうを向いて身を屈《かが》め、私たちを待ちうける運命にきっと視線を据えた。その様子が眠る前の怯えきった寄る辺ない態度と違って見え、気丈に振る舞おうとする健気《けなげ》さが伝わってきた。

そこで不意に、この子を連れ帰らなければ、という呟きが胸をよぎり、自分でどきりとした。まるで他人の手がひやりと胸元に差しこまれてきたみたいに感じられた。そもそもどこの生まれかも分からないのに、いったいどこへ連れ帰ろうというのだろう。ただ漠然と裏月を思っての呟きだったろうか。

まだ寝惚けているようだとかぶりを振りながら、ユウアヌイアに倣《なら》って窓のほうに目をやった。窓の両はじには連邦軍兵士の肩が見え、その向こうに、暗期の月世界に横たわる巨大都市ジャホールの灯《ひ》が宝石箱をひっくりかえしたようにきらきらと輝き、その上に大月桂樹が枝を広げていた。そしてさらにその上には、丸く輝く我らが黎明《れいめい》の地、地球が青々と浮かんでいた。

神樹聖教の主張によれば、大月桂樹の高さは七〇〇メルティエを超え、幹の周囲は三三〇メルティエ、枝張りの範囲は直径一二〇〇メルティエにも及ぶとされる。この巨樹がもし根を脚のごとく使って歩きまわれば、街で最も高い守護壁でさえひと跨《また》ぎ、一日も要せずにジャホールの街を瓦礫《がれき》の山にしてしまうだろう。

私は今までに一度だけ、十六年前にシチャエンマと共にジャホールを訪れ、大月桂樹を仰いだことがあった。その時にまず感じたのは恐ろしさだ。巨大なものは恐ろしい、という原初的な畏怖の感情に生まれて初めて襲われたのである。あの樹がもし根元から折れて丘を転がってきたら、もしあの樹に雷が落ちて篝火《かがりび》のように燃えあがったら、などと想像すると、胸がひどくざわついた。しかし数日も経つと恐怖はすっかり和らぎ、街のどこを歩いていてもつい目が捜してしまうほど、大月桂樹の虜《とりこ》になっていた。あの時に見た大月桂樹は、空を透かし見ることが出来ないほど濃く豊かに葉を繁らせ、街じゅうにあの独特の香りを振りまいていたのだ。

それが今はどうだろう。眩しいほどの地球光に照らされる大月桂樹の姿は、重たげにまとっていた葉をすっかり失い、骨張った悪魔の手のような枝を丘の上にぎすぎすと広げるばかりでいかにも寒々しい。思いなしか白い木肌までが老婆のそれのように乾き果てているように見える。まさかこんな禍々《まがまが》しい光景を目にする日が来ようとは……。確かに大月桂樹は死にかけている。暗期の空に吹きすさぶ風が無数の枝に切り裂かれ、ひゅうひゅうと泣き叫ぶ、そんな恨めしげな声がここまで聞こえてくるようだ。

ジャホールは無病長寿の力を宿すとされる大月桂樹の葉によって栄えてきた街だから、住民が世界の終わりだ空気の消失だと騒ぎたてるのも分からないではない。イシダキ狩りを主導しているのは神樹聖教の神官たちであり、実際に手を汚しているのは連邦軍だが、結局のところ人々も見て見ぬふりを決めこんでいる。その後ろめたさがあるのか、夜空の底に広がる街の灯も十六年前に較《くら》べて精彩を欠き、打ち沈んでいるように見える。今や大月桂樹の葉は高騰《こうとう》のあまり庶民の手には渡らず、訪れる者の数もがくんと減っていると聞く。

住民の希望をつないでいるのは落葉禍の伝説だ。数多《あまた》ある神樹聖教の副経典の一つ『アブハラ記』に、六百年前にも大月桂樹は今と同じようにすっかり葉を落とし、枯死《こし》の際《きわ》に立ったと伝えられている。そしてその窮地を救ったのが、ナオヤムエレとケイコグレヌという夫婦とも兄妹とも伝えられる男女に率いられた千人のイシダキだった。神樹聖教の主張によれば、イシダキが胸に持つ魄石は本来、大月桂樹の霊力の結晶であり、その力を返上することで、樹は蘇ったのだという。となると、現代の神官たちにしてみれば、このたびの落葉禍を乗りきるには再びイシダキの力を借りるしかないということになる。が、伝説の通りにことは運ばない。裏月の隅々にまで呼びかけたにもかかわらず、助けに来るはずの千人のイシダキが現れないのだ。ならば、力ずくで連れてくるしかない。しかし千人ではすまなかった。落葉が止まらないのだ。かくして、私たちは護送車に閉じこめられ、今、大月桂樹の滅びゆく姿を遠くに見ているのである。

「あたし、あの樹のことを知ってる気がする」とユウアヌイアが呟いた。

「ほう……」とシチャエンマが片眉を吊りあげる。「やっと思い出してきたみたいだね。そりゃそうだ。頭を殴られたぐらいで何もかも忘れられるもんか。だいたい、息の仕方を忘れても、大月桂樹を見たことは忘れないって言うからね」

「でも、あの樹のことしか思い出せない」とユウアヌイアは眉根を寄せてかぶりを振る。「いつ誰と見たのかも分からない。本当に見たことがあるのかも分からない。でも、あの樹は苦しんでる。助けを求めてる……」

「ひょっとして、あなたは樹と話せるの？」と私ははっとして尋ねる。「六百年前にナオヤムエレと共に千人のイシダキの先頭に立ったケイコグレヌは、石の力で大月桂樹と話が出来たと言われてるけど……」

ユウアヌイアはまたかぶりを振る。「分からない。でも、意識を取りもどした時からずっと、微かな呻き声みたいなものが聞こえてた。眠ってるあいだもその声がだんだん大きくなってくるみたいで、それで今あの樹を見た瞬間、あ、あの樹の声だったんだって思ったの」

「どうやってそれが分かるんだい」とシチャエンマが慎重な口ぶりで問う。「草木の言葉が分かるにしたって、そこらに生えたちっちゃなキノコが、虫に喰われて喚《わめ》いてるだけかもしれないよ」

「どうしてだろう。うまく言えないけど……」とユウアヌイアは口ごもる。「でも、そうとしか思えない。あれぐらい大きい樹じゃないと、こんな地響きみたいな恐ろしい声は出せないと思う」

「今もそれが聞こえてるの？」と私は聞く。

少女は俯いて、小さくうなずく。私はシチャエンマと思わず顔を見あわせた。樹言の力を持ったイシダキは、百年に一人と言われるほど稀だ。私はもちろん会ったことがないし、どこそこの村にいるという確からしい噂も聞いたことがない。しかしそれを言うならシチャエンマやヤフネフルネだって同じだろうし、護送車に乗る誰に聞いてもそうだろう。何しろ連邦軍がこの十年、血眼になって探しつづけているのに、どうやら一人も見つかっていないようなのだ。つまり、今のこの時代には存在しないと噂されているのである。それを覆《くつがえ》す答えが、まさか本当に今目の前にいるこの少女だというのだろうか。絶対にあり得ないとは言いきれない。もし今の時代に樹言の力を持ったイシダキがいるとしたら、こうやってどこからともなく、記憶すらも持たないまま、突然まるで宙から捻り出されたみたいに現れるのかもしれない。そういえば、ケイコグレヌもまた謎に包まれたイシダキで、『アブハラ記』にも若い美しい女ということ以外、何も伝えられていないのではなかったか……。

「ねえ、あなたは今、ほかの樹の声も聞こえるの？」と私は聞く。

「どうだろう……」とユウアヌイアは呟き、耳を澄ます顔つきになる。窓から見ると、どうやら道路の両側には田畑が広がっているようだが、ぽつりぽつりと屋敷を構える農家の庭には決まって幾本か樹が生えている。少女はしばし何かを聞きとろうと耳をそばだてる様子だったが、やがて言った。

「ほんの少ししか聞こえないけど、みんなずっと騒いでる気がする」

「騒いでる？」とシチャエンマが怪訝の声を上げる。「どの樹もどの樹もみんな騒いでるって言うのかい？」

少女は確信ありげにうなずく。「急げ、急げって、そう言って騒いでる気がする」

「いったいどこへ急げって言うんだい」とシチャエンマが聞かずもがなことを聞く。

ユウアヌイアの目は、窓ガラスを貫き、白々と聳え立つ大月桂樹に据えられている。

七

護送車がジャホールの街に入った。道路が石畳に替わり、タイヤがごろごろと硬いせわしい音を立てる。用便桶が発する悪臭で鼻が馬鹿になっているのか、幌の隙間から入る風は、やはり大月桂樹の葉の香りがまったくしない。十六年前には街じゅうに満ちみちていたあの芳《かぐわ》しい香りが……。街に入る前に運転席のカーテンが閉められたせいで街の様子が分からないし、皆、時計を奪われているので時間も分からない。しかし幌越しに人々の出歩く気配が感じられ、起刻《きこく》のようだと知れる。どこかで停車した時にでも、皆で騒ぎたてればその声が外に伝わるに違いないが、おそらく誰も助けてはくれないだろう。護送車の中に無辜《むこ》のイシダキが囚われていると分かっても、きっとただ俯いて見て見ぬふりをし、通りすぎるだけだ。ジャホールの人々は神樹の衰亡に恐れおののくあまり、この危機を乗りこえるためなら、他人の命であれ己の良心であれ、何を犠牲にしても構わないとひらきなおっているのである。

カーテンが閉められたせいで、荷室は今や真っ暗闇、自分の手すら見えない。皆すでに目を覚ましているが、誰もが押し黙り、迫りくる運命に身がまえようもなく身がまえている。しかし皆の心の片隅では、怖ずおずとではあるが、一つの小さな希望が芽吹いているはずだ。その希望はあまりにもささやかで不確かなので、誰も希望とは呼びたくないが、しかしやはりそれぞれの胸の裡《うち》では、希望と名づけられているに違いない。

その希望とはもちろんユウアヌイアだ。得体の知れないこの少女が本当に樹言の力を持つのなら、最期の瞬間を目前にして何か奇跡のようなことが起こり、この惨禍《さんか》に終止符が打たれるかもしれない。しかし誰もその可能性を口にしようとはしない。会ったばかりのこの少女には虚言癖があるのかもしれないし、でなくともただ気が触れているだけかもしれない。ほかの誰にも樹の声が聞こえない以上、真偽は確かめようがないのだ。

　そのユウアヌイアはさっきから両手で耳を塞《ふさ》ぎ、じっと何かに堪《た》えている様子だ。ほかの者には見えなくとも、隣に座る私には気配で分かる。ユウアヌイアが嘘つきだとはどうしても思えない。となると、やはり気が触れているのだろうか。大いにあり得ることだ。気が触れた者は、往々にして神だの精霊だのの声が聞こえると言いだす。記憶が失われているのも、心を病んだせいなのかもしれない。が、私はどうしてもそう考えたくない。理性ではなく、その前を歩く、生きたいという切なる思いが、そう囁くのだ。

　護送車が停車し、大きな金属製の門が軋みながらひらくような甲高い音が荷室にも聞こえてきた。後部の幌の隙間が何者かの手で少しひらかれ、連邦軍兵士と思われる男の目がちらりと覗いた。それが再び閉じられると、「何人だ」「男が五人、女が六人だ」とイシダキの数を確認する会話が外で交わされ、また護送車が動きだした。ヤフネフルネが暗闇に包まれたまま自らの運命を茶化すように言った。

「どうやら抽選に当たって守護壁の中に入れてもらえるようだぞ。この歳になってまさか御神樹様の尻に口づけ出来るとはね。長生きはしてみるもんだ」

「あんたの場合は抽選に当たったたんじゃないね。罰が当たったたんだ」とシチャエンマが憎まれ口を叩く。「そしてあたしら全員、罰当たりなあんたの巻きぞえを喰ったのさ」

「罰当たりということにかけちゃあ、俺はあんたより前にしゃしゃり出たことはないよ。新しいことはさっぱり憶えられんが、昔のことは忘れたくても忘れられんからな。ああ、口がうずうずしてきた」

「黙っといたほうが身のためだよ。耄碌《もうろく》して何を言いだすか分からない爺いの世話なんぞ誰もしたくないからね」

護送車は少し走ったあと、またすぐに停まり、運転席のほうから何やら事務的なやりとりが聞こえ、また走り出した。どうやらもう一つ検問のようなものを抜けたらしいと推測したところで、またすぐに停まった。護送車は四方八方から白々とした照明に照らされているらしく、濃緑色の幌が明るい若葉色に染まっていた。背後で門が閉められるような音がし、運転席のほうからは、ここまで私たちを運んできた連邦軍兵士二人の降りる気配が伝わってきた。どうやらここが長かった旅の終着点らしい。

兵士二人が車両の背後に回る姿が、幌に影となって映し出された。幌の後部がひらかれると、いきなり煌々《こうこう》たる無遠慮な光が荷室に雪崩《なだ》れこんできて、皆一斉に目を細めた。兵士の一人が鉄格子の錠を外すと、扉を外にひらき、

「一人ずつ出ろ」と言った。

皆、眩しげに顔をしかめたまま目を見あわせた。まさか降りた端から一人ずつ撃ち殺してゆくなどという凶行には及ぶまい、という思いが素早く行き交ったのだ。

「さて……」とまず立ちあがったのはヤフネフルネだった。「もちろん先に極楽浄土に降り立つのは年長者の役得ということでよかろうな」

もう何日も狭い荷室に押しこめられていたせいで脚がなまっており、ヤフネフルネは鉄格子につかまりながら覚束ない足取りで扉のほうへ向かった。シチャエンマがそれに続き、あとはもう

数珠《じゅず》つなぎで次々に降りてゆく。時折、鉄格子の隙間から水と食料が差し入れられたものの、あまりにも僅《わず》かで、皆、空腹と渇きで動きが鈍い。ユウアヌイアを見ると、もう耳こそ塞いでいなかったが、いかにも鳴り響く大月桂樹の呻き声が聞き苦しいというふうな面持ちで荒い息をしていた。そんな少女を先に行かせ、私はその肩にそっと触れながら最後に降りた。大丈夫だと言葉をかけてやりたかったが、ここまで来てしまえばどんな綺麗事もただちに嘘になるに違いなく、ただ肩に置いた手の無言の温もりにすべてを託す思いだった。

まず目に飛びこんできたのは守護壁だ。十六年前にも嫌というほど守護壁を見たが、当時目にしたのは守護壁の外側で、今目にしているのは内側に違いない。振りかえった瞬間、息を呑んだ。今にもこちらに倒れかからんばかりの巨大さで、すべての葉を失った大月桂樹がこちらを見おろしていたのだ。

恐るべき光景だった。十六年前はまだ、青々とした苔《こけ》や羊歯《しだ》などの着生植物を堂々たる幹のそこかしこにまとい、いかにも守護神然とした豊潤なたたずまいだったが、今や白々と老いさらばえた木肌がすべて剝き出しになっており、乾き果てた骨を世に晒《さら》してなお生きながらえているような鬼気迫る痛々しさがあった。そしてやはり、四方八方にむりむりと張りめぐらすその太い枝に葉らしきものはまったく見あたらない。ちょうどくいと顎を上げたぐらいの視線の先に、真ん丸の巨大な地球がうるさいほど際やかに輝きつつ浮かんでいるのだが、裸の枝々をかいくぐったその地球光が、うっすらとした青白い光芒《こうぼう》となってこちらへ静かに降りてきていた。

しかしいかに死に瀕しているとはいえ、なんと荘厳《そうごん》な姿だろう。幹を取り囲むには三百人が広げた手をつなげねばならず、樹冠に至るには五百人が肩車をせねばならないという。ただ立っているのではなく、丘の上の空間を押しのけて、一つの小宇宙としてこの月世界に割りこんできているというふうな、不気味なまでの存在感を放射している。神樹聖教の経典には、この大月桂樹は二万年前に地球で芽吹いたが、やがて、滅びへの坂を転げ落ちる人間をも含めた大小様々の生命をその懐に抱いて宇宙へ飛び立ち、この月世界まで遥々渡ってきたのだと伝えられている。つまり、月世界はこのたった一本の樹を命の源として表月裏月の隅々にまで広がっていったのだ。

ユウアヌイアも唖然とした様子で、瞬きも忘れて神樹を見あげている。

「ここに横一列に並べ！」という兵士の声がかかり、皆、守護壁のほうへ向きなおる。地面に白い一本の線が引かれてあり、それに沿って並べということらしい。護送車が乗りつけたのは守護壁と一体となった建物の前庭のような場所で、四方を壁に囲まれており、逃げることも大月桂樹に向かって丘を駆けのぼることも出来ない。

並べと命令を発したのは、緑色の軍服を着た連邦軍の兵士ではなかった。目の前で厳《いか》めしい立ち姿を見せているのは、灰色の軍服と鶏冠《とさか》のついたような独特の軍帽をかぶった兵士で、十六年前にも守護壁のそばで見かけた憶えがあるが、神樹聖教の神官兵だ。神樹の紋様が描かれた白い腕章をつけ、鏡のごとき輝きを放つ銃剣を差した美しい小銃を背負っている。野卑《やひ》でだらしない若僧ばかりの連邦軍兵士と較べると、目を瞠《みは》るような押し出しである。そんな煌《きら》びやかな神官兵が六人、しゃちほこばって前庭に散らばり、着の身着のままの小汚い私たちの動きに目を光らせている。どうやらこれで連邦軍から神樹聖教に身柄を引きわたされたことになるようだ。

私たちが並ぶと、四十がらみの将校らしき神官兵が、イシダキにそれぞれの魄石の力について横柄な口ぶりで尋ねてくる。この問いにどんな意味があるのか、答えによって襲いくる不幸にどんな違いが生じるのかは誰にも分からない。鳥呼び、水読み、魂飛ばし、夢告げ、癒し手、光明……隠し持った最後の武器でも引きわたすように皆渋々といった面持ちで答えてゆくが、私は腹

を括って、

「知りません。あたしの魄石はまだ目覚めていないのです」と告げる。

神官兵は意地悪く片眉を吊りあげ、疑念に濁った眼差しを向けてくる。「まだ？　けっこうな歳のようだが……」

「本当なのです。あたしにはまだどんな力もありません」

神官兵は一歩詰めよってきたかと思うと、いきなり私の襟《えり》ぐりに指を引っかけ、胸元をぐいと覗きこんできた。軍帽の鶏冠が私の顔を打った。神官兵はしばし私の胸を眺めたあと、顔を上げて滴《したた》るような笑みを浮かべ、服の上からがっと魄石を握りしめてきた。

「立派な石じゃないか。それともこれは三つ目の乳房かな？」

胸に釘でも打ちこまれたような鋭い痛みが走り、私は思わず、うっと声を漏らした。

「どうやら石は石のようだな。河原の石でも拾って呑みこんだのかもしれんが……」と神官兵は片頬を歪《ゆが》める。「さて最後だ」

神官兵が少女の前に立った。私たちのあいだにさっと緊張が走る。ユウアヌイアはどう答えるのだろう。真偽はどうあれ樹言の力を持っているなどと言ってはならないと護送車の中で言いふくめるべきだったかもしれないが、もう後の祭りだ。十代前半らしい見目を考えれば、まだ目覚めていないと言い抜けてもさほど疑わしくはないはずだが……。しかし少女は私たちが案ずるのをよそに、

「あたしは……」と一瞬口ごもったものの、怯えを払いのけるようなはっきりとした口調で答える。「樹の声を聞くことが出来ます」

神官兵がぴたりと動きを止め、しばしユウアヌイアを凝視してから言う。

「ほう、実に結構なことだな。小娘よ、では聞こう。我らが御神樹は今なんとおっしゃっている？」

「終わりの時が近づいている、最後の旅に出ねばならない、と……」

神官兵が一歩詰めより、鼻が触れあうような間近からユウアヌイアの目をほじくらんばかりに覗きこみ、重ねて尋ねる。

「で、我らが御神樹は何を求めている？」

ユウアヌイアは僅かに仰《の》けぞり、声を震わせながらも、しっかりと答える。

「最後の石はまだか、と……」

「最後の石？　それはなんだ？　お前のことか？」

「わかりません」と少女はかぶりを振る。「この樹はもう苦しみ呻くばかりで、聞きとれる言葉はほんの僅かしかないのです」

「小娘よ、大した度胸だ。しかしお前は、そんな御託《ごたく》を並べることで、何かの賭けに勝てるとでも思っているのか？」

「ただ、聞こえたままを言っただけです」

神官兵がまたもやいきなりユウアヌイアの襟ぐりに手を引っかけ、頭を突っこまんばかりに長々と覗きこむ。そして少女を睨みつけながらぐいと顔を上げ、なぜか腹を立てたような口ぶりで言い捨てる。

「こんな大きな石は滅多《めった》にない。かのケイコグレヌも、またとない大きな石を抱いていたそうだ。しかし馬鹿の大石という言葉もあるからな」

守護壁に寄りかかるように建つ城砦《じょうさい》じみた建物に入るよう命ぜられ、真ん中に大きな籠が置かれた重苦しい部屋に連れこまれると、私たちは服をすべて脱ぐよう言われた。シチャエンマが異議を唱えると、喉元に銃剣を突きつけられ、有無を言わせぬ口調で、その服は命より大事なのか、と問いつめられた。装飾品などはとうの昔に連邦軍兵士に巻きあげられていたが、靴も下着も、何一つ身につけることはゆるされず、もう二度と必要になる日は訪れないとでもいうふうに、すべてを籠の中に一緒くたに放りこまねばならなかった。神官兵たちが言うには、神樹の御前《ごぜん》に出るにあたり、そういった不純物は禁じられているとのことだった。御神樹が一糸まとわぬ姿でお前らを待っているというのに、なぜお前らが不純物でその身を隠そうとするのか？

非の打ちどころのない軍服に身を包んだ神官兵を前にして、私たちの裸体は薄汚れており、生々しく、みすぼらしかった。まるで毛を刈りつくされた羊のような気分であり、このどうしようもない従順さもまた羊のようだった。それぞれの裸体にそれとなく視線を走らせると、やはり皆の胸の真ん中に盛りあがりがあったが、ユウアヌイアの魄石は明らかに大きく、いまだ胸の膨《ふく》らみきらない痩せ細った体格も相俟《あいま》って、ひときわ目を引いた。清廉《せいれん》であるはずの神官兵たちも例外ではなく、その好奇好色の視線を隠そうともせずに、じろじろと少女の裸体を目でまさぐるのだ。しかし当のユウアヌイアはそんな視線よりも大月桂樹の呻き声に気を取られているらしく、痛みに堪えるように眉根を寄せ、手でどこを隠すこともなく立ちつくしていた。

こうなれば、ただもう運命に身をまかすほかない。命は一つしかなく、今ここで弾丸や銃剣の餌食《えじき》として差し出すよりは、少しでも希望の残る道へ先送りにするほうがよほどましなのだ。連れ去られたイシダキがどんな末路を辿ったのかは長らくの謎だった。しかしまさにこれから、身を以《もっ》て知ることになる。全員が素っ裸になったことが確認されると、入ってきたのとは別の扉か

ら出るよう命ぜられた。扉に向かう時にシチャエンマが身を寄せてきて、悔しげな薄笑みに頬を歪め、

「メホロサに嚙みつくまでの辛抱さ」と囁きかけてきた。

私は無言でうなずくしかなかった。神官長のメホロサは長らく病に臥《ふ》せっていると噂されており、実際もう人前に出ることがないと聞いていた。これからどんな目に遭《あ》うにせよ、そこにメホロサの姿があるとは思えなかった。

いきなり広々とした薄暗い空間に出、裸であることの頼りなさがいや増した。天井高が二〇メルティエ、幅が一五メルティエ、長さ五〇メルティエはあろうかという、巨人の造った地下宮殿といった雰囲気で、精緻《せいち》な彫刻のほどこされた玄武岩の列柱がずどんずどんと重々しく立ちならんでいた。その柱の一本一本から、枝分かれした燭台《しょくだい》が突き出ており、蠟燭《ろうそく》の火が弱々しく揺れながら辛うじて辺りを照らしていた。目に映る何もかもが、人間の命など取るに足りないというふうな厳然とした古々しさをまとっており、私は思わず息をひそめた。

左右のどちらを見ても、廊下の突きあたりは複雑な紋様が彫りあげられた大きなアーチ型の扉になっており、それぞれの扉の前に二人ずつ門衛の神官兵が立っていた。方角を考えると、左に向かえば守護壁で、右に向かえば大月桂樹だが、案の定、神官兵たちは右へ行けと手ぶりで示した。石張りの床を裸足でぺたぺたと歩きながら、もしやここは何百年も閉鎖されたままになっていると言われる裏参道の入口ではないか、と気づいた。十六年前に噂として耳にしたのだが、それが事実なら、大月桂樹の裏側には巨大な洞《うろ》があり、裏参道はそこにつながっているはずだ。

先導する神官兵が扉に近づくと、二人の門衛が外に向かって大きな扉を押しはじめた。扉が軋みながらゆっくりひらいてゆくと、幅が五メルティエほどのまっすぐな廊下、いや、ゆるやかな

階段が現れた。つまりこの階段でゴディムの丘を登ってゆくのだ。左右の壁からはやはりところどころに燭台が突き出ていたが、それでも暗いことには変わりがなく、眠れる太古の巨獣の喉奥に吸いこまれてゆくような恐ろしさがある。この階段がまっすぐ大月桂樹の足下に向かっているとしても、素っ裸のまま五〇〇メルティエは歩くことになるだろう。

私はイシダキの列の殿《しんがり》を歩き、ユウアヌイアはすぐ前を歩いていた。ユウアヌイアは足取りこそしっかりしていたものの、しきりにそわそわと手を動かし、耳に触れたり首すじを撫でたりしていた。大月桂樹の声がますます大きくなり、耳を塞ぎたいが、しかし塞いだところで最早《もはや》どうなるものでもないというふうな、居ても立ってもいられない様子だ。

さっき前庭でユウアヌイアが神官兵に言った言葉がまだ頭の中を回っていた。最後の石はまだか……この子は本当にそんな声を聞いたのだろうか。大月桂樹が事実そう言っているのだとしたら、この十年のイシダキの悲劇はすべて、その〝最後の石〟を巡る災厄だったということになるが、であれば、その肝腎《かんじん》の〝最後の石〟はいったいどこにあるのだろう。ユウアヌイアの樹言の石がそうなのか？　それとも〝最後の石〟を持ったイシダキは別にいて、まだしぶとく裏月のどこかを逃げまわっているのだろうか。いや、ひょっとしたらこの胸の魄石がそうだということもあり得なくはない。ヤフネフルネの見立てどおり、今さらなんの役にも立たない風景石という可能性ももちろんあるが……。

いや、私はいったい何を考えているのか。この子は、強かに殴られたうえ、護送車に放りこまれ、きっと恐怖のあまり気が触れてしまったのだ。どこの村にも一人や二人はこの手の心を病んだ者がいるじゃないか。いや、待て。そう切り捨ててしまうには、この子の石は大きすぎないか？　ああ、分からない、何も分からない……私に出来ることと言えば、もう見ることだけだ。

何が起きても、最後の瞬間まで目を見ひらいていることだけだ。

だらだらと続く階段、この渇きと空腹、さすがにもうすっかり息が上がっていた。しかしどうやら階段の終わりが近づいてきたようだ。つまり、もうすぐそこに大月桂樹が聳え立っているのである。再び広々とした空間に出た。が、ひときわ明かりに乏しく、どういう場所なのかつかめない。見あげるが、天井はこってりとした暗闇に満ち、高さが知れない。右を見ても左を見ても同様だ。一瞬、ひょっとしてもう外に出たのかと思ったが、神官兵の足音の響き具合は明らかにがらんとした屋内のそれだ。三〇メルティエほど先だろうか、また大きな扉が立ちはだかっているのがぼんやりと見えてきた。その前に立つ四人の神官兵の姿もどうにか分かる。石張りの階段が途切れ、足裏の感触が変わった。土だ。ということは、この扉の向こうはもう大月桂樹の足下なのか?

門衛が四人がかりで歪《いびつ》な三角形の大扉を向こうへゆっくりと押し開けてゆく。それにしてもなぜこの大扉はこんな左右非対称の妙な形をしているのだろう、そう思った時、はたと気づいた。この扉は階段の終わりを示すものでもなければ、そもそも建物に付属したものでもない。これは大月桂樹の洞に入るための扉なのだ。洞の出入口に合わせて造られたために、こんな奇妙な形状なのである。ということは、目の前に立ちあがっているのは建物の内壁ではなく、おそらくは大月桂樹の根っこなのだ。目が慣れてくると、朧気《おぼろげ》ながらもすべてが見えてきた。今いるこの空間は、大月桂樹の巨大な二本の根っこに挟まれた場所であるらしい。喩《たと》えるなら人間が脚を前に広げてへたりこんでいるような格好であり、噂どおりにその奥に洞という秘所が隠れていたのだ。

八

扉がひらいてゆくと、洞の中に煌々たる黄金色《こがねいろ》の光が満ちているのが見えてきた。しかもそうとう奥行きがあるようだ。外からは分からないが、ひょっとして大月桂樹の内部はかなり腐朽《ふきゅう》が進み、ほとんどがらんどうになっているのだろうか。促されるままに足を踏みいれてゆくと、懐かしい大月桂樹の香りがいきなり鼻を突き、はっとした。が、次の瞬間、何やら獣の群れでも囲っているような野蛮な悪臭がそれを押しのけ、一歩進むごとに強まってゆく。一瞬、死屍累々《ししるいるい》たる殺戮《さつりく》の光景が脳裏を掠めたが、屍臭《ししゅう》ともまた違う気がし、何に出くわすのかまるで分からず、とにかく今すぐ踵《きびす》を返して逃げ出したくなってくる。そしてさらに不安を煽るかのように、どん、どん、という鈍い音が一定の間をあけてずっと響いており、そのたびに微かに総毛立つようなのだ。何か重いものを持ちあげては落とし持ちあげては落としを繰りかえしているような……。

洞窟さながらの通路が二〇メルティエほど続いており、足下は板張りになっている。その床の壁際を黒い電線が這っており、ところどころに黄ばんだ光を放つ照明器具が置かれ、私たちの裸体を汗ばむほど照らしてくる。通路の向こうに光に満ちあふれた空間がひらけており、そこに何人もの神官や神官兵の姿が見えてきた。ああ、あそこだ、と思う。この十年で姿を消した何千とも何万とも知れないイシダキは、きっと一度は皆あそこへ連れ去られたのだ。そしてまた、この私もその仲間入りを果たそうというのである。

通路を抜け、私たちはとうとう大月桂樹の中枢とも言える場所に辿りついた。そしてここはきっと神樹聖教の中枢でもあるのだろう。私は啞然とし、貪るように見まわした。そこかしこに設えられた照明器具が、照らしてはならないものを照らすようにすべてを露《あら》わにしていた。ひと言でいえば、巨大な円筒形の空間だった。直径は五〇メルティエはあり、もし神々の掘った井戸の底に立てばこんなものだろうかとも思われる。

小銃を手にした神官兵が等間隔で壁際に点々と立ち、怖ずおずと円の中央に進み出る私たち十一人を冷たい眼差しで見つめてくる。奥には背もたれの高い豪華な椅子が八の字型に何脚も並び、高等神官と思《おぼ》しき年老いた十二人の男たちが深々と腰を下ろし、人間の運命を見とどけることに飽いたような、どろりとした目つきでこちらを眺めている。

しかし何者だろうか、真ん中に異様な風体の人物が座っている。その最も奥の中央の椅子だけは簡素で背もたれがなく、そこからひときわ瘦せこけた枯れ木のような老爺《ろうや》が私たちに鋭い視線を走らせてくるのだ。真ん中に座しているからには最も地位が高いのではと思うのだが、しかしなぜかその老爺だけは、目映《まばゆ》いばかりの白い神官衣を身につけていない。いや、神官衣どころか、私たちと同様、布きれ一枚身に帯びておらず、背を丸め、局部すら剝き出しにして座っている。しかし虜囚《りょしゅう》である私たちとは違い、おどおどとした様子は微塵もなく、影を溜めた金壺眼《かなつぼまなこ》で睨みをきかせ、無言で座を支配しているような気配だ。

もしやあの素っ裸の干からびたような老爺が神官長のメホロサなのだろうか。長らく重病を患っているとの噂を聞いたが、確かにまともな具合には見えない。全身が土気色で、肘や膝などの関節が樹の瘤《こぶ》のようにごろりと膨らみ、どことなく木偶《でく》のようだ。そして最も目を引くのは頭部である。かなり禿《は》げあがっているのだが、泥で束ねた長い頭髪のようなものが後頭部からぞろりと垂れさがり、椅子の向こうの床にまで達しているように見える。ほかの高等神官たちは皆、髪を剃《そ》りあげたうえで丈の高い神官帽をかぶっているというのに、神官長たる者が神官帽もかぶらずにあんな奇妙な髪の伸ばし方をするというのはおかしくないだろうか。

しかしその老爺よりも、私たちの連れてこられたこの空間のほうがさらに異様だった。まず目に入ったのは、内壁のそこかしこから生えた太い蔓《つる》のようなものだ。ただの蔓ではない。見あげると、指ほどの細さの蔓が荒縄のように縒《よ》りあわされて人の二の腕ほどの太さになり、それがぶらさがった大蛇の群れのように薄気味悪くゆらゆらとうねっている。ひょっとしてどこからか隙間風が吹きこんで、それで揺れているのだろうか。しかし生ぬるい空気は棺桶の中のようにまったく動きがなく、私たちの裸体をねっとりと包みこんでくるのだ。

蔓の根元へと視線を向けた時、一瞬、時間が止まったような感覚に陥った。洞の内壁一面にびっしりと隙間なく彫刻がほどこされていた。ここに足を踏みいれた瞬間から目には入っていたのだが、さてどんな彫刻だろうかと喰いつくようには見ていなかった。それを今、見た。すべて等身大の人間の浮彫《うきぼり》のようだった。どの彫刻も背中を大月桂樹に張りつけて胸を突き出す格好で、背中や四肢は途中から木肌に埋もれていた。屈強な男もいれば、豊満な肉体を持った美しい娘もおり、肋《あばら》が浮いて乳の垂れた老婆もいれば、坊主頭のあどけない少年もいた。この月世界に生きる老若男女すべての人々を漏らさず象《かたど》ろうと試みた、宗教的な巨大芸術作品とも思われたが、しかし彼らの表情はどれも似通っており、皆一様にとろんと薄目を開け、幽明の境で永遠にまどろんでいるようだった。

そして無数の彫刻には、もう一つ共通点があった。胸の真ん中が縦に裂けているのだ。大小の違いこそあれ、どの胸もどの胸も、ぱっくりと傷口がひらき、その中に骨とも筋肉ともつかぬものが覗いていた。そこに気づいた瞬間、とうの昔に胃なんか空っぽであるにもかかわらず吐き気が込みあげてきて、膝がわなわなと震えだした。これは彫刻ではない。イシダキだ。すべてイシダキのなれの果てだ。夥《おびただ》しいイシダキが魄石を抉り出されたうえ、その肉体を大月桂樹に取りこまれてしまったのだ。

突然シチャエンマが、ぎゃあああっと空間を引き裂くような凄絶な悲鳴を上げ、その場に頽《くずお》れた。ヤフネフルネもまた零《こぼ》れ落ちんばかりに黄ばんだ目を見ひらき、手を震わせながら、心が壊れたように「お前らはなんということを！　なんということを！　なんと……」と叫びを繰りかえした。セスバハマもチェルトニムもサヴィエルダクもほかの皆も、口々に絶望や呪詛《じゅそ》の声を上げたり、へたりこんで頭や胸を掻きむしったり、正気を失った顔つきでよろよろと歩き出したりしはじめた。ユウアヌイアは俯いて固く目をつぶり、己の頭蓋を押しつぶさんばかりに耳を塞ぎ、正気の灯《ともしび》を絶やすまいとするように必死に喘《あえ》いでいた。私は吐いた。次から次へと吐き気が突きあげてきて、しかしただ涎《よだれ》ばかりが太い糸を引き、板張りの床にねっとりと盛りあがる。いったいこの地獄に何人のイシダキが取りこまれてしまったのだろう。何千とも何万とも知れぬ消えたイシダキは、一人残らずこの洞の内壁に埋もれてしまったのだろうか？

その時、チェルトニムとサヴィエルダクが何やら奇声を発しながら出入口のほうへ駆け出した。二人の神官兵が銃剣を突き出して素早く通路に立ちふさがるが、チェルトニムとサヴィエルダクは恐怖のあまり我を忘れ、そのまま突進してゆく。

と、次の瞬間、何かが二人の背中にひゅっと襲いかかるのが見えた。頭上で蠢《うごめ》いていた蔓が、何十本もの指を持つ手のように先端を広げ、二人を背後から鷲づかみにしたのだ。枝分かれした細い蔓の一本一本が、二人の後頭部や首すじや背中にずぶずぶと喰いこんでゆき、みるみる鮮血が溢れ、足下に血溜まりをつくる。二人の腹を破るような凄まじい絶叫が洞じゅうに響きわたり、濁り混じりあいながらいつまでも木霊する。

　私は立ちつくすユウアヌイアにしがみついて床に引きたおし、覆いかぶさる。そうしたところで蔓の襲撃から逃れられるとは思わなかったが、神官兵たちに取り囲まれ、どこにも逃げ場はないのだ。

　シチャエンマが幼児のごとく滂沱《ぼうだ》の涙を流しながら立ちあがり、チェルトニムに駆けよって背中に取り憑いた蔓を引き抜こうとする。そのシチャエンマの背中目がけて別の蔓が襲いかかるのを見たヤフネフルネが、体ごとぶつかってシチャエンマを突き飛ばす。二人は揉みあいながら床に転がったが、無防備になったヤフネフルネの背中にまた新たな蔓がつかみかかり、剣山《けんざん》のごとき鋭い矛先《ほこさき》を広げ、容赦なく突き刺してゆく。シチャエンマはヤフネフルネにしがみついて引きはがそうとするが、ヤフネフルネの体は強靭《きょうじん》な蔓に否応なく引っぱられ、罪人のように宙に吊りあげられる。

　ヤフネフルネはごぼごぼと血泡を噴きながら空中で仰向けになるようにゆっくりと持ちあげられてゆく。チェルトニムとサヴィエルダクも同様だ。三人は半ば目をつぶり、最早叫ぶ力も残っていないかに思われたが、さらなる苦痛に襲われたのか、へし折れんばかりの海老《えび》反《ぞ》りになってびくびくと体を震わせはじめた。

　と、そこで突然、煙《けぶ》るように血飛沫《ちしぶき》が舞い、私たちの裸体を点々と赤く濡らした。三人の胸が張り裂け、肌の下から魄石が飛び出したのだ。どんな力が働いているのだろう、三つの血塗られた魄石が宙に浮かんでいた。魄石は血を滴らせながら、見えない糸で吊りあげられるようにすると空中を昇ってゆく。その先に目をやると、照明が充分に届かない遥か頭上の暗がりに何かが見える。目を凝らしていると、直径が一五メルティエほどもあるだろうか、丸みを帯びた巨大な肉色の物体が、濡れたような光沢を帯びて浮かんでいるのが分かってくる。いや、浮かんではいない。赤黒い塊《かたまり》からイシダキを餌食にしている蔓のようなものが四方八方に伸びていて、それによって内壁ともつながり、自らを支えているようだ。あたかも張りめぐらせた巣の真ん中に陣取る大蜘蛛《おおぐも》のようである。三つの魄石がその赤黒い物体に向かって上昇してゆき、うねうねとすじの走る表面に張りついたかに見えたが、まるで塊が液体で出来ているかのようにすぐさま沈んで見えなくなった。魄石を喰ったのだ。

あの不気味な物体はいったいなんなのか。私はただ呆然と見あげるばかりだ。そこでようやく物体が微かではあるが断続的に震えていることに気づいた。びくん、びくん、とまるで心臓のように拍動しているのだ。洞に足を踏みいれてからずっと、どん、どん、と鈍い重たい音が聞こえていたが、どうやらその音と物体の拍動は同時であるようだ。まさか樹木に心臓があるとも思えないが、あの物体が大月桂樹の心臓部として無数の蔓を自在に操っているらしい。

見あげているうちにも、魄石を奪われた三人の体が蔓によってさらに高々と持ちあげられてゆく。最早三人を救う術《すべ》はない。魄石を奪われたイシダキは遅かれ早かれ死を免れないのだ。三本の蔓がみるみる短くなり、とうとう三人の背中が内壁にべたりと張りついて、まるで磔刑《たっけい》にでも処せられたような格好になった。すると、内壁が生きた泥のようにどぷどぷと蠢いて三人の四肢を呑みこみ、完全に自由を奪う。これでとうとう浮彫かとも見えた無数のイシダキたちの隙間に収まり、彼らの形づくるタペストリーの一部となったのだ。今はまだ人間としての血肉をそなえているが、やがて温もりや柔らかさを失って木彫のように干からび、大月桂樹に溶けこんでゆくのだろう。

呆然と倒れこんでいたシチャエンマが突如として飛び起き、惨劇を見守る高等神官たちのほうへ唸り声を発しながら走り出した。いや、狙いは高等神官ではない。真ん中に鎮座する裸の老爺だ。きっとあれがメホロサだと見当をつけたのだろう。私たちはさっきから皆、頭を抱えて床に伏せているので、誰もシチャエンマの突然の疾走を止められない。神官兵たちですら動けない。高等神官たちはいかにも厄介だというふうに眉をひそめ、座ったまま身がまえる。そのあいだを走り抜け、シチャエンマが歯を剝いて頭から飛びかかっていった。が、無人の椅子に突っこみ、派手な音を立てて転倒する。そこへすぐさまそばにいた神官兵が駆けつけ、手荒に押さえつけた。

裸の老爺はどこへ消えたのか。はっと目を上げると、上にいた。老爺は椅子の上空に浮かんでいた。いや、浮いているわけではない。ヤフネフルネたちと同様、老爺の後頭部や背骨の辺りから鬣《たてがみ》のように蔓が伸びており、その蔓が老爺を吊りあげているのだ。泥で束ねた髪の毛と見えたものは、私たちを餌食にしている蔓と同じものだった。しかしなぜ、あの老爺は大月桂樹に取りこまれず、ああやって生きていられるのだろう。

老爺が蔓に持ちあげられたまま、宙を滑るように動き、私たちの頭上にやってきて、ねじ伏せんばかりの眼差しで見おろしてきた。近くから見ると、老爺の姿はいっそう異様だ。土気色の肌は使いこまれた家具のように乾いてすべすべしており、半ば樹木と化しているようだ。節くれだった両手は丸いものをつかんだような格好で固まっており、生々しく彫りあげられた木像と言われれば、いかにもとうなずいてしまいそうだ。この老爺が本当にメホロサだとしたら、長らく人前に姿を現していないという事実とも辻褄が合う。今や大月桂樹と融合してしまっており、この洞から一歩も出てゆけない体なのだから。

そこでようやく気づいた。老爺の胸骨の上が膨らんでいる。この老爺はイシダキなのだ。ありえない話ではない。イシダキは裏月でしか生まれないが、ジャホールに移り住み、生涯をそこで送るイシダキは一人や二人ではない。中には神樹聖教に改宗し、神官になる者もいるだろう。しかしなぜこの老爺は魄石を奪われないのか、と心に問いを浮かべた瞬間、老爺がまっすぐこちらを見おろしてきた。そして唇が小刻みに震えたかと思うと、その口から鋸《のこ》を挽《ひ》くようなしわがれ声が漏れてきた。

「私はただ、猶予《ゆうよ》されているに過ぎない。私はこの姿となることで、樹言の力を手に入れたのだ。しかしいずれ私も、完全に樹と一つになる。その時はすぐそこに近づいている。すぐそこに……」

思わず息を呑んだ。このイシダキは心を読むのだ。読心の力を持つイシダキは千人に一人とも言われ、稀にしか現れないが、なるほどその力を駆使して神官長にまで昇りつめたというわけか。

「たった今、三人の者が神樹と一つになった」とメホロサは続ける。「彼らは死んだわけではない。神樹に魄石を返し、しばしの眠りに就いただけだ」

そこでまたメホロサが音もなく宙を滑り出し、上昇しながら内壁に近づいてゆく。そして大月桂樹に埋めこまれた二人のイシダキを固まった手で指し示す。「この寄り添う男女のイシダキを見よ。六百年前に千人のイシダキを率いたナオヤムエレとケイコグレヌだ。ナオヤムエレは異界《いかい》夢《む》の力を持ち、ケイコグレヌは樹言の力を持っていた。信じられまいが、この二人はまだ生きている。またいつの日か目覚めの時が巡ってくるのを、こうして待っているのだ」

確かに俄《にわか》には信じがたい話だ。メホロサの言う二体のイシダキに目を凝らすが、体つきから男女であることは判別出来ても、遠いうえに顎の下から見あげる格好なので顔立ちまでは分からない。もっとも、間近で見たところで、伝説上の人物の容貌など知るはずもないのだから、あの二体がナオヤムエレとケイコグレヌであるか否かは確かめようもないのだが……。

メホロサがまたこちらへするすると降りてきて、私を見おろし、続ける。

「女よ、どうやらお前が異界夢の風景石を持っているようだな。となると、その樹言の力を持った小娘を、この世界に連れてきたのもお前ということになる。私はずっと、お前がここに現れるのを待っていた。……きょうは喜ばしい日だ。実に喜ばしい日だ」

メホロサはぎこちなく頬笑み、その深く険しい皺に縁取られた奥目には、実際、喜びの光らしきものがちらついているが、私は何を言ったらいいか分からない。私がユウアヌイアをこの世界に連れてきた？　いったいどこから？　しかしこの期《ご》に及んでメホロサが取るに足りない私のようなイシダキを欺《あざむ》く必要があるとは思えないのだ。そのうえこの老爺は最早、根も葉もないでたらめを並べたてて生き抜くような濁世《じょくせ》から、まさに見た目どおり、超然と遊離してしまった存在に見えるのである。そして言われてみれば確かに、ユウアヌイアの心細げな姿を見るたびに出どころの知れない罪悪感が湧きあがり、時折、連れて帰らねば、という自分でも意図の定かでない言葉まで胸をよぎるのだ。

メホロサは私から視線を外し、今度はユウアヌイアに語りかける。

「樹言の娘よ……。もちろん、お前にも大月桂樹の声が聞こえているだろう。樹はなんと言っている？」

ユウアヌイアはゆっくりと、しかし腹を括ったように身を起こし、メホロサを見あげ、か細く震える声で答える。

「ようやく最後の石、旅立ちの石が来た、と……。最後の旅立ちのために、大いなる眠りに就く時が来た、と……」

「そうだ。その通りだ。娘よ……。私もまた、この長い苦しみから解きはなたれる。大月桂樹は最後の旅に向けて、すでに充分な力を蓄えた。きょうを境に、怯え惑うイシダキの憐れな姿を見ることもないだろう」

と、そこで大扉がひらかれた気配で空気に僅かな動きが生まれ、神官兵のものと思われるせわしげな足音がばたばたと近づいてくるのが聞こえた。やがて、二人の神官兵に左右から両腕を抱えられた素っ裸の男が、引きずられるようにして洞に入ってくる。どうやら新たなイシダキのようだが、別の護送車が到着したわけではないらしく、続く者がいない。男は両脇の神官兵と較べても見劣りのしないがっしりとした体格で、衣服さえ着ていれば立派な押し出しだったろう。胸にはやはり魄石の膨らみがあるが、またその石が稀に見る逸物《いつぶつ》で、ひょっとしたらユウアヌイアのものよりも大きいかもしれない。

どんな男だろう。その顔を見た瞬間、意識がその顔を切りとり、意味あるものとして際立たせた。捕らえられる時にそうとう暴れまわったと見えて、顔のそこかしこを真っ赤に腫らし、左目などほとんど塞がっている。しかし見た顔だ。いや、顔だけでなく、体つきにすら見憶えがある気がしてきた。切り株のように太い首、筋肉が丸々と盛りあがる肩、臍《へそ》の下にすじとなって伸びる体毛……どこで見たのだろう。裏月のどこかの村だろうか。それとも、十六年前にジャホールで会ったとか？　いや、違う。全然違う。もっともっと近くだ。手を伸ばせば届くほど、息遣《いきづか》いが聞こえるほど近くだ。

メホロサがしばし満足げに男の姿を眺めたあと、また私たちを見おろして口をひらく。

「お前たちがここへ来る少し前に、軍の兵士がジャホールの街を一人でふらふらとうろついているこの男を捕らえたのだ。胸を見ると、なんとイシダキではないか。おかしな話だ。今時、ジャホールにイシダキなど一人も残っていないはず、この私を除いては……。しかもこの男、なぜここにいるのかまるで分からず、自分の名前すら思い出せないと言う。心を読んでも、その言葉に嘘偽りは微塵もない」

突然、忘れかけていた一つの言葉が脳裏でむくりと立ちあがった。サイトウ……。幾度か胸の裡で呟いてみる。サイトウ、サイトウ……この男の名前なのか？　男を見つめていると、不意に視線がぶつかった。男もまた、はっとしたような顔になる。二人のあいだで、ほんの一瞬糸のようなものがぴんと張りつめ、何かが行き交った。が、その何かがなんなのか分からない。愛なのか、憎しみなのか、それともまったく別の感情の裾《すそ》に触れただけなのか……いずれにせよ、記憶の水面《みなも》を覆う薄氷にひびが走ったような鮮烈な感覚だった。しかし男のほうもそれ以上の反応は見せず、微かな戸惑いだけが眉根に取り残される。おそらく向こうも私を思い出せず、もどかしがっているのだろう。どこだ、あの女をどこで見た、と心のあちらこちらを必死に引っかきまわしているに違いない。

「とうとう見つけた、と私は気づいた」とメホロサが続ける。「もし最後の石を持ったイシダキが現れるとしたら、こうやって宙から捻り出されたように突如として現れるだろう、ずっとそう考えていたのだ。ナオヤムエレがケイコグレヌを異界から連れてきたように……。異界夢の女よ、もっと早く現れぬかとやきもきさせられたが、結果としてお前は充分にその務めを果たした。六百年前にあのナオヤムエレでさえ連れてこられなかった最後の石の持ち主を、お前はこうして本当に連れてきたのだから……。これですべて駒は出そろった。いよいよ幕引きの時だ」

メホロサが月世界を丸ごと抱えんばかりに腕を大きく広げ、口中にひそむ暗闇でも覗かせるようなどこか虚ろな笑みを浮かべた。次の瞬間、ずん、という鈍い音が背後から聞こえ、振りかえると、最後の石を持つという男の背中に蔓が突き立っていた。男は何が起きたか思いが追いつかぬ様子で、前につんのめりながら目を見ひらく。ぽかんとした眼差しが私を見つめていた。その最期の眼差しは、どういうわけか私の正体を探りあてたかのような気づきの光を帯びて見えた。私のほうもまた、男の気配、あるいは温もりのようなものが、ほんの一瞬、吹き抜けるように肌に蘇るのを感じた。そうか、サイトウ、斎藤か、といういまだ輪郭の定まらない思いと共に……。

が、凍りついた時間がとうとう砕け散り、男は瞬く間に宙に吊りあげられてゆく。血泡を噴きながら野太い絶叫を放ち、後頭部や背中からも鮮血が溢れ出す。しかし襲われたのはその男だけではない。解きはなたれた野獣の群れのように、垂れさがった蔓が一斉に鎌首をもたげ、縦横無尽にうねり、翻《ひるがえ》り、追いすがり、残ったイシダキを血祭りに上げてゆく。セスバハマが、ユフサエルが、ウォルテルミが、イグエラムダが、ディエゴルエゴが次々と蔓の餌食になる。

「我が同胞たちよ、恐れることはない！」とメホロサが声を張りあげる。「お前たちに訪れるのは死ではない。しばしの眠りだ。我々は共に旅立つのだ」

私に出来ることと言えば、無駄とは知りながらもただユウアヌイアに覆いかぶさることだけだ。また背中に血飛沫が降りかかるのを感じ、はっと見あげると、宙吊りになった男の胸から血まみれの魄石が飛び出すのが見えた。まるで地球を凝縮させたように青く深く輝く大きな石だ。あんな鮮烈な色彩の魄石は見たことがない。あれが最後の石だというのか？　大月桂樹の心臓部を目指し、青い石が太陽を透かし見る海面《うなも》のような煌めきを放ちながらみるみる上昇してゆく。それを追うように、ほかのイシダキの胸から奪われた魄石も宙を昇ってゆく。

青い魄石が心臓部に呑みこまれた瞬間、洞全体を真っ青に染めあげるような激烈な光が閃《ひらめ》き、と同時に、どん、とひときわ大きな音が響きわたり、足下が揺れ、私のはらわたも揺れた。そして、どん、どん、どん、どん、と畳みかけるようにせわしく心臓部が拍動しはじめ、その轟音が打つたびに大きくなり、何もかもを根底から揺さぶる。大月桂樹が巨躯《きょく》を震わせ、裂けるような千切れるような軋みが洞を駆けめぐり、そこらじゅうに何かがぱらぱらと落ちてくる。このままでは大月桂樹そのものが崩壊しそうだ。高等神官たちが椅子から立ちあがり、話が違うとでも言いたげな狼狽の表情で洞じゅうを見まわしはじめた。微動もせず立ちつくしていた神官兵たちまでもが、俄に落ちつきを失い、不安げに小銃を握りしめる。悠然と構えているのはただ一人、地球のごとく軸を定めて虚空に君臨するメホロサだけだ。

背中にがばりと衝撃を感じ、振りかえると、心を剝き出しにした形相《ぎょうそう》のシチャエンマが私に覆いかぶさっていた。私も震えていたが、シチャエンマも震えていた。目が合ったが、もうどんな言葉を交わしたらいいか分からない。シチャエンマの口が動いた。何かを言っているが、皆の断末魔の叫びと、ひと打ちごとに昂《たか》ぶってゆく大月桂樹の鼓動と、神官たちのざわめきとでよく聞こえない。シチャエンマが耳元に口を寄せてくる。

「その子を連れて逃げな……」

どうやって？　しかし私はうなずく。その瞬間、シチャエンマが迫《せ》り出さんばかりに目を見ひらき、がぱっと血を吐いた。蔓が首すじと背中に突き刺さり、矛先を捻じこみながら、あっと言う間に小柄な老婆を持ちあげてゆく。咄嗟《とっさ》に手を伸ばすが、つかみかけた足が指をすり抜けてゆく。鮮血を口から溢れさせ、目を剝き、宙吊りになりながら、シチャエンマが最後の力を振りしぼって出入口を指さす。そちらに目をやると、立ちはだかっていた神官兵たちが皆ぞろぞろと洞から逃げ出しはじめている。高等神官たちも壁沿いに逃れ、出入口を目指しておっかなびっくり歩いている。

「神官どもよ、立ち去れ！」とメホロサが叫ぶ。「お前らにもう用はない。イシダキたちよ、恐れるな。我らの宿命を受けいれよ！」

今なら行ける、そう思った。私はユウアヌイアの手を握って立ちあがる。ユウアヌイアは心に蓋をしたように呆然としていたが、すぐさま我に返って私の意図を察し、出入口に向かって一緒に走りはじめる。どん、どん、という追いたてるような拍動は今や足下の板を跳ねあげるほどになっており、大月桂樹そのものの軋みも物凄まじい叫びとなって濁りながら洞じゅうに氾濫《はんらん》している。メホロサの言う旅立ちとはいったいなんなのだろう。もしや大月桂樹が、かつて母なる地球をあとにしたように、この月世界からも浮かびあがろうとしているのか？　ゴディムの丘に深々と張りめぐらせた根を、これからすべて引っこ抜こうとでもいうのか？

出入口を目前にして、ユウアヌイアが血溜まりに足を滑らせ、背中から倒れてゆく。途端に時間の流れが遅くなったような感覚に陥りながら、私は水飴《みずあめ》の中を走るみたいにのたのたと駆けより、もどかしい思いで腕をつかんで抱き起こす。しかしユウアヌイアはまたすぐにゆっくりと足を滑らせてゆく。またゆっくりと抱き起こす。その背中にふわりと優しいような手つきで蔓が襲いかかって、ユウアヌイアの口から血飛沫が飛び散り、私の顔を斑《まだら》に濡らす。目に血が入り、世界が赤く染まる。ユウアヌイアの両の目から涙がひとすじずつ零れ落ちる。ユウアヌイアの血まみれの口が何か言いたげに弱々しく動いたが、言葉はそこから這い出ることが出来ず、この耳には届かない。

ユウアヌイアを力いっぱい抱きしめる。背に回した手が、命を吸いあげながら力強く脈動する蔓に触れる。引き抜こうとするが、びくともしない。ユウアヌイアの体が容赦ない力でぐんと持ちあげられる。が、私は絶対に放さない。一緒に宙吊りになる。どこまでも一緒に昇ってゆく。ユウアヌイアが耳元で囁く。逃げて、と。その手が思いきり私を突き飛ばす。私は落ちてゆく。

ユウアヌイアの血がいくつもいくつも軒先の雨垂れのように重たげに降ってくる。その滴《しずく》と一緒に私はゆっくりと落ちてゆく。

ユウアヌイアと目が合う。ぽつんとした淋しげな眼差しが死の翳《かげ》りを帯びながら遠ざかってゆく。ああ、やはり私はこの子を知っている、と思う。どこかへ連れてゆきたい、そんなことを考えたんじゃなかったか。何もかも脱ぎ捨てるようにして、ここじゃないどこかへ……。ユウアヌイアが手に袋のようなものを提げ、明るい小さな部屋の中にたたずんでいる姿が脳裏に描き出される。先に行ってと言ったのに、あの子はそうしない。私を待っている。いつまでも待っている。しかし私はもう、あの子のそばには行けない。一緒には行けない。私は一人、落ちてゆく……。

九

びくりと身を震わせ、目を覚ました。視界が赤みを帯びている。部屋が赤いのか？　いや、違う。目に血が入ったのだ、ユウアヌイアの血が……。仰向けに寝転がったまま顔を拭う。やはり手が濡れた。じっと手を見る。赤く染まっていない。もう一度拭う。何度やっても手は赤くならない。いつの間にか、部屋の赤みも消えていた。しかし確かに手は濡れている。顔じゅうが濡れている。ようやく気づいた。涙だ。夢を見ながら泣きじゃくっていたのだ。

安堵のあまり、深い溜息が漏れた。それにしてもひどい夢だった。そうだ。また月景石を使い、悪夢の続きを見ていたのだ。ユウアヌイアが大粒の血を滴らせながら蔓に吊りあげられてゆく様が、まだ眼裏《まなうら》に焼きついている。逃げて、という最期の囁きがまだ耳の中で産毛のようにそよぎ、突き飛ばされた感触も胸に残っていた。体じゅうに夢の残滓《ざんし》がこびりつき、もう死ぬまで拭いきれない気がした。

しばらくぼんやりと天井を見あげていた。何かが妙だった。板張りの暗い天井に長方形の照明器具がついている。丸い照明器具じゃなかったか？　いや、そもそも白いクロス張りだったはず。がばりと跳ね起きた。曇りきったような窓から青白い月光が弱々しく射しこみ、部屋を朧に照らしている。見なれた白いキャビネットが壁際に並び、パイン材のローテーブルにはちゃんとわたしのパソコンが載っていた。しかし配置がまるで違う。当然、蒲団の敷き場所も違う。押入の位置もエアコンの位置も違う。

どこだ、ここは？　血の気が引くのを感じながら、困惑の只中に立ちあがる。はっとした。ここは以前の部屋だ。斎藤と同棲する前に住んでいたK市の川沿いのアパートだ。耳を澄ますと、確かに耳に馴染んだ川のせせらぎが聞こえてくる。六畳間の向こうに四畳半ほどのダイニング・キッチンがあり、その奥は廊下と玄関だ。当然、斎藤の部屋はどこにもない。なぜまだここで寝ているのだろう？　斎藤はいったいどこにいるのだろう？　取りつく島もない巨大な疑問の中に放り出され、立ちつくす。

思わず、あっと声を漏らした。そうだ。さっき見ていた夢の中に斎藤が出てきたんじゃなかったか？　そっくりな男が痛々しく顔を腫らし、神官兵たちに素っ裸で洞に引き立てられてきたのだ。そしてほかのイシダキと同じく蔓に捕らえられ、最後の石、地球を思わせる青く輝く魄石を奪われていた。ひょっとして、あの子がこの世界から消えてしまったように、斎藤も消えてしまったというのか？　あの子を連れもどすべく再び月景石を使ったはずなのに、その目的を果たせなかったばかりか、斎藤まで向こうに連れ去ってしまったというのか？　このわたしが？

そうだ。斎藤に連絡を取ろう。暗い中、手探りで枕元にスマホを捜すが、見つからない。いつもこの辺に置いて寝るはずなのに……。本腰を入れて捜すべく照明のスイッチを押すが、カタカタと鳴るばかりで点かない。何度押しなおしても点かない。蛍光灯が切れているのか？　仕方なくダイニング・キッチンに行ってスイッチを押す。点かない。なぜだ？　流しの蛍光灯の紐《ひも》を引っぱるが、やはり点かない。停電か？

　途方に暮れ、思考が止まる。スマホも見つからず、電気すら点かない。手足をもがれたみたいに何をどうしたらいいかまったく思い浮かばない。次第にとんでもないことが起きている気がしてきて、底知れぬ胸騒ぎが這いあがってくる。ひょっとして何か大事故が発生して、ここら一帯が停電になっているとか？　六畳間に戻り、恐るおそる窓辺に立つ。どうしたわけか窓ガラスが磨《すり》ガラスと見紛《みまが》うほどひどく汚れ、外の景色が夜闇《やあん》にぼやけている。しかし案の定、光がまったく見えない。川向こうにもアパートが並んでいるはずなのに、真っ暗な建物がいくつか、巨大な墓石の群れのように押し黙っているだけだ。凝りかたまったようなサッシをがりごりと音を立てながら強引に開け、固唾を呑んでそろそろとベランダに出てゆく。

　雲一つない西の夜空に、見たことのない異様な満月が際やかに浮かんでいた。しばし意識が沈黙する。本当に月なのか？　しかし地球は月のほかに衛星を持っていない。頭の裏に抜けそうなほどの鮮烈な満月だが、銀器のように輝く、目に馴染んだ月ではない。まるで地球の幼年期でも眺めるように、森の緑が見え、海の青が見え、大地の茶色が見え、雲の白が見える。そこから導き出される結論は一つしかない。あれはわたしが夢の中で生きた月だ。大月桂樹が根づいた月世界だ。それを地球から眺めると、こう見えるのだ。しかしなぜ？　まだ夢を見ているのか？　だとしたら、なぜわたしは地球にいる？　そしてこの地球はいったいどうしたんだ？

　視線を下ろすと、やはり町の灯はいっさい見あたらない。どの建物も月光に照らされてはいるが、人工の灯の輝きが一つもない。物干し竿《ざお》をくぐって手すりをつかみ、ぐるりと世界を見わたす。建物の窓という窓はすべて深い闇を湛《たた》え、川沿いの道路を照らしているはずの水銀灯も見えない。向こうの県道に目をやっても、信号も見えなければ車のライトも見えない。つまり、人の気配がいっさいない。

目を凝らすと、向かいのアパートの外壁を蔦《つた》のような蔓植物が這っていることが分かってくる。いや、向かいのアパートだけではない。多かれ少なかれ、どの建物も植物が這いあがり、明かりのないことも手伝ってまるで廃墟のようだ。いや、実際、廃墟そのものなのではないか？　どの建物も人の暮らす痕跡など皆無なのだから。もしやと思い、手すりから身を乗り出してこのアパートの外壁を見おろすと、大月桂樹の蔓のようにのたうちまわって人を殺《あや》めることこそないが、やはり同じように分厚い葉叢《はむら》がわさわさと我が物顔で這いあがってきている。

いちどきに知らせるのは酷だと言わんばかりに、それからも恐ろしい光景が一つひとつ心に踏みこんでくる。道路のアスファルトが丈高い草に覆われて見えず、それどころか道路そのものがあちこちで川に向かって大きく崩れ落ちている。コンクリートで固められているはずの土手には、川面《かわも》に覆いかぶさるように樹々が豊かに生い茂り、まるで密林を縫う熱帯の川のようだ。隣の公園に目を向けると、全体が鬱蒼《うっそう》とした森となって夜空の底に黒ぐろと盛りあがっている。人類の築きあげた文明世界がオセロのように大自然にひっくりかえされた、そんな啞然とするほかない光景が茫漠《ぼうばく》として広がっていた。きのうきょうこうなったのではない。何十年、何百年、何千年？　見当もつかない。

なんなんだ、この世界は？　あの子や斎藤が消えたどころの話ではない。人間はどこへ消えた？　このわたしが人類すべてをそっくり月世界へ連れ去ってしまったとでもいうのか？　愕然とし、震える脚で後ずさる。背中に物干し竿が当たり、ゆっくりと屈んでくぐる。ふと気づくと足下にも細い蔓が張りめぐらされており、とうの昔に朽ちたような落ち葉まで積もっている。しかしさらに驚くべきは自分の足だ。いつの間にやら靴を履《は》いていた。戦場をさまよう亡国の兵士のようなぼろぼろの編上ブーツだ。いや、靴だけではない。その時になってようやく、自分がひどい風体をしていることに気づいた。それこそ廃墟から引っぱり出してきたような小汚いシャツやら上着やらを重ね着し、お洒落も何もあったものではない。どうやらこの野宿者さながらの格好のまま、蒲団に寝転がって眠りこけていたようだ。

しかし顔を上げ、室内を改めて眺めると、ひどい姿を晒しているのが自分だけではないという現実がようやく見えてきた。窓を開けたことで部屋の中に曇りのない月光がじかに青白く射しこみ、様ざまなものの正体をあらわにしていた。壁のクロスはどす黒い染みが全面に散らばり、あちこちがべろりと剝がれている。キャビネットやローテーブルの上には一面に埃《ほこり》が積もり、そこらじゅうが蜘蛛の巣だらけ。天井板は腐ってたわみ、今にも落ちてきそうだ。長らく人が住んでいなかったことは一目瞭然で、そもそもこんなところで電気が点くはずがない。さっきからこうだったのか？　わたしはこんな部屋で寝ていたのか？

しばし心の置き場を見失って立ちつくしていたが、やがて、そうだ、と一縷《いちる》の希望が胸底で立ちあがる。月景石だ。もう一度、月景石を使い、すべてを取りもどすのだ。転げ落ちる博奕《ばくち》打ちのようにそんな考えにしがみつくと、薄汚い蒲団に駆けより、枕をひっくりかえす。ない。月景石がない。慌てて蒲団までひっくりかえすが、ない。必死になってそこらじゅうを引っかきまわす。ない、ない、ない……あれがなければ、もうあの夢を見られないし、何も取りもどせない。途方に暮れてへたりこむ。しばし呆然とする。どれぐらいそうしていたか分からない。

しかしやがて、そろそろと自分の胸に手を伸ばす。乳房のあいだの硬い膨らみに指先が触れる。あった。魄石だ。わたしは澄香であり、スミカドゥミ……。胸を見おろすと、何日も体を洗っていないような自分の体臭がむわりと立ちのぼる。わたしはずっとこの文明の長いエピローグのような世界で一人孤独に生きてきたのかもしれない、という考えが脳裏に静かに広がってゆく。その証拠に、キャビネットの上には年季の入った大きなリュックや鍔広《つばびろ》のハットや杖らしき木の棒が置かれており、それを見ていると、ここを発《た》つ時は忘れてはいけないという思いが湧きあがってくる。試しにリュックの肩紐に触れてみると、やはり長年、苦楽を共にしてきたかのような馴染み深い手ざわりだ。だとすると、わたしはこれを背負っていったいどこへ行くつもりだったのだろう。

溜息をつきながら立ちあがり、もう一度ベランダに出てみる。ここがK市であることは間違いない。あるいは、かつて日本という国のK市と呼ばれていた場所だということは。しかしずっとこの廃墟で寝泊まりしていたという気がしないということは、やはりどこかを目指して、でなければ何かを探して、旅をしていたのではないだろうか。

再び瑠璃玉《るりだま》のような満月に目をやった時、ふと、その斜め上辺りに浮かぶ得体の知れない丸いものが目に入り、はて、と首を傾げた。どれぐらい離れているか分からないが、ここからの見た目の大きさは月と同じぐらいだ。しかしもちろん月のそばにもう一つ新たな衛星が寄りそっているわけではないだろう。ゆっくりとずり落ちるように下に動いている。何かが空から降りてくるようだ。しばらく目を凝らすが、一向に判然としない。そうだ、と思い立ち、部屋に戻ってリュックを開けると、掌《てのひら》に収まるぐらいの小さな双眼鏡が出てきた。それを手にベランダに出て、もどかしく焦点を合わす。真ん中に縦長の白っぽいものがあり、その上下の両端が複雑に枝分かれして湾曲しながら籠のようになり、全体としてほぼ球形の物体である。樹だ、という気づきが脳天に突き立った。あれは巨大な一本の樹だ。真ん中の縦長の白い部分は幹であり、上の枝分かれした部分はまさに枝そのもので、下の広がった部分は根っこ。枝が垂れさがり、逆に根は反りあがり、互いの先端が絡まりあって球形の鳥籠のような網目状の外殻《がいかく》を形成し、内部に包みこまれた幹を守っているのだろう。

部屋に駆けこみ、双眼鏡をリュックに突っこむと、逸《はや》る気持ちを抑えつつ背負い、帽子をかぶり、杖を握り、玄関に向かう。ドアを蹴りあけ、手すりの崩落した危なっかしい廊下を走り、倒《こ》けつ転《まろ》びつ階段を駆けおりる。そうか！　わたしはあれを求めて旅していたのか！　大月桂樹が地球に戻ってくるのをずっと待っていたのか！　それにしても、大月桂樹があんな奇妙な姿で宇宙を渡るとは知らなかった。あれがひょっとして、斎藤が抱えていた最後の石の力、旅立ちの石の力なのだろうか。

月光に照らされた川沿いの道路に走り出て、右手に目をやると、ちょうど満月の真横に降りてくる大月桂樹の姿が見えた。アスファルトを覆して生い茂った雑草が胸まで伸びているが、もう何ものも今のわたしを妨げることは出来ない。長旅を終えて悠然と降臨する大月桂樹を目指し、藪を掻きわけながら、石を蹴り飛ばしながら、川のせせらぎや虫の鳴き声を聞きながら、走りつづける。県道の向こうには、かつては住宅地だった小高い丘が今や樹海に呑みこまれ、鬱勃《うつぼつ》として盛りあがっていた。老いて再び故山に降り立とうとする大月桂樹は、月世界でゴディムの丘に根を張ったように、あの辺りに終《つい》の根を下ろすのではないだろうか。

高度が下がるにつれて絡まりあっていた枝と根がほどけはじめ、大月桂樹がいよいよ着地の体勢に入ったようだ。さすがに息が上がり、脇腹も苦しくなってきた。しかし今だけは足を止められない。月世界を飛び立ったイシダキたちが目を覚ます前に、是非とも大月桂樹の下《もと》に辿りついていたい。風景石を胸に抱えたこのわたしが、彼我《ひが》の地を行き来する力を持ったこのわたしが、その大役を担うべく生まれた者として皆を真っ先に出迎えたい。何しろあの子が、ユウアヌイアが帰ってくるのだ。斎藤が帰ってくるのだ。そしてもちろんほかの皆も、この滅びの余韻の鳴り響く人類黎明の地に帰ってくるのだ。シチャエンマが、ヤフネフルネが、セスバハマが、チェルトニムが、サヴィエルダクが、ナオヤムエレが、そしてケイコグレヌが……。

アスファルトの破片につまずき、思わず膝をつく。痛みなんか感じない。それどころか、いつの間にやら口元が笑っている。澄香よ、スミカドゥミよ、笑え、好きなだけ笑え、と胸の裡でつぶやきながら立ちあがり、ふと振りかえると、東の空がほんのり白みはじめている。夜明けだ。長かった夜の重みをじわじわと押しあげながら、新たな太陽が昇ってくるのだ。人跡の途絶えたこんな索漠《さくばく》たる世界を前にしても、我らが太陽はその慈《いつく》しみの光を惜しんだりはしないらしい。この前見た夜明けはいつだったろう。きのうだろうか、百年前だろうか。それとも千年前？　息が整うのを待ちながらしばしたたずんだあと、帽子をかぶりなおし、杖を握りなおすと、生まれ立ての曙光《しょこう》に背を押されるように、わたしはまた走り出す。

残月記

一

昨今の若者に、日本の歴史に爪痕を残した月昂者《げっこうしゃ》の名をいくつあげられるかと問うてみても、多くは三本の指を折ることもできまい。かつて月昂という感染症が日本の、いや、世界の夜を長きにわたっておびやかしたという知識はあるだろう。しかし二十二世紀となったいま、月昂は、天然痘や狂犬病などと同様、先進国の端くれたる日本ではすでに撲滅《ぼくめつ》されたに等しい、〝人類がまだ野蛮で憐《あわ》れだったころ〟の〝ドラマチックな悲劇〟と見なされているのだ。

月昂の暗部に目を向けるなら、まず一九三六年に群馬県小峰《こみね》村で三十八人の老若男女を猟銃や斧で虐殺した白岩剛夫《しらいわたけお》の名が出てくるだろうか。五十八人の月昂者を率いて長野の山あいの廃村に住みつき、二〇〇三年に内ゲバで十六人もの死者を出した片山蓮《かたやまれん》の名も出てくるかもしれない。どちらの事件も近年、映画の題材となり、人びとの月昂への恐怖と郷愁とを掻きたて、誇張された月昂者の描き方もあいまって、毀誉褒貶《きよほうへん》の入り乱れる大きな議論を巻き起こしたのは記憶に新しい。

また、明部に目を向けるなら、一九八九年に煩悩《ぼんのう》と同数の百八曲もの交響曲を書きあげたあと、使命を果たし終えたかのように最初の新月に昏冥死《こんめいし》した作曲家・古屋宏海《ふるやひろみ》の名があがるだろう。古屋は生前、「満月が鐘のように鳴り響くんだよ。耳をふさいでも頭のなかで鳴り響くんだ。私はそれを五線紙に書きとめただけだ」と語っていた。月昂という災厄が芸術家の創造性に寄与した典型的な例と言えるだろう。また、詩集『月と異邦人』や連作絵画『月世界三十六景——月鯨《つきくじら》との終わりなき旅』を代表作とする、詩人にして画家の菅井元香《すがいもとか》の名はさらにひろく知られている。二十年前に公開された、その生涯をたどるドキュメンタリー映画『月の子——Moon Child』のなかで、三十二歳の彼女は訥々《とつとつ》と語っている。

「わたしは十歳のときに月昂を発症しました。近ごろはもう、月昂者にならなかった人生を思い描くこともありません。月昂者にならなければ、詩も書かなかったし、幸福だったかもしれないわたしは、もはや他人です。月昂者にならなかった、絵描きにもならなかったでしょう。でも、明月期《めいげつき》の月昂者の身に溢《あふ》れかえる躁病《そうびょう》的な創造性は、つねにその何倍もの代償を支払って得られるものです。わたしは二十年を超える療養所での暮らしのなかで、それをずっと見てきました。もっとも、創造性とはそもそもそういうものなんでしょうね。その創造性が本物であればあるほど引きあわない。幸福を得るよすがとはならない。きっと真の創造性は灯台のようなもので、まわりを照らすものではあっても、本人を照らすものではないのでしょう」

その映像が撮られた三年後、菅井は瀬戸内海に浮かぶ保島《たもつじま》の月昂者療養所において昏冥死を迎え、三十五年の生涯に幕をおろした。しかし〝早過ぎる死〟とは言いがたい。月昂を発症すると、二年後には二人に一人が死んでいる。三年後に生き残っているのは三人に一人、五年後には六人に一人しか生き残らないと言われる。彼女は月昂者としてまことに稀有《けう》な二十五年を生きながらえたからこそ、アウトサイダー・アーティストとして療養所の囲いを越えて世間の関心を引くに足る大量の作品を遺《のこ》せたのである。

一方、尋ねる相手を老人にひろげても、宇野冬芽《うのとうが》の名が出てくることはあるまい。彼は血に飢えた殺人者でもなければ、衆目を集めた芸術家でもなかった。目映《まばゆ》い光と轟《とどろ》く歓声のなかに身を置いた時代もあったが、それはあくまで満月のもたらす血の昂《たか》ぶりによるものであり、彼の本意ではなかった。
しかし彼の別名をあげれば、はてどこかで、と首をひねる者も出てくるかもしれない。宇野はもともと大阪の木工所に勤めていた家具職人であり、手すさびに木彫りをしたことがわかっている。鉈《なた》一本で彫りあげるという円空仏《えんくうぶつ》を髣髴《ほうふつ》させる、野性味とぬくもりの同居した木像だ。そしてこれは月昴者となってからのことだが、自作の背銘《はいめい》に〝残月〟と刻むようになった。その雅号《がごう》は、菅井元香の「残月」という詩からそのまま取ったものだ。彼女は二〇一三年、十八のとき、抑制剤の服薬を拒んで、仰《あお》ぐことをゆるされぬ満月に吠えながら指先を噛みやぶり、療養所の独房の壁にこの詩を血書《けつしょ》したとされている。

ほんとうの月はぎらぎらと濡れ騒いでわれらの心に昇ってくる
じゃああれは何とあなたらは問う
あなたらの月は死んでいる初めから
あなたらが見あげるまるいうすい銀箔《ぎんぱく》は
芯まで凍《こご》えきった月の死骸だ骨がらだ
われらの月は生きている息づいている脈動している
夜の心臓のようにわれらの心臓の母のように
あなたらが眠りにつくとき夢見るとき淋しむとき
われらの血はたぎりたつ匂いたつ

寝床に追い出され玄関に蹴り出され
目を光らせながら歯をなめながら燃えながら
まぶしい夜の町まちを躍《おど》りさまよう
でもうじきわれらの月も死んでしまう
闇夜の底の死の床《とこ》でひとりまたひとり
われらはひっそりと冷えてゆく乾いてゆく絶えてゆく
あなたらの月のように心のように夢のように

知っているか
あなたらの鈍い空に夜明けが来ても
月はまだかかっている見えている囁《ささや》いている
白みゆくあなたらの心に
われらの淡い爪あと
小首をかしげた残月のほほ笑みうっすらと

およそ六十年にもわたった救国党による一党独裁政権時代、内務省衛生局は、悪名高い月昂感染者強制隔離政策を擁護《ようご》するためでもあろう、二〇六四年、世界に先駆けて月昂の制圧を宣言した。二〇三〇年代に全国で七万人を超えたとされる月昂者は、たしかに三千人以下にまで激減し、新たな発症者も年間十人以下にとどまった。菅井が明月期の昂ぶりのさなかで夢想したとおり、〝われらの月も死んでしまう〟未来はすぐそこまで来ていたのだ。しかし月昂者は、医療技術の進歩によって数を減らしたわけではない。〝闇夜の底の死の床でひとりまたひとり／われらはひっそりと冷えてゆく乾いてゆく絶えてゆく〟という詩の文句そのままに、新月がもたらす昏冥期を乗りこえられず、療養所の塀のなかで次々に命を落としていったのだ。全体主義国家ならではの過酷な隔離政策によって、存在そのものが封じ殺されたのである。時の首相・荒川嘉純《あらかわよしずみ》は、党大会における制圧宣言の折り、「これでもう二度と、我が国には血に濡れた月は昇らない」と得意げに声を張りあげた。しかし実のところ、暴政をふるう独裁政党として二十一世紀の日本に君臨した救国党そのものが〝血に濡れた太陽〟だったと言えよう。

ちなみに残月は、有明《ありあけ》の月とも呼ばれ、明け方に東の空に昇る月齢二十六日前後の細い鋭い月を言う。菅井は曙光《しょこう》に埋もれゆくその月を月昂者の爪痕に見立てもし、小首をかしげたような微笑に見立てもした。実際、昏冥期の月昂者のなかには、意識がないにもかかわらず、うっすらと頬笑みを浮かべ、そのまま死に至る者が数多くいたという。菅井もまた、二〇三〇年六月の新月の夜、療養所の独房で昏冥のうちに息を引きとったが、頬笑みながら逝《い》ったかどうかは伝わっていない。二〇二八年三月に起きた西日本大震災の悪夢いまだなまなましく、いっとき世間をにぎわせた一人の月昂者の死に、物好きな興味をあえて呼び覚まそうとする者など、もはやいなかったのだ。

宇野冬芽はそんな忘れられた菅井の詩に愛着をよせ、表題を雅号とした。しかし彼が人びとの心に淡い爪痕を残したとは言いがたく、木彫り師としてまわりを照らしたとも言いがたい。この物語は、そんな無名の男の生涯にひとすじの光をあてようという試みだ。菅井の最後の詩集『月を仰ぎ、まじろがず』のなかに「声」という詩があり、次のように始まる。

声を張りあげる者を信じてはならないと
誰もが知っているはずだった
名も無き者の沈黙のなかにこそ真実があると
誰もが知っているはずだった
みな耳が馬鹿になり
大きな声しか聞こえなくなったのだ
名も無き者の沈黙は無ではない
聞こえるのだ、ほんとうは……

二

二〇四八年三月十二日、煌々《こうこう》たる満月の夜、二十七歳の宇野冬芽は大阪市北東区にある衛生局の一時保護施設にいた。〝保護〟と銘打ちながらも事実上の逮捕、いや、捕獲《ほかく》であり、冬芽が収容されたのもまったくの監禁施設だ。独房のひろさは三畳ほど。出入口側は一面が分厚い強化ガラスになっており、その一部がスライド・ドアになっている。もちろん明月期の月昂者が渾身《こんしん》の力で体当たりしたところで破れない代物だ。床や壁は弾力のある灰色の発泡ゴムのようなものでおおわれ、窓がなく、左奥の隅っこではステンレス製の便器が鈍い輝きを放っていた。床に黄土色の毛布が一枚、畳んで置かれているが、ベッドも枕もない。刑事ドラマで見た留置場にそっくりだが、衛生局の補導員たちはあくまで〝保護房〟と言い張っていた。独房になっているのは、暴力性の高い月昂者を一人ひとり分けて監禁するためだろう。

入れられるときに房が五つ並んでいるのを外から見たが、右端の房にはすでに、五十がらみと思われる小汚いなりの男が入っていた。野放図に髭《ひげ》を生やし、目が充血して爛々《らんらん》と輝いていた。野宿者のなかにはしばしば月昂者が紛《まぎ》れこんでいるというから、きっとその手合いだろう。冬芽と目が合うと、男は黄ばんだ歯並びを見せてにんまりとし、でかしたとでも言うように右手の親指をにょきっと立てた。三人よれば文殊《もんじゅ》の知恵、脱獄も朝飯前だという妄想をいだいていたのかもしれない。というのも、まんなかの房にも二十代前半と思われる若い女が入れられていたからだ。

女を見た瞬間、冬芽は母親の記憶の胸ぐらを不意につかまれた気がした。冬芽の母親は二十三年前、四十二のときに月昂を発症したが、発症直後の劇症期を乗りこえられず、死亡していた。つまり冬芽は、母子二代にわたる月昂者なのだ。母親が月昂に罹ったのは、救国党が月昂予防法を改正する前の、まだ衛生局など存在しない時代だったが、房内のうらぶれた女の姿は、もし母親が生きのびていたら、というそれはそれで暗鬱《あんうつ》な想像を掻《か》きたてずにはいなかった。

女は壁によりかかり、双子の娘だと言わんばかりに両膝《りょうひざ》をきつく抱えこんで地べたに座っていた。浅黒い痩《や》せっぽちの女で、背中まである長い髪は頭に取り憑《つ》いたどうしようもない厄介事みたいに乱れ、その髪にこぢんまりとした暗い顔が埋もれていた。そんな女の容姿は、さらに母親の記憶を揺さぶった。歳こそ違え、母親もまた小柄で痩せぎすの女で、子供のころに〝かりんとう〟などと綽名《あだな》をつけられたほど色が黒かった。二十代のころの母親が、髪を長く伸ばしたらこんなだったかもしれない。

冬芽が連れられてくると、女は億劫《おっくう》げにその顔をあげ、洞《うろ》のような大きな目で、ずっと暮らしてきた穴の底から見あげるみたいにこちらを一瞥《いちべつ》したが、新入りが来ただけだとわかると、また膝に小さな顎《あご》をうずめ、目を伏せた。右端の男とは違い、女は囚われの月昂者としての将来になんの希望もいだいていないようだった。もしこの女がきのうまで女手一つで幼い息子を育てていたのだとすれば、その息子はきっと俺のような孤児になる……ふとそんな空想を巡らせたが、女はまだ若く、長い髪が子供がいないことを証《あか》しているような気がした。

冬芽は財布や携帯端末などいっさいの私物を没収されたうえで、左端の房に押しこまれた。留置場などではベルトは取りあげられると聞いたことがあるが、それはなかった。月昂者には、前途を儚《はかな》んで首をくくる権利があるということだ。そもそも月昂者が一時保護施設内でみずから命を絶ったところで、表立って衛生局や党の対応を非難する無鉄砲な遺族などいない。党としては厄介払いになるし、遺族としても療養所が月昂者の極楽だなどと信じてはいないのだから、いっそ早く死んでくれたほうが、形のさだまらぬ憐れみに悶々《もんもん》と苦しむ必要がない分、気持ちも楽というものだ。もっとも、房内を見まわしても、ベルトを引っかけられる気のきいた突起などどこにもなかったが。

補導員が立ち去ると、右端の男が廊下に面した強化ガラスをどんどんと叩きながら「おーい、新入り！」などと何度かがさつな声をかけてきたが、冬芽はそれに応《こた》える気分ではなかった。まんなかの女はいっさい物音を立てず、気配を消していた。この世からいなくなってしまいたいと望み、その願いが叶いかけているかのように。右端の男はおそらく、冬芽同様、明月期の昂揚感を抑えきれずに街にくりだし、しっぽを出したのだろう。しかし女はどうして捕まったのか。満月ともなると、女の月昂者もやはりそぞろ神に唆《そそのか》されて外を出歩かずにはおれないのだろうか。

しかし冬芽としては、他人の身を案ずる余裕などなかった。右端の男が静かになると、張りつめた静寂のなかに裸の心がぽかんと浮かび、いまにも絶望の淵《ふち》に気持ちがかしいでゆきそうだった。

なぜこんなことになったのか。迂闊《うかつ》だったのだ。まさに飛んで火に入る夏の虫。冬芽は電車で梅田に行き、木工所の社長と一度行ったことのある堂島の風俗店に入った。明月期特有の猛烈な性欲の高まりに突き動かされ、生まれてはじめて一人で女を買おうと思ったのが、運の尽きだ。店の端末の映像で、なるべくけばけばしくない、気立てのよさそうな女を選んだ。二十一歳のエミリとかいう女。実際に出てきたのは、例によって映像には遠く及ばないおかめ顔の小肥《こぶと》りの女だったが、冬芽に不満はなかった。結局のところ、冬芽が女に求めていたのは、この手で存分に抱きしめられるぬくもりや柔らかさであり、これ見よがしな高嶺《たかね》の美しさではなかった。

エミリと一緒に店を出て、エレベーターで一階におり、夜の繁華街を並んで歩いた。何を言ったらいいかわからず、月昂者であることを隠しているという後ろめたさもあり、ろくに目も合わせられなかった。ただ肉欲ばかりが宙吊りのまま胸に激しく渦巻いていて、息苦しいようだった。彼女は笑うと花が咲いたみたいに可愛らしくなった。黒髪で、化粧が派手でないところもよかったし、客あしらいがこなれていないところも気に入った。背の高い男が好きだ、とエミリは言い、手をつないでもいいか、と聞いてきた。それも手管《てくだ》のうちだとわかっていても、無性《むしょう》に嬉《うれ》しかった。

ふと、もしかしたら女にふれるのは今夜が最後かもしれないと思った。衛生局に捕まれば、そのまま男ばかりのむさ苦しい療養所に閉じこめられ、もう二度と女を抱く機会は訪れないのだ。俺はなんでいままで自分から女をつくらなかったのだろう。口下手だとか親のいない施設育ちだとか、そんな引け目が先に立って、女にぶつかってゆく勇気をずっと持てずに生きてきた。気立ての優しい女なら、そして俺を好いてくれるなら、誰だってよかったのに……。はちきれんばかりの情欲の底に淡い悲しみが生まれ、幾人かの女の顔が脳裏をよぎったが、月昴者となったいま、どの顔も、もうけっしてこの胸に引きよせる機会は巡ってこないのだ。

冬芽は黙って自分から手を伸ばし、エミリの小さな冷たい手を包みこむように握った。彼女の手は人に優しくすることしか知らないかのように柔らかかった。彼女は冬芽のごつごつと荒れた手を力強い男らしい手だと褒《ほ》めた。木工所で家具をつくっているのだと言うと、すごいすごいとはしゃいだ。そして、あたしは不器用で割り箸《ばし》すらうまく割れない、と笑った。俺もときどき失敗する、と言って冬芽も笑った。笑いながら、この女に絶対にうつしてはならないとあらためて決意を固めたが、いざ女が裸体をあらわにしたとき、月昴に駆りたてられた自分がどうなるのかわからない気がした。

エミリに促されるままに寂《さび》れたラブホテルの門をくぐった。部屋に入り、洗面所でちょうど服を脱ぎ終えたところで、紺色の制服を着た衛生局の補導員が三人、いきなり部屋に踏みこんできた。冬芽は素っ裸でただただ唖然《あぜん》とし、逃げるだの抵抗するだのという考えがまるで浮かばなかった。二人がスタンロッドを構え、一人がテーザー銃をこちらに向けていた。エミリはすぐさまベッドのかげに隠れ、頭を抱えて這いつくばった。その素早い反応を見て、風俗店にはめられたのだと気づいた。おそらく受付の時点で黒服に月昴者だとばれていたのだろう。月昴者特有のせかせかとした早口にならぬよう気をつけたつもりだったが、それが逆に間延びしたように響き、余計に不自然だったのかもしれない。それとも、自分では気づかない月昴者の徴《しるし》が外見にあらわれていたのだろうか。

三人の補導員たちは二十代から四十代と思われる男たちで、仰々しいフェイスガードをかぶり、みなどことなく柄が悪かった。無様《ぶざま》な現場を押さえたという優越心からか、終始にやついており、口ぶりも乱暴、目つきも荒《すさ》んでおり、制服を脱いでしまえば、堅気《かたぎ》に見えるかどうか怪しかった。補導員は職業柄、日常的に月昂者とふれあうのだから、当然、自分もうつされる危険がある。誰もやりたがらない汚れ仕事である以上、臑《すね》に疵《きず》を持つ連中が多く流れこんでくるに違いない。冬芽はテーザー銃に狙われながら服を着た。そのあいだにエミリはこそこそと部屋を出ていったが、いっさい冬芽と目を合わせようとはしなかった。彼女は最初からこちらが月昂者であることを承知していたのだ。話しぶりが不慣れだと感じたのも、うぶだったわけではなく、月昂者を恐れての反応だったのだろう。手をつなぎたいなどと言い出したのも、知っていることを気づかせまいとする策略だったのかもしれない。彼女が逃げるように店にもどり、なんであたしがこんな目にと毒づきながら、真っ赤になるほどしつこく手を洗うさまが脳裏に浮かんできた。

　服を着終えると、冬芽は手錠足錠をかけられてベッドに座らされ、首すじにスタンロッドを押しつけられたまま、月昂検査キットの綿棒のようなものを鼻の奥深くに突っこまれた。青くなれば陽性だと言われ、三分もしないうちに南の海のように綺麗に青くなった。わかってはいたが、とどめを刺された気がした。陽性が確認されると、左の足首にバンド状の黒い追跡機をつけられた。ゴリラでも引きちぎれないし、ボルトカッターでも切断できないと補導員の一人は笑いながら言った。どうしても切りたければ足のほうがお勧《すす》めだ、とも。ホテルの前にはワンボックスタイプの白塗りの護送車が停まっており、野次馬どもの好奇の視線に小突きまわされながら、冬芽はそこに押しこまれた。

　改正月昂予防法によれば、本来、月昂者は一人残らず社会から隔離され、専用の療養所に生涯、収容されねばならないが、家族や知人に匿《かくま》われたり野宿者になったり山に隠れたりと、全国でつねに数百人は娑婆《しゃば》で潜伏生活を送っていると言われている。であれば、満月の夜にのこのこ女を買いに来る月昴者は、絶滅危惧種ではあっても絶滅種ではない。明月期の風俗店は、知恵の足りない月昴者の雄《おす》を狩り出すための恰好《かっこう》の罠となっているのだろう。まさか衛生局と風俗店が結託しているなどと冬芽は考えたこともなかったのだ。

独房のなかで、冬芽は壁によりかかってうつけのように口を半びらきにし、へたりこんでいた。先週の金曜の午後に発症し、いまは火曜の夜だ。二十七年と半年のしがない人生を辛抱強く生きてきたつもりだったが、たった五日のあいだに、そのすべてが奪われてしまった。その辛抱強さや慎ましさへの自負こそが驕《おご》りを育《はぐく》んでこの絶望を引きよせたかのように。もう運命はさだまっていた。僻地《へきち》にある療養所という名の強制収容所に送られ、月齢に翻弄《ほんろう》されて天国と地獄を行き来しながら、残りの不毛な人生をそこで過ごすのだ。が、長くてせいぜい数年といったところだろう。菅井元香のように二十五年も生きながらえる者も稀《まれ》にいるが、それは生来、月昴との相性が奇跡的によかっただけなのだ。

しかし絶望と同時に、ひと掬《すく》いの安堵のようなものもあった。もう逃げ隠れする必要がなくなったのだ。来るべきところに来て、いるべきところにいる。水が低きに流れるように、あとはただ流れに身をまかせて落ちてゆくだけ。そこにはもはや選択の余地はなく、強い意志や難しい判断が求められることもない。四歳から十八歳までの十四年間を児童養護施設で過ごしたから、プライヴァシーの乏しい共同生活にも免疫がある。職場である稲田《いなだ》木工所には、あすにも衛生局の立入調査が入るだろう。自分の口で社長に説明するのはあまりにも気が重かった。自分の落ち度ではないが、冬芽の母親も月昴で命を落としたのだから、文字どおり疫病神に取り憑かれた若者として苦々しく思い出されることになるに違いない。あとはもう、衛生局の調査が木工所だけですむことを祈るだけだった。

三

宇野冬芽という男、身長は一八一センチ、体重は九〇キロを超える偉丈夫《いじょうふ》だった。しかし威圧感のある風貌ではない。むしろ素朴な甘みのある端整な顔つきだ。太い鼻すじがずどんと通り、口もとは頑固そうに引きむすばれているが、野暮ったい眉の下では、黒ぐろとした大きな瞳が、荒んだ世にあってなお何かを信じているかのように潤《うる》み、輝いていた。感情の起伏が顔に出にくく、人生で一度でも本気で怒ったことがあるかとよく聞かれたが、「あるよ……」と答えたきり、自分でも思い出せず、ずっと頬笑んでいる、そういう男だった。

冬芽のそんな性分《しょうぶん》は生来のものだ。母親が撮影して投稿した五十二本の動画が、八十年以上を経てもいまだにネット上に残されている。内容は、三十七で産んだ一人息子の成長記録だ。望むなら誰でも、冬芽がはじめて寝返りを打った瞬間や、部屋に飛びこんできた蟬《せみ》に慌てふためくあどけない姿を見ることができる。しかしどの動画をひらいても、癇癪《かんしゃく》を起こしたり無闇に騒ぎたてたりする冬芽を見つけることはできない。幼年期の冬芽は早くも、世界は自分を中心にして穏やかな円を描いている、とでも言いたげな微笑を身につけている。しかし画面の外では、すでに最初の理不尽な試練がその身に降りかかっていた。四歳のときの動画のなかで、「がっくんは大きくなったら何になりたい？」と母親に聞かれ、「ママと結婚する」と答えて母親を涙ぐませている。ちなみに〝どうが〟の〝が〟から〝がっくん〟と呼ばれていた。「パパはどうするの?」などという話にはならない。父親は、冬芽が三歳のときに家を出ていったのだ。母親よりひと回りも若い女と京都へ行き、二度と帰ることはなかった。

二〇二〇年の九月、冬芽は北大阪市で生まれた。つらい冬を乗りこえて芽を出すようにと母親の佳代《かよ》に名づけられた。佳代は市内で三軒の小さな飲み屋を経営する働き者の女だった。二十七のときに五坪の立ち飲み屋を叔母《おば》から譲りうけ、そこから手をひろげたのだ。昼は家で料理をつくって各店に配達し、夜は店を回って最後にレジを締める、そんな忙しい日々を送っていた。夫の堀内喜和《ほりうちよしかず》は、もともと喰うや喰わずのジャズギタリストで、駅前の店の常連客だった。冬芽にそれが受け継がれたわけだが、体格がよく、色白の柔和な顔立ちをしていた。普段は寡黙《かもく》なたちだったが、酒が入ると、なめらかな低い声で顔に似合わぬ冗談をぼそりと言い、みなを笑わせた。そんなだから、音楽家としての才覚はともかく、女にはよくもてた。ギターを抱え、ナット・キング・コールの物真似をまじえて「When I Fall in Love」を半コーラスも歌おうものなら、たいていの女がうっとりしたものだ。佳代もまた子供のころからピアノを習い、大学では軽音楽サークルに入っていたほどだから、堀内が歌いはじめるとつい聴き惚《ほ》れて、いつも手が止まってしまうのだった。酩酊《めいてい》して足どりの覚束《おぼつか》なくなった堀内を、閉店後に家に引っぱりこんだのも佳代のほうだ。以来、堀内は少しずつ店を手伝うようになり、やがて一軒のマスターの座に収まった。嫌みのない男ぶりと出過ぎないところが受けて、堀内の店は繁盛《はんじよう》した。店名は「Saudade《サウダージ》」だったが、みな〝よっしーのところ〟と呼ぶほどだった。

堀内が店の客だったなら、堀内を佳代から奪っていった女もまた店の客だった。もともとはジャズ・ヴォーカリスト志望の学生で、堀内のライヴにもしばしば顔を出していたのだが、やがて

〝よっしーのところ〟にもあらわれるようになった。そしてついには首根っこを引っつかんで実家のある京都へ連れていってしまったのだ。女はそのときすでに堀内の子を身籠《みご》もっていた。佳代は綽名のとおり色黒で地味な〝かりんとう〟だったが、女は大柄で色白、どことなく〝クリスマス・ケーキ〟を思わせる派手めの美女、まるで正反対だった。堀内は女の存在を妻に打ち明けたとき、「佳代は俺がおらんでも大丈夫やから……」と言った。佳代は堀内の息の根を止める寸鉄のようなひと言を探したが、何も出てこず、震える声で「がっくんにはもう会わせへんから。一生……」とだけ絞《しぼ》り出した。しかしその呪いの言葉は成就《じょうじゅ》しなかった。冬芽は、その後も幾度か父親に会うことになった。

動画の更新は冬芽が四歳のときに止まっている。最後の動画の公開日は二〇二五年の二月二日の日曜日。その一週間後、佳代は突然、箍《たが》でもはめられたような激しい頭痛とともに目を覚ました。体の節ぶしも痛み、熱もみるみるあがり、眩暈《めまい》までしてくる。季節柄、インフルエンザに違いないと思ったが、あいにく日曜で病院は開いていない。役立たずの予防接種め、と舌打ちしながら、何かあったときに仕事をまかせる駅前店の店長の女性に連絡した。彼女は佳代の大学時代からの友人で、仕事の上では、言わば〝右腕〟だ。住まいも目と鼻の先、長年、家族ぐるみのつきあいをしていた。冬芽は感染を避けるためにその女性宅にあずけられた。彼女は出もどりの実家住まいで、冬芽は佳代と一緒に何度もその家を訪れていたから、彼女の両親にも懐《なつ》いていた。しかしこのときの冬芽は凶事を予感したかのようにひどく怯《おび》え、「がっくんはママとおる！　ずっとママとおる！」と言い張って下唇を突き出し、溢れんばかりの涙目でみなを睨《にら》みつけた。

翌朝、まだ夜も明けぬうちに佳代は自分で救急車を呼び、入院した。そして六日後に死んだ。月昴を発症すると、まずインフルエンザに似た症状が出る。俗に〝月面着陸〟などとも言われるその激しい初期症状で、十人に一人が命を落とす。のちに冬芽はそれを乗りこえて月昂者となるが、佳代は助からなかった。着陸に失敗したのだ。こうして冬芽は、四歳にして孤児となった。

冬芽は兵庫県川田《かわだ》市の児童養護施設・網引《あびき》学園に入ることになった。冬芽の手を引いて連れてきた堀内は「また会いにくるからな」「毎週、電話するからな」と言ってふりかえりふりかえり京都へ帰っていった。冬芽は赤ん坊のころから、あまり泣かない、いわゆる〝育てやすい子〟だったが、このときもぐっと奥歯を噛みしめ、涙を流すことを拒んだ。四歳児にとって父親が消えてからの一年は半生と言ってよく、もうすでに堀内は気安く泣きつくことができる相手ではなくなっていたのだ。

施設の定員は六十五名、幼児から高校生までが一つ屋根の下で暮らしていた。冬芽も四歳から十八歳までをそこで過ごした。その十四年のあいだに、宇野冬芽という男の生涯にとって重要なことが四つ起きた。一つ目は二〇二七年十二月の下條拓《しもじょうひらく》を総理大臣とする国民党政権の誕生であり、二つ目は二〇二八年三月に発生した西日本大震災だ。この二つは、言わば〝調合型の毒〟であり、どちらが欠けても日本に一党独裁政権が生まれることはなかったと言われている。

救国党の前身である国民党は、二十一世紀における世界的な自由民主主義の衰退とともに浮上してきた典型的な国家資本主義政党だった。中国やロシアや中東諸国などに倣《なら》った国家資本主義は、二〇二〇年代にナショナリズムやレイシズムやポピュリズムを呑みこみながら世界じゅうで急速なひろまりを見せ、どの国においても、口先では独裁制を批判しつつ下半身では社会が独裁に対して股《また》をひらくのを待つという欺瞞《ぎまん》を抱えたまま、着実に支持者を増やしていた。実際、国民党を率いていた下條も「先進国である日本においては独裁なんぞ不可能」「民主制から独裁になるのは、人間が猿にもどるようなもの」などと大袈裟《おおげさ》に笑い飛ばしながらも、腹の底でずっと〝独裁〟のふた文字を金の卵のように温めつづけていた。「ほかの政党は足もとの小さなチーズのかけらを拾って回る。我々は二十年先に見えるチーズの山に目を据えている」というのが、下條得意の〝論点をぼかしつつ安直なイメージに訴える〟と評された言いまわしだった。誰もが〝チーズの山〟を〝日出《い》ずる国の復活〟だと思いたがっていたが、その山のかげには〝猿にもどる〟独裁がうずくまっていた。下條は品のない伊達男《だておとこ》で明らかに虚言癖があったが、少なくとも自信ありげに見えた。答えを持っているかのように見えた。坂道を転げ落ちる日本を押しとどめる、たぐい稀な活力があるかのように見えた。ほかにそんな男は見あたらなかった。女も見あたらなかった。日本人は、人口減少、少子高齢化、巨額の財政赤字、国民全体にゆきわたる創造性の鈍《どん》麻《ま》と開拓精神の衰弱、そんな避けがたい国家の劣化老化に恐れおののき、五十二歳の若きカリスマの胸に弱々しくしなだれかかったのだ。

そこに未曾有《みぞう》の大災害が襲いくる。沈みゆくフィリピン海プレートがユーラシアプレートをぴんとはじきあげ、日本列島が激しく身震いした。かならず振りおろされる鉄槌《てっつい》だと予言されていた南海トラフ巨大地震、マグニチュード9・2、つまり西日本大震災だ。津々浦々に押しよせる巨大津波、千々《ちぢ》に分断されるインフラ、劫火《ごうか》のごとく燃えさかるコンビナートや湾や市街地……。死者行方不明者二十五万人、被災者は一千万人を超え、経済損失は二百二十兆円にものぼり、日本国民は途方に暮れ、がくりと膝を突いたのだ。下條によって日本国憲法史上初の国家緊急事態が宣言されるが、国民はそこに、火事場泥棒の虚言ではなく、むしろ頼もしい福音《ふくいん》を聞きとる。国会のかわりに、〝長期的視野に立った〟〝より専門性の高い〟〝挙国一致を旨《むね》とする〟救国議会なるものが慌ただしく招集された。その多くが国民党員であり、そのほかの顔ぶれも、自由主義や民主主義のようなやわで子供じみた信条では、千年に一度のこの国難には立ち向かえないと気を吐く者ばかりだ。下條は首相の肩書きのまま、その新組織の議長の座に収まり、どこに涯《はて》があるとも知れない絶大な権勢を振るいはじめる。

下條の押し出しは立派なものだ。身長一八四センチ、体重は一〇〇キロ余り、棒でも呑んだように姿勢がよかった。柔道の有段者であり、小学校の卒業文集に書かれた将来の夢はオリンピックの金メダリスト。高二のときに練習で膝を壊し、その夢はあきらめるが、そもそも格闘家になるには弁が立ちすぎたし、名誉欲と野心も大きすぎたし、目鼻立ちも整いすぎていた。K大学在学中からモデルの仕事を始め、卒業後は高学歴俳優として売り出したが、顔立ちに個性が乏しかったか、そちらは伸び悩み、そのかわり、しだいに保守派の若き論客として頭角をあらわしてくる。五人きょうだいの三男で、祖父は元陸軍将校の都議会議員、父親は「日本をまともな国にする」が口癖のタカ派の代議士、子供のころから種は蒔《ま》かれていたとも言えるが、「タカが龍を生んだ」との俗諺《ぞくげん》どおり、まさかこんな化け物じみた政治家に育つとは誰にも予想し得なかったろう。

議事堂の演壇で、下條が勇ましく拳を振りあげ、「我々に十年ください！　かならずや日本を立てなおしてみせます！」とつばきを飛ばす。〝大衆の知性の平均は十四歳〟という割り切りのとおり、平易で切れのいい言葉づかい、聴衆に息を呑ませる狙いすました間の取り方、ぐいぐいと膝を詰めてくるような抑揚と緩急《かんきゅう》、国民と喜怒哀楽を一《いっ》にするかのような表情のつくりっぷり、すべてが堂に入《い》ったものだった。下條は天性の扇動政治家《デマゴーグ》であり、驚異的な記憶力を武器に、原稿なしで何時間でも話しつづけることができた。本人はそれを〝降りてくる〟と表現し、その昂揚感にいつも酔いしれた。それでもときおりメモに目を落とすのは、「スピーチ・ライターの雇用を守るため」だと軽口を叩く。

〝救国暫定政権〟〝復興十年計画〟の発表とともに、すでに骨抜きとなっていた日本国憲法にとどめを刺すかのように、とうとうその停止が宣言された。世界じゅうから驚愕の声があがるが、目も眩《くら》むような震災被害への憐れみの声を上まわるものではないし、この非常事態を乗りこえるためには、一時的な全体主義体制はむしろ有効だとの見方まであらわれる。国内各地で大小さまざまな反政府デモや抗議集会が組織されるが、国民党につながりの深い民間の政治組織・大和《やまと》塾《じゅく》がひそかに大量動員した〝市井《しせい》の愛国者〟たちによって瞬く間に蹴散らされる。デモ参加者は、重軽傷者を出しながら数百人が逮捕されたが、角材などで武装したカウンターデモ集団には逮捕者は一人も出なかった。

頻発《ひんぱつ》する騒動を口実に、警察国家化がみるみる進む。復活した内務省の下に、救国特別警察、通称〝救特《きゅうとく》〟なるものが、悪名高い特高警察の亡霊として蘇り、日本じゅうで反政府的な動きに目を光らせるようになる。救国議会によって矢継ぎ早に政令が制定されるなか、自衛隊の名称があっさり救国軍に変更され、さらに党名までが国民党から救国党に化ける。救国という印籠《いんろう》が振りかざされることにより危機感が煽《あお》られ、そのうえ、あくまで〝一時的な措置〟であるという雰囲気が醸《かも》し出され、国民は、日本は一党独裁国家への道を転がり落ちているわけではないと、自分たちをなだめやすくなる。また、内務省の下に文化育成局なるものも創設され、情報の健全化、つまり検閲《けんえつ》が始まる。基幹産業の国有化はそもそも政権の目玉だが、ＮＨＫは真っ先に党の御用メディアと化し、ほかのテレビ局や新聞社にも役員として党員が送りこまれ、瞬く間に主要メディアの統制が完成する。ネット上では、カネで雇われたスプレッダーたちが、日夜、下條礼《らい》賛《さん》・政権擁護の言説を大量にばらまいて大衆を溺《おぼ》れさせ、さらに反対意見を見つけてはよってたかって罵詈雑言《ばりぞうごん》のつぶてを降らせ、生き埋めにして駆逐《くちく》する。
混乱のなかで、月昂者に向けられる目も厳しいものとなった。インフラの分断によって孤立した療養所への食糧配給が滞《とどこお》り、月昂者による暴動や大量脱走事件が各地で発生したのだ。和歌山で、逃亡月昂者の一団が、満月の夜、明月期のもたらす暴力性を抑えられずに捜索隊を襲撃し、警官二人を殺害、四人に重軽傷を負わせた。同じ夜、徳島では山あいの集落で十八歳の女子高生が逃亡月昂者の男二人から性的暴行を受けた。そのほかにも各地で月昂者と、捜索隊や地域住民との小競《こぜ》りあいが相次ぎ、震災関連の報道とあいまって、国民をますます不安に陥《おとしい》れた。それを受け、救国議会はすぐさま月昂予防法の改正に踏みきり、症状の軽重《けいちょう》・暴力性の有無にかかわらず、感染者はすべて追跡機を装着させたうえで恒久的に塀のなかに強制隔離されることが決定された。そして感染が疑われる者を発見した国民には、保健所や治安当局への罰則付きの通報義務が課せられた。「震災の被害と立ちむかわねばならないこの緊急時においては、獅子身中《しししんちゅう》の虫は一網打尽にされねばなりません」との下條の荒っぽい言葉に、議員たちから割れんばかりの拍手が起こったことに、異様さを読みとった者は少なかった。月昂者を一様に事実上の終身刑に処するという法律が制定されたのは、現代世界で類を見ないことだった。

冬芽が施設で過ごした日々の背景は、二十世紀のアジア太平洋戦争以来と言える、そんな大波乱・大変革の時代だった。そして、冬芽の人生に三つ目の重要な変化が起きる。小学三年生のときに剣道を始めたのだ。剣道有段者である園長が地元の剣友会にも所属していた関係で、施設でも少年剣道クラブの新入生を募集していた。それに応募したのである。稽古《けいこ》場所は施設にほど近い市民体育館、稽古は週二回だった。自分からやりたいと言い出したわけではない。施設での同い年の友人、山本輝一《やまもとてるいち》に誘われたのだ。

輝一は少し不良っ気のある子供で、一年生の夏休みに施設に来た。四歳のころから継父《けいふ》に虐待を受けていたのだが、児童相談所によってとうとう親元から引きはなされたのだ。冬芽は体が大きくて物静か、輝一は小柄ですばしっこい怖いもの知らず。二人は似たところなんかまるでなかったが、刀と鞘《さや》が補いあうように不思議と馬が合った。

輝一が剣道をやりたがったのは、母親への恋しさからだ。輝一の母親は中学高校と剣道部だった。自分が剣道を始めれば、母親が喜び、試合も観にきてくれると考えた。すでに弟も生まれ、輝一は身の置きどころがなくなりつつあり、母親の心をふたたび自分に引きつけたかったのだ。

母親への思いは、冬芽にとってもまったく他人事《ひとごと》ではなかった。ときおり施設の職員室に行き、亡き母が投稿サイトにあげていた動画をパソコンで見せてもらっていた。動画のなかで息づく母親を、薄れゆく記憶をなぞるように何度も何度もじっと眺める。いまを生きる冬芽は日に日に成長していたが、過去に封じこめられた母親はいつ見ても昔のまま、独楽《こま》の軸のようにまっすぐ自分の胸の内に立ちつづけているようだった。自分はそのまわりを、日々変わりながら回りつづけている。乳歯が抜け、大人の歯が生えてくると、いつも鏡を見ながら、お母さんの知らない歯だ、俺の歯は全部が親知らずだ、と思うのだ。こうして少しずつ体が入れかわり、お母さんの知らない自分に変わってゆくと思うのだ。

輝一から剣道に誘われたとき、二つ返事というわけにはいかなかった。棒を振りまわして思いきり殴りあうと想像しただけで身が竦《すく》むようだった。しかし冬芽は、輝一に誘われればたいがいのことは一緒にやってきたのだ。剣道を始めて、冬芽は自分の意外な一面を発見した。稽古の終わりにいつも一分ほどの黙想の時間があるのだが、地稽古《じげいこ》で打ちこまれたりした日には、目をつぶって端座《たんざ》しながら、悔《くや》し涙がじわりと込みあげてくるのだ。輝一はいつも負けじ魂が剝《む》き出しだったが、冬芽もまた腹の底には何くそという気持ちが居座っていたのである。一度その涙を輝一に見つかったことがあったが、輝一はにやりとしただけで何も言わなかった。同じ負けず嫌いとして、涙の出どころを知っていたのだろう。

中学にあがると、二人は剣道部に入った。顧問のY先生は四十代半ば、他校の剣道部を一度、全国大会の団体戦三位に導いたことがある熱血漢で、二人が通いはじめた中学校の剣道部も年々強くなりつつあった。挨拶《あいさつ》や礼儀にうるさく、靴の並べ方、剣道着の着装や畳み方、掃除の仕上がりなど、心は形に表れるとの信念のもと、隅ずみにまで目を光らせ、厳しかった。

二人が三年のとき、剣道部は県大会の団体戦で優勝し、夏休みに岡山でひらかれる全国大会に進んだ。二回戦で熊本代表の前回優勝校とあたり、二勝三敗で負けを喫《きっ》した。輝一は先鋒、冬芽は副将だった。輝一は得意の抜き胴を決めて勝ったが、一勝二敗というチームの勝敗を決する局面で、冬芽は負けた。延長戦の終了まぎわ、鍔迫《つばぜ》りあいからの苦しまぎれの引き面をすりあげられて綺麗に面を打ちかえされたのだ。引き分けでも総本数で負けという窮地に浮き足立ち、気持ちがそぞろな打突《だとつ》に流れた。自分に負けたのだ。消化試合となった大将戦を奥歯を嚙みしめて睨みつけながら、涙で視界がにじんだ。俺さえ勝っていたら、と。試合後、目に悔し涙の潤みを残す冬芽に、輝一がぺこりと頭をさげながら、

「お打たれさま……」と言った。

それは二人のあいだで長らく流行《はや》っていた冗談で、負けたほうに「お疲れさま」の調子で声をかけるのだ。冬芽はようやくわずかな笑みを取りもどし、同じように頭をさげながら、

「お打ちさま……」と返した。

その全国大会は、輝一とともに戦う最後の試合となった。輝一はすでに高校進学と同時に親元にもどることが決まっていた。念願叶い、母親が粗暴な継父と離婚して別の男と暮らしはじめていたのだ。輝一は大阪の普通科の高校を受験し、一方、冬芽は隣市にある工業高校の建築科を選んだ。輝一とは小学一年の夏休みから八年半のあいだ、兄弟みたいに過ごしてきた。寝起きも一緒なら、登下校も一緒、遊ぶのも剣道をするのも一緒だった。喧嘩も何度したか知れないが、それは右手と左手が喧嘩するようなもので、根っこはいつもつながったままだった。輝一が施設を出てゆくとき、門の前で、二人は何を言ったらいいかわからず、互いに照れくさそうににやにやしていた。輝一には自分だけ親元にもどる後ろめたさがあり、冬芽は冬芽で羨《うらや》ましさを見せまいとする意地があった。二人は互いの思いを見すかしながら、おどけた顔をつくって骨をへし折りあうような固い握手を交わした。「またな……」と輝一が言い、「うん。また遊びに来いや」と冬芽も言った。母親の運転する車に乗りこむ前に、輝一は不意に人さし指を立てて、笑いながら冬芽の額をこんと打ち、

「お打たれさま……」と言った。

冬芽もすぐさま同じように打ちかえし、

「お打たれさま……」と言った。

輝一が乗った車が見えなくなると、冬芽は職員たちと施設のなかにもどった。とたんに、何をしたらいいかわからないような、へんにしんとした心持ちが胸を吹き抜けはじめた。ぽつんとたたずむ冬芽を見、「淋しなるなあ」と職員が言った。「もともと一人やから……」ふとそんな強がりが口を突いて出たが、施設に来てまもないころの心細さとはまた違う空虚感が肌に迫ってきた。職員が芝居がかった調子で腕をひろげ、笑いながら「あたしの胸で泣いてええんやで」と言った。

たしかに来たばかりのころは、職員の胸で幾度となく涙をぬぐったのだ。「はいはい……」と十五歳になった冬芽は低い声で笑った。

冬芽は高校でも剣道部に入った。部員は少なかったが、みな覇気《はき》があり、元警察官という異色の経歴を持つ顧問のI先生も若くて熱心だった。I先生は冬芽の性分をよく見抜いており、あるとき「宇野は不器用やけど、自分でそれがわかってるところが器用やな」と言ってくれた。I先生はよく〝破《わ》れ鍋〟という言葉を使った。どこが破れているか自覚している鍋は、自分で穴をふさげる、そういう考え方だ。それが功を奏したのか、三年のときには、大将を務めた団体戦では県大会で三位になり、個人戦ではさらにインターハイ三位という好成績を収めた。十五分にも及んだ激闘の末、インターハイの準決勝で冬芽に辛勝《しんしょう》した茨城の柴田《しばた》選手は、決勝戦で長崎の代表に圧勝した。この柴田徹《とおる》は、のちに茨城県警の警官となって全日本剣道選手権大会二連覇という偉業をなしとげ、〝令和の剣豪〟などと呼ばれるようになる筋金入りの猛者《もさ》だ。そんな柴田が高三のときに竹刀《しない》をまじえた冬芽のことをどう見たかはさだかではないが、のちの冬芽がいかに数奇な運命をたどったかを知れば、おのれの安穏《あんのん》な道ゆきに胸を撫でおろしたことだろう。

そして四つ目の重要な出来事だ。高校二年のとき、冬芽は学校の図書室で『日本月昂文学傑作選』なる本に目が吸いよせられた。赤茶色のハードカバーで、一巻から三巻まである。月昂については、小中高いずれにおいてもひと通りのことを教わり、ある程度の知識はあったし、もちろん母親を殺した敵《かたき》とも言える病《やまい》であることを忘れたことはなかった。しかし〝月昂文学〟とはなんだろう。つい足が止まった。傷口にふれるような思いで恐るおそる手に取った。奥付《おくづけ》を見ると、二〇一九年十月一日初版第一刷発行とある。冬芽が生まれる前年に出た本だ。中短篇集で、著者はすべて月昂者である。編者のまえがきに目を走らせると、ほとんどが療養所に隔離されていたアマチュアの手による作品のようだ。月昂者は、満月を中心とする明月期になると、往々にして常人には及びもつかないほど気力体力ともに充実する。ある種の躁状態とも言え、〝居ても立ってもいられない〟と彼らは一様に表現する。それが暴力や過剰な性衝動につながる場合もあるが、執筆や絵画や音楽などに旺盛な創作意欲をもたらす場合もある。編者によれば、明月期が訪れるたびに、四百字づめの原稿用紙で千枚を超える大長編を書きあげる者もいたという。肝腎《かんじん》の出来となると、たいていは八方破れの粗大なものらしいが、なかには捨てがたい輝きを放つ佳品もあった。その多くは、発症後の実体験が濃い影を落とす私小説的中短篇で、のぼせがちな満月の辺りを避け、理性を保ったまま書かれた。それらを集めたものが、この『日本月昂文学傑作選』だという。

冬芽はその本を借り、目を背《そむ》けつづけてきた暗い穴をのぞきこむように、施設で少しずつ読みふけった。一篇一篇が胸を掻きむしり、読むのに苦しかった。男女の別れ、友達との別れ、同じ患者との別れ……とくに親子の別れとなると、裸の思いの投げ出されたひと言ひと言がひりひりと痛ましく、何度となく本を閉じ、気持ちの荒れが収まるのを待たねばならなかった。もちろん描かれるのは別れだけではない。家族からの疎外、親族からの疎外、学校や職場での疎外、近隣住民からの疎外……救国党政権による月昂予防法の改正以前から、月昂者はそうやって社会から爪弾《つまはじ》きにされ、行き場を失い、やがて、みずから望んだかのようにこうべを垂れ、療養所の門をくぐったのだ。

どの作品も、読み終えると、人間の悲しさ、人生のやるせなさが押しよせてきて、しばし途方に暮れるようだった。なかでも、詩人にして画家でもある菅井元香の『月が呼ぶ』という自伝的中編は、我が身に重なる部分が多く、忘れがたい作品となった。彼女が七歳のときに、まず月昴によって父親が療養所に入ることを余儀なくされ、二年後には、すでに感染していた母親も発症し、最初の劇症期に敗血症で亡くなる。そしてさらに一年と二カ月後、とうとう彼女にも症状があらわれ、一命は取りとめたものの、長野の少年療養所に入ることになる。この時点で、父親は昏冥期を乗りこえられず、すでに療養所で亡くなっている。彼女は十歳にして天涯孤独の身となったのだ。彼女の母親は、死の床で、すでに未発症感染者となっている九歳の娘に、

「お父さんもお母さんも、先に月に行って待ってるからね。月昴に罹った人は、最後はみんな月に行くから、月はとてもにぎやかなんだよ」と言い残した。

彼女はその言葉が嘘だと知っていたが、泣きながらうなずく。みなで守らなければならない壊れ物のような嘘があることを、すでに知っていたのだ。

少年療養所に入ってからも、新月のたびにみなに昏冥期が訪れ、友達が、一人また一人と死んでゆく。個人差が大きいが、平均すれば、一回の昏冥期における死亡率はおよそ三パーセントと言われている。療養所に百人の月昴者がいれば、新月のたびに三人が死ぬ計算だ。百面体のサイコロがあれば、三つの面には髑髏《どくろ》が描かれているという言い方もできる。残りの九十七面には、〝今回は見のがしてやる〟と書かれている。月昴者は、そのサイコロを新月が来るたびに振りつづけなければならない。死ぬまで。

絵が好きだった彼女は、十三のときの明月期、突然、魂の薄皮が剝けたような不思議と晴れやかな心地になり、スケッチブックに色鉛筆で絵を描きはじめる。母親が言ったにぎやかな月世界の絵を。父母はすでにそこにおり、療養所の仲間がいなくなるたびに、一人ずつ描き加えられてゆく。目覚めはじめた自我は、そうせずにはいられない。みな、用済みになった熾火《おきび》のように冷

えきって死んでゆく。世界の片隅で迎える、これ以上ないような静かな死だ。構内の焼却炉で焼かれ、引き取り手のない遺骨は、狭く暗い納骨堂に、沈黙を強いられた魂の群れとして並ぶ。こうはなりたくないとは思うが、みなこうなるのだ。いっそ野山にでも海にでも撒《ま》いてくれと叫びたくなるが、月昂者は、灰になってなお土を汚すの水を汚すのと疎《うと》まれる。新月のたびになんの訴えもなく死んでゆく仲間を、自分だけは忘れまいと心にさだめ、みなを描いてゆくのだが、それができるのは、もちろん彼女が生きているあいだだけだ。新月が近づくたびに怯えながら床《とこ》につくが、幸い、彼女はサイコロ博奕《ばくち》に勝ちつづけ、何カ月も何年も昏冥期を生きのびる。目を覚ますたびに、靄《もや》の晴れきらぬ意識の底で、あとひと月生きられる、という一条の光を握りしめる。しかし安堵のあとからやってくるのは、今回は誰が死んだのだろう、誰の絵を描かねばならないのだろう、という不安だ。

彼女はのちにそのスケッチブックをもとに、『月世界三十六景——月鯨との終わりなき旅』という一連の絵画作品をベニヤ板に描くことになる。ある昏冥期、月に渡った者たちが砂漠を泳ぐ月鯨の背に乗って旅を続けるという夢を見、以来そのイメージに取り憑かれたのだ。にぎやかでありながらも、どこか狂気を孕《はら》んだ世界を、月鯨の群れは月昂者たちを乗せ、涯もなく泳ぎつづける。時が止まったような、あるいは機械じかけの小世界が延々と同じことをくりかえしているだけのような、灼熱の太陽、漆黒の空、白い砂漠……そんな世界。ところどころに描かれる木々も、けっしてそよぐことなく、複雑な結晶のようにぴんと張りつめてたたずんでおり、色とりどりの家々も、一歩足を踏みいれれば、書割《かきわり》のように合板《ごうはん》角材の乾いたはらわたを曝《さら》けだしそうだ。人びとや月鯨の表情も、そこはかとない緊張と虚無感を帯びており、画面のそこかしこでくりひろげられる楽しげなふるまいも、強制されたはしゃぎぶりのように見える。彼女にとって、月昂者が最後にたどりつく月世界は、母親が思いこませたがっていたような極楽浄土ではなかったのだ。

四

月昴者となってはじめて街にくりだした満月の夜、冬芽は女を抱きそこね、かわりに目の前にいるのは厳《いか》つい男たちだった。衛生局の補導員ともなると、獲物である月昴者に合わせて夜行性になるらしい。二人の補導員に手錠足錠をかけられたうえで独房から連れ出され、同じ建物内のとある一室に入れられた。ひろさは六畳ほどで、あるのはノートパソコン一台が置かれたスチールテーブルが一つ、それと床に固定された金属製の椅子が二脚だけ。テーブルを挟み、冬芽の前には、ホテルの部屋に踏みこんできた三人のなかでいちばん歳嵩《としかさ》の男が座っていた。後ろには三十がらみの補導員が立ち、スタンロッドを握って壁によりかかっていた。歳嵩の男は猪首《いくび》で固太り、ラグビー選手のような餃子耳《ぎょうざみみ》で、本当のことを言うやつは信用ならないとでも言いたげな疑り深い三白眼《さんぱくがん》をしていた。背後の男は冬芽と同じぐらい背が高く、節穴みたいに乾いた心の読めない目をしていた。二人とも横柄《おうへい》で、難病患者に対する労《いたわ》りの情などかけらもなく、かといって、月昴が撲滅された明るい未来への信念があるわけでもなさそうだった。要するに、彼らは日々の餌《えさ》に見あうだけの仕事をこなす猟犬なのだ。ふと、補導員というのは問題を起こした警察官の再就職先になっているのではないか、などと勘ぐりが働いた。実際、この部屋はまるで刑事ドラマで見る取調室のようであり、おこなわれていることもまた取調そのものだった。

冬芽は、問われるままに発症の経緯や日常的に接触のある交友関係について話した。いつ誰にうつされたか心あたりはあるかと問われたが、まるでないと正直に答えた。彼らはその点にはあまりこだわらなかったが、月昴ウイルスの潜伏期間の長さを考えれば当然のことと言えた。猪首の男は、発症に気づいた者は速やかに衛生局に届け出るのが国民の義務だと言った。お前はそれを怠《おこた》った犯罪者であり、お楽しみを邪魔されたことが不満なようだが、ぞんざいに扱われねばならないもっともな理由がお前にはある、とのことだった。そしてまた、自分が月昴者であることを知りながら、風俗店に足を運び、女に感染させる危険性を無視して、欲望の赴《おもむ》くままに肉体的な接触を図ったことも、改正月昴予防法の高邁《こうまい》な精神に大いに違反しているらしい。結論として、そういった悪質な月昴者は、劣悪な環境の療養所へ送られる可能性が高いと言う。たとえば北海道のとある療養所などは、どうしたわけか、ほかの療養所よりも昏冥期における死亡率が高いらしい。要するに、ただでさえ短い月昴者の余命をさらに短くしてやろうというのだ。とうの昔に失意の底に沈みきっていたが、二人の補導員は、冬芽の頭を鷲づかみにしてさらなる深みへと沈めようとしていた。できることと言えば、はあ、はあ、と暗い声音《こわね》でうなずくことだけだ。どこに送られるにせよ、衛生局の胸一つであり、反論する意味があるとは思えない。法を犯したというのであれば、弁護士を呼ぶところだが、昨今では救国党政権に楯突く人権派弁護士は塀のなかにしかいないし、そもそも月昴者の量刑ははじめから決まっている。終身刑だと。

しかし猪首の男の口ぶりには、どことなく結論を先延ばしにするような持ってまわった気配があった。高圧的な態度とは裏腹に、「本来なら」だの「原則として」だの慎重な言いまわしがたびたび顔を出すのだ。結局どこへ話を持っていこうとしているのかと訝《いぶか》りながら聞いていると、男はパソコンのディスプレイを見ながら出し抜けに、

「ところでお前は、剣道の有段者だな。高校のときに三段を取ってる」と言った。

段位は国民情報センターに登録されているだろうし、おそらく養護施設や職場に問いあわせてもわかることだ。しかし場違いな話題だった。だからなんだと言うのか。奇妙なのは、雑談の口ぶりではなかったということだ。それどころか、ここからが本題だというふうな、いまはじめて男の真正面に座ったような感覚があった。困惑しながらも「高校を出てからはまったくやってません」と答えると、「高三のときには、インターハイの個人戦で三位を獲《と》ってる。大したもんだ」と男は言った。耳を疑った。大したもんだ、ときた。しかもフェイスガードのなかの口もとにはどことなくこちらの機嫌を取るような薄笑みが浮かんでいた。

「若くて健康、がたいもいい」と男は続けた。

冬芽はもううなずかなかった。健康ならここにはいない。冗談のつもりだろう。しかし脳裏でちかりと理解の火が灯《とも》った。強制労働に違いない。療養所は、月昂者を死を待つだけのお荷物としてただ遊ばせておくわけではない。救国党政権の広報番組によれば、広大な敷地内には田畑がひろがっており、鶏舎や豚舎などもあるという。入所者が健全な療養生活を送るには大自然とのふれあいと適度な労働が欠かせないとかそんな話だったが、実際のところは、経費を浮かすために自給自足による運営を求められているのだ。月昂者も霞《かすみ》を喰って生きてゆくわけにはいかないし、実際、農作業で体を動かすことを歓迎する者もいるだろう。暗月期の一週間ほどはどの月昂者も低活動状態に陥り、ろくな労働力にならないが、それを脱せば、昼夜逆転とはいえ、人並み以上に働くことができる。そして月が太るに連れて身体能力はみるみるあがってゆき、満月の夜に頂点に達する。だからこそ冬芽は手錠足錠を外してもらえないし、補導員はスタンロッドを手放さないのだ。

しかし当たり前の所内作業のことを告げるためにわざわざ剣道やがたいの話を持ち出すだろう

か。きっと何か別の重労働を課そうという腹なのだ。常人がケツを割って逃げ出すような鉱山だの、遠洋漁業だの……。猪首の男はこちらの疑念の匂いを嗅いだかのように、目もとにいっそういかがわしい笑みをよせると、ノートパソコンをこちらに向け、

「こいつを見ろ」と言った。


ディスプレイに、煌々と照らし出される競技場のような場所が映っていた。野球場やサッカー場ほどひろくないが、興味深い催《もよお》しでもあるのか、三階まである観覧席はほぼ埋まっている。映像はちゃんと編集されたもののようで、あちこちのカメラに視点を移しながら、見る者が全体を把握できるよう工夫されていた。ドローンも飛んでおり、空中からの映像もある。観覧席の一角に、向かいあう二台の巨大ディスプレイが設置されており、つくり笑顔の艶《あで》やかな美女が身ぶり手ぶりで何かを話す、政府の広報らしき映像が流れている。どこかで見たような顔だが、おそらく党幹部御用達《ごようたし》の高級娼婦などとも噂される救国ガールズの一員だろう。

数秒間、鼻先に浮かぶような鮮明な満月が大写しにされた。観覧席の上には屋根があるが、楕円形の砂場は青天井だ。いや、夜だけに黒天井と言うべきか。武道館や国技館のように中央に向けて小さくすぼまった雰囲気だが、奇妙なことに、アリーナと観覧席が透明な樹脂板のようなもので完全に隔てられている。まるでアリーナが水族館の巨大な水槽であるかのようだが、もちろん水で満たされてなどいない。それどころか、テニスコートがあるわけでもなく、大相撲の土俵が盛られているわけでもない。闘牛場か何かのようにただがらんとした空間がひろがっているだけだ。観客の多くは首からＶＲゴーグルらしきものをさげており、これからおこなわれることがなんであれ、それをゴーグルでも見るつもりでいるようである。

不意に映像が切りかわり、観覧席の一角にカメラがよってゆく。壁とガラスに囲まれたブースがあり、どうやら貴賓席《きひんせき》になっているようだ。そのなかに十数人の観覧者がいて、なんとそのまんなかに陣取っているのは、救国党の総裁にして我らが永遠の首相、あの下條拓ではないか。下條がこの場にいるということは、この競技場は、震災後に建てられた党の施設なのだろう。観客たちもみな党員とその家族なのかもしれない。何が始まるにせよ、横断幕だのメガホンだのではしゃぐ用意のある浮かれた観客はおらず、その点も、これが党の行事ではないかと推察させる。

取り巻きに囲まれて我が世の春といったゆるんだ笑みを浮かべる下條の顔が大写しになった。若いころにモデルや俳優をやっていただけあって、老いても目鼻立ちがはっきりとしており、相変わらず便器のように白い歯が光っている。ロマンス・グレーを自称する髪をべったりと撫でつけ、恰幅《かっぷく》のいい体に嫌らしい紺色のストライプのスーツを着こみ、トレードマークである金色のネクタイを締めている。向かって左側に座っているひょろりと痩せた伊達男は、次男の下條玄《げん》で、右側に座る女は、二、三年前に国営ファンドの社長に嫁いだ三女の愛香《まなか》だろう。下條には公にされているだけでも七人の子供がいるが、全員が貴賓席にそろっているわけではないようだ。こういう場に妻の寧々《ねね》を伴っていないのはいつものことで不自然ではない。寧々は夫の下半身事情と悪趣味に呆れかえっていると言われ、夫婦円満なふりを一回させるたびに海外に別荘を一軒買わねばならないなどと噂されている。

下條玄の左に座っている眼鏡の男がちらりと映ったが、下條の腰巾着《こしぎんちゃく》にして救国特別警察長官の日村隼雄《ひむらはやお》ではないか。日村は下條の従兄弟《いとこ》の息子だが、その起用は、下條のおふざけだという説がある。ナチス・ドイツの秘密警察ゲシュタポを率いたハインリヒ・ヒムラーにかけた駄洒落《だじゃれ》だというのだ。後退した前髪と小ぶりの円縁眼鏡《まるぶちめがね》も、ヒムラーに似せよという下條の命令でやめることができないとも言われている。おそらくそれらは下條の冗談ではなく、独裁政権に不満を抱えた民衆の冗談だろう。たしかに日村は切れ者には見えない。小柄でいつもきょとんとしたような表情、訥弁《とつべん》で声も甲高く、貫禄がない。のっぺりとした顔立ちで顎がなく、親指が眼鏡をかけているなどとからかわれる。しかし記憶力を自慢する下條が、「あいつは何も忘れない。三十年前の晩飯だって憶えてるだろう」と言ったとされている。日村が若い上級党員らと神経衰弱をするという政府の広報番組の企画があったが、わけなく全勝していた。なぜそんなに強いのかとインタビュアーに問われたが、「誰にだって一つぐらい取り柄はありますよ」とのこと。冗談で三十年前の同じ日の夕飯の献立を聞かれ、「我が家は水曜日の夜はカレーでした」と真顔で答えていた。そんな日村だが、下條への崇拝は並々ならぬものがあり、〝下條が疲れたと言えば四つん這いになって椅子になり、眠たいと言えば寝転がって枕になり、小便に行きたいと言えば口を開ける〟などとも揶揄《やゆ》され、「わたしはよく天性の官僚などとからかわれますがね、首相は天性の政治家ですよ。まさに一億人に一人の男です」と目を輝かせて語る映像も残っている。悪名高い救特の監視網を津々浦々にひろげて完成に導いた、警察国家の象徴とも言える男だけに、下條の次に風刺の対象となる機会が多い。

それはそうと、さっきからアリーナの中央にぽつんとたたずむ男がちらちらと映るのだが、この男がひときわ奇妙な仰々しい風体で目を引く。歳のころは四、五十、真っ白な大きい布を体に巻きつけており、まるで古代ギリシャだのローマだので派手な格好の祭司が道に迷ったらここに転がり出たというふうだ。布のなかには鎖帷子《くさりかたびら》のようなものを着こみ、両の手首には金銀の腕輪、足もとは細かく編まれた革製のサンダルだ。顔の下半分には豊かで厳めしい髭、頭には金糸《きんし》をあしらった丈の高い帽子、左手には先端に金属製の飾りのついた錫杖《しゃくじょう》のような棒を握っている。しかしそんな時代錯誤な格好をしながらも、左耳には白いヘッドセットがついており、イヤフォンから何かの指示を受けているのか、小さくうなずいたり、マイクに何かを言ったりしている。この男が何者であれ、これからおこなわれることを取り仕切る立場のようだ。と考えたところで、男が突然、杖をしっかり握って両足を踏んばり、胸を突き出し、民衆にありがたい御託宣でも告げ知らせるふうにマイクに向かって朗々と声を張りあげた。

「さて、みなみなさま、たいへん長らくお待たせいたしました！　まもなく下條杯トーナメントの一回戦、第三試合が始まります！」

そこでカメラが引き、競技場全体が映った。一瞬、画面が暗転したかと思うと、次の瞬間、色とりどりの派手な照明が縦横無尽に躍りだし、殺風景だったアリーナをたちまち目も眩むようなにぎやかな空間に一変させた。エアホロと思われる一軍の古代兵士の立体映像が、アリーナの砂からたったいま捏《こ》ねあげられたかのようにむくむくと出現し、やがて、ひざまずく姿から一糸乱れぬ動きでざんと音を立てて立ちあがった。真っ赤な鎧兜《よろいかぶと》に身を包んだ数十人の兵士たちは、石のような無表情のまま二列に分かれて整然と向きあい、その列のあいだに、このあと何者かが登場するのであろう花道をつくる。リズムと低音を強調した、現代の野性とも言うべき騒々しい音楽が流れはじめると、観衆がそれに合わせていっせいに拍手を始めた。スポットライトが、アリーナの一角を炙《あぶ》らんばかりに照らし出す。アリーナをとりかこむ柵壁《さくへき》の一部が、ごてごてとした装飾をほどこした格子状の真紅の門扉《もんぴ》になっており、それがアリーナ側に大きく開けはなたれると、兵士たちのあいだに一つの人影が歩み出て、ぬっと仁王立ちになった。そして観衆を一人残らず睨《ね》めつけるように見わたした。待ってましたと言わんばかりにどっと歓声や拍手が湧き起こったが、男は傲然《ごうぜん》たる面持ちでにこりともしない。

と、先ほどの白衣の祭司が、ボクシングのリング・アナウンサーのような勿体《もったい》ぶった節まわしで、またもや叫びだした。

「レッド・ゲートから登場したるは、一八四センチ、一〇二キロ！　第四養成所所属、二十八歳、オカジマ〝バルバロッサ〟アキラ！　十四勝三敗二分け、第十六回下條杯三位！」

歩み出てきたオカジマなる男もまた、思わず目を剝くような奇天烈《きてれつ》な風体をしていた。B級SFの世界に馴染みきれずにいる古代ローマの剣闘士といったところだ。銀色に磨きあげられた兜をかぶり、右手には幅のひろい抜き身の剣、左手には曲面を描く長方形の盾を持っていた。右腕は肩から手の甲までを金属製の小手におおわれており、両膕も同様だ。腰には金糸で縁取られた真紅の布を巻き、ごつい金具のついた革ベルトで押さえていた。一方、筋骨隆々たる胸や腹は剝き出しで、あちこちにおどろおどろしい刺青《いれずみ》がちりばめられており、油でも塗っているのか、スポットライトのなかでぬらぬらと不気味に照り輝いている。そして赤みを帯びた肌には無数の傷跡が盛りあがり、皮膚の下に棲《す》むミミズのようにうねっていた。男は兜をかぶってはいるものの、顔をおおっているのは樹脂板らしき透明の面頰《めんほお》で、トレードマークと思われる真っ赤に染めた顎鬚《ひげ》が見てとれた。男はふてぶてしい面がまえで、喰いつかんばかりに顎を突き出し、歩を進めながら音楽のリズムに合わせて両手をあげ、観衆のさらなる歓声や拍手を煽りはじめた。

男が、古代兵士たちのあいだの花道を、見えない敵の大群をばったばったと薙《な》ぎたおすパフォーマンスをしながら進み、アリーナの中央にたどりつくと、今度はレッド・ゲートとは逆側の青い門にスポットライトがあたった。いつのまにかその門の前に青い鎧兜に身を包んだ兵士たちが出現しており、同じように二列で向きあって槍と盾を構えていた。束の間の静寂がおりたあと、今度は鼓膜を搔きむしるようなスラッシュメタル風の楽曲が流れはじめた。ベートーヴェンの交響曲第五番《運命》がアレンジされたものであることが、音楽に疎い冬芽にもわかった。そのいきなりの盛りあがりに合わせて、さらに大柄な男がもう一人、のしのしとアリーナに姿をあらわした。さっきの男以上に荒んだ顔つきで、野獣さながらに歯を剝き出しにし、筋肉に鎧《よろ》われた体をほぐすように首をぐるぐると回している。

そこでまたアナウンスが響いた。

「ブルー・ゲートから登場したるは、一八八センチ、一二〇キロ！　第一養成所所属、三十二歳、ワキサカ〝ミョウオウ〟ヒデト！　十五勝二敗一分け、第十六回下條杯準優勝！」

今度の男もオカジマと似たりよったりの仰々しい格好をしていたが、得物《えもの》がまったく違っており、いっそう滑稽《こっけい》に見えた。右手には三つ叉《また》の鎌槍《かまやり》を握り、左手には荒縄で編んだような錘《おもり》つきの投網《とあみ》を抱えている。胸には、真っ赤な炎を背負い右手に剣を握った醜悪な男の姿が彫られており、〝不動明王〟〝破壊神〟の文字もある。男は右手の槍と左手の投網を器用に振りまわす演舞で客席を沸かせながら、アリーナの中央まで歩み出ていった。二人の男はしばし睨みあったあと、ちらちらと互いに視線を送りながら、五メートルほど距離を取って、犬猿の仲の双子星のように憎々しげに円を描きはじめた。どうやらこの二人は、いまから一戦まじえるつもりでいるらしい。あの剣や槍の刃がなまくらでないなら、当然、流血沙汰になり、下手をすれば殺しあいになるわけだが……。

冬芽は理解しつつあった。この二人の男は月昂者なのだ。満月の夜、身体能力・生命力が最高潮に達した月昂者に武器を与え、殺しあいを演じさせる。つまりこれは、退屈した暴君が思いついたカネのかかるお遊びの一つというわけなのだろう。考えてみれば、下條の格闘技好きは有名だ。四階級制覇を達成したボクサーや、オリンピックで一〇〇キロ以下級三連覇をなしとげた柔道選手をみずから出迎えに行って、〝国揺れて、城が建つ〟〝震災御殿〟などと揶揄される首相別邸での晩餐会《ばんさんかい》に招待したというから相当なものである。そもそも自身が柔道四段の黒帯であり、道場で次々と巨漢を投げ飛ばす若いころの映像はよくテレビで流れる。また、下條にはローマ皇帝さながらの両刀使いだという噂がつきまとっており、一説によると、ギリシャ彫刻ばりの美丈夫ばかりを警護官に選ぶのだという。美しい筋肉をまとった裸体が傷つき、真っ赤な鮮血を流す、そのさまを目の前で見たい、そんな歪《ゆが》んだ願望の結実が、いまから始まる斬りあいなのかもしれない。

かつて多くの国で満月の夜の月昴者は不死身だと信じられていた。ヨーロッパでは、腕を切り落とせば腕が生え、首を切り落とせば体が生える、などと言われ、中国には、百にも千にも切り刻めば、肉片の数だけ増えるという伝説もあるらしい。だから満月の夜に捕らえられた月昴者は、明月期が終わるのを待って焚殺《ふんさつ》されたという。もちろん迷信だ。腕どころか指一本生えてこないし、首を落とせば、死ぬ。

しかし明月期、とりわけ満月の夜に月昴者の生命力が異様なまでに高まるのは紛れもない事実だ。アフリカの僻地らしきところで撮影された有名な動画では、首を切断された月昴者の体が、首がないまま立ちあがり、よろよろと何十メートルも歩いたあと、ようやく死んだことに気づいたようにばたりと倒れる。頭部のほうも、しばらくのあいだ口を開け閉めしたり、殺害者たちを見わたすように眼球を動かしたりする。また、明月期の月昴者を縄で縛りあげ、穴を掘って生き埋めにするという動画を見たこともあった。驚くべきことに、翌日に掘りかえすと、はじめは死んだように動かないが、水をかけたり暴行を加えたりと刺激を与えるうちに少しずつ息を吹きかえすのだ。掘りかえした者たちは、それを見て、腹を抱えて大笑いする。そして恐ろしいことに、その月昂者をまた次の明月期に生き埋めにするのだ。次に掘りかえすのは二日後で、日にちを増やしながらそれをくりかえすわけだが、五日間も生き埋めにするとさすがにもう生きかえることはない。掘りかえした者たちは、箸《はし》が転んでもおかしいというふうにそれでもやはり大笑いする。いずれの動画もおそらく合成ではない。テロ集団のあいだで〝悪霊退治〟と称するその手の遊びが流行し、月昂者を捕らえては同じような動画を撮ることがくりかえされたのだ。

突然、ぐわあああんと銅鑼《どら》のような音が鳴りひびき、二人の戦士をとりかこんでいた赤青の古代兵士の立体映像が輝く細かな粒子となって夜空に立ちのぼりながら掻き消えた。血みどろの戦いが幕を開けたのだ。二人の男が戦っていたのはせいぜい二十分ほどだろう。二人はプロだった。それぞれに得意な動きや技を披露《ひろう》しながら、じわじわと試合を盛りあげてゆく。剣と槍が、投網と盾がぶつかりあう音がしきりに響きわたった。はじめのうちこそ時代劇の殺陣《たて》のように互いに通じあった流れがあるようにも見えたが、徐々にその馴れあいが崩れてゆき、やがて剣が、投網が、槍が、鍛えあげられた肉体を捉えはじめた。そして血が流れだす。ときにはしぶきとなって飛び散り、ときには粘り流れて肉体を彩《いろど》り、ときには大地への捧げ物のようにアリーナを潤した。観衆はそのさまを肉眼でじかに見、あるいは観覧席の巨大ディスプレイで眺めた。また、男たちの兜には小型カメラがついているらしく、おのおののVRゴーグルで男たちの主観的な映像を楽しむ者もいた。剣の切っ先が、槍の穂先が、投網の錘が肉体を傷つけるたびに、観衆は悲鳴まじりの歓声をあげた。

男たちはみずからの血を見ても怯《ひる》まなかった。観衆の熱狂、白刃《はくじん》のまとう緊迫感、そして何より満月のもたらす血のたぎりによって、怖《お》じ気は夜の彼方《かなた》に追いやられ、痛みの執行はしばし猶予《ゆうよ》される。剣や槍は重いだろう。盾や投網も重いだろう。竹刀の比ではないはずだ。が、男たちは軽がるとそれらを操っていた。常人が同じものを持たされても、ひどくもたもたとした、興《きよう》醒《ざ》めな立ちまわりに終始したに違いない。しかし男たちは、肩で息をしながらも、互いの隙《すき》を狙って目にも留まらぬ攻撃をくりだし、容易にへたばらなかった。それは訓練によって得た動きでもあろうが、それ以上に月昂のもたらす身体能力の賜物《たまもの》に違いない。

結局、最後までアリーナに立っていたのは、ブルー・ゲートから出てきた三つ叉の槍と投網を持ったワキサカという男だった。赤鬚の男は、投網に頭部を搦《から》めとられたところに何度も槍を受け、とうとうくずおれた。大量の血を失って昏倒《こんとう》したのだ。敗北した男は、黒い門からあらわれた禍々《まがまが》しい装いの男たちの手で、地獄の棺桶のように装飾されたストレッチャーに乗せられ、血まみれの無惨な姿で退場していった。死にはしなかったろうが、ふたたび剣を握れるほど回復するまでにどれぐらいの時間を要するのか、冬芽にはわからなかった。

勝ったワキサカは威勢よく面頬をはねあげ、雄叫《おたけ》びをあげながら、さらなる喝采《かつさい》を得るためにアリーナを練《ね》り歩いた。その汗と歓喜に輝いた野卑な顔から、強いられて戦った者の悲哀を読みとることはできなかった。明月期における暴力性の高まりが死の恐怖を凌駕《りようが》しただけなのか、はたまた栄誉を欲しておのれの意思で武器を手に取ったのか。北欧神話や伝承に登場する、獣《じゆう》皮《ひ》をまとった狂戦士《バーサーカー》は、それこそ野獣のような狂乱の戦いぶりを見せたとされるが、やはり月昂者だったと言われている。そのさまは、いまアリーナで戦った二人のようだったろうか。

映像を見終え、顔をあげると、猪首の男と目が合った。フェイスガードのなかで男は嫌らしく目を細め、右の口角をひん曲げていた。檻《おり》のなかの野獣を面白がる笑みに、ひとつまみの憐れみを振りかけて。その目は言っていた。わかっただろ？　こいつらが何者か。そしてお前が何者か。

たしかにわかった。冬芽にもこれをやれと言うのだ。無聊《ぶりょう》をかこつ暴君を慰めるために、お前もこの狂気の一大絵巻に塗りこめられろと言うのだ。

「三十戦だそうだ」と猪首の男は言った。「勝っても負けても、三十戦こなせば、引退がゆるされる。しかも試合に勝てば、そのたびに女を抱ける。今夜、お前が抱きそこねた女という生き物を……」

五

幼いころの動画のなかで冬芽の一番のお気に入りは、母親と一緒に紙粘土で遊ぶ様子を撮ったものだ。三歳の冬芽に迷いはない。造物主のように次から次へと粘土を捏ねあげ、動物らしき物体を創造してゆく。象あれ、キリンあれ、ライオンあれ、ペンギンあれ……奔放《ほんぽう》きわまりない白い粘土の塊《かたまり》を、舌足らずの口が名づければ、たしかにそう見えてくるから不思議だ。佳代はいちいち面白がり、「上手！　上手！」と褒めちぎりながら腹を抱えて笑いころげる。父親が若い女と出ていったばかりのころのはずだが、これほど幸福そうな母親の姿を、冬芽は知らない。何度も動画を見たせいで、あの日のことを、もっとも幸福そうな母親のひとときを、本当に記憶しているような気さえしてくるほどだ。

人づきあいやスポーツの点では不器用なところもあったが、手先の器用さはまんざら親の欲目というわけでもなかった。小学四年のとき、図工の時間に粘土で馬にまたがった兵士の埴輪《はにわ》のような焼き物をつくったのだが、えらく評判になり、別のクラスからも見物人が来るほどだった。粘土にかぎらず、折紙も巧かったし、絵を描くのも得意だった。剣道の稽古もそうだったが、なんであれ、手もとにあるものごとに没頭し、ふと時計を見るとずいぶん経っている、その感じが好きだったのだ。工業高校の建築科に入り、就職先として木工所を志望したのもそういう性分からだった。

冬芽が大阪の箕面《みのお》市にある稲田木工所に就職したのは、二〇三九年の春のことだ。店舗などのオーダー家具をつくるのが主な仕事で、従業員は全部で十八人、新入社員は冬芽一人で、直近の先輩は四つも歳上だった。入ってはやめ入ってはやめで新入りがなかなか居着かないと、社長は冬芽が怯むようなことを言う。三年間は見習いで、あれせいこれせいとみんなに鼻面を引きまわされる。しかし長年続けてきた剣道の稽古のつらさや施設暮らしの息苦しさを思えば、たいがいのことは凌《しの》げるはずという自信もあった。

三代目の社長はまだ四十代半ば、奥さんは木工所の事務員として働き、一姫二太郎と子供もいる。若いころは長野県のギター工房で働いていたが、二代目が脳出血で倒れ、会社を継いだ。背は低いが、がっちりとしており、顎の張ったいかにも頑固そうな四角い面がまえだ。口が悪くてすぐに怒鳴るが、根に持たず、気持ちがからりと乾いている。職人気質《かたぎ》の仕事の虫で、休みの日でも工場に来て、一人黙々とコンペに出す椅子だのなんだのをつくっている。社長がたびたび口にするのは、「見えるところは客の喜び、見えないところは職人の誇り」という言葉だ。客の目に映らないところを美しく仕上げれば、職人の記憶のなかでずっと底光りしつづける。「そこを楽しまれへんのやったら、職人なんかただの虚業や」と言う。

しかし社長は遊びのない堅物ではない。冬芽が二十歳のとき、出し抜けに「お前、女知ってるか」と社長に聞かれた。どぎまぎしながら知らないと答えると、梅田の怪しげな繁華街にある、社長が言うところの〝しかるべきところ〟に連れていってくれた。そわそわしながら社長と風俗店の待合室で待っていると、けばけばしい女があらわれて、近所のホテルに行くと言う。にやつく社長に見送られながら店を出たあと、道みち女が不意に腕をからめてきて、小首をかしげながら媚《こ》びを含んだ声音で「嫌ですか？」などと聞いてくる。慌ててかぶりを振りながら、もう地に足がつかないような心地だった。どうやら女は社長の馴染みらしく、〝社長さん〟の〝お弟子さん〟かなどと聞いてくる。そうです、などともごもごしながら答えると、「なんか可愛い」などと言われて、なりは大きいくせに冬芽は耳まで真っ赤になった。本来なら本番禁止のはずだが、何やら社長が事前に話をつけていたらしく、小汚いラブホテルの一室で、めでたく筆下ろしというしだいになった。そんな柄にもない経験が、のちに月昴者となった冬芽が衛生局に捕まる原因となったのだが。

しかし冬芽がもっとも親しくなったのは、脳出血で社長をしりぞいた二代目だ。三代目同様、短躯《たんく》で固太り、まなざしがぎょろりと強い。人間に軸があり、体はふらついても心はふらつかぬというふうだ。引退したとはいえ、木の香りを懐かしむのか、杖を突きつき毎日のように工場に足を運んでは職人たちの仕事ぶりを眺める。せっかちで世話好きな性分らしく、黙っておられぬというふうに、鉋《かんな》の当て方だの機械の使い方だの、見習いの冬芽にあれこれ指南し、世話を焼いた。

脳出血の後遺症で左脚は不自由だが、二代目の手先はまだまだ達者で力強い。手ごろな端材《はざい》を見つけると、しばし矯《た》めつ眇《すが》めつしたあと、ポケットからちびた切り出し小刀を取り出し、墨付けもせずにいきなり刃を当ててゆく。メープルやウォルナットのような硬い木でも平気でごりごり削る。鑿《のみ》も彫刻刀も使わず、小刀一本で終《しま》いまで仕上げるのだから、正真正銘の一刀彫りだ。手慣れたもので、小さい作品なら三十分もかからず彫りあげる。子供を喜ばすために動物や虫などを彫ることもあったそうだが、孫たちもそろって生意気盛りになったいま、ほとんどの作品は人間を象《かたど》ったものだ。二代目はそれを〝仏さん〟と呼んでいた。印《いん》を結んだり螺髪《らほつ》を戴《いただ》いたりと、いかにも仏像らしい作品は少ないが、半眼に微笑を湛《たた》えたその表情はたしかに仏を思わせる。全体にごつごつとした彫り跡を残しており、絵で言うなら簡潔素朴なデッサンの風合いだ。ときどきしくじるらしく、「ああ、彫りすぎた！」と呻《うめ》く。これ以上刃を当ててはならぬという一線があって、それを越えると、今度は仏さんの体に切りつけることになるという。あとはもうどれだけ彫ろうと失敗の言い訳が続くだけなのだとか。

冬芽はそれまでの人生で仏像に興味を持ったことなど一度もなかったが、二代目の腕前には驚いた。子供の粘土遊びとはわけが違う。しくじれば、仏さんが血を流す。小刀を借りて、試しに真似事をしてみるが、まるでうまくいかない。二代目の言うとおり、ひと彫りひと彫りがおどおどとして言い訳がましい。それ以前に、まず木のなかに彫るべきものが見えていない。それでも、二代目は冬芽のすじがいいと見たのか、円空仏の分厚い写真集を貸してくれた。そもそも冬芽は、江戸時代のはじめごろに円空という仏僧がいたことを知らなかった。北は北海道から南は関西まで行脚《あんぎゃ》を続けながら、一説によると、鉈一本で十二万体もの仏像を彫りあげたという。一六三二年に生まれ、一六九五年に入定《にゅうじょう》とある。みずから土に埋まって即身仏になったらしい。六十四年の生涯だ。仮に三十年間毎日彫りつづけたとしても毎年四千体。その四千を三百六十五日で割れば、一日およそ十一体の計算になる。諸国行脚の身なれば、歩きながらでも彫らねば追いつかない。誇張だろうとは思うが、二代目が言うには〝天才とは量である〟という言葉もあるらしい。十二万体の真偽はさておき、五千体を超える仏像が現存しているというから、たいへんな多作家であったことは間違いない。

写真集を眺めれば、まさに玉石混淆《ぎょくせきこんこう》、目を引く逸品もあれば、いかにも不器用なものもある。作風にも大きな変化があり、あとになるほど勢いや味わいが増すようだ。ページをめくるうちに、なるほどこういうことか、とつかむものがあった。立木、枯れ木、倒木、切り株、廃材、薪《まき》……円空はきっとどんな材のなかにも仏を見ていたに違いない。薄い木っ端《こば》のなかには薄っぺらい仏を、歪んだ朽ち木のなかには歪んだ仏を。人間の魂が宿る肉体を選べないように、仏も宿る木を選べないということかもしれない。しかしどこでどう生まれても不満をかこつ凡人とは違い、さすがに仏はできたもの、どの円空仏も優しげな頬笑みを絶やさない。配られたカードにすっかり満足しきっているふうだ。円空さんが彫りだしてくれた、ありがたやありがたや、と。そんな思いで道ゆく人びとを眺めれば、みな木の股から生まれて、いまだ円空仏になりきれていない、歩く木彫りのようにも見えてくるのだ。

しかし円空を知って、何より琴線《きんせん》にふれたのは、円空の幼少時に起きた出来事だ。一説によると、円空は父《てて》なし子《ご》であり、しかも七歳のとき、母親を洪水で亡くしているのである。冬芽は、三歳で父親が出ていき、四歳で母親を月昴に奪われた。俺は円空よりも円空ではないか、などと妙なことも思ったのだ。

六

旧約聖書のなかに含まれるダニエル書に、次のようなくだりが出てくる。

〝彼は人間の社会から追放され、牛のように草を食らい、その体は天の露にぬれ、その毛は鷲の羽のように、つめは鳥のつめのように生え伸びた〟

彼とは新バビロニア王国の王、ネブカドネツァル二世のことだ。俗に、これは月昂者について書かれたもっとも古い記述だとされている。二〇二四年に公開されたハリウッド映画『ネブカドネツァル』でも、彼は月齢に翻弄される漂泊者として描かれている。権力に酔いしれ、驕りたかぶった彼は、神の怒りを買って月昂者の身に落とされ、七年ものあいだ、獣のように山野をさまようのだ。〝牛のように草を食らい〟という描写はたしかに月昂者に当てはまる。月昂者のなかには、月が太る明月期になると、牛馬のように草を食む者がいるし、野獣のように生肉を欲する者もいる。それどころか、土を食べたり石やチョークを齧《かじ》ったり、果てはガソリンや灯油を飲む者さえいる。昔の日本であれば、座敷牢に閉じこめられた月昂者が土壁を漆喰《しっくい》ごと食べ抜いてしばしば逃亡を図ったと言われ、多くの創作物にその場面が出てくる。また、〝その毛は鷲の羽のように〟という記述は体毛の濃化《のうか》を、〝つめは鳥のつめのように生え伸びた〟は爪の硬化を指しているとされる。実際、月昂者のなかには、罹患《りかん》年月が長くなるにつれて、程度の差はあれ、体毛が濃くなったり、爪が分厚く硬くなったりする者がいるのだ。

となれば、なるほどネブカドネツァルは月昂者だったに違いないと膝を打ちたくなる。しかし彼は、神の予言どおり、七年後には正気を取りもどし、バビロンの王として復帰を果たすのだ。彼が本当に月昂者であったなら、そして〝わたしネブカドネツァルは目を上げて天を仰ぐと、理性が戻ってきた〟というダニエル書の記述が月昂の完治を指しているのなら、およそ考えられないことだ。現在でこそ数多くの抗月昂薬が開発されているが、冬芽が発症した二〇四八年ですら、月昂は、不治の病として、死神ですら憐れむ生殺しの災厄として、万民に恐れられていたからである。

二〇四七年から四八年にかけての冬、例年にも増してインフルエンザが猛威を振るっていた。稲田木工所でも、事務方で一人、職人で一人がすでに休んでいたから、冬芽も夕方になって仄《ほの》かな熱っぽさと気怠《けだる》さを感じはじめると、自分もとうとう罹ったかもしれないと社長に告げ、定時で仕事を切りあげた。帰りしな、病院に行けと社長に言われたが、曖昧《あいまい》にうなずいただけで、いつものように自転車で会社をあとにした。病院に行くつもりはなかった。処方された薬を飲んだところで、一日早く治るかどうかという代物だと思っていた。それに、すでに重症化予防を謳《うた》うワクチンパッチを貼っていたから、ひどいことにはなるまいと高をくくる気持ちもあったし、あすからは週末だから、土日でどうにか持ちなおせるはずという読みもあった。

しかし冬芽が本当に恐れていたのは、自分がインフルエンザではないと知らされることだった。インフルエンザの検査が陰性だとわかると、多くの病院は、党の防疫《ぼうえき》指針に従って月昴の検査を患者に〝強く推奨〟する。そして万が一、月昴の発症が陽性となれば、その場で衛生局に通報され、隔離が決定するのだ。検査を断っても、結局は衛生局に連絡が行き、補導員が検査キットを手に自宅に押しかけてくるという。つまり、月昴発症者が病院に行くということは、獣がみずから檻に飛びこむようなものなのだ。そして衛生局の一時保護施設に連れてゆかれ、その後、療養所という名の強制収容所でどんづまりの余生を送るはめになるのである。

冬芽はそれまでの人生で二度、インフルエンザを経験していた。一度目は十一歳、二度目は十六歳のときだ。そのたびに月昴の可能性が頭をよぎったが、学校や施設で流行っていた時期ということもあり、本気で案じたわけではなかった。しかし今回はどうだろう。胸の底ににじわりとにじむ、黒い血のような不安があった。

冬芽は、この九年間、工場から自転車で十五分ほどの住宅街にある、古い１ＤＫのアパートに住んでいた。通勤にバスや電車は使わない。職場で罹ったのはいまのところ二人だけ。その二人も、休む前にやたらに咳やくしゃみをしていたような印象はなかった。それに、先週からかかりきりのブビンガ材のスツールづくりは、不特定多数の人間と接する現場仕事ではない。もしインフルエンザだとしたら、ウイルスはいつどこでこの口に飛びこんだのだろう。アパートまで自転車をこいできたから、体が温まっていてもいいはずなのに、体の芯にざわざわと悪寒《おかん》がまとわりつきつつあった。三階まで階段を登っただけで息があがり、大きな手に頭蓋を鷲づかみされているような鈍痛があった。熱を測ると、案の定、三十八度三分あったが、もし体温計に口があれば、まだ序の口だと言ったろう。暖かい格好をし、寝る、それ以外に打つ手はなかった。

夜が深まるにつれていよいよ熱があがり、ふらつきながら便所に立つと、湯のように熱い小便が出た。体の節ぶしが疼《うず》き、肌のそこかしこがひりひりしだした。どんな体勢になっても寝苦しく、もどかしいまどろみの浅瀬で輾転《てんてん》とするばかりで、深い眠りからはきっぱりと閉め出されていた。そんななか、夢とも妄想ともつかない断片的な映像や思念が、病んだ万華鏡に頭を突っこんだように入れかわり立ちかわり脳裏を巡っていた。茶色い毛布によった幾重《いくえ》ものしわが巨大な乾いた峡谷《きょうこく》に思えたり、工場の丸鋸台《まるのこだい》に革帯で縛りつけられている気がしたり、次々と愚にもつかない考えが来ては去った。

浅い眠りから覚めるたびに体調は悪化し、指一本動かすのも大儀で、体温を測るのが怖かった。もしや死ぬのでは、というひやりとするひと言が胸をよぎった。ここが児童養護施設であれば、夜勤の職員が末期《まつご》の訴えを聞いてもくれようが、一人暮らしとなったいま、誰にも知られずにひっそりと死んでゆくということが充分にありうる。二十三年前、母親もきっと同じ恐怖に襲われ、自分で救急車を呼んだのだ。あのとき、母親は自分がインフルエンザではないと気づいていただろうか。月昴の可能性を考えただろうか。

万が一、月昴ということになると、冬芽としてはさらに心あたりがなかった。月昴の潜伏期間は二週間から十年と異様に幅があり、なかには、感染はしても発症しない者もいるという。仮に十年も人生をさかのぼるなら、うつされる機会など数かぎりない。過去に交際相手がいれば、真っ先にその経路を疑うことになるが、冬芽はいまだに、何度か社長の羽伸ばしにつきあったときの玄人女《くろうとおんな》しか知らない。そのなかの一人かもしれないし、高校の教室やどこかの現場で派手にくしゃみを浴びせかけられたせいかもしれない。

もしこれが月昴ならどうなるだろう。母親のように救急車を呼べば、一命を取りとめたとしても、退院後、衛生局の一時保護施設に直行だ。そこからどこの療養所に移送されるにせよ、月昴の特効薬が開発されないかぎり、生涯、娑婆には出られない。その余生が、どれほどの期間になるかは誰にもわからない。最初の新月で死ぬ者もいるし、フランスには五十年も生きながらえて老衰で死んだ女性もいたという。いずれにせよ、囚われの月昴者は、新月という名の執行者にもてあそばれるある種の死刑囚と言っていい。


蒲団《ふとん》のなかでびくりとし、目を覚ました。とたんに、肉体に囚われる者の重み苦しみがずっしりと全身にもどってきた。目覚まし時計に目を向けると、青白い月光がカーテン越しに表示画面を照らし出していた。四時十八分……。

ぼんやりと玄関に目をやったとき、ふと妙な感じがしたが、何が妙なのかしばらくわからなかった。いつもと何かが違う。何が違うのだろう。はたと気づいた。へんに明るいのだ。玄関の電気が点いているわけではない。真っ暗なはずなのに、どうしたわけか、ドアの郵便受けの格子やビニール傘の骨が見える。

冬芽は恐るおそる部屋を見わたした。長押《なげし》にかけたダウンジャケット、本棚に並べられた木彫り細工、ススキと思《おぼ》しき襖《ふすま》の模様……カーテン越しの月光しか明かりがないというのに、薄気味悪いぐらいにくっきりと見えていた。九年間も寝起きしてきた部屋が、新たな夜の顔を見せ、約束された災いの名を無言で指し示していた。

月昂だ！　やっぱりこれは月昂だ！　俺は月昂者となったのだ！　世界が静まりかえり、夜の彼方にまで血の気が引いてゆくようだった。しばしのあいだ、心が宙に放り出され、もがくよすがもなく、森の奥の縊死体《いしたい》のように虚《うつ》ろに揺れていた。どれぐらいそうしていたろう。しかしやがて、愕然《がくぜん》たる魂の底から、ふと「残月」の一節が浮かびあがってきた。

〝目を光らせながら歯をなめながら燃えながら
まぶしい夜の町まちを躍りさまよう〟

明月期の月昂者は猫のように夜目《よめ》がきくという。そうか、と思った。一つ疑問が解けた。救急車を呼んだとき、母はすでに自分が月昂に冒《おか》されたと気づいていたに違いない。〝まぶしい夜〟を目撃し、恐れおののいたのだ。

発症後の劇症期に死亡するのはおよそ十人に一人と言われるが、それは適切な治療を受けた場合の数字だ。放置すれば、四人に一人が死ぬ。死亡者の多くは子供や老人であり、二十七歳の健康な若者に割りあてられた貧乏籤《びんぼうくじ》は少ないはず、と思いながらも、いっそこのまま死んでしまえ、そんな捨て鉢な気持ちもあった。母親は幼い息子を残して死ねないという未練があったろうが、その息子には、守るべき誰かなどいなかった。なしとげるべき人生の目標も、打ち負かすべき相手ももはやいなかった。いつのころからか〝この身一つ〟という思いを胸の内でまさぐりつづけてきたが、いまやその言葉は、肌に浮きあがり、まさに〝この身一つ〟を形づくっていた。殺風景な部屋を見まわせば、これと言って人の嘲笑を誘うものもなく、ここを出てゆく用意、あるいはこの世をあとにする用意が、最初から調《ととの》っていたような気さえしてきた。

節ぶしの痛みに呻きながらゆっくりと身を起こした。とたんに目が回り、天地が落ちつくのを待たねばならなかった。頭が土嚢《どのう》のように重く、いまにも肩から転がり落ちそうだ。蒲団を出て、ベランダの窓辺に這ってゆき、サッシをつかんでどうにか立ちあがった。喘《あえ》ぎながらカーテンを少し開けると、月明かりに照らされた夜の世界が、異様な明るさをみなぎらせて際やかに迫ってきた。西の空に燦々《さんさん》たる月がかかっており、眩《まぶ》しさに思わず目を細めた。あと二、三日もすれば満月になるであろう太った月だ。われらの月は生きている息づいている脈動している……また詩の文句が思い出された。それまでの人生で見てきた月は、暗幕を切り抜いたように平板で生気がなかったが、今夜見あげる月はどうしたわけかむっちりと肉厚で、たしかに息づいているようだった。

いまにも倒れそうなほど体はつらかったが、月を見ていると、細く狭《せば》まった意識がにわかにひらけてゆくように思えた。外に出たい、不意にそんな欲望が芽生えた。月明かりに照らされた街を思う存分歩きまわりたい。中学のとき、国語の授業で『奥の細道』の冒頭を暗記させられたのを、いまだに憶えていた。〝そぞろがみの物につきて心を狂わせ、道祖神の招きにあひて取るもの手につかず〟そんなくだりがあった。なるほど、と思った。月昂者が夜中にうろつきまわるのは、月というそぞろがみに取り憑かれるからなのだ。『日本月昂文学傑作選』のなかで、月昂者たちがしきりに〝月〟の語源は〝憑き〟ではないだろうかと自問するのを思い出していた。

七

　冬芽は土日を〝月面着陸〟と戦うことに費やした。吐き気をおぼえるようになったが、胃腸は上から下まで筒のようにすっからかん、便器を抱えても出るのは黄色いような赤いような胃液ばかり。脱水症状を恐れて水だけは無理矢理飲んだが、小便も水下痢《みずげり》もへんに赤っぽく、血が混じっているようだった。鏡を見るたびに頰が削《そ》げ落ち、顔色が茶色くくすみ、命が芯から痩せ細ってゆく。生きのびられると確信が持てたのは、月曜の夜明け近くになってのことだ。関節の痛みがやわらぎ、熱が三十九度までさがったのだ。九時過ぎに木工所に電話すると、社長の奥さんが出た。ひどいインフルエンザにやられたのであすも休みたい、と告げた。食べ物を持って様子を見にいこうかと言われたが、断った。奥さんは裏表のない朗《ほが》らかな人で、この九年間、親のいない冬芽を案じてあれこれ世話を焼いてくれた。嘘が心苦しかったが、ほかにやりようもなかった。月昴に罹ったなどと明かせば、工場が騒然となるだけではすまない。知ったからには、衛生局に通報する〝国民の義務〟とやらが発生するのだ。職場の人間に通報される惨《みじ》めさを味わうぐらいなら、まだ自分の足で堂々と衛生局に乗りこんだほうがましだ。

　月曜の夕方になると、熱が三十七度台にまでさがり、ひさしぶりに食欲が湧いてきた。温めた牛乳に食パンを浸《ひた》して食べた。しばらくするとまた腹が減り、唐揚げと蜜柑《みかん》二つと賞味期限切れのヨーグルトを平らげた。三日ぶりにテレビを点けると、音が異常に大きく感じられ、慌てて音量をさげた。見たことのない刑事ドラマだったが、登場人物たちがのたのたと間延びしたふうに喋るのに違和感をおぼえ、すぐにチャンネルを変えた。しかしどの番組も同じだった。役者だろうがアナウンサーだろうがお笑い芸人だろうが、みなそろいもそろってやたらとのろくさい話し方なのだ。試しに動画配信サイトで映画を一・七五倍速で再生してみると、生まれてこの方ずっとこうやって見てきたかのようにしっくりきた。明月期の月昂者の多くは、そわそわと落ちつきがなく、やたらと早口になる、と衛生局の広報番組で流れているし、『日本月昂文学傑作選』にもそんな記述がいくつもあった。夜目がきくようになり、聴力もあがり、頭の回転も速くなる……それもこれも明月期の賜物だが、せいぜい満月を挟んだ一週間ほどしか続かない。そしてその代償は、新月を挟む暗月期に莫大な利子をつけて払わされるのだ。

すっかり陽は落ちていたが、部屋の電気は点けなかった。一度は点けてみたものの、LEDの明かりがあまりにあからさまで薄汚く感じられ、すぐに消したのだ。カーテンを開けはなつと、寡黙な月明かりがたっぷりと部屋に流れこんで、ゆきわたるべきところにゆきわたり、その明るさになんの不自由もなかった。東の空、黒ぐろと横たわる山並みの上に、赤みを帯びた豊満な月が昇っていた。

体が楽になるにつれて猛烈な空腹感に悩まされるようになり、ひと晩じゅう冷蔵庫を漁っているようだった。しかし首をもたげてきたのは食欲ばかりではない。手当たりしだいに食料を貪《むさぼ》りながら、映画を立てつづけに見ていたのだが、ヒロインが下着姿になって夜の湖に飛びこむ場面で、不意に強烈な欲望に突きあげられ、面喰らった。柔らかな曲線を描く臀部《でんぶ》に視線が釘づけになった。あのむっちりとした尻を両手で鷲づかみにしたら、すべすべとした真っ白な肉塊に五本の指が埋もれんばかりになるだろう。たちまち股間が張りつめてゆくのがわかった。ことさらに扇情《せんじよう》的な場面ではない。濡れ場でもなんでもないし、胸があらわになったわけでもなかった。下着をはいただけの若い女の後ろ姿が、少しのあいだ映っただけだ。にもかかわらず、これまでの人生で感じたことがないほどの強烈な情欲が全身に溢れだし、誇張でなく、眩暈をおぼえた。

冬芽は本来、性欲を抑えこむことに慣れていた。施設を出るまでずっと相部屋暮らしだったから、自慰《じい》にふけるにも、人目を気にせねばならなかった。人並みの羞恥心《しゅうちしん》を持った子供が施設で自瀆《じとく》するには執念と工夫が必要であり、冬芽にとってそれはひどく面倒なことだった。おのれの股間をこそこそとまさぐりながらも、下着を汚すのを恐れて射精を断念したことが幾度となくあった。そんなことをくりかえすうちに、肉欲から気を逸らすすべ、というより、あきらめる癖を身につけたのだ。一人暮らしを始めても、骨身に染みついたその習慣は抜けなかった。

それがいまはどうだ。下着に包まれた女の尻をひと目見ただけで、その画《え》が脳裏に焼きつき、しつこく劣情《れつじょう》を煽ってくる。古今東西を問わず、明月期の月昴者はしばしば性的な事件を起こすことで知られている。満月が来るたびに抱えきれないほどの女物の下着を盗みつづけていた男が、自分の部屋に築いた下着の山のてっぺんで衰弱死した事件のニュースを、中学生のころに施設のテレビで見た。蟻が砂糖の山の上で死ぬようなものだと輝一は笑った。みなも笑っていたが、母親を月昴で亡くした冬芽はうまく笑えなかった。その月昴者にとって本望だったとはまさか言えまい。あの男はやめたくてもやめられなかったのだ。満月の夜に新幹線のなかで女に果物ナイフを突きつけ、トイレに引っぱりこんで犯した男もいた。その男は、駆けつけた警察官たちの目の前で、独裁政権を罵《ののし》ったりけたたましく笑ったりしたあと、ひと息に自分の首を切り裂いて死んだという。

冬芽は動画を見ながら何カ月かぶりに自慰をした。射精の瞬間、感じたことのない快楽の大波が幾重にも押しよせ、思わず呻き声をあげながら激しく身をよじらせた。体は消耗しきっているはずなのに、それでも怒張《どちょう》は収まらず、続けて二度放出せねばならなかった。ようやく肉欲が退《ひ》いていったが、まだ目の届くところで次の満ちどきのために身がまえているようだった。カーテンを閉めきって眠ろうとしたが、それこそ満月を二つ嵌《は》めこんだみたいに目が冴えわたり、もう一生分の眠りをすでに使いはたした気さえしてきた。明月期の昂揚感とあすからの運命への恐れとが左右の耳から好き勝手に語りかけ、絶え間なく心を揉《も》みしだく。もはや映画にも動画にも集中できず、パソコンの前で途方に暮れるだけ。部屋のどこにいても落ちつかず、気持ちの持っていき場が見つからない。

いよいよかと腹をくくり、本棚の前に立った。本棚と言っても、本が入っているのはいちばん下の段だけで、あとはすべて自分で彫った木彫り細工がところ狭しと並んでいる。どれも木工所で出た端材を小刀一本で素彫りしたもので、獣だの鳥だの魚だのの生き物や、円空仏を真似た神仏像だ。剣道をやめてしまったいま、趣味と言えるものは二代目から教わった木彫りしかなく、この殺風景な部屋に人間のくさみ温かみのようなものがあるとすれば、それはすべてこの本棚一つに木像となってひしめいていた。三年ほど前、悪くないと思えるものをいくつか二代目に進呈すると、二代目は「俺よりよっぽど達者やな」と褒めてくれた。しかし「これなんか巧《うま》すぎるな」と皮肉っぽく付け加えることも忘れなかった。二代目の言うとおりだった。たしかに巧くはなったが、器用さで素材を彫り負かそうとする嫌らしさが出てきつつあった。こんな具合にしてみようと思い描き、その通りのものができあがってしまうつまらなさ。手慣れれば手慣れるほど、発想の凡庸さが浮き彫りになる。そんなこんなで、この一年ばかりは面白いものが彫れなくなり、小刀に伸びる手も滞りがちになっていた。彫る過程で自分のなかにないものが作品に入りこまなければ、そもそも彫る意味などあるだろうか。

ちょっと大ぶりのマホガニーの角材を手に取ると、手のなかで転がしながらしばし眺めた。お前は天才じゃないんだから思い描きすぎないことだ、と自分に言い聞かせた。思い描いたものを押しつけるのではなく、木の言い分に耳を傾けながら彫りすすめてゆく。失敗も不格好も受けいれて、ひと彫りひと彫り、木のなかからあらわれるものを楽しむのだ。ふと、両面宿儺《りょうめんすくな》を彫ろうと思った。両面宿儺とは、仁徳天皇の治世に飛騨にいたとされる怪人である。日本書紀によれば、互いにそっぽを向く二つの顔と四本の腕を持っていたとされるが、皇命に従うことをよしとしない地方の豪族だったために、人間ばなれした化け物の汚名を着せられたのだろう。円空が彫ったものを写真集で見た憶えがあるが、怪物であるにもかかわらず、やはり頰笑みを浮かべていた。慈愛に満ちた穏やかな頰笑みではなく、命尽きるまで戦い抜くことを胸に誓ったような、苦み走った険しい頰笑みだ。飛騨に多くの仏像を残した円空にとって、両面宿儺は化け物などではなく、きっと勇猛な反骨の武人だったのだろう。月昴者は、両面宿儺と同様、相反する二つの顔を持つ。明月期の顔と暗月期の顔だ。そして人びとからは、やはり化け物として疎まれている。月昴者となって最初に彫る作品として、両面宿儺ほどふさわしいものがあるだろうか。

冬芽はその夜、窓辺に腰をおろし、月明かりを浴びながら、一心不乱に彫りつづけた。彫るあいだ、女の尻が脳裏で揺れることはなかったし、あすからの日々におののくこともなかった。手もとで姿をあらわしてゆく両面宿儺にずっとのめりこんでいられた。逸《はや》る気持ちを抑え、ひと彫りひと彫りを味わうように彫った。どう彫られるべきか木のほうが承知しているように思え、それを探りさぐり仕上げてゆく。まだ無骨で荒々しかったが、ある瞬間、もうこれ以上彫ってはならないと気づいた。完成を見たとき、すでに朝の四時を回っていた。彫刻としては小ぶりだったが、月光のもとで見る両面宿儺は、陰影が際立ち、気骨溢れる張りつめた気配をまとっていた。この九年で彫ったもののなかで、間違いなく抜きん出た作品だった。二本の腕に剣を握り、残った二本で弓矢を持ち、岩座に胡座《あぐら》をかいていた。右の顔は明月期の昂ぶった強《したた》かな頬笑み、左の顔は暗月期の諦念《ていねん》にまみれた弱々しい頬笑みだ。細められた大きな双眸《そうぼう》、豊かに繁る眉、しっかりとした太い鼻すじ……まるで何百年もマホガニー材のなかで濁世《じょくせ》に思いを馳《は》せていたかのような老練な面差しをしていた。

しばしのあいだ手のなかで転がして眺めまわし、それに満足すると、今度は床に置いてあちこちから表情の移ろいをたしかめた。なんでこんなものが彫れたのだろう。いまのいまこの手で仕上げたばかりだというのに、そんな気持ちが起こってきた。もう一度やれと言われても、きっと無理だ。材との出会いは一期一会《いちごいちえ》、それでいいのだろう。冬芽はいま一度、像を手に取り、はじめて作品に背銘を刻みはじめた。二〇四八年、三月十二日、箕面……。さて雅号をどうするか、とつぶやき終わらぬうちに、答えのほうから胸に飛びこんできた。〝残月〟と。

東の空が白みはじめたころ、ゼンマイが切れたかのように突然睡魔に襲われ、冬芽は深い眠りについた。久方ぶりに得た泥のような眠りだったが、覚めぎわ、糸を引くような淫《みだ》らな夢がしつこくまとわりついてきた。

夢のなかで、冬芽は知らない女と知らない部屋にいた。じめじめと空気の澱《よど》んだ、狭苦しい、塒《ねぐら》と呼びたくなるような部屋に二人きり。黄昏《たそがれ》どきの薄暗がりの底、女は裸、冬芽も裸だった。女の体は絹のようになめらかで、ぬるま湯のように柔らかかった。冬芽はその体にむしゃぶりつき、どんな秘所であれ心ゆくまで味わうことができたが、ただ顔だけは見ることができない。顔を見さだめようとすると、女は恥じらう蛇のように身をくねらせ、そっぽを向き、激しく抵抗するのだ。顔こそが愛であり、魂であり、顔さえ見られなければ、どんな男に何度犯されようとも純潔を保っていられるとでもいうように。

夢うつつに女の体をまさぐりながらゆっくりと目を覚ました。カーテンの向こうは朱《あけ》に染まり、すでに日が暮れかかっていることがわかった。もしや夢精をしたのではと思い、下腹部を探ったが、いきりたったものの先がややぬめっているだけだった。時計を見ると、午後五時五十二分、太陽の支配する時間をひとまたぎにし、十二時間近くも昏々と眠りとおしたことになる。

ふと、自分が月昂者になったことが信じられないようなぽっかりとした心持ちになった。インフルエンザに罹り、二十七歳の若者が持ちなおすべくして持ちなおした、ただそれだけなのでは？　しかし本棚に目をやると、昨夜、無我夢中で彫りあげた両面宿儺が、木像の群れのなかで異彩を放ちつつたたずみ、見るともなくこちらを見ていた。その出来はやはり一つだけ抜きん出ており、あんなものがただの病《や》みあがりに彫れるとは思えなかった。明月期の昂ぶりが、束の間ではあるが、創造性を一段高みへと押しあげたのだ。そして何より、刻一刻と陽光が逃げてゆく部屋がいつまでも闇に包まれないのは、眼窩《がんか》の奥で月昂者の目がひらいているからにほかならない。

脳裏ではまだ女のすべすべとした姿態が艶《なま》めかしくうねっていたが、それ以上に恐ろしく喉が渇き腹が減っていて、体が上から下まですっからかんのように感じられた。もどかしくしゃべるテレビを眺めながら、水道水を呷《あお》りあおり、冷蔵庫の残り物だの缶詰だのを片っ端から平らげてゆく。飢えと渇きが満たされると、おあずけを喰らっていた肉欲がよりいっそう力強く立ちあがってきた。夢の女の裸体が、頭蓋を破らんばかりにふくらんできて、ただの一分も押しやっていられない。療養所では、男女の居住区域は完全に分けられ、さらに明月期になると、過活動状態の月昂者に抑制剤を投与するらしい。それを拒む者は狭い自室での蟄居《ちっきょ》を命じられる。要するに監禁だ。我が身にその衝動が降りかかってみれば、わからない話ではなかった。もし目の前に女がいれば、一人の人間としてではなく、まずこの欲望を受けとめうる雌《めす》の体として見るだろう。向こうも月昂者で、互いにその気ならば、押しとどめるものは何もない。満月のもと、そこらじゅうで獣のようなまぐわいが始まり、その狂宴は月が沈むまで続くだろう。そして女たちはやすやすと身籠もり、生まれついての月昂者を次から次へと産み落とすだろう。その赤ん坊は、〝月面着陸〟の苦痛を経験することがないし、昏冥期の死亡率も著《いちじる》しく低い。生来の月昂者は原月《げんげつ》昂者《こうしゃ》と呼ばれ、世界じゅうでおよそ二万人いると推定されている。彼らの存在を人類の過《あやま》てる進化の一例だと考える者も多く、国を問わず悪魔の子のように恐れられている。

ベランダに出ると、すでに陽は落ち、東の空に錆色《さびいろ》の巨大な月が昇りつつあるのが見えた。今夜こそ、これ以上太りようのない真性の満月である。ほかの誰でもない、お前のために昇ってきた、と言わんばかりのなまなましさで、こちらの心に土足で踏みこんでくるようだ。が、それが心地いい。月と自分との共犯関係とでも言おうか。ひと晩ぐっすり眠ったことで、体調はかなり回復し、部屋を歩きまわっても息切れしたりしない。もうそぞろ神に誘われるままに輝ける月夜の世界にくりだしてもいいころあいだろう。脳裏にあるのは、幾度か社長と行った〝しかるべきところ〟だ。

アパートの階段をおりながら、ひと足ごとに心が胸のなかで玉のごとくあちこちへ転がるようだった。絶望的な先ゆきに噎《むせ》び泣きたい気持ちがあり、生きのびたことへの喜びを満月に向かって叫びたい気持ちがあり、半月後に訪れる新月への恐怖に喚《わめ》きちらしたい気持ちがあり、女を抱くことへの期待に笑いだしたい気持ちがあった。しかし通りに出て、満月を横目に見ながら駅へと歩きはじめると、しだいに心がさだまってきた。月が言葉を話すなら、いまこの瞬間を楽しめと言うだろう。いまその胸にある昂ぶりを味わえと言うだろう。それこそが月昂者の特権だと言うだろう。

八

宇野冬芽が剣闘士として活躍した二〇五〇年ごろは、救国党が上級党員とその家族限定で内々《ないない》に開催する剣闘行事のまさに最盛期だった。内務省の催事局なる部署が運営しており、行事の正式名は〝救国闘技会〟だったが、党内ではもっぱら〝G〟という隠語で呼ばれていた。剣闘士を指すラテン語〝gladiator〟の頭文字だ。剣闘士はその名から危うさと悲愴をぬぐい去られ、ただ〝闘士〟とだけ呼ばれていた。最盛期には、その闘士の数がおよそ三百二十人にのぼった。当時、全国の療養所に収容されていたとされる月昂者の数は六万五千人ほど、単純計算でその半数が男だとすると、およそ百人に一人が闘士になったことになる。闘士が収容されていた全国六カ所の養成所も、公式には月昂療養所に含まれていた。衛生局の補導員から話を持ちかけられたのは、二十代から四十代の屈強な男にかぎられていただろう。剣道などの格闘技経験があるに越したことはなかったが、絶対的な条件ではなく、野球やサッカーなどほかのスポーツの経験しかない闘士も多かった。申し出は、拒むことも可能だったと言われている。実際、多くの者が拒否したに違いない。しかし冬芽は請《う》けた。

古代ローマでは、不甲斐《ふがい》ない戦いぶりを見せた敗者には、観覧席から処刑を求める声があがったという。興行の主催者はその反応を見て、敗者を処刑するか助命するかを決めた。主催者が突き出した手の親指を立てれば殺し、下げれば生かす、あるいはその逆だったかもしれないが、その些細《ささい》な仕草一つで生死が決せられたと言われている。しかしさすがに二十一世紀の文明国・日本に生きる観衆は、たとえ人権などという軟弱な概念が絵空事に過ぎないと信じる独裁政党の党員といえども、声をそろえて敗者の死を求めたりはしなかった。党員たちは、ただ富と権力に飢えていたのであって、かならずしも血の惨劇に熱狂するサディストの群れというわけではなかった。そもそも救国党の催す闘技会は、明月期の月昂者は不死身の狂戦士であるという神話的な幻想の上に成り立っていた。観衆は、アリーナにあらわれる闘士はそろいもそろって血に飢えた野蛮人なのだと思いこみたがっており、それにある程度、成功していた。明月期の療養所では、衝動を抑えられない者による暴力沙汰が年に何百件も発生している。そのため、彼らにはなんらかの捌《は》け口が必要であり、それを与えることはむしろ恩情である。それが党の建前であり、何より発案者である下條の建前だった。

しかし月昂者たちはなぜ闘士になることを受けいれたのか。もっとも重要な役割を果たしたのが、ドイツの製薬会社ザイデルが開発した抗昏冥薬アウェルーナだ。この薬を投与することで、新月の昏冥期における月昂者の死亡率が、三パーセントから、一パーセント以下にまで低下する。が、大きな問題があった。年間投与費用が、体重六〇キロの患者一人あたりで九百万円にも達するのだ。健康保険の適用外であり、当然、自腹で払いつづけられる患者はごくひと握りしかいない。しかし月昂者は、闘士となって戦いつづけることと引きかえに、毎月、無償でこのアウェルーナの投与を受けることができた。衛生局の補導員の誘い文句によると、闘士が一回の試合で死亡する確率は約一・二パーセント、そして闘士一人の年間の試合数は平均して八試合ほど。となると、通常の月昂者より闘士のほうがいくらか長く生きられるという計算になる。しかし催事局の元職員H氏は証言する。

「闘士たちは、ほかの月昴者より優遇されていました。試合に勝てば、ひと晩、女があてがわれるというのもそうですし、肉体づくりのために食事も量が多く、内容も豪華でした。でも大方の闘士は、やはりアウェルーナに心動かされたのです。少しでも長く生きたい、そういう生存本能につけこんだわけです。でも実際には、すべての闘士に毎月毎月ちゃんとアウェルーナが投与されたわけではありません。多くの闘士が偽薬を使われていました。その正確な割合も、どういう基準で偽薬が使われたのかも、わたしにはわかりません。いずれにせよ、闘士たちの昏冥期の死亡率は、一パーセント以下にはさがりませんでした。おそらく一・七パーセントぐらいだったでしょう。もちろん闘士たちはそのことを知りませんでした。まあ、薄々気づいてはいたでしょうが……」

闘士養成所は全国に六カ所あった。埼玉県のS町、岐阜県のW町、兵庫県のT町、広島県のO町、福岡県のY市、福島県のA町にそれぞれ一つずつ存在した。しかし下條拓の死後、粗相の証拠を慌てて隠滅する犬のように、六カ所すべてが瞬く間に取り壊された。現在では農地になったり自然に還《かえ》るにまかされたり遊興施設になったりと、〝兵《つわもの》どもが夢の跡〟などと感慨にふけるにはかなりの想像力を要する。

冬芽が収容されたのは、兵庫のT町にあった第二養成所だ。養成所はどこも人里はなれた山林などを切りひらいて造られ、刑務所でも眉をひそめるような暗鬱な外観を持っていた。第二養成所の場合、敷地はおよそ四万八千平方メートルもあったが、ぐるりを高さが六・二メートルにもなる灰色の塀で囲まれていた。明月期の月昴者らに垂直跳びをさせた結果、最高到達点が四・二メートルにも達したため、そこに二メートルを足して六・二メートルにしたという説があるが、さだかではない。さらに五カ所に監視塔が立ち、ＡＩが制御する無人戒護システムが二十四時間、疲れることも倦《う》むことも知らない無情な警戒の目を光らせていた。

　宿舎内では、つねに五十人から六十人の闘士が寝起きしていた。それぞれ個室という名の独房を与えられていたが、新参者である冬芽はもっとも狭い三畳ほどの部屋をあてがわれた。便器や洗面台があり、棚や机があり、ベッドがあった。壁には端末がかけられ、党の検閲を経たテレビ番組や映画などを観ることができた。三畳の部屋は〝丙《へい》〟、四畳半の部屋は〝乙《おつ》〟、六畳の部屋は〝甲《こう》〟と呼ばれていた。乙は十室、甲は五室しかなく、三カ月ごとに戦績や人気によって入れかわりがあった。

　養成所内では、闘士たちの暴動や刃傷《にんじょう》沙汰《ざた》を恐れ、試合で使うような金属製の武器は与えられなかった。剣にせよ槍にせよ斧にせよ、すべて樹脂製のレプリカのなかに鉛の錘を仕込んだものが稽古に使われた。レプリカといえども人の頭を思いきりぶん殴れば充分に撲殺が可能な代物だったが、それを用いた大規模な暴動が起きたという記録はない。人の頭はかち割れても、重機関銃を備えた監視塔を薙ぎたおすことは、五十人が束になろうと不可能だからだ。闘士は、自分たちがもしなんらかの理由により死亡した場合、それが銃殺であれ毒殺であれ自殺であれ、どのような末路をたどるか重々承知していた。ただ焼却炉に放りこまれ、灰となって物置きのような納骨堂に押しこまれるだけなのだ。あるいは運がよければ、次の新月を待って遺族に遺灰が送りつけられる。あたかも昏冥期を乗りこえることができなかっただけの月並みな死だったかのように。もちろん遺族は、故人がこの国を治める党員たちの慰み者となって血みどろの真剣勝負をくりひろげていたなどと知ることはない。死人に口なしとはよく言うが、遺灰にはなおさら口がないのだ。

新参者はみな、この世の終わりのような面持ちで養成所にやってくる。野獣の巣窟《そうくつ》に蹴落とされて早々《そうそう》に八つ裂きにされるのではと恐れおののきながらやってくる。自分もまた野獣の端くれであるとわかってはいるものの、ほかの野獣はもっとでかぶつで獰猛《どうもう》で始末に負えないに違いないと想像せずにはいられないのだ。たしかに稽古中にかぎらず揉めごとは絶えない。派閥が生まれ、反目もあり、流血沙汰も起こる。明月期に入れば、それぞれの症状に応じた抑制剤が投与されるが、適度な闘争心が維持されるよう、その量は微妙に調節されているからだ。

しかしながら、新参者はすぐに気づく。真の敵はほかの闘士ではないと。入所者の左足首には、通常の療養所の月昂者と同様、バンド型の追跡機が巻かれている。が、闘士の場合、それに加えて首にも巻かれているものがある。それは一見、ネックレスのようだ。ペンダント部分は直径二センチほどの円筒型で、鈍い銀色に光っている。しかしそれは顎でつかえて外すことができないし、細くても強靭《きょうじん》なワイヤーであるため、たとえ満月の夜の月昂者の渾身の力でも引きちぎれない。闘士が問題行動を起こすと、遠隔操作されたペンダント部分が内部のモーターでそのワイヤーを巻きあげ、首を絞めあげてゆく。そして意識を失う。気絶が確認されるとワイヤーはゆるむよう設定されているが、巻きあげを止めず、そのまま首を切断することも可能だという。ワイヤーに指をかけて抵抗しても、指ごと断ち切られるらしい。これもまた、下條が、孫悟空の頭に巻かれた輪っか〝緊箍児《きんこじ》〟とアメリカの犯罪映画に出てくる暗殺道具から考案した代物だと言われている。下條は持ち前の悪趣味を発揮して〝ギロチン〟と名づけたそうだが、所内では単に〝ワイヤー〟と呼ばれていた。所内の多くの場所に監視カメラが設置されており、もし闘士が職員に従わなかったり大喧嘩を始めたりすれば、戒護システムの判断により自動的にすぐさま首が絞まる。もし闘士一丸となって暴動を起こそうものなら、全員の首がいっせいに絞まり、毒ガスでも撒かれたかのようにみなが喉首を掻きむしりながら昏倒してゆくだろう。それどころか、この連中は一人残らずお払い箱だとなれば、五十の首が落ちるにまかせて放置されるかもしれない。新参者が恐れる野獣の巣窟は、そういった党の悪意のおかげでそれなりに秩序が保たれていると言えた。

　しかしもちろん養成所が安んじて暮らせる場所というわけではない。抗昏冥薬を投与されているとはいえ、闘士たちの死亡率が目覚ましく低下したわけではなかった。昏冥期の三十六時間が過ぎても、やはり起きあがってこない者が少なからずいた。もし本当にアウェルーナが死亡率を一パーセント以下にさげるなら、計算上、二カ月で一人死ぬか死なないかだ。しかし明らかにそれ以上の頻度で昏冥死による死者が出ていた。三パーセントまでは行かないが、一パーセント以上は確実だと闘士たちは見ていた。また、死亡する者に一つの傾向があると考えられていた。甲や乙の部屋にいる者はまず死なず、死ぬのはもっぱら丙にいる者だ。要するに、戦績の振るわない者、戦いぶりの悪い者が死にやすいのである。そこから闘士たちは、養成所は高額な抗昏冥薬を惜しんで一部に偽薬を使っているのではないか、と疑念を持つようになった。が、所長や職員に問いただすわけにはいかない。白《しら》を切られればそれまでだし、しつこく喰いさがれば、それこそ偽薬を使われかねない。もちろん首にかかったワイヤーの重みも絶えざる警告となっていた。

　しかし何より恐ろしいのがやはり試合だ。明月期の昂ぶりによりいくら恐怖感が薄れ、痛みに鈍くなっているとはいえ、研ぎ澄まされた刃が、肌を切り裂き、肉を断ち、臓腑を抉《えぐ》るのである。いかに隆々たる筋肉をまとった肉体であっても、渾身の力で腹を横薙ぎにされれば、はらわたが足もとに溢れ出すかもしれない。振りかぶった長剣で脚を叩き切られ、重い戦斧《せんぷ》で兜ごと頭蓋をかち割られるかもしれない。槍で心臓を貫かれ、物見高い党員どもの目の前で血反吐《ちへど》を吐いて絶命するかもしれない。肉体が破壊されることへの根源的な恐怖は、死そのものよりも闘士たちを怯えさせる。試合への尋常ならざる恐怖は、死を恐れて闘士となった者が、自死を選ぶという皮肉な結果をもたらす。眠りのなかでの安らかな死を待ちのぞみ、抗昏冥薬の投与を拒絶する者まであらわれる。少しでも長く生きたいと欲し、闘士となることを決意したにもかかわらず。なぜそんなことになるのか。多くの月昴者が、補導員の策略によって、半ば躁状態にある明月期に、みずからの運命を選んでしまうからだ。気持ちが昂ぶり、万能感に浮かされ、やがて来る苦痛や恐怖に充分な想像が及ばない。体が羽のように軽く、指先にまで力がみなぎり、どんな相手であれ互角以上の戦いができるはずだという根拠のない楽観に囚われる。恐るべきは、あらがいようのない昏冥期の死であって、アリーナで立ちはだかる血肉をそなえた敵ではない、そう考えてしまうのだ。

また、補導員は、戦えなくなった者はいったん保護施設にもどされ、あらためてほかの療養所に送られるだけだと説明する。これ以上自分には続けられないとわかれば、ただケツを割ればいいと。そうすればすぐさま元の道に引きかえせると。しかしひとたび養成所に足を踏みいれた闘士はみな、猜疑心《さいぎしん》に取り憑かれる。高だかと巡らされた塀、片時も休むことなく睨みをきかす監視塔、そして首に回された死神の手のようなワイヤー……そういった軛《くびき》の数々が、党の、あるいは下條拓の、本質的な残虐性・欺瞞性を物語っていると感じずにはいられない。なるほどたしかに脱落者は、ワイヤーを外され、職員たちによって養成所から運び出されてゆく。しかしどこへ？　本当にほかの療養所に行けるのか？　俺たちは余計なことを知りすぎたんじゃないのか？

ノルマの三十戦を戦い抜き、引退した勇士の消息は、所長の口から祝福と讃辞の言葉とともに語られる。条件がいいとされる療養所の名があげられ、現役の闘士たちの疑念を払拭《ふっしょく》するためだろう、別天地でつつがなく暮らす元闘士たちの映像まで流される。実際にそこでの日々に満足なのかは知る由《よし》もないが、捏造《ねつぞう》された映像にしては手が込みすぎている。闘技会や養成所についてロ外しないほうが身のためだと念入りに脅されたうえで送り出されることも、却《かえ》って無事でいることの証だと思える。

しかし一方、脱落者の行く末は誰の口からも語られない。所長や職員に尋ねても、脱落者は一時保護施設にもどされ、そこからどの療養所に送られるかは養成所の関知するところではないというにべもない答えだ。脱落者は、ある日突然、房から連れ出される。そのさまは見るに堪《た》えない。憔悴《しょうすい》し、怯えきって、死刑囚のように引かれてゆく。その澱んだ瞳は後悔の念に揺れる。やはり這いつくばってでも三十戦を戦い抜くべきだったんじゃないのか？　さらなる地獄が待ってるんじゃないのか？　一説によると、護送車は一時保護施設ではなく、直接ほかの療養所に到着するという。しかし向こうで運び出されるときにはすでに冷たくなっている。密閉された車内で毒ガスが噴霧されるのだ。そして死体はすぐさま焼却される。もちろんこれは闘士たちの憶測に過ぎないが、しかし脱落者のその後が闇に包まれていることはたしかで、人間誰しも得体の知れないものを恐れる。それもまた養成所の狙いであるとは知りつつも、闘士たちは、祈るようにすがるように、残りの試合数を数える。

闘士のもっとも基本的な武器は刃わたり六〇センチほどの片手持ちの直剣で、それに長方形の盾を合わせる。古代ローマ兵のスタイルで、ムルミッロと呼ばれていた。三つ叉の槍に投網という漁師のような装備のレティアリウスは、見た目も戦いぶりも奇抜で観客の受けがいい。両手に直剣や短剣を一本ずつ持つ二刀流のディマカエリも人気があるし、重い戦斧を大袈裟に振りまわすリグナトールも客席が沸く。このように闘士はいくつかのスタイルに分かれていたが、こういったことはすべて、古代ローマの剣闘競技やアメリカのSF映画を下敷きに、下條みずからが考案したと養成所内では伝えられていた。つまり、自分たちは所詮、下條の着せかえ人形に過ぎないと。

二〇一〇年代に『Sword Fighting Championship（SFC）』というハリウッドのSF映画三部作が世界的な人気を博した。独裁国家化した二十二世紀のアメリカを舞台に、奴隷となった屈強な男たちが、サイボーグ化手術をほどこされて武器を持たされ、命がけの戦いをくりひろげるのだ。下條は年甲斐もなくこの映画をひどく気に入り、主要登場人物のフィギュアを買いそろえ、首相別邸のガラスケースに並べていたと言われる。党員のあいだでは、下條が独裁者になったのは『SFC』を再現したかったからだという冗談がまことしやかに囁かれていたという。しかしいかにお気に入りとはいえ、結末だけは気に喰わなかったろう。独裁者デイヴィスは、マンハッタンの空中闘技場に引きずり出され、剣奴《けんど》である主人公との一騎打ちで無惨な敗北を喫するのだ。ましてや自分がのちにどのような死を迎えるのか知っていたら、暢気《のんき》に『SFC』のフィギュアなど並べて悦に入ったりはしなかったろう。

結局、冬芽が選んだのは、所内で〝太刀《たち》〟と呼ばれる、微妙に湾曲した片刃の長剣だった。剣道をやっていたころと同じように両手で柄を握り、盾は持たない。そのかわりに、両腕に肩まである小手のような腕鎧をまとうことがゆるされる。そのスタイルは〝サムライ〟と呼ばれていた。守りが手薄なので、間合いを命と心得、少ないチャンスをものにして、両手剣ならではの威力で一気に相手を斬り伏せねばならない。しかしその長剣を日本刀と呼ぶのは憚《はばか》られる。刀鍛冶《かたなかじ》が鍛造《たんぞう》したものではなく、圧延《あつえん》した鋼材から削り出された量産品だったからだ。また、日本刀と較《くら》べて刃渡りが九〇センチとかなり長く、当然、重くなる。高校のころに振っていた竹刀は五〇〇グラムほどだったが、試合で使う太刀はその三倍近かった。暗月期に同じ重さの模擬剣を持つと、こんなもの振っていられるかと放り出したくなるが、しかし明月期になって力がみなぎると、本当に同じものかと首をかしげるほど軽くなり、やはり俺は月昂者なのだとしみじみ思うのだ。

闘士にはそれぞれ教練士がつく。冬芽の担当は仲野卓馬《なかのたくま》という男で、三十四歳、元闘士だ。第二養成所のほかの四人の教練士も全員、元闘士である。みな、三十戦以上を戦い、引退をゆるされた身だ。そして養成所に残れば抗昏冥薬の投与を受けつづけられると所長に持ちかけられ、教練士となったのである。仲野は四十二戦まで戦い、ようやく引退した。戦績は三十五勝、五敗、二分け。三十戦を超えて戦ったのは、催事局の執拗《しつよう》な引きとめにあったせいだ。仲野は中学校の社会科教師だったが、二十四歳で発症、闘士となることを選んだ。闘名《ファイトネーム》は〝テンペスト〟、冬芽と同じく剣道三段の腕前で、サムライとして太刀を握って戦った。二十八歳のときに年末におこなわれる下條杯トーナメントを制し、二連覇を目指したが、決勝で敗れ、それが最後の試合となった。当時、第二養成所には冬芽も含めて七人のサムライがいたが、すべて仲野が教えていた。

冬芽は養成所内でたちまち注目される存在となった。剣道をやめてから十年という月日が流れていたが、体が動きを憶えていた。多くの闘士の足さばきに難があることにすぐに気づいた。まずい足がまえでどたばたと動きまわるせいで、上体がぶれて反応が鈍いし、技の起こりもすぐに知れる。ちょっと揺さぶれば、隙があちらこちらにあらわれる。模擬剣や盾の重さに振りまわされるというのもあるが、力んだ大振りや、腰の入らない小手先の打突が多い。かと思えば、居ついてしまって、なんの策もなく立ちつくす。目付けも悪い。相手の目や手もとにばかり視線が行き、全体が見えていない。冬芽が十年かけて学んだことを半年や一年で身につけるために、彼らは四苦八苦していた。

しかし冬芽に苦労がなかったわけではない。同じ剣の道とはいえ、剣道と剣闘は似て非なるものだ。活人剣と殺人剣という違いはさておき、そもそも手にするものが違う。槍も斧も投網も馴染みのない得物で、竹刀の間合いとはまるで違うし、こちらに伸びてくる軌道も異なっている。養成所内で多くの闘士と稽古をし、それぞれの武器の間合いを地道に体に憶えさせてゆくほかなかった。しかしもっとも違うのはやはり盾だ。スクトゥムというローマ式の長方形の盾を構えられると、それだけで体の半分が隠れてしまい、喰われまいと蓋《ふた》の隙間からのぞいてくる栄螺《さざえ》のように見えてくる。かと思えば盾で体当たりを狙ってきたり殴りつけてきたりする者もいる。

また、剣闘に有効打突などという考え方は存在しない。冬芽はかつて面打ちを得意としていたが、同じ感覚で狙いにいってもなめらかな兜に刃すじが立たず、すべってしまう。胴となると、みな半身《はんみ》に構えるのではるか彼方に思われ、かといって逆胴は盾という防壁の向こうだ。小手だけは有効であり、もっぱら出小手《でごて》を狙い、相手の攻撃力を削いでゆく。しかし剣道経験者としてもっとも違和感をおぼえたのは、やはり脚への攻撃だ。臑は金属製の臑当てにおおわれているが、腿《もも》は胴体同様、剝き出しである。腿には大腿動脈《だいたいどうみゃく》が通っており、それを断ち切られれば、拍動のたびに鮮血が噴き出し、明月期の月昴者の治癒力を以てしても出血を止めることはできない。あくまで競技であって殺しあいではないというのが建前だからだ。闘士はみな人間の動脈がどこに走っているかをひと通り把握しているが、いかに闘争心にのぼせあがっていても、いかに恐怖心に囚われていても、そこを狙うことへのためらいを完全には捨てきれない。首鎧があるので頸動《けいどう》脈《みゃく》を断ち切る機会はまずないが、刃を横にして肋骨の隙間に突きこめば、心臓を貫くことすら可能だ。倒れた者はただちに冥府の使者の仮装をした看護師たちの手でアリーナから運び出され、最先端の救命措置をほどこされると闘士たちには説明されているが、それが事実だとしたところで、死亡者が出ていることは疑いようもなかった。その死亡率が、補導員の誘い文句どおり昏冥期のそれよりも低いのだとしても。

闘士たちはその死亡率の点でも根強い疑念をいだいていた。一つの試合で死者が出る確率はおよそ一・二パーセント、百回の試合があっても死ぬのはせいぜい一人、ゆえに三十戦したところでまず死ぬことはない、という補導員の口車に乗せられて連れてこられるのだが、どうしても素直に信じられない。ほかの養成所の敗北した闘士が試合後にどうなったのか知らされないのはなぜなのか。アリーナで大量の血を吐いて倒れたが、どうもそのあと見かけない、あいつはどうなったろう、と闘士たちはひたいを集めてつね日ごろから囁きあっている。職員たちも詳細を知らぬふうを装い、彼はどうやら引退したようだ、などと決まり文句をくりかえすばかりだ。そうなると、引退の二文字がひどく不吉なものにも思えてくる。何を理由に死んだところで引退のひと言で片づけられてしまうのだから。

しかしさすがに、第二養成所内の死亡者までは隠せない。闘士たちはひそかに統計を取っており、実際の死亡率は四パーセントを超えるとはじきだした。百回の試合があれば、四人以上が死ぬという計算だ。闘技会が始まったばかりのころ、当時の所長にその数字をぶつけた馬鹿正直な闘士がいたそうだが、そもそも計算方法が間違っている、と素っ気なく返された。百回の試合があれば、その倍の二百人の闘士が戦う。二百人が戦って四人しか死なないのであれば、死亡率は二パーセントになる。その二パーセントが多いと言うのであれば、それはきみたちの頑張りが足りないせいだ。負けが込めば、当然、死亡率があがる。おかげでほかの養成所は死亡率がさがって喜んでいるだろうよ、と。その闘士はとっさに、ワイヤーが絞まりきる前にこいつを殺せるだろうか、と殺意をいだいたそうだが、所長のかわりはいくらでもいる、と考えなおし、思いとどまったそうだ。養成所の所長は内務省内で出世コースから脱落した出来の悪い一官僚に過ぎず、鮫《さめ》の歯のように折れても抜けても次から次へと生えてくるのである。

九

冬芽は、入所二カ月足らずで第二闘技場での初戦に出場した。初戦者同士を戦わせる、言わば前座試合で、観衆は鼻で笑いながらそのどたばたぶりを楽しむ。相手は第四養成所所属、直剣と盾を装備した若いムルミッロだった。データによると歳は二十二、体格は冬芽に引けを取らなかったが、中高とバスケ部で格闘技経験がなく、教練士の仲野は、圧倒的に有利だ、容赦なくとっちめてこい、と冬芽に発破《はっぱ》をかけた。

養成所で試合で使う真剣を握らせてもらったことは一度だけあったが、それを手に命のやりとりをする相手と向きあうのは互いにはじめてのことだ。明月期の昂揚感と初戦の恐怖とが炎と氷のように両側から冬芽を責めさいなむ。居ても立ってもいられない待ち時間の果てに、アリーナという名の悪夢に放り出された。東の空には薄雲をまとって取り澄ました満月、満ち足りた世界から高慢な視線を注いでくる観衆、ぐるりを高だかととりかこむ取りつく島もない柵壁、耳を聾《ろう》する大仰なアナウンス、そして入場時のぎこちない二人の演舞は無様を通りこして滑稽と言うほかなかった。それにしても、対戦相手のなんとちっぽけで不格好なことだろう。馬鹿のような兜をかぶった半裸の男が、道具を持たされた猿のように不器用に剣と盾を構え、こちらを睨んでいた。しかしそれと対峙《たいじ》する冬芽自身もまた、似たりよったりの道化じみた風体で立ちつくしているのだ。

相手ががちがちに力みかえっているのを見て、冬芽はすっと肩の力が抜けるのを感じた。その時点で勝負がついていた。相手は闘争心が空まわりしてすべての攻撃が見えみえだ。かわしたりいなしたりしながら、冬芽は幾度も打ちかかり、斬りつけ、突きをくりだした。月昴者の筋肉は想像以上に固く重く引きしまっていたが、鋼の刃をはじきかえせるはずもない。相手の胸から、腹から、脚から、次々と目の覚めるような鮮血が流れ出した。油と汗に濡れ光った肉が裂け、そこかしこに傷口がぱっくりとひらいた。

自分でも意外だったことに、冬芽は大量の出血を目にしても怯まなかった。それどころか、出どころの知れない昂揚感が背すじをざわざわと這いのぼり、俺はやれる、という確信が脳裏にすっくと立ちあがった。この男にも勝てるし、次もまたここに立てる、と。湧き起こるとも思っていなかった壮烈な希望だった。ついさっきまではレッド・ゲートの向こうで、三十戦など生きてやりとおせるものかとうじうじ歯噛みしていたのに、いまやそのゴールまでの道すじがまっすぐ見とおせる気さえした。この世界が狂っているのなら、俺もまたそうだ、と思った。月昴者の血がたぎり、こんな虫のいいことを考えさせるのだとわかってはいても、闘士にとってそれは受けいれねばならない必要不可欠な楽観だった。仲野の言葉が耳朶《じだ》に蘇ってきた。最後まで戦い抜けるやつは、初戦を見ればわかる、と。

試合が始まって十分ほどで、相手は半ば白目を剥き、血まみれでアリーナにくずおれた。おそらく剣を握っていた右手の前腕は折れており、兜の上から何度も峰打ちを喰らったせいで脳震盪《のうしんとう》を起こしていた。致命傷はなし。冬芽には相手を気づかう余裕があったのだ。銅鑼がけたたましく鳴り響き、冬芽の圧倒的な勝利が高らかに宣言された。白い祭司の格好をした審判がにこやかに近づいてき、勝者のみが手にする棕櫚《しゅろ》の飾り〝パルマ〟が手わたされた瞬間、〝新世代のヒーロー〟だの〝若きサムライ〟だの、解説者の興奮にうわずった讃辞が場内に木霊《こだま》し、拍手と歓声が渦巻いた。

ふと見あげると、向かいあった二つの巨大ディスプレイに自分の顔が大写しになっている。我に返った野獣の戸惑いがそこにあらわれていた。冬芽は沸きかえる観覧席を呆然と見まわした。ついさっきまでは丸裸の晒し者のように我が身を痛々しく感じていたのが、たったいま、この悪夢のどまんなかに自分の形をした確乎《かっこ》たる居場所が生まれたような心持ちにさえなってきた。あれほど馬鹿馬鹿しく思われた剣闘士のなりも、いまやこの場にはこうでなければ立てないとさえ感じられた。しかもここに立つあいだは、ワイヤーや追跡機は外されている。観衆の歓声や賞賛は、目新しい野蛮人の意外な働きに向けられたものには違いないが、そこにはきっとひとつまみの敬意が振りかけられてもいるだろう。逆説的に、闘士は、アリーナという生死の境に追いやられた瞬間にこそ、自由にも似た魂の震えを感じるのだ。

対戦相手が冥府の使者たちに運ばれ、ブラック・ゲートの向こうに消えていった。勝ったとはいえ、こちらもあと二十九戦残っており、それを生きて戦い抜いたところで、なけなしの余生を療養所というどんづまりで終えるほかない身であることには違いがない。抗昏冥薬を考慮に入れたところで、見こめる余命はせいぜい五、六年だろう。十年も生きれば御《おん》の字だ。未来などない。幸福になるあてなど微塵《みじん》もない。しかしいまこの瞬間、冬芽はたしかに歓喜に突きあげられていた。しかもいまだかつて感じた憶えのない、生命の根源から湧きあがってくるような荒々しくもまばゆい歓喜に……。俺は勝った！　生き残った！　次も生き残るだろう！　次の次も！　そうやって俺は最後まで戦い抜くだろう！
夜空をふりあおぐと、薄雲を脱ぎ捨てた裸の満月が、まるでいまの戦いを固唾《かたず》を呑んで見守っていたかのように、まっすぐこちらに向かって輝いていた。その月明かりを浴びていると、血肉が洗われ、体が清水のように透きとおってゆくようだ。冬芽は左手に握った太刀をゆっくりと頭上に掲げた。さらなる拍手喝采が巻きおこり、肌という肌を粟立《あわだ》ちが駆けめぐった。

闘士は試合前からすでに勝者に与えられる褒美《ほうび》を選んでいる。褒美とはもちろん女だ。当然のことながら、女たちもまた月昂者である。試合の翌日に養成所に連れてこられることから、〝十六夜《いざよい》の女〟などと洒落た名で呼ばれることもあるが、催事局における正式名称は〝勲婦《くんぷ》〟だ。勲《いさおし》として与えられる婦《おんな》ということである。部屋の端末で事前に勲婦たちのプロフィールを見ることができ、闘士たちは目眩《めくるめ》く夜を思い描きながら、勝利への執念を掻きたてる。第五希望まで女を選ぶことができるが、闘士順位の高い者が優先されるから、新参者が人気の高い勲婦を抱ける機会はまずない。しかしプロフィールの画像や動画を見るかぎり、若い娘であれ年増《としま》であれ、さほど醜い女はいなかった。闘士同様、衛生局の補導員にスカウトされるのだが、女はやはり見た目で選ばれるらしい。みな綺麗に着飾って化粧をし、あだっぽい笑みを浮かべ、動画のなかで闘士たちにメッセージを送る。「では闘士のみなさん、無事、試合に勝ったら、ぜひ一緒に楽しい夜を過ごしましょう」などと言ってカメラに手を振るのだ。その浮薄《ふはく》な媚態《びたい》はアリーナの闘士が見せる虚勢に負けず劣らず痛々しい。闘士が剣奴であるならば、勲婦はまさに性奴に違いない。闘士が雄という名の筋肉の塊であるならば、勲婦は雌という名の柔肉《やわにく》の塊だ。彼女たちが党によって不妊手術を受けており、もはや子供を産むことができないというのもあるだろう。それを言うなら、勲婦にならずとも、月昴者はそもそも子孫を残すことがゆるされていないのだが、にもかかわらず、彼女たちは、物理的に妊娠の可能性を断たれているせいで、命の向こうが透けて見えるような〝徒花《あだばな》〟という印象を強くいだかせる。

それにしてもなぜ月昴者の女がわざわざ勲婦になどなるのか。そしてなぜカメラに向かって笑顔なぞつくれるのか。それは闘士たちと同じ理由だ。闘士に抱かれるたびに抗昏冥薬アウェルーナが支給されるのである。明月期が来るたびに闘士に抱かれれば、その一夜さえ我慢すれば、次の新月を高確率で生きのびることができる。しかしもちろん月に一度のその一夜を本当に歓迎していた女もいただろう。男と同様、女も明月期の性欲の亢進《こうしん》を免れないからだ。また、不愉快な性癖を持たない、気心の知れた闘士が相手であれば苦にならないという女もいただろう。それどころか、闘士と勲婦が互いに思いあうという話は少なからずあった。

闘士は三十戦だが、勲婦は四十五夜を抱かれれば、引退がゆるされる。その後はやはり条件のいい療養所を選ぶことができると聞かされていた。通常であれば、男女は別々に収容され、接触は禁じられる。しかし高知の緑風《りよくふう》園と宮崎の南海《なんかい》園の二カ所だけだが、夫婦で発症した場合にのみ一緒に暮らせる療養所があった。闘士の多くが、贔屓《ひいき》の勲婦とそこに移り住むことを夢見た。実際、闘士と勲婦が一緒になることはゆるされており、第二養成所でも十七年の歴史で六人の闘士がその夢を実現し、女を連れてその楽園に移り住んだと言われていた。もちろん引退後は抗昏冥薬の支給が停止されるから、安穏な夫婦生活を末長く楽しみましたとさ、めでたしめでたし、という物語にはならないが、もし闘士や勲婦に幸福などというものがあるとすれば、その淡雪のような夢のほかにはなかったろう。

プロフィールのなかに見憶えのある女を見つけ、冬芽ははっとした。衛生局の一時保護施設で又隣の独房に入っていた浅黒い痩せっぽちの女だ。真偽はともかく、兵庫県生まれの二十四歳、身長一五八センチ、B八四、W六〇、H八三などとある。体重は書かれていないが、四〇キロ台前半といったところか。源氏名《げんじな》はルカだ。あのときも穴の底から見あげてくるような薄暗いまなざしをしていたが、動画のなかでも芯にある暗さは変わっていなかった。てらてらとした若草色のワンピースに黒いピンヒールサンダルという玄人らしい格好をしていても、乱れきっていた重たい黒髪を後ろで結いあげていても、物欲しげに睫毛《まつげ》をはねあげていても、心はまだ穴の底でうずくまっているみたいだった。ルカは真っ赤な天鵞絨《ビロード》張りの派手派手しいソファに腰をおろして脚を組み、カメラに向かってぎこちない微笑を浮かべ、平板な声でたどたどしく話していた。

「特技は、四歳のころに始めたピアノです。趣味は、音楽を聴くことと、映画を見ること……」

テロリストに囚われた娘が、堕落した物質文明の象徴として世界に向けて空疎なメッセージを送ることを強いられているような、どこか痛ましい雰囲気があった。しかし趣味がピアノというところに冬芽は耳を惹《ひ》きつけられた。母親が黒い電子ピアノを弾く姿がたちまち脳裏に蘇ってきた。学生のころの思い出を手探りするように何曲か弾いてみせる、そんな光景だ。指が動かないとぼやきながらも、興が乗ると弾き語りをしてくれたこともあった。幼いころは喜んで聴いていたはずだが、この歳になると、大人の女がピアノを弾く姿というのは、どこか物悲しいように思えた。女はすでにピアノをあきらめており、ピアノもまた女をあきらめている。ときおり気紛れにふれあってみても、やはり縒《よ》りをもどすことはできない。ため息とともに蓋を閉じると、鍵盤のほうも暗がりでひっそりとため息をつく。このルカという女も、特技とは言いながら、おそらくそんなふうにピアノを弾いていたのではないか。

ルカは、ベッドに連れこんでも、虚ろな目で天井を見あげたまま穴としての役目が終わるのをひたすら待つような女に見えた。ときおり眉をひそめたり呻き声を漏らしたりするのは、よがっているのではなく、苦痛や嫌悪をこらえているのだ。男が欲望を吐き出しつくすころには、女体から染み出た悲しみに感染し、ルカに背を向けて眠ることになるだろう。そしてきっと女とピアノのようにそれぞれのため息を漏らすのだ。ほかの闘士の目にもそう映ったらしく、ルカの人気は低かった。若いうえに目鼻立ちも整っているのに、百七十二人中、百五十一位。しかし冬芽はあえてルカを第一希望に選んだ。いい女はほかにもたくさんいたが、人気の勲婦が自分に回ってくるとは思えなかったし、そもそも誰であれ一人の女をほかの大勢から選《よ》りわける決定的な理由が思いつかなかった。一度会ったことのあるルカを除いては。

初戦の翌日、冬芽は護送車で第二養成所にもどされ、勝者はみなそうなのだが、教練士の仲野に所長室へ連れてゆかれた。所長は五十がらみの樽《たる》のように太った男で、家族が東京にとどまっているのをいいことに、夜ごと自分の娘のように若い秘書の尻に毛むくじゃらの太鼓腹を打ちつけているともっぱらの噂だった。闊達《かったつ》そうな笑い声と突発的な怒鳴り声を、飴《あめ》と鞭《むち》のように巧《たく》みに使い分けていると自負しているふしがあり、闘士はおろか職員からも嫌われていたが、自分のような切れ者が養成所の所長などという閑職に飛ばされたことを何者かの陰謀だと信じこめるおめでたい男でもあった。所長から初戦の見事な勝利をねぎらう薄っぺらい言葉をひと通り聞かされ、夜には待望の勲婦が到着するから股を洗って待っていろと下卑《げび》た笑みを向けられた。所長室を辞する際、「夜の刀さばきも巧いのか?」などと声をかけられ、苦笑するほかなかった。

傷つき疲れきった体をベッドに横たえると、瞬く間に奈落のような眠りに落ち、目を覚ましたときにはもう夕暮れ時だった。食堂で腹を満たすと、念入りにシャワーを浴び、髭を剃《そ》り、歯を磨き、部屋にもどった。女が来る、俺の部屋に女が来る、そう思うと何も手につかず、狭い房のなかでそわそわと立ったり座ったりしていた。明月期の肉欲が溢れんばかりに身中に逆巻き、女を見る前から下着がきりきりと張りつめて治まらなかった。勲婦たちはみな埼玉県西部の山中にある専用の療養所で暮らしており、勝者に選ばれた女たちは、試合が終わると、全国六カ所の養成所に護送されると聞いていた。あの女は、抗昏冥薬で少しでも命を長らえるために、埼玉から兵庫へ何時間もかけて、はちきれんばかりになった男に抱かれに来るのだ。

やがて耳慣れぬ甲高い足音が廊下から近づいてくるのを聞いた。冬芽は胸の高鳴りを抑えながら強化ガラスの向こうの廊下に目をやった。職員に伴われた女が心細げに立ちつくし、みずからの細腕を抱いて、硬い面持ちでガラス越しにこちらを見つめていた。一瞬合った目線の上で、闘士と勲婦というそれぞれの境遇を互いに恥じるような気持ちが交錯し、と同時に、女が自分の顔を憶えていたことがわかった。冬芽が勲婦のプロフィールを見たように、女もきっと自分をものにする闘士の映像などを事前に見せられ、気づいていたのだろう。冬芽は一時保護施設の独房で無言のうちに再会の約束を交わしていたような気になった。守れるあてのない約束が守られてしまった、そんなかすかな気まずさがあった。

むくつけき男どもに囲まれて暮らしているせいか、一度会ったはずなのに、女は記憶にあるよりずいぶん小柄で弱々しく見え、抱きしめるだけでぽきぽきと折れてゆきそうだった。冬芽はいつものように所内で着る不格好なオレンジ色のつなぎだったが、女は襟《えり》ぐりのひろいベージュのカットソーに黒いフレアスカート、足もとはつやつやとした肌色のパンプス、薄い胸の上ではワイヤーではなく銀色のネックレスが輝いていた。まるで高塀をすりぬけて迷いこんできたどこにでもいる女の亡霊のようだったが、これは女の私服ではない。勲婦の衣装なのだ。闘士は勲婦にどんな格好をさせるか事前に選ぶことができ、冬芽はもっともありふれたものを希望した。手をつなぎ、一緒に街を歩き、夜に愛しあう、かつて塀の外でもできなかった、そんな失われた人生の名残《なごり》のような衣装を。しかし女の左足首には、冬芽と同様、陰気に押し黙った追跡機が巻かれており、その枷《かせ》の無情さが、小綺麗ななりをしているだけになおさら憐れだった。

女が房内に入ると、職員が気をきかせて外からカーテンを閉めた。部屋がいっそう暗くなったが、二人の月昂者には互いの姿がまだ見えていた。これから六時間、女は冬芽のものだった。抱くこともできるし、ただ一緒に眠ることもできる。軽い食事を部屋に運ばせてもいいし、二人でテレビを見てもいい。しかし自由のかわりに破り方のわからない沈黙が暗がりに満ち、息苦しいようだった。冬芽がぎこちなく自分の右隣を手で指し示すと、女は恐るおそるといった様子でベッドに腰をおろした。言葉などかなぐり捨て、ただ女を押したおし、心ゆくまでその体を貪りたかったが、しかし拳三つ分ほど二人のあいだがはなれており、そのひりつくような距離を埋めるすべがない気がした。女の顔を横目でうかがうと、恋人を前にした気安さはもちろん、客をもてなす娼婦の頬笑みもなく、ただ、心の置き場を見つけられずにいる影のような不安が、女の形をしてかたわらに座っていた。昨夜が冬芽の初戦だったように、女にとってはいまこのときが勲婦としての初戦なのかもしれない。血みどろの戦いを勝ちぬいた、昂ぶり覚めやらぬ粗暴な男……それが女にとっての冬芽に違いなかった。はじめに見たとき、雰囲気が母親に似ていると思ったが、こうして近づいてみると、身に迫る空気はまるで違っていた。もし母親が勲婦になっていたら、客商売の習い性《しょう》できっと自分から声をかけ、もっと器用に場をなごませていただろう。しかしこの女は、まだ若いせいだろうか、かたい蕾《つぼみ》のように張りつめていた。それとも、どの勲婦と闘士も最初はこんななのだろうか。せめて何かを言わねばならない。勝利を手にした男と捧げ物となった女は、どんな言葉を交わすべきなのだろう。

そのとき、嗅ぎ慣れぬ匂いが仄かに鼻先をかすめた。浅葱色《あさぎいろ》のような、萌葱色《もえぎいろ》のような、ほろ苦くも涼しげな匂いだ。明月期の月昴者は嗅覚も鋭くなる。香水や服についた柔軟剤ならもっとはっきりとした押しつけがましい匂いだろう。しかしこの匂いはもっと忍びやかで、女のかげに身を隠そうとしていた。きっとこれはこの女から、この女の体からにじみ出る匂いなのだ。

「いい匂いがする」と冬芽は言った。

他人の声のようによそよそしく、かすれていたが、それでも沈黙に裂け目ができたことはたしかだった。女は頬笑もうとした。みずからの怯えをなだめるための不器用な頬笑みだったが、頬笑みには違いなかった。冬芽もぎこちない頬笑みを返した。そこから始めるしかないのだ。男と女が世界の涯で出会ったなら、頬笑むことから始めるしか……。

「どんな匂い？」と女はやっと絞り出したように言った。

場違いなか細い声が、冬芽の鼓膜に、そして雄としての芯のようなものに、きんと冷ややかにふれてきた。プロフィールの映像ですでに女の声を聞き知っているはずだったのに、ああ、女の声だ、と思わずにはいられなかった。俺の部屋に女がいる。女がいて、この俺に話しかけている。

「森みたいな……」

森でそんな香りを嗅いだ記憶はなかったが、ずっと木工所で親しんできた木の香りがかすかに混じっている気がした。「なんか懐かしい匂い……」と冬芽は続けた。

「森で育ったん？」と女は頬笑みながら言った。打ちとけようとし、ささやかな冗談を言っているのだ。

「うん」と冬芽はしかつめらしくうなずいた。「まだ猿やったころ……」

女が喉の奥で静かに笑った。わずかにひらかれた唇から粒のそろった小さな歯と濡れた舌がのぞいた。頰笑むたびに死が近づくような儚げな笑みだった。なぜこんな娘が月昂者になるのだろう。勲婦になるのだろう。男の一生はかならず敗北で終わる。戦士として生まれる以上、誰かに負けるか、でなければ自分に負け、いずれは斃《たお》れる。仕方のないことだ。しかし女は、すべての女は、幸せにならねばならない。最後の最後に、幸せだったと言って死なねばならない。母親もそうであるべきだったし、この女もそうであるべきだ。はきだめに咲いた一輪の花のようなささやかな幸せであったとしても、それを握りしめて死なねばならない。

冬芽は女のほうに体を向け、真顔で目を見つめた。のめるような雄のまなざしに女ははっとし、わずかに頰笑みを翳《かげ》らせた。不意に、俺の女だ、という気持ちが胸に立ちあがってきた。いつかほかの闘士が抱くかと思うと、早くも嫉妬《しっと》が込みあげてきた。冬芽は女の怯えをゆっくり搔きわけるように手を伸ばし、そっとその肩にふれた。唇がかすかに震えていたが、女は逃げなかった。

十

毎年年末になると、催事局によって八名の闘士が選ばれ、もっとも重要なトーナメントが開催される。下條拓の名を冠する下條杯だ。第一闘技場で一夜に三戦を戦いぬき、最後までアリーナに立っていた者がその年の最優秀闘士の誉《ほま》れを得る。そして下條拓の目の前で、黄金色に輝く巨大トロフィーと月桂冠とお褒めの言葉を賜《たまわ》るのだ。それを栄誉と取るか屈辱と取るかは闘士しだいだ。最強者の称号を不服とする者はいまいが、相手は闘技会などという雲上人《うんじょうびと》の高慢な〝戯《たわむ》れ〟を始めた張本人であり、闘士の首にワイヤーを巻くことを思いついた残虐者でもある。

憎き相手の目の前でこうべを垂れ、恭《うやうや》しくトロフィーを頂戴するというのか。もちろん勝ちぬいてしまえば、受賞を拒むことはゆるされない。もしいっときの溜飲《りゅういん》をさげんがために拒むようなことがあれば、楽な死に方はできないし、塀の外にいる肉親にもきっと累《るい》が及ぶ。

戦績のみに基づいて八名が選出されるわけではない。催事局は試合の内容も見ているし、同じスタイルの闘士ばかりが並ぶのもよしとしない。ネット上で党員による人気投票もおこなわれ、その結果も反映される。となると、闘士の見た目も重要だ。地味で印象に残らないのがもっとも悪いが、いかにも悪役めいた筋肉だるまの醜男《しこお》や雲を衝《つ》くでかぶつより、体格の整った容姿端麗な男が好まれる。その点、冬芽はなかなかのものだった。身長は一八一センチとほどよく、くっきりとした目鼻立ちは兜負けせずに、闘技場のディスプレイで映えた。また、二戦目以降、仲野は冬芽の髪を金髪に染めさせ、〝残月〟という闘名《ファイトネーム》の通りに、左右の側頭部に残月の形を黒く残させた。勝ち名乗りを受け、颯爽《さっそう》と兜を脱ぐと、その模様があらわれるという仕組みだ。観衆はそれを喜び、すぐに宇野冬芽という新米闘士を記憶に刻んだ。戦いぶりもよかった。まず中段に構えた立ち姿が美しく、動きも端正で無駄がない。そして何より勝ち方が綺麗だった。武器を握る腕を狙ったり、峰打ちで骨折を取りにいったりし、少しずつ相手の攻め手を奪ってゆく。そして隙を見て相手をアリーナに押したおし、胸に切っ先を突きつける。それで終わりだ。もちろん多少の血は流れるが、観覧席の女たちが目を背けるほどではない。血みどろになって這いずりまわるような汚い試合を喜ぶ客もいるが、そこは文明国のエリート官僚、多くは野蛮な荒野の片隅に咲く花を粋《いき》と見る通人《つうじん》を装いたがるのだ。

そんなこんなで、冬芽は五戦しかしていなかったにもかかわらず、初年度でいきなり八名のうちの一人に選ばれた。負け知らずとはいえ、異例のことだ。もともとトーナメント出場者の補欠の筆頭だったが、八名のうちの一人が、おそらく自殺を図ったせいだろう棄権になり、冬芽に出場権が回ってきたのである。幸運にも、とは言えない。かけらも望んではいなかった。一夜のうちに三戦をするなどという強行を誰が望むだろう。名誉と恐怖を天秤にかければ、恐怖のほうがよほど重い。当然のことながら選ばれた八名は腕の立つ者ばかり、手加減や遊びなどが入りこむ余地はない。一試合でさえ無傷ですまないのに、一夜に三試合もこなせば、どれほどの手傷を負うことか。実際、全試合中、下條杯トーナメントでの死亡率がもっとも高いのだ。それを恐れるあまり、選ばれた者がすべてをかなぐり捨てて自死に及ぶ例はこれまでにもあり、だからこその補欠なのである。

冬芽は下條杯トーナメントの準決勝で、七戦目にしてはじめての敗北を喫した。相手は脇坂《わきさか》〝ミョウオウ〟日出斗《ひでと》、投網と三つ叉の槍を得物とする巨漢だ。衛生局の一時保護施設で見せられた映像にも出ていた男だが、第一養成所最強の闘士で、前年の優勝者である。身長は一八八センチ、体重は一二〇キロ、胸では迦楼羅炎《かるらえん》を背負った不動明王が睨みをきかせ、背中でもまた灼熱の炎が赫々《かつかく》と渦巻いていた。白人と黒人の血が四分の一ずつ入っており、ぬぼおっとした彫りの深い顔立ちはモアイ像を髣髴させる。空手の段位を持つ元プロレスラーで、経験も申し分ない。

戦ってみてわかったのは、脇坂が勝つべくして勝ってきた本物の闘士だということだ。俊敏さはないが、終始落ちついており、攻めこまれても浮き足立つことがない。戦った者はみな、はじめはいけると思うが最後は負けている、という。大男総身に知恵が回りかね、の言葉どおり愚鈍で野卑な巨人を装っているが、その戦いぶりは実に老獪《ろうかい》だ。疲れきったふりをして相手を誘ったり、手づまりかと見せかけて意外な反撃に転じたり、それをまるで気紛れな野獣の本能のように演じきる。冬芽も翻弄されてだんだん打つ手がなくなり、やがて投網に搦めとられて胸や腹や脚を幾度も突かれ、ついに一敗地にまみれた。痛みよりも、肉体が破壊され、巻きかえしようもなく徐々に死に追いこまれてゆくのが恐ろしくてならなかった。多くの血を失って全身が痺《しび》れるような変な肌寒さに襲われ、意識も白《しら》じらと遠のき、足に力が入らず、まともに立っていられない。世界が回りはじめ、気づいたら手術前にかけられる複合検査機の上だった。終盤の記憶がなかったが、投網に捕らえられたとき、脇坂が歪んだ笑みを浮かべ、「あしたはお前の女を味見するかな」と囁いたことだけは憶えていた。こういった芝居じみた台詞《せりふ》は試合中の常套句で、それを兜につけられたマイクが拾い、観衆の卑俗な耳を喜ばすのだ。しかし冬芽としては、脇坂に蹂躙《じゅうりん》されるルカの姿を想像せずにはいられなかった。どの勲婦がどの闘士に抱かれたか養成所の端末で調べられるわけではないが、真偽はともかく、噂として色んな話が耳に入ってくる。脇坂も、冬芽が同じ女ばかりを選ぶことを知っていた可能性は充分にあった。朦朧《もうろう》とする意識の片隅で、ちくしょう、とつぶやいた。二度と負けるものか。絶対にあんなやつにルカを抱かせるものか。

その後の冬芽の活躍は目覚ましかった。決意どおり翌年の下條杯では脇坂の三連覇を阻止し、初優勝を果たしたのだ。それによって世代交代を印象づけ、最高位の闘士に躍り出た。つまり、下條拓の目の前に立ち、トロフィーと月桂冠を受けとったのだ。

当然のことながら、冬芽が下條拓の姿を間近で目にしたのははじめてのことだった。下條は貴賓席からアリーナにおりてきて、冬芽の前に設《しつら》えられた壇上に立った。襟に党員バッジのついたスーツを着こみ、白髪を綺麗に撫でつけ、ぎらついた浅黒い顔に満面の笑みを浮かべ、老いにあらがうかのように顎を引いて胸を突き出していた。七十の坂を越えていたが、足どりはしっかりしており、歩けば歩いただけ世界が左右に分かれてのけぞってゆくようだった。映像のとおり恰幅のいい男で、引き連れた警護官と較べてもその体格はまったく貧弱に見えない。身長は冬芽よりわずかに高く、体の厚みも劣らなかった。しかしなぜか、小さい、と思った。不思議な感覚だった。あの下條拓も一つの肉体を持った一人の人間なのだ。いま目の前にいるということは、ほかのどこにもいないということだ。ここにしかいないということだ。下條拓はどこにでもいる、国民の数だけいる、端末の数だけいる、全日本国民を呑みこむものとして薄くひろがって日本全体をすっぽりおおっている、なんとなくそんな気がしていた。が、そうではなかった。観測されてしまった粒子のように、いまこの一点にのみ、弱々しく存在していた。

一〇メートルほどの距離だったろうか。三秒もあればケリをつけられる、そう思った。幸い、ワイヤーは外されている。満身創痍《まんしんそうい》だったが、まだ老いた独裁者の首をひと息でへし折るぐらいの力は残っている気がした。全闘士の頂点に立ったこの天にも昇る昂揚感のまっただなかで、歓喜の雄叫びをあげながら、あの男を地獄へ道連れにしてやろうか。そうやって日本の暗殺史に名を刻んでやろうか。しかしもちろん不可能なのだ。ここに立った闘士は誰もがそれを考えるというが、もし一歩でも足を踏み出そうものなら、短機関銃を構えた警護官たちが冬芽を瞬時に蜂の巣にするだろう。その前にＡＩが制御するライフルがどこかから頭を西瓜《すいか》のように撃ちぬくとも言われている。実際、第七回の優勝者である杉山《すぎやま》〝ヘラクレス〟航《わたる》は、万を超える観衆の目の前でそうやって惨殺されたのだ。一歩踏み出したところでいっせいに撃たれ、二歩目を踏み出したときにはすでにずたぼろになって死んでいた。杉山が何をするつもりだったかはわからない。もしかしたら試合の疲れからただ眩暈を起こして前にふらついただけかもしれないし、下條の足もとに這いつくばって靴を舐《な》めたかっただけかもしれない。いずれにせよ結果は同じだ。独裁者の着せかえ人形である闘士は、たとえ死に物狂いでその頂点に立とうとも、父である愛《いと》しの独裁者には指一本ふれられないのである。

下條は、それに懲《こ》りて表彰式の際にアリーナにおりてゆくのをやめるかと思いきや、やめなかった。杉山の死を見とどけた下條は、神妙な顔をつくろうとしていたが、その日いちばんの派手な見世物に喜びを隠せなかったのか、口もとにうっすら笑みをにじませていたという。また、下條はもう一度その見世物を見たがっているのだと穿《うが》った見方をする闘士もいた。下條は闘士たちの憎しみを重々承知しており、わざわざ自分という餌を鼻先にぶらさげてみせるというのだ。そして鍛えあげられた最強の闘士が、絶頂の瞬間にがらりと暗殺者に転じ、しかしその思い届かず、一瞬で血みどろの肉塊《にっかい》と化す。退屈しきった老独裁者は、その至高のドラマを特等席で体験し、ひさびさの恍惚《こうこつ》を味わうのだ。


冬芽の栄光の時代はその後も続いた。翌年もトーナメントを勝ちぬき、またもや優勝を飾ったのだ。下條杯二十年の歴史のなかで、二連覇を果たした者が四人いる。一人目が植村《うえむら》〝ネブカドネツァル〟夏彦《なつひこ》、二人目が林《はやし》〝ファルコン〟晃《あきら》、三人目が脇坂〝ミョウオウ〟日出斗、そして最後が宇野〝モーニング・ムーン〟冬芽だ。そして二〇五一年、冬芽は史上初の三連覇を達成することが期待されていた。

白星を重ねてゆくなか、部屋は丙から乙へ、乙から甲へと格上げされていった。窓もひろがり、ベッドの質もよくなり、端末のディスプレイも大きくなる。では、闘士はそのひろくなった部屋で何をするというのか。多くは何もしない。ただ息苦しさをおぼえない空間を楽しむのだ。しかしなかにはかつての趣味を取りもどそうとする者もいる。養成所にかけあってアコースティック・ギターを買わせた者もいたし、絵の具セットやキャンバスを手に入れた者もいた。六つの養成所は催事局によってつねに競わされているから、戦績のいい闘士のささやかな望みを叶えてやることにやぶさかではないのだ。

冬芽は初優勝をなしとげたあと、木彫りをするための道具と木材を手に入れた。道具と言っても、切出し小刀と両刃鋸《りょうばのこぎり》、そして砥石《といし》と墨付けのための鉛筆だけだ。もちろん、闘士が刃物を持つことは禁じられているから、部屋から持ち出すことはできず、出房《しゅっぼう》のたびに職員に返却しなければならない。しかし所長の首を掻き切ってやろうなどと企んでいたわけではなかったから、それでかまわなかった。以来、冬芽は就寝までの多くの時間を、彫刻に費やした。衛生局に捕らえられた前の晩に、両面宿儺を彫ったのを最後に、長らく木にふれていなかった。

職員が持ってきた段ボール箱を開けると、端材から雑多な木の香りが立ちのぼった。欅《けやき》、楓《かえで》、楢《なら》、栓《せん》、アッシュ、ブビンガ……。薄暗がりのなか、ただの端材が、ひどく場違いな自由の切れ端のように仄かに輝いて見えた。何を彫るかは心に決めていた。闘士だ。菅井元香が死にゆく月昂者を描きつづけたように、冬芽は仲間であり敵でもある闘士たちを彫りたかった。冬芽が来てからも、第二養成所から多くの闘士が去っていった。三十戦を戦いぬいて無事に引退した者もいたが、試合で命を落とした者もいた。抗昏冥薬の投与を受けていたにもかかわらず新月に昏冥死した者もいたし、試合の恐怖に負けてみずから死を選んだ者もいた。そしてもちろん、多くの者が、ただもうこの悪夢から目覚めたい一心で、いずことも知れぬ外の世界へと消えていったのだ。その一人ひとりの顔を思い浮かべながら、冬芽は小刀を握った。

冬芽が彫る闘士たちはみな頬笑みを浮かべていた。菅井元香が言う残月の頬笑みだ。闘士たちはみな無念のどん底で、頬笑むこともできずに死んでいったろう。闘士ではない、そもそも月昂者ですらない人生がありえたなどとは言うまい。しかし彼らにも、もしかしたら闘士として戦ったおのれの人生を遠くから眺めて美しく思うことができた瞬間があったかもしれない。たとえそれが、明月期にもたらされたあぶくのように儚い境地に過ぎなかったとしても。そのさまを思い描きながら、冬芽は一人ひとりに架空の頬笑みを与え、彫りあげていった。彫っていると、つねに魂にのしかかっている恐怖や苦悩がしだいに遠のいてゆくようだった。剣のひと振りひと振りを記憶にとどめるなどというのは不可能なことだったが、小刀のひと彫りひと彫りは木に刻まれ、この身が滅んだあとも残ってゆくかもしれない。そしていつか彫り手のことをまるで知らない人びとの目にふれ、何がしかの真実を語ってくれるかもしれない。たとえその彫り手が、最後の最後に世界を呪いながら死んでいったのだとしても。

彫りあがった作品はまず窓辺に置かれ、収まらなくなったものは壁ぎわの床に並べられた。彼らはどこに置かれようと愚痴《ぐち》一つこぼさず、いつも肩の荷をおろしきったような頬笑みを並べ、それがときおり、お前も早くこっちへ来いと彼岸《ひがん》から手招きするようにも見えてくる。ルカは部屋を訪れるたびに増えてゆく作品を一つひとつ手に取り、しばし眺めた。冬芽はどう思うかを聞かなかったし、ルカも何も言わなかった。一人ひとりの生涯をまなざしで撫でさするように、ただ眺めるのだ。ルカだけは冬芽が何を彫っているか知っていたから、自分を彫ってくれなどと言いだしたりはしなかった。冬芽の木彫りは闘士たちが残していったささやかな上澄みなのであり、もし冬芽がルカを彫るとしたら、それは彼女が彼の人生から去ったときなのだ。

ルカの本名は山岸瑠香《やまぎしるか》といった。神戸で生まれ育ち、大阪の福祉大学に通い、岩見《いわみ》市の高齢者複合施設で介護福祉士として働いていた。崩壊した年金制度にかわって、党は全国に大規模な高齢者居住施設〝救国長寿園〟なるものを数多く造ったが、どこもかしこもその環境は劣悪きわまりなく、巷《ちまた》では〝姥《うば》捨て山〟などと呼ばれ、忌《い》み嫌われていた。冬が来ればどの施設でもインフルエンザが大鎌を振るって老人の命を束にして奪ってゆき、夏が来れば熱中症や食中毒がかわりにその役目を果たした。入所者が体調を崩しても、気休めの薬ばかりが大量に処方され、まともな治療が受けられる機会はまずない。また、殺人願望のある異常者たちが職員として入りこみ、多くの老人をあの手この手でひそかに殺しつづけているが、党の方針に従い、施設も警察もあえてそれを放置しているという信じがたい噂もあった。そもそも二〇三〇年に安楽死法が可決されて以来、長寿園の名に反し、多くの高齢者が俗にＧ　Ｔ《ジエントルタツチ》と呼ばれる薬剤によって次から次へと、そして堂々とあの世に送られていたのだ。何も生み出すことのない不毛な老人の群れは、国家にとって、ただ徒《いたずら》に飯を喰い、労力と場所を取るだけの大いなる負債なのである。

「毎日毎日、人が死ぬんよ」と瑠香は言った。「毎日少しずつ冷たい海に崩れ落ちてゆく氷河みたいに、来ては死に、来ては死に……。病院やったら、たくさんの人が治って出てくでしょう？　でもあそこは違う。月昂の療養所と一緒で、あそこは世界の涯……。人の命が絶え間なくこの世からあの世へ押し出されてゆく世界の涯……。どんな人生を生きたとしても、全部まとめて同じところに落ちてゆく、そういう場所……」

瑠香はそんな狂った世界に耐えかね、しだいに心身を疲弊させていった。それまで色のない夢なんか見たことがなかったのに、途切れ途切れの浅い眠りにまとわりつくのはいつも灰色の世界をさまよう悪夢ばかり。自分に鞭打って仕事に向かうが、頭に箍をはめられたような鈍痛が消えず、意識にはつねに薄膜がかかったまま。それでも追いたてられるように立ち働くが、日に日に不手際が増えてゆく。誰かがやらねばならない仕事だと自分に言い聞かせても、心が、体が、立ちあがろうとしない。そしてある日、とうとう自分の芯が朽ち木のように折れてゆく音を聞いた気がし、もう駄目だとわかった。続けられない。一日でも早くここをやめねばならない。しかし退職を決意したその矢先に、脱落者への罰であるかのように月昂を発症したという。青天の霹靂《へきれき》というわけではなかった。施設では多くの病原体が老体を住処《すみか》につねに蠢《うごめ》いており、月昂も例外ではない。インフルエンザの流行する季節ともなれば、月昂を発症しても感染者を隔離する余裕もなく、かと言って治療をほどこされることもなく、ただカーテンに囲われ、放置される。高齢者の場合、発症初期の〝月面着陸〟に失敗して多くが命を落とすが、それまでに置き土産として大量のウイルスを撒き散らしてゆく。ウイルスは入所者であれ職員であれ選《え》り好みはしない。冬芽と同様、インフルエンザに罹ったようだと職場に連絡を入れたが、くすねた検査キットを一人暮らしをしているアパートで使い、発症した晩には陽性であることが知れた。劇症期の朦朧とする意識の底で、このまま死んでもいいと半ば本気で思ったが、若さゆえか生きのびた。そして四日間、逡巡したのち、立つ鳥跡を濁さずと身の回りを整え、満月の夜にみずからの足で衛生局の門をくぐったのだ。

「なんであたしがって思った」と瑠香は言った。「なんも悪いことしてへんのに、まだ二十四やのに、なんであたしがって……。でも心の片隅で、まだ何かあるって思った。生き残ったからには、あたしの人生にはまだ何かあるはずって……」

瑠香に衛生局の門をくぐらせたのも明月期の昂揚感なら、勲婦になることを決意させたのもそうだったのだろう。臆病で、変化が嫌いで、ごちゃごちゃしたものと理解できないものも嫌いで、だからせめて自分の手が届く範囲だけはわかりやすい単純な世界にしておきたい、そんな女が、満月に浮かされ、見も知らぬむくつけき闘士たちに幾度も幾度も抱かれることを受けいれたのだ。あたしの人生にはまだ何かあるはず……。そのいかにも明月期らしい根拠のない楽観は、冬芽にも手に取るように理解できた。それがなければ闘士はとうていアリーナには出てゆけないし、勲婦も飢え昂ぶる闘士のもとに赴くことはできないだろう。第二養成所に皮肉な言葉が伝わっている。人びとが無謀と呼ぶものを、月昂者は希望と呼ぶ、と。

部屋に来ると、瑠香はまず端末から音楽を流したがった。自分の部屋でもずっとそうしていると言う。静寂が怖い。静寂は鏡のように深くすべすべしているので、のぞきこめば自分と向きあうことになる。自分の心と向きあうことになる。それが怖いと瑠香は言う。

瑠香がいちばん好きな作曲家はドビュッシーだ。子供のころから、ドビュッシーのピアノ曲が好きでよく練習していたそうだ。『月の光』という曲を聴いてみると、冬芽にも聞き憶えがあった。しかしドビュッシーが描き出そうとした〝月の光〟と月昂者が浴びる〝月の光〟は懸《か》けはなれた別物だということが一聴して知れた。ドビュッシーの月が湛えているのはひんやりとした穏やかさ柔らかさであり、無音の舞踏のような静かな昂揚感だった。一方、月昂者の見る月は、血を掻きたてる白熱の月であり、足を踏み鳴らして踊りあかす狂乱の月であり、それぞれの心に名指しで迫《せ》り出してくる宿命の月だ。つまりドビュッシーの月は、月昂者にとって失われてしまった過去に昇る月なのだ。

しかしドビュッシーの『月の光』は、冬芽に、かつての静穏な月ではなく、瑠香という女をこそ思わせた。怖ずおずと伏し目がちな出だしから、少しずつ心をひらき、よりそってくる、そんな感じが。冬芽は勝つたびに瑠香を呼んだ。初年度に一度だけ上位の闘士に取られて呼べなかったことがあったが、ほかの女を抱いていても、瑠香のことを思わずにはいられなかった。それ以降も、冬芽が怪我《けが》の治りが悪くて試合に出られない月は、おそらくほかの闘士に抱かれたこともあったはずだが、そのさまを想像すると、その瑠香はよく似た別の女のような気がしてならなかった。空想は痛々しくふくらみ、手荒に扱われても、心を胸の奥深くに仕舞いこむことで耐えしのぶ瑠香、冬芽に出会うことのなかった、もう一つの宇宙で生きる瑠香を思わずにはいられない。そのもう一人の瑠香は、きっといま以上に憐れだろう。勲婦が引退するには、四十五回、闘士に抱かれねばならない。冬芽が三十戦を超えて勝ちつづければ、いつか瑠香を引退させることができる。そして催事局に申請して籍を入れれば、宮崎か高知の療養所に一緒に移り住むことができる。

望みを一度でも言葉にしてしまえば、もう望まなかったことにはできない。しかし一度だけ、瑠香とその話をしたことがあった。瑠香は、そうしてくれとは言わなかったし、そうしないでくれとも言わなかった。ただ、その気持ちが嬉しいと言って弱々しく頬笑んだ。戦えば戦うほど、試合で命を落とす確率は高まる。だからと言って、早ばやと引退して療養所に移っても、抗昏冥薬を断たれ、やはり死ぬ確率は高まる。どちらが長く生きられるかは誰にもわからない。しかしそれを言うなら、二人で療養所に移り住んだところで、どれだけ二人でいられるかもわからないのだ。二人して夜ごとなんらかの作業に駆り出されるに違いない。その作業はなんであれ、闘士や勲婦よりも健全に違いなく、もしかしたら労働の喜びすら与えてくれるかもしれない。しかしかならず、どちらかが先に死ぬ。二人でひしと抱きあったまま昏冥期の奈落に落ちていっても、冷たくなった相手のかたわらで一人きりで目覚めるという日がかならずやってくる。瑠香が先に死ぬのも憐れなら、一人残されるのも憐れだった。ならば一緒に死ぬか。それもまたいっそう憐れなのだ。しかしそれでも闘士と勲婦が一緒になることは、月昴者として夢見うる最初で最後の楽園なのである。

情欲が満たされると、二人はいつも疲れきり、汗だくの五体をからめたまま、しばしの眠りにつく。最初、体の大きな男が小猿のようにしがみついてくるのが可笑《おか》しいと瑠香は笑ったが、冬芽としてはどうしようもなかった。次に会えるのは早くともひと月後、そう思うと、抱きしめても抱きしめても抱きしめきれない気がして、必死にしがみつくほかないのだ。そうしているあいだだけ、冬芽は、世界を、人生を、ゆるしていられる。瑠香を抱いていると、冬芽はいつも先に眠ってしまう。呼吸が変わり、いま眠りに落ちた、とその瞬間がわかると瑠香は言う。冬芽が目を覚ますと、今度は瑠香が眠っている。瑠香の眠りは草木の眠りのようにひそやかだ。冬芽は暗がりで一人目を見ひらき、孤独を感じるが、その孤独に敵意はなく、瑠香の寝息そのもののような穏やかさがある。

瑠香が目を覚ますと、職員に食事を運ばせ、一緒に食べながら端末を見る。瑠香は飽きもせず毎回毎回、茄子《なす》の揚げびたしと枝豆を注文する。痩せっぽちの体で幸せそうにぺろりと平らげるのを、冬芽はいつも頬笑みながら眺めている。勲婦が好きなものを注文できるのは、闘士に抱かれた夜だけなのだ。瑠香は好きなものはとことん好きで、嫌いなものはとことん嫌いだ。「クローゼット開けたら、おんなじような服ばっかり並んでそうやな」と言ったら、「なんでわかるん？」と驚かれた。冬芽には見たこともない瑠香のかつての部屋が見える気がした。玄関には靴が二足しか出ておらず、部屋もきっと余計なものが削ぎ落とされ、百年後もずっとこのままというふうな殺風景だったろう。目をつぶって思い出せるようなものしか持ちたがらない、そんな女だった。

一度、冬芽が子供のころの動画を二人で見たことがあった。赤ん坊の冬芽が不思議そうに自分のへそをほじくる動画や、母親と公園で隠れんぼをして捜し出せずにべそをかきだす動画を見て、いまと同じ眉毛してる、と瑠香は笑った。冬芽の眉はもっさりと野暮ったいが、嘘がない、と瑠香は言う。人は眉で嘘をつくと瑠香は信じているのだ。瑠香がいちばん笑ったのは、やはりと言おうか、三歳の冬芽が紙粘土で次々に動物をつくってゆく動画である。ごにゃごにゃと無雑作《むぞうさ》に粘土を捏ね、「できた！」と宣言する、そんな幼い造物主の強引な仕事ぶりに、瑠香は腹を抱えて笑った。母親と瑠香はまるで性格の違う女だったが、笑い方だけはそっくりだった。この女が笑っているあいだだけは世界は正しいと思わせるような。

動画を見終わったあと、

「このころから器用やったんやねえ」と瑠香はからかうように言った。

「俺がこの世界を創ってたら、えらいことになってたな。よかったな、俺が神様やなくて……」

「それはそれで面白かったかもよ」

「そうか。ほな、いつか世界をまるごと一つ彫りあげて、瑠香にそっくりあげるわ」

「うーん……」と瑠香は迷惑そうな顔をつくり、腕を組んでみせる。「あたしの部屋狭いからなあ」

「だいじょうぶ、だいじょうぶ……」

「出た。男のだいじょうぶ……」と瑠香はまた笑った。

十一

二人の夢を打ち砕く災いは、二〇五一年の四月、ありふれた一人の男の姿でやってきた。株式会社メタルエースなる金属加工会社の男が第二養成所に冬芽を訪ねてきたのだ。その会社は、催事局からの依頼を受けて闘士の使う武器や防具を製作している企業の一つで、ときおり営業担当が養成所に出入りしていた。闘士や教練士に新たなデザインや機能を持った商品を売りこむのだ。冬芽も何度かその手の男に会ったことはあったが、その高橋《たかはし》と名乗る男ははじめてだった。

高橋は二十代にも四十代にも見える中肉中背で、ちょっと目を逸らしたらもう思い出せなくなりそうなつるりと特徴のない顔立ちをしていた。無骨な男どもの巣窟にスーツ姿は胡散《うさん》臭かろうというように、薄緑色の作業着を羽織り、紺のスラックスを穿《は》いていた。出入りする外部の非感染者は、職員と同様、感染を防ぐべくかならずフェイスガードやマスクを着用する。しかしなぜかその男は、恐れ気もなく素顔をさらし、白い歯の際立つ笑顔を見せた。月昂者に対する怯えもなく、かといって愛想が鼻につくわけでもなく、如才《じょさい》ない雰囲気をまとっていた。歳下の剣奴に対しても丁寧に接するが、野良犬にでも敬語を使いそうな男に見えた。しかし妙だった。所長や職員らに挨拶したあと、冬芽と二人きりで会いたいと申し出たらしい。そして本当に一人で冬芽の部屋に来た。いままでにも何度か業者の男に採寸されたことがあったが、そのときは別室だったし、職員や仲野も一緒だった。瑠香以外の外部の人間が自分の部屋にいることが、まるで男に足を踏まれつづけているかのように落ちつかなかった。

高橋は部屋を見まわし、「ほう、全部あなたが……」と声を漏らした。木彫りを見てそう言ったのだ。面喰らうでもなく、かといって深く感銘を受けた様子でもなく、こういったものから導き出される病名はなんなのかとでも考えるように。趣味なのだと答えると、高橋は冬芽が打ち倒してきた闘士たちの像かと言った。冬芽は、いいえ、とかぶりを振った。冬芽がそれ以上自分から語るつもりがないことを察すると、高橋はもう一度作品を見わたしたあと、自分は宇野冬芽のファンで、幾度か闘技場にも足を運んだし、すべての試合をVRゴーグルでも見たと言った。そして今年の下條杯における冬芽の三連覇を確信しているとつけくわえた。要するに高橋は催事局の審査に通った党員なのだ。もちろんそうだろう。養成所に足を踏みいれることができるぐらいだから。しかしなるほどと腑に落ちなかったのは、高橋から本当のファンならば隠せないであろう喜びや興奮がまるで感じとれなかったからだ。そもそも三百人かそこらしかいない闘士の装備製作など旨みのある商売であるはずもないのに、この男はいったい何をしに来たのだろう。いや、それを言うなら、そもそも所長はなぜこの男を通したのか。

高橋は社交辞令をひと通り言い終えると、持参した端末のディスプレイを冬芽に見せ、兜や腕鎧などの商品の説明を始めた。三連覇という歴史的偉業を飾るにふさわしい斬新なデザインを数多く用意したとプレゼン映像を見せてくる。VR空間に取りこまれた冬芽が次々に防具を着がえ、太刀を構えて流麗な動きを披露し、今年の新製品がいかにアリーナ映えするかを訴えてくる。去年もおととしもトーナメント前に同じような他社の映像をいくつも見せられたが、わざわざ営業が部屋まで押しかけてきたりはしなかった。ならばひときわ商魂たくましいのかというと、その口ぶりはいま一つ熱を欠いており、通りいっぺんの感がぬぐえない。痒《かゆ》いところをずばり掻かずに、ずっとそのまわりをやわやわと撫でさすっているような気配だ。そもそもこの男は本当に金属加工会社の社員なのだろうか。終始絶えない微笑も、商売人の愛想ではなく、詐欺師の手管のように見えてくる。

そんな訝りが冬芽の顔に出たに違いない、高橋はしばし口をつぐむと、小さくため息をつき、やっと映像を止めた。どこに転がるとも知れない、へんにしんとした空気がおりてきた。高橋は面の皮一枚剝いだみたいにもう笑みをどこかにしまいこみ、あらわにしかねている真意を胸の内でしきりにまさぐるふうだった。そしてとうとう、

「実を言うと、わたしが本当にお勧めしたいのは、とある兜なんです」と切り出した。その声はそれまでの上っ調子から一転、重くて低かった。「その兜は非常に危険な商品で、使い方を誤れば、人の命を奪いかねない。先ほども申しあげましたが、あなたはきっと闘技会史上初の三連覇をなしとげるでしょう。あなたの見事な太刀さばき一つで……。でも、この世にはあなたの振う太刀でもけっして倒せない相手がいるわけです。そんなときにこの兜が役に立つかもしれない」

高橋はそこで言葉を切り、椅子に腰かける冬芽の目をのぞきこんできた。みずからの迂遠《うえん》な言いまわしが冬芽の脳内で正しい道すじをたどったかを探るように。〝太刀でもけっして倒せない相手〟とは誰なのか。そしてなぜ〝兜が役に立つ〟のか。冬芽は体の芯にじわじわと冷や水が沁《し》みとおるように理解しつつあった。三連覇をなしとげれば、当然、そのあとにアリーナでの表彰式で三つ目のトロフィーと月桂冠を受けとることになる。そのときにはやはり、目の前には下條拓がいるだろう。冬芽は太刀を取りあげられてはいるが、防具まで脱がされるわけではない。兜は左わきに抱えられている。しかしその兜が、人の命を奪いかねないものであるとすれば、果たしてどうなるか。

「これは非常に危険な話です。お互いに……」と高橋は張りつめた声で言った。この男はこんな顔だったのかというような苦い険しい面持ちだ。なぜこの男がマスクをせずにここに来たのかわかった気がした。嘘つきは口を隠すと俗に言う。ならば偽りなき者は、あるいは性根《しょうね》を据えて偽りにかかる者は、口をさらさねばならない。

冬芽は続きを促した。高橋は、今度は別の映像を再生した。つまりはこういうことだった。兜の内側に、緩衝材《かんしょうざい》に見せかけたプラスチック爆薬を貼りつける。その爆薬は映画などにもよく出てくる粘土状のもので、兜をどれほど殴りつけても爆発しないし、火にくべても燃えるだけだという。そしてその爆薬には特殊な球形のカプセルが二百個ほど埋めこまれている。そのカプセルが爆発とともに飛び散って人体に侵入し、血液で外殻《がいかく》が溶け、内部の神経毒が流れ出す。そのカプセルは暗殺国家として知られるロシアで開発されたもので、見た目から〝ジェームチュク〟という〝真珠〟を意味するロシア語名を与えられている。直径四ミリに満たないが、一粒で体重五〇〇キロの牛の息の根を止めることができる。いままで何度かテロや暗殺に使用され、ちゃんとした実績のある代物だという。冬芽は一歩も足を踏み出す必要がないし、何かを投げつける必要もない。シミュレーション映像のなかの冬芽は、兜を腹の前に持ってきて、内側を相手に向け、仕込まれた起爆スイッチを押す。下條拓は取り巻きや警護官ともどもジェームチュクを全身に撃ちこまれ、遅くとも数分で死亡する。

　しかし冬芽自身はどうなるのか。爆発の衝撃は兜をも破壊し、それを抱えていた冬芽は後方に吹き飛ぶに違いない。「あなたは少なくとも重傷を負うでしょう」と高橋は率直に言う。下手をすれば死ぬ。というより、その場で死んだほうがいっそ幸せだ。もし生きのびてしまえば、どことも知れぬ地下室で、拷問者の手によって少しずつ切り刻まれながら緩慢《かんまん》な死を迎えることになるに違いない。歯を一本一本引き抜かれ、指も一本一本切り落とされ、四肢を切断され、性器を焼かれ、鼻や耳を削ぎ落とされ、眼球を抉られ、皮膚を剝がれ……そういう死だ。しかし高橋はその点も怠りないと言う。兜の頭頂部には突起があり、爆発の衝撃によって突起の内部に仕込まれたジェームチュクが冬芽の腹部にも撃ちこまれる。優しく速やかな死だ。

　高橋は「これは単なる一つの事件ではありません。一つの石ころから波紋がひろがり、日本全体が変わるのです」と言い、どうやらクーデターの計画があるらしいことを匂わせる。もちろんその計画について冬芽のような末端の捨て駒に明かすはずもないし、知らずにいるのが賢明なのだろうが、計画が事実なら、この高橋という男はそもそも金属加工会社の社員などではないのかもしれないし、高橋という名ですらないのかもしれない。しかし気がかりなのは、なぜこの男が自分の部屋にいるのかということだ。この不自然な状況を考えると、所長がこの話に一枚嚙んでいる可能性が出てくる。養成所の所長などという地位は、内務官僚にとって出世街道のわきに掘られたどぶのようなところに違いない。そんな不満を鬱積《うっせき》させた男が乾坤一擲《けんこんいってき》の大勝負に乗っかろうと企んでいるのかもしれない。となると、これは党内の権力闘争に過ぎないのではないか？　下條拓という悪党の首を別の悪党の首にすげかえるだけではないのか？　そんな疑念を読みとったかのように、高橋は言葉を重ねてみずからの理を説く。

「世界的に見ても、もはやカリスマ的個人に依存する国家資本主義は衰退しつつあります。まさに〝絶対的権力は絶対に腐敗する〟の言葉どおりです。どの国でも大きく育ちすぎた執政組織が、吐き出せない老廃物を抱えこんだまま身動きが取れず、醜く喘いでいるのはご存じでしょう？　我が党も然《しか》りです。その一方で、いまや多くの国が、ポリティカルＡＩの大幅導入に踏みきり、哲人王システムや仮想政党や細分型ネット投票などによる新たな民意の集約を実現しつつあるのです。言うなれば、世界はいま、まったく新たな次世代型民主主義の形を模索しつつあるのです。にもかかわらず我が国は――」

高橋の話を聞き流しながら、しかし何も変わらないとまでは言えないかもしれないと冬芽は考えていた。闘技会はそもそも格闘技好きで知られる下條の一存で始められた乱痴《らんち》気《き》騒ぎだ。下條さえ死ねば、少なくともこの狂宴にだけは終止符を打つことができるのではないか。そして実行犯たる冬芽は、飼い主の手を嚙むどころか喉笛を嚙み切った闘士として、ささやかな栄誉を得ることになるのかもしれない。

しかし冬芽が三連覇を果たすことを前提にした一か八かの計画など、危なっかしくて荷担《かたん》できるものではなかった。いくつか案があり、これはその一つということなのだろうが、悪党どもの雲上の戦いに巻きこまれて虫けらのように踏みつぶされるのは願い下げだった。そもそもこの男は、態度こそ丁寧だが、人に自爆を、と言うより自死を求めることがいかに不躾《ぶしつけ》かという根本を理解できていない。所詮は月昂者の薄命、しかも家族の一人もいない孤児の身空《みそら》、派手な燃えどころさえ与えてやれば、マッチのように使い捨てにできるとでも思っているのだろう。いずれにせよ、冬芽はまだ死ぬわけにはいかなかった。残り短い人生を瑠香とともに生きてゆくつもりだった。いつどのように人生が終わるにせよ、それまでに少しでも多くの時間を瑠香と過ごす。指をからめ、身をよせあい、互いの息づかいを感じながら床につき、目が覚めてもまだそこに瑠香がいる。あすもあさってもそれが続く。それだけが、この身がいだきうるせめてもの希望だった。

冬芽がかぶりを振り、話を聞かなかったことにすると告げると、高橋の慇懃《いんぎん》のメッキがにわかに曇り、かすかな怒気さえ兆《きざ》した。まるで放《ほう》った餌に野良犬が顔を背けるのを目にしたかのようだ。

「なるほど……」と高橋は苛立《いらだ》たしげにため息をつき、策を練るように狭い部屋のなかをうろつきはじめた。「あなたがた闘士は少しでも長く露命をつなぐべく、剣を握ることを選んだ。命と引きかえに得るものが死後の名誉では物足りないというのは、もっともな話です。しかし我々としても腹をくくってここへ来ている。手ぶらで帰るわけにはいかない」高橋はそこでぴたりと足を止めると、冬芽の目を見すえ、続けた。「我々からもう一つ提案があります。山岸瑠香さんについて……」

急に心臓に刃をあてられた気がし、冬芽は身を強張らせた。高橋はいつのまにか〝我々〟などという得体の知れない一人称を使いはじめており、そのひろげられた網には、冬芽どころか瑠香までもがかかっているらしい。

「もし計画どおりに事が運べば、山岸さんは、その後も抗昏冥薬の投与が受けられるでしょう。亡くなるまでずっと……」と高橋は続ける。

冬芽は口をつぐんだまま、高橋を硬い冷たい目で見つめた。この男の図々しさは底抜けだ。こっちはそのときすでに死んでおり、約束が果たされるかどうかたしかめようもない。しかももし生きていたところで、月昴者風情《ふぜい》が〝我々〟とやらの不実を糾弾することなど不可能ではないか。

高橋は怯むことなく冬芽の目を見かえし、ぬけぬけと、

「こればかりは我々を信じてもらうしかない」などと言う。「我々には築きあげねばならない未来があります。そのためには、一人の月昴者を生かしつづけるためのアウェルーナなど取るに足りない代償だと言っていい」

冬芽の脳裏を瑠香の未来が巡りはじめた。冬芽が消えた世界で一人生きつづける瑠香……。そこに少しでも笑顔はあるか。悲しいまなざしだけがいつまでも浮かんでいるのではないか。いや、俺と一緒でなければわずかな幸福もないなどというのは、きっと自惚《うぬぼ》れだろう。結局、女は男よりも強いと言うから。次の悪党の親玉が、生かしていたところで一銭にもならない月昴者の小娘に、値の張る抗昏冥薬を死ぬまで投与しつづけるなどというのは、お伽噺《とぎばなし》としても出来が悪い。しかし二人で療養所に移り住んだところで、残された時間は高が知れている。新月のたびに百人に三人が死ぬのだ。ならば駄目元でこの男の言葉に賭けてみるのも悪くはない。いつかもっと安

価な抗昏冥薬が開発されるだろうし、月昂の症状を根本的に抑制する革新的な抗月昂薬さえできるかもしれない。それまでの時間稼ぎにはなるのではないか。

「実のところ、これは信頼関係に基づく話であると同時に、力関係の話でもあります」と高橋は駄目押しをする。「なんなら別の言い方だってできるんですよ。我々は、山岸さんへの抗昏冥薬の投与をただちに止めることもできる。つまりはそういうことです」

冬芽はもうこの男をどんな目で睨みつけたらいいかわからなかった。高橋は机の上の端末を畳みながらにわかに切っ先を突きつけるような鋭い形相《ぎようそう》になり、

「これはあなたにしかできないことです」と言った。「かぶりたくても、わたしではこの兜はかぶれない。ほかの誰にもかぶれない。我々はあなたに賭けているのです」

十二

二〇五一年の十一月下旬、第二十一回下條杯トーナメントに出場する八名の闘士が発表された。

一、脇坂〝ミョウオウ〟日出斗、三十五歳（第一養成所）
二、本村《もとむら》〝シルヴァー・ファング〟玄弥《げんや》、二十六歳（第一養成所）
三、宇野〝モーニング・ムーン〟冬芽、三十一歳（第二養成所）
四、川上《かわかみ》〝パープル・デヴィル〟大地《だいち》、三十歳（第三養成所）
五、池崎《いけざき》〝アナコンダ〟隼人《はやと》、二十四歳（第三養成所）
六、大久保《おおくぼ》〝ライトニング〟鷹見《たかみ》、二十九歳（第四養成所）

七、種村《たねむら》〝ケルベロス〟蓮太郎《れんたろう》、三十六歳（第五養成所）
八、安藤《あんどう》〝イダテン〟恭介《きようすけ》、二十七歳（第六養成所）

しかし優勝候補と目される闘士はほぼ二人に絞られていた。それぞれに二連覇をなしとげた新旧の王者、宇野冬芽と脇坂日出斗だ。多くの者が、前人未踏の三連覇に挑む冬芽に期待をよせていたが、往年の力を取りもどしつつある旧王者・脇坂の執念と勢いが勝ると見る者もいた。冬芽にとって、脇坂ははじめて敗北を喫した因縁の相手だ。それまでに四戦し、二勝二敗と分けていたが、世代交代を印象づけるように三戦目と四戦目は冬芽が獲っていた。しかし二〇五〇年は脇坂にとって不遇の年だった。抗昏冥薬の投与を受けたにもかかわらず昏冥期の衰弱がひどく、二週間ものあいだ生死の境をさまようはめになったのだ。予後も思わしくなく、戦績も振るわなかった。そしてデビュー以来はじめて下條杯トーナメントの出場を逃したのだ。落ち目だの老兵の惨めさよだのとほうぼうで囁かれたが、しかし二〇五一年に入るとみるみる調子を取りもどし、八戦負けなしでトーナメント出場を決め、みなを驚かせた。

その復活劇の奇跡的とも言える鮮やかさから、危険な肉体改変薬の使用も疑われたというが、闘士はそもそも存在そのものが人倫から外れる日陰者なのだから、いまさら命を削って何を体に取りこもうと各人の自由だった。いずれにせよ、脇坂日出斗が救国闘技会史上、最大の怪物であったことには異論の余地がない。というのも、脇坂は二〇四六年にデビューして以来、二〇五一年の下條杯までに五十七戦を戦いぬいてきた猛者のなかの猛者だからだ。最終的には、トーナメント決勝までの三戦が追加され、合計六十戦という余人には近よりがたい不滅の大記録を打ちたてた。合計試合数の二位となると、がくんとさがり、伊藤《いとう》〝ワイルド・ウルフ〟駆《かける》の四十九戦だ。冬芽はと言えば、それまでに三十八戦しかこなしておらず、三連覇を達成したとしても四十一戦までしかいかない。そして冬芽は、四十二戦目を戦うつもりはなかった。もっともその四十二戦目は、一億の頂点に立つ男と刺しちがえるという異形《いぎょう》の最終決戦として数えることもできたが……。

ノルマの三十戦を超えてなお戦いつづける理由は闘士それぞれだ。冬芽の場合は、瑠香を早く引退させるためであり、瑠香をほかの闘士に抱かせないためでもあった。懇《ねんご》ろになった勲婦に尽くすべく戦いつづける闘士は少なからずおり、その健気《けなげ》さも、命のやりとりという極地の生にあっては、一つの典型と言えた。ほかにはもちろん抗昏冥薬の投与継続のために戦いつづける者もいたし、環境の変化に尻込みし、一戦また一戦とずるずる引退を先延ばしにする者もいた。そしてもう一つの典型が、脇坂のような依存症だ。明月期に思う存分、暴力性を発揮できることに喜びを感じ、あるいは勝負における伸《の》るか反《そ》るかの血の沸騰《ふっとう》が病みつきになり、闘士をやめられなくなるのである。

毎年、下条杯の前になると、八名の闘士それぞれの紹介映像が撮影された。催事局が人気の高い勲婦に芸を仕込んで、煌《きら》びやかな衣装で養成所の取材をさせたり、闘士にインタビューさせたりするのだ。現在ではしかるべき手続きさえ踏めば闘技会にまつわる多くの映像を誰でも閲覧できるが、二〇四八年の映像のなかで、脇坂はすでに悪役らしく椅子に踏んぞりかえってインタビューを受け、牛蛙《うしがえる》のようなのっそりとした声で「俺はいつも殺すつもりで戦ってる。そしてもちろん俺も最後にはアリーナで死ぬ。勝ち逃げをするつもりはねえよ。俺が殺したやつらが待ってるからな」などと芝居がかったことを言ってのけている。元プロレスラーの本領を発揮したとも言えるが、半ばは本気で、実際に脇坂の手にかかって命を落とした闘士は五人を数える。これは試合での平均の死亡率をはるかに超える。ちなみに、冬芽がこなした全四十一試合が原因で命を落とした相手は一人もいない。

脇坂は二〇五一年の紹介映像にも出ているが、四八年のときとはやや印象が違う。鳩尾《みぞおち》の辺りにしか生えていなかった胸毛が腹や肩にまで黒ぐろとひろがり、筋肉もむりむりとより厚みを増し、両手の爪も黄色く濁って硬化しているのがわかる。月昂による体質変化が進んだのだ。三年の経過なりに老けたというのもあろうが、頬が削げ落ち、まなざしばかりがぎらぎらと迫り出すようだ。よく言えば精悍《せいかん》となるが、悪く言えば殺伐となるだろう。奇跡の復活について問われると、「神様が、俺の死に場所がベッドの上じゃないって思い出したんだろう」と答える。冬芽が三連覇を狙っていることについては「あいつには無理だ」と一蹴《いっしゅう》する。「聞いた話じゃ、あいつは女を連れて逃げ出すつもりでいるそうだ。そんなのぼせあがったやつが勝てるはずがない。結局、最後に勝つのは戦いを楽しむやつだよ。なんだってそうだろ？　守るべきものがあるやつは勝てない。勝つのは楽しめるやつだ」

二〇四八年から五一年までの冬芽の映像もある。冬芽は脇坂のように芝居がかった受け答えをしない。四九年の映像では、自信のほどを聞かれると、「あると言えば油断につながるし、ないと言えば怯えにつながる」と答え、どこか照れくさそうに〝言わ猿〟の仕草をする。その後のやりとりも気負いや虚勢を感じさせない。ほかの闘士はたいてい明月期特有の急《せ》くような口調で話すのに、冬芽はその昂ぶりに身を委《ゆだ》ねずに、ひと言ひと言探りながら話す。なまめかしいインタビュアーのおだてに乗るまいとするその姿勢は、闘技会という見世物の異様さに対する無言の糾弾のようでさえある。お前らは、野獣ではなく、感情も理性もある人間を命懸けで戦わせているのだという。実際、一歩引いて見れば、やはり異様なのだ。母親が撮っていた三十年前の動画では、うんうんと唸《うな》りながら赤ん坊の冬芽が必死に寝返りを打とうとしていた。それがいまや一八一センチ・九〇キロの偉丈夫となり、短く刈りこんだ髪はそれこそ月光のようなプラチナ・ブロンド、夥《おびただ》しい創傷がうねる筋骨隆々たる体をあらわにしてインタビューを受けている。当時、父親はまだ京都で存命だったが、息子が母親同様、月昂に感染したことを衛生局から聞かされてはいても、どこでどうしているかはまるで知らなかった。月昂という奈落に落ち、よもや汗血にまみれた蛮人として月下の晒し者になっていようとは……。

二〇五一年の十一月十九日が、冬芽が瑠香を呼んだ最後の日となった。最後であることを瑠香には黙っていた。

下條杯を決勝まで進めば、優勝できるか否かにかかわらず、一回戦と準決勝の分の勝利数が二つ追加され、勲婦を二度呼ぶことができる。瑠香はその二度で、ちょうど四十五回、勤めを果たしたことになり、自分の選んだ療養所に移ることができる。しかし決勝後に下條を巻き添えにして命を落とせば、その日の三勝分はきっとすべて無効になるだろう。ならばもし決勝でわざと負けたらどうなるか。下條は生き残り、冬芽も生きのびるだろう。冬芽の試合数はとうに三十戦を超えているし、瑠香の回数も規定数に達する。本来ならそこで一緒になれるはずだった。が、その夢は断たれた。高橋と名乗った男はおそらく内務省の人間か、内務省につながりのある人間だろう。でなければ、贔屓の勲婦に与える抗昏冥薬を駆け引きに使うなどという発想は出てこない。いずれにせよ、高橋の言う〝我々〟は闘士や勲婦の生殺与奪《せいさつよだつ》を決する力を握っているのだ。となれば、冬芽がしくじった場合、二人が一緒になるというささやかな望みは確実につぶされる。瑠香はともかく、冬芽は条件のいい療養所に移ることすら叶わないだろう。どことも知れぬ世界の涯でひっそりと、でなければ凄絶な苦悶の死を遂《と》げるのだ。となればやはり瑠香に抗昏冥薬が投与されつづけるという夢物語を信じ、下條拓と刺しちがえるしか道はないのである。

ひと月後の自死が脳裏で絶え間なく疼きつづけていながらも、明月期の情欲はそれを押しのけるように燃えさかったが、瑠香を抱きながら、冬芽の心は底が抜けたように虚ろだった。俺の生涯で女を抱くのはこれが最後だと考えながら、その最後がどうあるべきかわからず、抱いても抱いても瑠香の体を抱ききれないようだった。互いの汗のなかでのたうつように掻きいだき、歯をぶつけながら口を求めあい、永遠に続くかのようにがむしゃらに腰を打ちつけ、飽くことを知らなかったが、頭の片隅では、結局、俺は瑠香を手に入れることはできなかったのだという苦悩がずっと巡っていた。最初に瑠香を呼んで以来、一人の女を少しのあいだでも幸福にできたなら、この壊れた短い人生のすべてをよしとしようとおのれに言い聞かせてきたのに、〝あたしの人生にもまだ何かあるはず〟と瑠香が考えたその〝何か〟に俺がなりたいと希《こいねが》ってきたのに、もはやそれすら叶わないのだ。衛生局の一時保護施設の独房で出会い、最後は養成所の一室で別れる。そのあいだに三年と九カ月という月日が流れた。顔を合わせること三十五回、抱くこと三十四回、たったの一度も、塀の外に連れ出してやることはできなかった。昂ぶりのままに会っては抱き会っては抱きをくりかえすばかりで、結局、何一つ瑠香に与えることはできなかった。せめて一生分の抗昏冥薬を与えられたらと思うが、やつらはきっと約束を破るだろう。

明月期の昂揚感と、悲しさと悔しさとが入りまじり、不意に涙が込みあげ、瑠香の胸にぼたりと落ちた。瑠香は驚き、仰向けのまま、

「どうしたん……」と言った。

冬芽は動きを止め、しばし肩で息をしたあと、

「どうしたんやろな」と言った。

瑠香が手を伸ばし、柔らかな親指で冬芽の頰をぬぐった。そして冬芽を抱きよせ、首に手を回し、頭を撫でさすりながら、

「よしよし……」と言った。

冬芽は思わず笑った。瑠香も笑った。二人はしばらくそうしていた。冬芽は瑠香に抱かれたまま少し眠った。夢うつつで、瑠香が囁くように子守歌をうたっているのを聞いた気がした。眠れ、いまは……と。懐に夜を抱えた女の、この世のすべての子供を眠らせてきたような歌声で。

目を覚ますと、瑠香が眠っていた。しばらくその寝顔を見つめた。つるりとした綺麗な寝顔だった。その輪郭は柔らかい卵形を描き、閉じられた瞼《まぶた》と豊かな睫毛は美しく、眠りが苦しみ多き人生に与えられたせめてもの恵みであることの証のようだった。この世界になんの恨みもなければ、この人生にどんな失望もない、そんな不思議と満ち足りた寝顔に見えてきた。そんなことがありうるだろうか。月昂者がおのれの人生を憎まないなどということが……。冬芽は、自分の人生を、こうなるべくしてなったと思いこんでいるところがあった。しかしそれはきっと拗《す》ね者の思想だ。はじめに配られたカードだと思いこむことで、自分に挽回の機会などなかったのだと思いこむことで、誰かが引かねばならなかった貧乏籤を俺が引いてやったのだと思いこむことで、一度きりの生を享《う》けた者としてのちっぽけな誇りを胸の内でいじましく撫でまわしているのである。しかし瑠香はどうなのだろう。瑠香のこの寝顔もまた拗ね者のそれなのだろうか。月昂者は誰しも、拗ね者となることでわずかばかりの誇りとせめてもの安らかな眠りを得るのだろうか。

しかし瑠香がもし、拗ね者となることを免れているとしたら、それはきっと俺がいるからだろう。俺がひと月後に決勝まで勝ちぬき、いつも通りに生きて帰り、どこかよそへ連れ出してくれると

信じているのだ。そして少しのあいだだけでも一緒に暮らせると信じているのだ。

瑠香は凪《なぎ》のように穏やかな寝息を立てていた。その体から、二人が森の香りと名づけた匂いがかすかに立ちのぼっていた。昔の恋人の名前を忘れても、匂いだけは忘れないという話を聞いたことがある。匂いの記憶がもっとも愛に近いと。冬芽は瑠香に愛していると言ったことは一度もなかった。瑠香もそんなことは言わなかった。愛という言葉は、いまこの瞬間の熱情を言いあらわすためのものではない。発せられた瞬間から過去へさかのぼってすべてを受けいれるための言葉であり、そして何よりどうなるとも知れない未来への約束のための言葉だ。愛しているということは愛しつづけるということであり、愛しつづけられなかったのなら、そもそも愛していなかったということだ。あすをも知れぬ闘士や勲婦が、そんな大きな言葉を真顔で口にすることはできない。少なくとも冬芽にはできなかったし、瑠香にもできなかった。しかしもう二度とこの女に会えないのだと思うと、鼻先で世界が真っ暗に断ち切られるような恐ろしい心持ちになって、何も言わずに別れるわけにはいかない気がした。瑠香はきっと泣くだろう。瑠香は泣くことにすら臆病で、養成所の部屋で一度も涙を見せたことがなかった。が、俺が死んだと知ったらきっと泣くだろう。しなるのが不得手な硬い枝がいきなりぽきりと折れるみたいに、一度泣きだしたらいつまでも泣きつづけるだろう。

冬芽は瑠香の形のいい耳を見おろした。最初につくられた完全な耳をひそかに受けつぎ守りつづけている女たちの耳のようだった。その耳にそっと口づけをした。瑠香の寝息が少しのあいだ止まり、また始まった。冬芽はほとんど声もなく囁きかけた。はじめて口にするその愛の言葉は、迷路のように曲がりくねった耳の谷間に降りたち、肌色の柔らかな道を歩きはじめる。そして冬芽がいなくなったあと、いつの日にか洞窟の奥にたどりつき、木霊となって瑠香の鼓膜を震わすだろう。

十三

党が奥多摩で一二ヘクタールもの山林を切りひらいて第一闘技場を建設したのは、いまだ西日本大震災のなまなましい傷痕が各地に残る二〇三〇年のことだ。しかし党内文書に記された正式名称は〝救国第一競技場〟であって、その名からは生ぐさい血の匂いは綺麗にぬぐいとられている。それはそうだろう。真剣を手に斬りあいを強いられる月昂者などそもそもこの国には存在しないことになっている。その建前は名称の上だけでなく、闘技場の外観にも反映されており、四方八方どこから見てもローマの円形闘技場には似ても似つかない。猥雑《わいざつ》な古代の熱狂が天をどよもす楕円形の大伽藍《だいがらん》ではなく、何喰わぬ顔をした素っ気ない箱形の建造物であり、外壁をおおっているのは意匠《いしょう》を凝らした無数のアーチではなく、マホガニー風の人工木タイルであり、ガラス張りのエントランスなどまるで乙に澄ましたコンサートホールのようだ。外部からは、巨大ディスプレイもアリーナを照らす照明も視認できない構造になっており、党の狡猾《こうかつ》さがうかがい知れる。

二〇五一年十二月十八日、雲一つない満月の夜、月曜であるにもかかわらず観覧席はほぼ埋まり、下條の名を冠した催しはいよいよ盛況を極めていた。男八割に女が二割、観衆の多くは純粋に闘士たちの戦いぶりに胸躍らせる男女だったが、試合はさておき下條や党への忠誠心の表明としてこの場に馳せ参じた律儀者もいただろう。また、父親の背中を追って出世の階段を駆けのぼろうと目を輝かす紅顔《こうがん》の若者もいただろうし、党上層部への不満を隠すためにあえてこの場に顔を出した潜在的な危険分子もいただろう。そしてきっと、表彰式の際に何が起こるかを承知のうえで天下の分け目を見とどけようという真性の反逆者も紛れこんでいたはずだ。そんなそれぞれの思惑を抱えた党員たちのあいだを、惜しげもなく四肢をあらわにしたうら若い売り子たちが、まばゆい愛嬌《あいきょう》を振りまきながら、そしてスケベ親父どものあの手この手を巧みにかわしながら、飲み物や軽食を背負って行き来し、むさ苦しい観覧席に花を添えていた。

しかし観覧席の主役は有象無象の党員やその家族ではないし、ましてや愛くるしい売り子でもない。観衆の視界の隅にはその主役の姿がつねに映っており、人びとを威圧するともなく威圧していた。その主役とはもちろん貴賓席最前列のまんなかに陣取る下條拓その人にほかならない。そして彼のまわりを一族と党の幹部が腫《は》れ物にさわるようにとりかこみ、さらにそのまわりを黒服に身を包んだ警護官たちが守っていた。貴賓席そのものは厚さ一五センチにも及ぶ強化複層ガラスで囲まれ、対戦車ロケット弾を撃ちこまれても耐えしのぐという。それゆえに下條拓はまったく大船に乗った心地でおり、ひろびろとした専用席で巨大な笑みを湛えていた。御年《おんとし》七十五歳、老いてなおその双眸は炯々《けいけい》と輝き、巨躯《きょく》の押し出しも衰えを知らず、周囲を萎縮《いしゅく》させるに足る存在感を放っていた。

貴賓席には下條の子供たちもいた。毎年欠かさず顔を出す、下條にもっとも顔立ちのよく似た次男の玄、愛人の子である四男の快翔《かいと》、救国議会の副議長を務める長女の沙智《さち》、夫を連れていつも顔を出す三女の愛香の四人だ。下條の後継者と目される長男の猛彦《たけひこ》は、父親と一緒にいるところを目撃されることがまずなく、闘技場に姿をあらわしたことがなかった。同時に暗殺されることを避けるためだと噂されていたが、事実かどうかはわからない。新興宗教に入れこんだり薬物に手を出したり交際相手を半殺しにしたりと、下條家一の問題児とされる三男の悟《さとる》もまた闘技場で目撃されたことはない。いっとき絶世の美女として話題になった次女の真希《まき》も、モデルをしていた愛人の子で、「あのボス猿……」と言って父親を毛嫌いしていると言われているが、英国暮らしが長く、そもそも日本に帰ってくることが滅多にない。そして妻の寧々もまた、夫の誇大妄想の結実である馬鹿げたチャンバラ遊びにはつきあわない。噂の域を出ないが、寧々は「あの人が殺されるとしたら、きっとあそこね」と子供たちに第一闘技場の不穏さを予言したとされている。

ほかに貴賓席にいたのは、救国党・最高委員会の常務委員にして財務大臣の永原剛栄《ながはらごうえい》と、同じく最高委員会の常務委員にして内務大臣の飯地修武《いいじおさむ》だ。下條も含めて、国家を牛耳《ぎゆうじ》る最高委員会常務委員七人のうち三人がこの夜、第一闘技場に会していた。永原はトドを思わせる色黒で肥満体のロリコンで、中学生ぐらいにしか見えない小娘を家政婦として三人も雇い、セーラー服だの体操服だのを着せて屋敷で働かせていた。炊事洗濯はもちろん肩叩きや耳掃除をさせていたわけでもないだろう。また、飯地は典型的なサディストで、体重七〇キロを超える化け物のようなピットブルを飼っていて、失態を犯した部下にけしかけると恐れられていた。しかしその自慢の飼い犬の背にまたがって満面の笑みを浮かべる映像が流出したことから、巷ではアメリカの古い名作映画のリメイクと彼の苗字をかけて〝イージ・ライダー〟などと綽名をつけられていた。下條、永原、飯地の三人は党の腐敗と異形を象徴する男たちだが、〝鉄の三角形〟などとも言われ、旧国民党の創立メンバーであり、戦国大名さながらの政略結婚によって固く結ばれていると言われていた。

しかしこの日、最高委員会の常務委員ではないとはいえ、無視してはならない重要な党幹部がほかにも列座していた。真っ先にあげられるのが救国特別警察の長官にして下條の腰巾着とも言われる日村隼雄だ。表向き、党員に闘技会の観覧許可を出すのは催事局だが、実際の審査は党員の身上調査を担う救特がおこなっていた。日村は、最高指導部入りを目指すすべての上級党員の嗜好《しこう》や性癖、そして日々の行動を把握していたとも言われている。つまり、下條は日村という忠犬を通じて、全党員の金玉を握っていたのだ。日村の隣には催事局局長の白尾義孝《しらおよしたか》が座っていたが、この男は元映画監督という異色の経歴の持ち主で、上級党員のためにいかがわしい違法映像を数多く撮ったと言われている。そしてさらに隣には、救国警備隊長官の青木望夢《あおきのぞむ》がいた。青木は出世のために下條の元愛人と結婚した、つまりおさがりを引きうけた野心家で、下條の四男・快翔の継父でもある。

以上のように、救国党政権の魑魅魍魎《ちみもうりょう》ぶりを示す面々が、その日、闘技場の貴賓席という一つの空間に顔をそろえていたのだ。出どころのさだかでない情報によると、暗殺計画が実行に移されようとしていたまさにその夜、貴賓席のなかで次男の玄が下條に体の調子について尋ねたという。すると下條は、次のように言ったそうだ。

「百足《むかで》にどうやって歩いているか聞いたら歩けなくなると言うだろう？　だから潑剌《はつらつ》たる老父に具合を聞いたら駄目だ。はて、と首をかしげたとたん、ぽっくり逝っちまうからな」

貴賓席じゅうがどっと追従《ついしょう》笑いに沸いた。それに気分をよくした下條は、

「俺は最近、死なないような気がしてきたよ。俺が死ぬ前に、きっと人間は不死になるな」と言った。

そこで日村が真面目くさった顔つきで言った。

「首相、お気をつけくださ い。去年他界したわたしの父も、生前、同じことを申しておりました」

ほかの誰も笑わなかったが、下條だけは膝を叩いて大笑いし、
「日村、俺はお前のそういうところが好きだ」と言った。「ぎりぎりの冗談を一人で楽しもうとするところが……」
「いえ、わたしは事実を述べただけです」と日村は飽くまで真顔だった。「もっとも、事実ほど可笑しなものはありませんが……」

午後十一時半ごろ、巨大ディスプレイでは、決勝戦までのハイライトが流れていた。脇坂日出斗は一回戦で第三養成所の川上大地を、準決勝では第六の安藤恭介をくだし、決勝進出を決めていた。冬芽もまた、一回戦で第一の本村玄弥を、準決勝では第五の種村蓮太郎をくだし、決勝進出を決めた。ここまでは下馬評どおりの結果であり、残るは冬芽と脇坂による決勝戦だけ。下條杯は二十一年目にして最高潮の瞬間を迎えつつあった。冬芽が勝てば前人未踏の三連覇、脇坂が勝っても史上初の三度目の王者、いずれにしても勝者は不滅の勇名を闘技会の歴史に刻むことになる。

両者とも深手を負わずに、危なげなく勝ちすすんできたと言えたが、しかし二人の決勝戦までの戦いぶりは対照的だった。脇坂は終始、野獣のように歯を剝いて相手を威嚇したり、嘲《あざけ》るような笑みを浮かべて挑発したり、本人が言うところの〝戦いを楽しむ〟ことを実践していた。一方、冬芽はいつにも増して〝はしゃがない〟姿勢がはっきりとしていた。その違いは試合時間にもあらわれていた。脇坂は二試合とも、相手にも見せ場を与えつつじわじわと仕留めにいったため、どちらも十五分を超えていた。しかし冬芽は、二試合とも相手に調子をつかませないまま力で押さえこみ、十分以内で終わらせていた。実況者が解説者にここまでの二人の戦いぶりをどう

見たか尋ねると、解説者は「脇坂はいつも通りの観客を沸かせる巧みな試合運びでしたね。もう完全に全盛期の力を取りもどしたと言ってもいいんじゃないでしょうか」と高評価だった。一方、冬芽については、「盤石《ばんじゃく》の勝ちっぷり」と認めながらも、「余裕がないのか、ずいぶん勝ち急いでいる」だの「脇坂とはいままで四戦して二勝二敗と分けてますから、不可能というジンクスのある三連覇へのプレッシャーでそうとう神経質になっている」だのと、いつもと様子が違うことを不安視する言葉が並んだ。

まもなく脇坂がレッド・ゲートからアリーナに登場する時間だった。冬芽は教練士や養成所の職員や催事局のカメラマンたちに遠巻きにされ、ブルー・ゲートの手前に控えていた。第二養成所の陣営は闘技場に到着以来、ずっと気づまりな空気に包まれていた。冬芽の様子がおかしいのだ。誰に話しかけられても上の空で、ろくに返事をしない。しつこく声をかけると、「勝ちますよ。勝てばいいんでしょう」などと凄い目つきで言い捨てる。そしてその言葉どおりに決勝まで勝ちすすんできた。しかしその試合内容はとても満足のゆくものではなかった。それこそ〝勝てばいい〟という木で鼻をくくったような戦いぶりで、観覧席をにぎわす華もなければ、見映えのする試合を心がける相手への配慮もない。冬芽が戦う四度目の下條杯だったが、周囲にとってこんなに扱いづらいのははじめてのことだった。

しかし仲野や職員たちにとっていまさら驚くことではないとも言えた。冬芽のこれはきのうきょう始まったことではないのだ。遅くとも数カ月前から兆候はあった。どの日を境にとは言いきれないが、もともと無口な性分だったのがさらに口数が減り、目つきも尖ってきた。稽古の仕方もがむしゃらで荒っぽく、ほかの闘士とも小競りあいが絶えない。食堂でも、死してなお養成所暮らしから解放されない闘士の亡霊のように、薄暗い目を虚空《こくう》にさまよわせながら一人で黙々と喰っている。わずかでも笑顔を見せるのは、試合後に勲婦を呼んだときぐらいだ。不可解なのは、今回の下條杯をもって引退かと思いきや、その意思をはっきり示さなかったことである。とうに三十戦を超え、馴染みの勲婦もそろそろ引退できるころあいとあれば、今回を潮に一緒に宮崎か高知に行くのだろうとまわりは思っていた。闘士が望みうる最上の幸福とも言えるその計画を土壇場になって女に拒否されたのだと噂する者もいれば、昏冥期に脳をやられて社交性に障害が出たのだと言う者もいた。いずれにせよ、引退しないのならどうするのか。脇坂のように果てなく戦いつづけて、アリーナで大往生を遂げるつもりでいるのか。誰にも冬芽の心中をうかがい知ることはできなかった。

しかし仲野だけは、真実の一端にふれる疑問をいだいていた。数日前に、下條杯で身につける防具一式がメタルエースなるメーカーから養成所に届いたのだが、兜が妙に重たいことに気づいたのだ。訝しく思いながら内側をのぞいたところで、冬芽が慌てて兜を横から攫《さら》っていった。まったくもって不自然だった。兜も、その挙動も……。いつもと同様、金メッキの残月を前立てにした黒塗りの和兜だった。鉢のてっぺんに金糸で編んだ派手な房飾りがあったが、錏《しころ》の大きさは標準的で吹き返しもなく、なぜ重いのかわからない。多少の差はあれ、どの兜も一・五キロほどだが、あれは二キロ近くあったのではないか。普通なら、こんなものかぶって戦えるかと突きかえすところなのに、冬芽は文句一つ言わなかった。それどころか、自分の防具には指一本ふれないでくれと有無を言わせぬ形相で迫ってきた。そして実際、下條杯の当日になっても仲野や職員にはいっさいさわらせなかった。当然、兜に何かを仕込んでいるに違いないとの憶測が働く。しかしそれがなんであれ、仕込んだのは冬芽自身ではない。兜をつくった業者だ。そのことを冬芽も承知している。冬芽と業者が結託し、何かをやらかそうとしている気がしてならない。このところ様子がおかしいのは、そのせいに違いなかった。いままでの二試合では何も起こらなかった。起こるとしたら決勝戦だろう。脇坂が嫌がらせのために冬芽の馴染みの女を呼んで手荒な真似に及んだから、報復すべく決勝戦で脇坂を殺すつもりでいるのだと、根も葉もない空想を語る闘士がいた。馬鹿話として聞き流していたが、兜の一件以来、刺《とげ》のように脳裏で疼きだした。脇坂を殺す？　兜に仕込んだ何かで？

ほかにも気がかりな点はあった。兜の件でぎくしゃくした空気が流れたあと、冬芽が取りつくろうような詫びるような力ない笑みを浮かべ、きのうようやく彫りあがったという一体の木彫りの像を手わたしてきたのだ。自分に万が一のことがあったとき、瑠香という馴染みの勲婦に渡してほしいと言う。仲野は自分で渡せという言葉を呑みこんだ。闘士が万が一と言うとき、それはすなわち死を意味する。冬芽が臨む四度目の下條杯だったが、こんなことを言いだしたのははじめてのことだった。仲野は高さが二〇センチほどの赤茶色の木像を手のなかで転がしながら眺めた。太刀を佩《は》いた闘士を象ったものだ。背中には前日の日付と〝残月〟の文字。ほかの木像と同様、目を糸のように細め、満ち足りた頬笑みを浮かべているが、兜には残月の前立てがあった。つまり、ほかでもない冬芽自身を彫ったものなのだ。仲野は、冬芽が長らく木彫りに慰めを見出していることを知ってはいたが、本人の言葉を鵜呑《うの》みにして、ただなんとなく興味を引かれた闘士を彫っているだけだと思いこんでいた。しかし万が一という言葉に思いを馳せたとき、ひょっとしたら、死んだり脱落したりしていなくなった闘士たちを彫っていたのではないかと思いあたった。ほら、あのいちばん端っこのやつなんか、先月の試合で命を落としたばかりのあいつじゃないのか？　だとすると、冬芽は前もって自分の墓を建てたということなのか？　仲野は冬芽の表情をうかがったが、腹の読めない険しい面持ちがそこにあるだけだった。仲野はわかったとだけ言って木像を受けとった。闘士がわずかな報奨金をはたいて贔屓の勲婦に贈り物をするのはよくある話だし、前もって形見の品を用意する者も珍しくはないのだ。

冬芽は閉ざされたブルー・ゲートの前で出番を待っていた。傷だらけの隆々たる肉体は油を塗られて王者の栄光に照り輝いていたが、そのまなざしは余人には計り知れない悲壮に暗く張りつめている。杭につながれた獣のように小さな円を描いて歩きつづけており、この落ちつきのなさは満月に煽られる月昂者にありがちな性質だが、今夜はそうとばかりも見えず、むしろおのれの胸にひろがる索漠《さくばく》たる暗がりを果てしなくうろつく亡《はげ》者のようだった。冬芽の入所以来、仲野はずっとその姿を見てきた。冬芽ほど熱心に稽古に励む闘士を知らなかった。稽古で十できても、実戦で出せるのは一だけ。実戦で十を出したかったら、稽古では百できなければならない。子供の時分に剣道の先生からそう叩きこまれ、それを信じてやってきたという。いかに三連覇の重圧が大きいとはいえ、そんな男がこの期に及んでその信条を曲げ、汚い手口になびくとは思えなかった。もし本当に脇坂を殺《や》るつもりだとしても、冬芽ならおのれの実力でやるだろう。

仲野はうろつきまわる冬芽に歩みより、声を低め、

「何をやらかす気だ?」と聞いた。

冬芽は一瞬、足を止めたが、何も答えず、また円を描いて歩きはじめる。しかし二周したところでまた足を止め、仲野の顔を横目で一瞥したあと、ぼそりとした声で、

「仲野さん、この前のあれ、頼みますよ」と言った。

この前のあれ。おのれを彫った木像のことに違いない。万が一と聞いて受けとったものが、いまや一が一と言わんばかりの差し迫った口ぶりだ。

「わかってるさ。それより、お前……」と言いかけたところで、

『さて、みなさん、お待たせしました！　ただいまより、第二十一回下條杯──』とゲートの向こうで実況者が能天気な甲高い声を張りあげはじめた。

「仲野さん、ありがとうございました」と冬芽が軽く頭をさげ、目を逸らしたまま言った。「ここまで来れたのは、仲野さんのおかげです」

言葉とは裏腹に、全身から立ちのぼる気配は、最後のわずかな隙間をぴたりと閉ざすものだった。同じ月昴者だというのに、同じように太刀を握って戦った闘士と元闘士だというのに、いまや埋めようもない溝が二人を隔てていた。俺はこっち、あんたは向こう……。

「勝ちますよ」と冬芽が目を伏せたまま言う。「絶対に勝ちます……」

ゲートの向こうで、脇坂の登場曲であるスラッシュメタル調のベートーヴェン《運命》が、低く重たく鳴り響きはじめ、真っ青なゲートを小刻みに震わせた。俗に、このあまりにも耳慣れた旋律は、運命が扉を叩くさまを表現したものだという。そして脇坂が登場の演舞を終えると、次は冬芽の登場曲であるドヴォルザークの《新世界より》の第四楽章が大伽藍のように響きはじめることになる。ビートを強調したビッグバンド調のアレンジで、昔、初戦の前に仲野が選んでやったものだ。

冬芽の口もとが皮肉っぽく歪み、小さく笑ったようだ。仲野にはその病みこぼれたような笑いがどこから湧いたものかわからなかった。しかし、もし冬芽の胸のつぶやきを聞くことができたなら、こんな言葉を耳にしただろう。

運命が扉を叩き、新世界がやってくる？　俺のいない新世界が？　下條のいない新世界が？　闘士や勲婦のいない世界が？　やってやろうじゃないか。この旧世界を、この俺が叩き壊してやろうじゃないか。このちっぽけな命を余すところなく使いきって……。

十四

頭上に昇りきって傲岸《ごうがん》なまでの光輝で地上を照らす満月のもと、固唾を呑む一万五千人もの観衆が第一闘技場の観覧席を埋めつくしていた。人びとの意識はアリーナの中央で対峙する二人の男に注がれている。煌々たる月明かりを浴びて絶頂を迎えた二人の昂ぶりは、たったいま銅鑼の音とともに始まった斬りあいのなかで燃えさかるが、しかし一方の炎はたぎる血の流失とともに燃えつきることになるだろう。巨大ディスプレイの隅に現在の外気温は四・五度と出ているが、二人の体からはふつふつと汗がにじみ、兜のなかでは、白い息が透明な面頬をうっすら曇らせては消えることをくりかえしていた。

観衆はみな、自分たちが異様なものを見ていると承知していた。闘士たちが試合で命を落とすことはないと闘技会のサイトでは説明されていたが、実際はしばしば死者が出ていることを知っていた。次の新月のあと、あの男、深手を負ったが大丈夫だったろうか、と案じてサイトを見てみると、まるでひっそり引退したかのように、あるいは自然に昏冥死したかのようにプロフィールが削除されているのだ。

一人の人間の死は、一つの世界の終焉にほかならない。そしてその世界に軽重《けいちょう》の差はない。人の命は平等だ。その思想こそが現代文明の頭上に輝く北極星であり、たとえたどりつけなくとも、一つところで理想の光を放ちつづけているのである。しかし実際のところ、ここに集まった党員たちにとって、人の命が平等だなどという考えは身の毛もよだつ恐ろしい偽善でしかなかった。もしこの世に割りあてられた不幸の量がさだめられたものなら、その不幸はいつだって他人の上に、つまり党員になれぬ凡俗どもの上に降りかからねばならない。他人が不幸であるからこそ枕を高くして眠れるのだし、幸福な気持ちも胸に満ちてくるというものだ。人は平等ではないし、そもそも平等であってはならない。でなければ、どこに安穏の余地があるというのか。党員たちにとって、この闘技会は、その思想をたしかめるための儀式でもあった。ほら見ろ、月昂は俺たちのもとを訪れない。いつだってやつらの門を叩くのだ。

しかしアリーナで武器を手に向きあう二人にとって、観覧席の底にわだかまるへどろのような優越心など、もはやどうでもいいことだった。蛮人には蛮人の矜持《きょうじ》があり、見世物には見世物の真実がある。観覧席にひしめく有象無象がひと舐めすることも叶わない矜持と、指一本ふれられない真実が……。

冬芽はここへ来て、にわかに頭が澄みわたるのを感じていた。暗月期になると、自分の意識が肉体の底に沈んでゆくような重たく鈍い閉塞感《へいそくかん》に苦しむのだが、明月期の絶頂であるいま、意識は夜空に向かって大きくひらかれ、吹きわたる風のようにみずみずしくひろがり、闘技場をとりかこむ山林で小枝が一本折れても葉が一枚そよいでも感じとれる気がした。菅井元香は〝われらの心に昇ってくる〟と満月を表現したが、まさにその通りで、頭蓋の内側に濡れ光る月がひんやりと昇ってくる感じがするのだ。そして今宵《こよい》の満月もまた、冬芽の脳天に凛としてかかっているのである。

ついさっきまでは千々に砕け散りそうな心を押しとどめるためにブルー・ゲートの向こうで気のふれた獣のごとく歩きまわるばかりだったが、いまや明月期の昂ぶりの上に突きぬけ、どこまでも平らかな雲海に臨むかのように心は静かだった。あと一人だ。目の前には脇坂日出斗がお得意の薄笑みをにたりと浮かべ、浅黒く輝く巨躯を息づかせながら、生ける巌《いわお》のごとく立ちはだかっている。この男を倒せば、俺は死ななければならない。しかしこの数カ月ずっとのしかかっていた死の重みが、脇坂と向きあったとたん、どうしたわけか羽根のように軽くなったのだ。

　脇坂が樽のように太い左腕を突き出し、投網をぬらぬらと回しはじめた。冬芽の顔を舐めまわすような嫌らしい回しぶりだ。頭上で投げ縄のように回したり左横に構えて鎖分銅《くさりふんどう》のように回す方法もあるが、脇坂は体の前で〝∞《無限大》〟を描くように回すことを好む。左右どちらからでも投げられ、相手もそれを嫌がるからだ。脇坂が投網を回しながら、じりじりと間合いを詰めてくる。にやついているか、はたまた歯を剝いているか、脇坂の表情からはあえて目を逸らす。目線も見ない。呼吸も見ない。脇坂は歴戦の古狸《ふるだぬき》で、表情、目線、呼吸、すべてが見事に嘘をつく。みなそれに欺かれ、傍目《はため》にはえっと思うような攻撃を喰らってしまう。欺かれないためには、視線は脇坂の胸の辺りに漂わせ、遠山《えんざん》を望むがごとく全体を見ねばならない。十代のころはなかなかそれができずに苦労したが、いまや月昂の昂ぶりにより意識が極限まで研ぎ澄まされ、目に映るいっさいに同時に焦点が合っているかのような錯覚がある。相手の動きどころか、観衆のあの顔この顔がひと粒ひと粒すべて見えている気がする。この偉大なる感覚を闘士たちはみな〝際どき〟と呼んでいた。一回戦、準決勝と、際どきは冬芽の身にいつもどおり訪れたが、どちらも淡い感覚に過ぎず、そのせいで早くけりをつけねばという焦りばかりが募り、にべもない戦いぶりをさらしてしまった。しかしこの決勝戦は違う。あと一人という余裕からだろうか、いつにもまして濃密な際どきが冬芽を包み、まるで負ける気がしなかった。しかしおそらく脇坂もまた際どきのまっただなかにおり、あとはこちらをどう料理するかだけだと、胸の内で舌なめずりでもしているのだろう。稽古中に際どきが訪れることは滅多にないが、恐怖に打ち勝ってアリーナに出てゆけば、まるで満月のふちから零れた神々の飲料ソーマのようにしばしば脳髄《のうずい》に滴《したた》り落ちてきて、闘士たちを喜ばせ、奮いたたせる。三十戦をこなしても戦いに飢えて闘士をやめられずにいる者の多くは、つまりこの際どきに飢えているのだとも言われる。脇坂はまさにその手の男の代表格に違いないし、冬芽のなかにもまた、際どきに震える手を伸ばすような渇きがはっきりとあった。しかしそれも今夜が最後となるわけだが……。

ここまで来れば、俺たちは観覧席が廃墟みたいに空っぽでも戦うだろう。外の世界が砂漠みたいに空っぽでも戦うだろう。観覧席が空っぽだって世界が空っぽだって俺たちには観客がいる。月だ。頭上でこの身を炙らんばかりに輝く満月だ。ここに来れば、満月はいつだって俺たちを見ているのだ。俺たち一人ひとりを見ているのだ。満月はいつだって俺たちに言う。命を懸けろと。命を懸けられることだけが本当だと。命を懸けられる者だけが世界に屹立《きつりつ》するのだと。ほかの誰も見ていなくとも、この満月だけは見ているぞと。とどのつまり誰だってそうだ。ここに骨をうずめようというところにいつかたどりつかなければ、生きていたって仕方がないじゃないか。脇坂だってそうだ。月昴者となることを望んだはずもないが、このアリーナを終《つい》の住処、終焉の地と思いさだめたのである。もちろん俺もそうだ。こんな狂った夢に足を踏みいれたくはなかったが、ほかの枝をみんな切りはらわれてこの細い枝に追いつめられ、いまここにこうして立っているのだ。そしてここでこのちっぽけな命を、下條の巨大な命と引き替えにすると決めたのだ。

不意に脇坂は血色の悪い唇をにやりと歪めて黄ばんだ歯を見せた。濁った薄暗い奥目でこちらの腹を底まで透かし見たような、共犯者じみた嫌らしい笑みだ。ようやく気づいたかというような。所詮、俺もお前も同じ穴の狢《むじな》だという真実をなすりつけてくるような。こちらの思いすごしだろう。自分でそんな理屈をつけたから、そう見えてきただけだろう。それにしてもなんと憎たらしい笑みであることか。堂々たる押し出しは変わらないものの、どことなく大木の芯が朽ち崩れてきているような危うさがあった。肌に油を塗って外面《そとづら》をやたらに光らせてはいても、顔色は変にずず黒いし、へそのまわりにまで渦巻かんばかりに毛が生えだしているのは、月昴による変容が進んでいる証拠に違いない。がたのきた体にやばい薬を打ってやっとこさ試合に出てくるという噂は本当かもしれない。このままアリーナに立ちつづけても、脇坂はもう長くないだろう。

そんなことをあれこれ考えるうちに、一足一刀の間合いから脇坂がぐいと踏みこんでき、すぼませたままの投網で脚を横薙ぎにしてきた。冬芽は間一髪飛びすさったが、じゃらじゃらと束になった錘が、剝き出しになった腿をかすめ、殺意の残り香のような乱暴な風をよこした。

『第二十一回、下條杯トーナメント決勝戦！　歴史的とも言えるこの試合の劈頭《へきとう》を飾る攻撃は、やはり脇坂の投網だあああっ！』と実況者の甲高い声がアリーナの緊迫した空気を粉微塵に打ち砕いた。『さて、今夜いよいよ雌雄を決するのは、救国闘技会始まって以来の二大闘士と言っても過言ではないでしょう！　その二大闘士が同じ時代にこのアリーナに立たなければならないというのは、二人にとっては不幸なことかもしれませんが、わたしたちにとってはなんと幸福な巡りあわせでありましょうか！　この二人はまさに生まれついての宿敵だ！　これまでの戦績は二勝二敗とどちらも譲らず！　しかし今夜こそは――』

脇坂はまたにやりと歯を見せた。冬芽も思わず笑みが出た。冬芽の脳裏に、ふと、ひやりとするような考えが兆した。きょう、こいつを殺してやろうか。俺が脇坂の命を獲りにゆくという噂だってあるぐらいだ。いっそのことその噂を本当にしてやろうか。脇坂だってきっと本望だろう。ベッドの上で昏冥死したり格下相手に無様な殺《や》られ方をするよりは、下條杯決勝という最高の舞台ですっぱり息の根を止めてやったほうが、よほど華ばなしい幕引きになるに違いない。デビュー以来、四十戦を戦ってきて、相手を殺すなどという考えをなまなましくまさぐったのははじめてのことだったが、どうせそのあと、下條を含めた何人とも知れない取り巻き連中を巻き添えにして死ぬ覚悟なのだ。一人ぐらい道づれが増えたところで落ちる地獄は変わるまい。そもそも下條が死ねば、闘技会そのものが終わるかもしれないのだ。そうなれば脇坂は死に場所を失って魂がすっぽぬけたみたいになるだろう。それぐらいなら、いっそここで斃してやるのが情けというものだ。

十五

『倒れました！　宇野冬芽、激闘の末、とうとうここに倒れました！　史上最強のサムライが、ついに宿敵、脇坂〝ミョウオウ〟日出斗の前に膝を屈しましたあああああっ！』

漆黒の長衣《ながぎぬ》に身を包んだ救急看護師たちが、四人がかりで冬芽の体を持ちあげ、冥府の棺桶を模した仰々しいストレッチャーに横たえた。腹部は油まじりの夥しい鮮血に濡れていたが、しきりに喘いで上下しており、まだ息のあることが知れた。意識は深い井戸に落ちたようにすぼまっていたが、薄く開けられた両の目は狭い夜空を映し、耳は渦巻く歓声や熱狂にうわずったけたたましいアナウンスを遠くに聞き、血を失って青ざめた肌は師走《しわす》の冷気を感じ、鎌槍に刺し貫かれた傷は痺れたような疼きの塊となって意識のあちこちに浮かんでいた。

黒衣の男の一人がどこか遠くから「意識はあるか?」と呼びかけてきた。冬芽は喉の奥から「ああ」とくぐもった唸り声を絞り出すと、その返事は冬の羽虫のように意識の外へよろよろと漂いのぼっていった。「自分の名前はわかるか?」「宇野……」「宇野なんだ?」「冬芽……」「ここはどこだ?」「アリーナ……」「きょうは何月何日だ?」「……」知るか、日にちなんか……。

でもわかってる。負けたんだ！　これ以上ない際どきに恵まれたはずなのに、俺は負けた！　どうあっても勝たねばならなかったのに、脇坂に負けた！　俺はいつもこうだ！　いつまで経ってもまったく間抜けなお打たれさまだ！　中学の全国大会でも、高校のインターハイでも、俺はいつも肝腎なところで負けるんだ！　しかし今夜は勝てるはずだった。途中までは明らかに俺が優勢だった。なぜだ？　何が起こった？　いったいどうなるんだ？　俺は下條をこの身もろともぶち殺さなければならなかったのに……。ああ、瑠香……瑠香……俺は勝てなかった！　お前を幸せにしたいだけだったのに……。

『それにしても、なんということでしょう！　苦難の時代がありました！　誰もが脇坂はもう駄目だと言いました！　落ち目だと言いました！　それがどうでしょう！　この男はやってのけました！　三度目の王者という前人未踏の大記録を打ち立てました！』

彼方に白けた小さな月が浮かんでいた。見れば見るほど遠ざかってゆくかに思える、まるで針の穴のようにちっぽけな満月だ。なぜあんなに遠いのか。なぜあんなに素っ気ないのか。まるで赤の他人だ。いや、違う。死んでるんだ。あの月はもう死んでる。満月は満月でも、俺たちが見あげる生きた満月ではない。菅井元香が息づいていると謳った月昂者の満月ではない。あんなよそよそしい満月を見るのははじめてだ。いや、はじめてではない。昔はずっとああだったのだ。月昂者の境涯に堕《お》ちるまでは、夜空にかかるのはずっとあんな素知らぬ顔をした月だったのだ。しかし俺は月昂者だ。どうしたんだ？　俺は月に見捨てられたのか？　いや、違う！　あの痛みだ。左腕にちくりときたあの不可解な痛みのあと、すべてが変わってしまったのだ。

『試合時間、十七分二十六秒！　今年、最後にして最高の舞台で、脇坂は見事、鮮やかな逆転勝利をなしとげました。歴史に残る死闘を制し、おのれが史上最高の闘士であることを——』

ストレッチャーがブラック・ゲートをくぐった瞬間、突然、耳をふさがれたみたいに実況者の声が小さくなり、地獄に一歩近づいたかのごとく空気がなまぬるくなった。ストレッチャーに内蔵された簡易検査機があしたの天気予報でも読みあげるみたいな平板な声で、血圧がどうの脈拍がどうの体表温度がどうの推定出血量がどうのとくりかえしている。冬芽は狭まった意識で、悪夢の底を這いずりまわるように、自分の身に何が起こったか考えを巡らせていた。やはりあの痛みに違いない。試合中、腕鎧の下で左腕に何かがちくりと刺さるような異物感があった。やつらが用意した腕鎧の緩衝材に針でも紛れこんでいたかと思ったが、どうしたわけか、全身にみなぎっていた際どきが、あの瞬間を境にみるみる退《ひ》いていったのだ。あのとき何か薬物でも打たれたんじゃないのか？　緩衝材のなかに仕込まれた小型の注射器のようなもので……。それとも違うのか？　俺はただ負け惜しみを言ってるだけなのか？

ストレッチャーが処置室にすべりこんで停止すると、救急看護師たちがいそいそと黒衣を脱ぎ捨て、下に着ていたいかにも医療従事者らしいずるんとした水色の衣服があらわれた。その水色どもがわらわらとまわりに集まってき、闘士たちが〝追いはぎ〟と呼ぶ行為を始める。顎紐を外して兜を脱がせ、腕鎧や臑当てを引っぺがし、腰布や下着を切りはがし、サンダルを脱がせ、冬芽を瞬く間に豚みたいに素っ裸にした。そして冬芽の頭部や四肢を専用器具やバンドでストレッチャーに固定すると、今度はそのストレッチャーを円筒形の複合検査機に固定し、看護師を二人だけ残してほかは慌ただしく部屋を出ていった。隣室にある手術機の準備に行ったのだろう。

それにしてもおかしな感覚だ。負けるのははじめてではない。出血多量でぶっ倒れたのもはじめてではない。が、こんな感覚ははじめてだ。自分の意識が点のように縮こまってぽつんと暗闇に沈んでゆくみたいだ。世界が遠い、体が遠い、そして何より眠くて眠くてたまらない。そうだ。

この感覚はあれに似ている。体内でセレナリンが減少し、かわりにプルトニンが優勢になって昏冥に陥ってゆく、あの感じだ。明月期の、しかも満月の夜だというのに、なぜ昏冥に似た状態になるんだ？　これもまた出血性ショックの症状なのだろうか？　やはり左腕から一時的に昏冥を誘発する薬物か何かを注射されたのでは？　重たくのしかかる眠気にあらがいながら、注射痕をたしかめるべく左手を持ちあげようとするが、まるで動かない。そうだ。忘れていた。ストレッチャーに固定されているのだ。複合検査機がさっそくはるか頭上から、

〈しばらく動かないでください。検査は二分ほどで終了します〉と語りかけてくる。

聞きなれた台詞だ。が、遠く聞こえるということを差し引いても妙な声だ。女の声に聞こえた。機械らしからぬ、やや甲高い、どことなく神経質そうな、女というより少女に近い声だ。複合検査機にかけられるのはもちろんはじめてではない。勝者であれ敗者であれ、手傷を負えばたいがい闘技場の検査機にかけられる。いまの台詞を聞くのはきょうで二回目だ。準決勝のあとも聞いたが、絶対にこんな声ではなかった。そもそもいまのいままで検査機の声を男だとか女だとか、あるいは少女だとか思った憶えがない。人工的に合成された性別や年齢を持たない声として記憶していた。絹みたいになめらかで、完璧な抑揚をそなえた、しかし魂の欠落した声……。

〈嘘よ。あなたはもう縛られてなんかないの。あなたがそう思いこんでるだけ……。だからほら、立ちあがって……〉

やはり少女の声だ。しかも妙なのは声だけではない。話の中身までがおかしくなってきた。立ちあがれだって？　小人の国のガリバーみたいに念入りに縛りつけられてるってのに？　検査機がこんなことを言うはずがない。じゃあ看護師たちがしゃべっているのか？　いや、そばにいる看護師は二人とも男だ。そもそもどこの闘技場であろうと看護師は男しかいない。手負いの野獣

の前に若い女の看護師などという汁気たっぷりの餌をぶらさげるはずがない。じゃあ誰がしゃべってるんだ？　ひょっとして夢なのか？　俺はまだ脇坂に負けてなくて、第一闘技場に向かう護送車のなかで悪夢を見ているだけで、トーナメントはこれからなんじゃないのか？　強烈な眠気のわずかな隙間であれこれ疑念が脳裏に浮かんでは去るが、そのあいだにも検査機の円筒部分がかすかな唸りをあげながら頭部におおいかぶさってくる。この検査機の音だって妙だ。いつもならただのつまらない作動音としか思わないのに、なんだか風の音みたいだ。だだっぴろい荒野を吹きわたる乾いた風……。どことなくもの悲しいような殺伐とした風……。

〈いつまでもここにいたら危ないの。早く夜を追いかけなくちゃ。ほら、目を覚まして立ちあがって……〉

　ちくしょう！　やっぱり幻聴だ！　暗月期にもしばしばまどろみながら幻聴を聞くが、あれに似ている。それにしてもこの部屋は暑いな。やたらに暑苦しい。それにこんなに暗かったろうか。ここに運びこまれたときは、いつも目にうるさいぐらいに照明が輝いていた気がするのに、きょうはなんでこんな暗いんだ？　俺の目がおかしくなってるのか？　ああそうか。俺の体が検査機のなかに入ってゆくんだ。検出器が回転する音がさっきからしてるじゃないか。いや、やはり妙だ。検査機のなかはこんなではなかった気がする。検出器の円筒はここまで長くなかった。まるで巨人の棺桶にでもすべりこんでゆくようだ。そもそもなんだろう、あの上に見える白いでこぼこした連なりは……。ばかでかい獣の背骨を見あげてるみたいだ。実際、その両側から幾対《いくつい》もの肋骨のようなものが弧を描いてこちらに伸びており、歪《いびつ》なアーチ型の空間をつくりだしている。なんてことだ。見れば見るほど巨大生物の骨格標本にしか見えない。俺はいまその檻みたいな骨格のなかにいて、太ぶととした背骨を見あげながら仰向けに寝転がっているのだ。こんな異様なものが検査機のなかにあるはずがない。間違いない。これはプルトニンが見せる昏冥期幻覚そのものじゃないか。きっとやつらだ！　やつらが土壇場になって怖じ気づき、計画を中止したに違いない。そんなこともあろうかと、あらかじめ腕鎧のなかにプルトニンの分泌を促す薬物か何かを仕込んでいたのだろう。それを遠隔操作で作動させ、決勝戦での俺の勝利を握りつぶしたのだ！

十六

「聞こえてるでしょう？　そんなところに寝てたら、そのうち熱い砂に埋もれて死んでしまう。だから早く……」

遠い幻聴と思われた声が、出し抜けに生々しく耳朶に張りついてきた。その声に頬を打たれたかのように、冬芽は思わず全身をびくりと震わせる。その瞬間、頭が跳ねあがり、最早《もはや》自分がストレッチャーに縛りつけられていないことに気づいた。いや、そもそもストレッチャーなどどこにも見あたらず、冬芽は白々とした焼けるような砂地にじかに横たわっており、背中や後頭部にはさらさらとした細かい砂粒の感触があった。砂に埋もれるとか聞こえたが、確かにこれは砂のようだ。ここはどこかの浜辺で、打ちあげられた海獣の骨の中にでもいるのだろうか。

冬芽は弱った意識を奮い立たせながら、ゆっくり身を起こし、恐るおそるまわりを見まわした。やはりここはどう見ても巨獣の骨格の内部だ。砂地から背骨まで、高さが三メートル近くはありそうだ。肋骨の隙間から外界が垣間《かいま》見えるが、ただ白く輝く乾ききった砂丘がうねりながら涯もなく広がるばかりだ。辺りにはあばら屋の一軒もなければ、草一本の緑も水溜まりの一つも見あたらない。ところどころで砂上に突き出しているのは岩だろうか、枯れ木だろうか、それともほかの獣の骨だろうか。検査機の音と思われたものはまだ聞こえていた。さっきから鳴っていたのはやはり機械の作動音ではなく、砂原《すなはら》を渡る風が骨のあいだを吹きぬける音だったようだ。

あらためて骨格の内部を見ると、連なる背骨は五メートルほど先でずっしりと重たげな頭骨らしきものにつながっていた。下顎の骨はまるで象牙のように内側に湾曲しながら半ば砂に埋もれ、上顎の骨は巨人が手にする巨大な槍の穂先のように鋭く前方に突き出しているが、上下どちらの顎にも肉食獣らしい剣呑な牙は見あたらない。空が暗幕に覆われたように真っ黒であるにもかかわらず、肋骨の隙間からはじりじりと白熱する陽射しが差しこみ、白い砂地にまるでシマウマの柄のようにくっきりと骨格の影を落としている。見わたす限りの白い砂漠、真っ黒な空、灼熱の太陽……言語に絶する異様極まりない世界だが、しかし冬芽はこんな世界に一つだけ心あたりがあった。

「そう。ここは月……。月の砂漠……。嵐の大洋のほとり……」

いきなり背後から声をかけられ、冬芽は慌てて振りかえった。頭上を貫く巨獣の背骨はずっと先の尾のほうまで続いていたが、あばら骨は六、七メートルほど先で途切れており、図らずもこの骨の檻の出入口のようになっていた。そしてその出入口に、十四、五歳と思われる少女がたたずみ、気遣わしげな眼差しでこちらを見おろしていた。

冬芽ははっとした。どうやらこの少女が先ほどからの声の主らしい。やはり検査機の声などではなかったのだ。少女はぞろりとした足首まである山吹色の長衣に身を包み、頭には金糸で刺《し》繍《しゅう》をほどこした薄紅色の布をかぶり、いかにも〝砂漠の民〟といった風情だ。この白と黒が支配する世界にあっては、パレットに絞り出されたばかりの絵の具のように鮮烈な色彩である。

少女の我の強そうな面差しに目を留めた時、あっと思った。心を投げ出すような大きな目、曖昧なものを嫌うであろうまっすぐで尖った鼻すじ、頑《かたく》なそうな口元……そのすべてに見憶えがある気がしたのだ。しかしそんな気がしただけかもしれない。初めてでも初めてに見えない顔というのがある。神様がこの世界を創った時、あらかじめ用意していた雛形《ひながた》の一つみたいな顔だ。この少女の場合、集団が窮地に陥った時、俄《にわか》に神懸《かみが》かり的な行動力を発揮し、人々を別天地へ導く、そんな前のめりで危なっかしい顔つきである。

「きみは？」と問いかける冬芽の声は、早くもこの砂漠の一部となったかのように乾き、かさついていた。

少女はそれには答えず、気を揉むふうな顔つきで左のほうを指さし、

「のんびりしてる暇はないの。早くあの丘を越えないと、ここもすぐに地獄みたいに暑くなってしまう。だから早く出てきて……」と手招きする。

冬芽は百年もの眠りから覚めたかのように鈍りきった身体感覚に難儀しながら、骨の檻の中で立ちあがったが、その時初めて自分がどんな格好をしているか気づいた。少女と同じく足首まであるベージュの長衣をまとい、足には革のサンダルを履き、頭には目の覚めるような紺碧《こんぺき》の布をかぶっていたのだ。こんな服を着ていた憶えはまるでなかったが、しかしこんな格好でなければこんなところに寝転がっているはずもないという、しっくりくる気持ちもあった。

長衣の砂を払いながら覚束ない足取りで骨格の外に出てゆくと、少女はすでに先ほど指さした丘のほうへ小躍りするような軽快な足運びで歩きだしていた。そのあとを追ってゆくと、灼熱の太陽がたちまち暴力的なまでの陽射しを右手から浴びせかけてきた。目を細めてゆっくりそちらに顔を向けるが、地平線上に浮かぶ凄まじい白光《はっこう》に目を射抜かれ、すぐさま顔を背ける。太陽を

直視せぬよう気をつけながら辺りを見まわすと、ところどころで砂から突き出たものは、やはり多くが巨獣の骨のようだ。どれもこれも半ば砂に埋もれており、見る限り、さっきまで自分が中に横たわっていた骨が最もよくその全貌を砂上に現している。水を求めてさまよいつづけた巨獣の群れが、とうとうこの地で力尽きたかのようだ。無闇に風が強く、あちらこちらで大小様々のつむじ風が次々に生まれ、砂漠で息絶えた亡霊のように恨めしげに白砂を巻きあげながら砂丘を走ってゆく。少女が言ったとおり、あのままあそこで寝ていれば、きっと遠からず巨獣の骨ごと熱砂に埋もれてしまっていたことだろう。

「なあ、待ってくれ。きみはいったい……」と再び問いかけた。

少女がいきなり砂丘の麓《ふもと》で立ちどまった。そして陽射しに背を向けつつ振りむき、洗いざらしのような初々《ういうい》しい頬笑みを浮かべ、

「モトカよ。あたしはモトカ……」と名乗る。そして冬芽の逞《たくま》しい体を足下から舐めあげるように見て続ける。「あなたが何者かは知ってる。剣闘士でしょう？　あなたのほかにも何人か会ったことがあるの」

「そうか。モトカか……。どこかで会ったことあったかな」

「きっとないよ」とモトカはかぶりを振る。「でもいいんじゃない？　きっとこれからは何度も会うことになるんだから……」

「どうして？」

「この世界ではね、誰もが旅をするの。永遠に夜の尻尾《しっぽ》を追いかけつづける、終わりなき旅を……。一カ月かけて月を一周する、それをいつまでもいつまでも繰りかえすの。あたしも、そしてあなたも、夜に冷やされたばかりの砂漠でしか生きてゆけないから。もし心が折れて旅をあき

らめてしまったら、すぐに太陽に追いつかれて焼け死んでしまう。でも、逆に夜に追いついてしまっても駄目……。今度はあっと言う間に凍え死んでしまうから。夜を追いかけて、でも絶対に追いついてしまわないように、それがあたしたちにゆるされた、たった一つの生き方……。そうして旅を続けていたら、一度は別れても、いつかはまた巡りあうことになる。みんなおんなじように死ぬまで夜を追いかけつづけるんだから。そうでしょう？」

「なるほど……。でも、たったひと月で月を一周できるもんかな？」

　モトカは答える代わりに刀のように腰帯に差した白い縦笛らしきものを抜いて冬芽に見せ、いたずらっぽい笑みを浮かべた。長さが六、七〇センチほどもあり、先端がやや上に湾曲しながら末広がりになっている。どうやら獣の骨に穴を穿ってこしらえたもののようだ。モトカはその場に座りこむと、まるで砂漠に歌い聞かせるかのように、前屈《かが》みになって縦笛の先端を砂に半ばうずめ、固定した。そして歌口に下唇をあて、手はじめにまずぴゅいいいいっと甲高い音色を伸ばす。鼓膜の真ん中を右から左に貫いてゆくような鋭い艶のある音色だ。モトカは続いて、いくつかあいた穴を慣れた手つきで素早く押さえ、単純な短い旋律を繰りかえし奏ではじめる。どこか懐かしいような切ないような旋律なのだが、執拗に繰りかえされるうちに、次第に単なる音の連なりであることを超えて、何やら意味を帯びた呼びかけとして力強く立ちあがってくるようだ。そしてその呼びかけが天空に舞いひろがり、砂中にうねり漂ってゆく。

　まさか笛を吹くと砂丘の彼方から魔法の絨毯《じゆうたん》でも馳せ参じるわけではないだろうな、などと夢想しながら辺りを見まわしていると、突然、足下でずずずずという砂が蠢くような振動を感じた。下から何かが来る、と思うや否や、ぶふぉんという音と共に目の前の砂丘から噴水のように白砂が立ちのぼり、冬芽は思わず手を翳《かざ》して降りかかる砂塵《さじん》から顔を守った。恐るおそる手をどけると、砂煙《すなけむり》の向こうに何やら白い大きな物体がぬっと突き出しているのが見えてきた。高さは二メートルほどだろうか、丸みを帯びた巨大な磐座《いわくら》のようであり、その天辺《てっぺん》に白茶けた小屋のようなものが載っている。突如として眼前に現れた異様な物体に啞然としていると、脳裏に広がる畏怖と共に、どうやら岩ではないという気づきが腹の底で固まってきた。まるで生き物のようにゆっくりと息づいているのだ。冬芽は全体像を一望に収めようと、仰《の》けぞるように後ずさりした。そのへっぴり腰を見たモトカが、立ちあがりながらけたけたと朗らかな笑い声をあげ、「月鯨は砂の中を泳げるの」と言った。「だからあたしたちは、月鯨に乗って旅をする。この子はマヒナって言うの……」

なるほど鯨か……。これが鯨なら、そこらに散らばっている巨獣の骨もおおかた鯨のなれの果てに違いない。全体を眺めると、眼前に出現したものは確かに全長二〇メートル近くはあるだろう鯨だ。左手には何やら蓋を閉じた便器のような形状の頭部があり、右手では三日月型に広がる尾鰭《おびれ》がゆったりと上下していた。それがどうした仕組みか、まるで海に浮かぶかのように砂漠の上にたぷりたぷりと浮かんでいるのだ。口角の辺りに目をやると、その巨躯に不釣りあいなこぢんまりとした目が見てとれ、眠たげにしばたたいている。が、その眼《まなこ》は紛《まご》う方なき知性の光で潤っており、新参者を品定めするように冬芽を視線でまさぐっているのだ。まさかこの野暮ったい男が旅の道連れになるんじゃあるまいな、とでも言いたげに……。しかし聞けば、このマヒナこそが冬芽の匂いを遥か彼方から嗅ぎつけ、モトカをここへ導いたらしい。そもそも月鯨はとても鼻がよく、新たな渡月者《とげつしゃ》を探し出すのが得意なのだが、中でもマヒナは抜群の嗅覚を誇っており、モトカが知る限り二百人以上の新入りを探し出してきたという。

モトカは慣れた様子で胸鰭《むなびれ》のへりに手をかけてマヒナの背に飛び乗ると、鼻孔《びこう》と思しき出っぱりの後ろ辺りにある小屋まで駆けあがっていった。その小屋が胸鰭の前後を通る帯革のようなもので背中に固定されているため、滑稽にも、まるで鯨がランドセルを背負っているように見える。モトカに手招きされ、冬芽も見よう見まねで胸鰭をつかんでマヒナの背に飛び乗ると、どよんとした重たい血肉の押しかえしを足裏に感じた。

軒と言うと妙だが、小屋の前方に屋根が突き出ており、その下は、二人用の長椅子が二列に並んだ四人乗りの座席になっている。鯨乗りは皆そこを御者席《ぎょしゃ》と呼ぶらしい。モトカが前列の右側に腰を下ろすと、冬芽に隣に座るよう促してきた。いざ腰を下ろしてみると、座面や背もたれに柔らかな布が巻かれていて思いのほか座り心地がよく、どうやら長旅の中で工夫されたものらしい。御者席の後ろには小屋の出入口となる引戸がついており、間口《まぐち》は一間《いっけん》ほど、奥行きは二間《にけん》はありそうだ。中はおそらく寝床や物置になっているのだろう。

ここから南へいくつか砂丘を越えると、北回遊道《きたかいゆうどう》と呼ばれる賑やかな鯨道《くじらみち》に出て、あとはひたすら夜を追いかけて西へ西へと旅を続けるらしい。

「北回遊道には何が？」と聞くと、

「このまままっすぐ行くと、北回遊道の〝剣闘士の谷〟というところにぶつかるの。そこで西へ折れて、あとはただ太陽から逃げるだけ……」とモトカは言う。

「剣闘士の谷？」と怪訝《けげん》に眉をひそめると、

「あそこは不思議なところ……」とモトカは言葉で言いあらわしにくそうな曖昧な笑みを浮かべる。「行けば分かるわ。あそこになんであんなものがあるのか、誰も知らないの……」

と、その時だ。突如として、どおん、というはらわたを揺さぶる轟音が辺りに響きわたった。暗幕のごとき大空が太鼓の皮のように震えた気がした。何かが爆発でもしたかと慌てて目を走らせるが、どこにも煙の立つ気配はない。モトカの表情を窺《うかが》うと、同じように驚きの面持ちで、「なんだろう……」と音の出どころに心あたりがない様子だ。「なんだか分からないけど、早く北回遊道に戻ったほうがよさそう」とモトカが不安げに言うと、その呟きを聞いてちゃんと理解したかのように、マヒナがゆっくり右旋回を始めた。その感触がぬるるるうっとなめらかで、とうていざらついた砂の中を泳ぐふうではない。波打つように小屋が上下に揺れはするが、むしろ母性的と言ってもいい悠揚《ゆうよう》たる揺れだ。

しかし冬芽の胸の裡では、さっきの轟音の木霊がまだ不穏に鳴り響いていた。どうしたわけか、自分に関わりのあることだという切迫感がざわついてならないのだ。己の運命を左右する根源的な音、巨大な転轍機《てんてつき》が動いて己の行き先が永遠に変わってしまった音だという気がしてならないのだ。その懸念が最初の綻《ほころ》びとなったかのように、ああ、これは夢だ、という気づきが意識の底をほろほろと破りはじめるのを感じた。俺はきっと昏冥に陥り、例によって覚醒との境に近づきつつあるのだ。昏冥期にはいつも迷宮に踏みこんだように夢から夢へと渡り歩くことになるが、この不可思議な月世界もまたその一つに過ぎないのだろう。いっそのこと、このモトカという娘と夜を追いかける終わりのない旅を続けたかったのに、ああ、だんだんと意識がひしゃげてゆく。月鯨が砂漠を搔きわける音が、吹きわたる風の音が、遠のいてゆく。体じゅうの骨に鉛が染みこんでゆくかのように重い。もう座っていられない。瞼がどうしようもなくずり落ちてくる。御者席の欄干《らんかん》をつかみ、必死に倒れまいとする。

どうにか目をこじ開けると、モトカが心配そうに眉根を寄せ、こちらを覗《のぞ》きこんできた。冬芽の右肩をつかみ、揺さぶりながら、

「どうしたの？　しっかりして！」と張りつめた声を出す。その声のなんと遠いことか。

「あかん……」と冬芽はどうにか声を絞り出す。「俺は行かれへん。きみとは一緒に行かれへん……」

冬芽の体はとうとう御者席の中でぐらりと頽れ、それをモトカの細い腕がやっと支えた。モトカは冬芽の頭を膝に載せて顔を両手で挟み、大きな目を怯えたようにいっそう見ひらいて何かを言っているが、冬芽の耳にはもうその声が届かない。両頬を覆う少女の手のひんやりとした感触も、引き剝がされるように遠ざかってゆく……。

十七

さっきから背中にからからからという絶え間ない振動を感じていた。憶えのない感触ではない。ストレッチャーで運ばれているのだ。そうだ！　俺は脇坂に負けたのだ！　絶対に負けてはならなかったのに、負けてしまったのだ！　試合後、複合検査機にかけられたところまでは憶えていたが、にわかに猛烈な睡魔に襲われ、まるで昏冥に引きずりこまれたような具合になったのである。それにしてもなんと緻密《ちみつ》な夢だったろう。白砂のざらつきやじりじりとした陽射しを、まだ肌の上に思い起こせるようだ。そしてあの少女、モトカと言った。冬芽の知るモトカと言えば、画家にして詩人である、あの菅井元香しかいない。少女の手の感触も、まだかすかに頰に残っていた。

菅井元香の旧ＮＨＫのドキュメンタリー番組を施設の端末ではじめて見たのは高校のころだった。施設を出てからも自前の端末で二、三度見た憶えがあるし、養成所の部屋でも一度、瑠香と一緒に見たことがあった。菅井が月昴療養所で暮らすアウトサイダー・アーティストとして注目されだした二十代前半のころにつくられた番組だ。そのなかには、菅井が少女だったころの少年療養所の記録映像も含まれていた。部活動に励む子供たちを撮影したもので、菅井は所内の中学校で美術部に入り、半畳ほどのベニヤ板に油絵を描いていた。まだ油絵を描きはじめたばかりのころの初々しい姿だったが、さっき夢で見たモトカはまさにあの顔立ちをしていた。おそらく明月期に撮られたものだろう、菅井は全身にみなぎる活力が大きな目から溢れださんばかりの様子で猛然と筆を動かしていた。療養所の職員が何を描いているのかと尋ねると、顔をあげることも筆を止めることもなく、いかにも明月期の月昂者らしい早口で、

「月鯨……」と答える。「鯨は右の脳と左の脳でかわりばんこに眠るから、ずっと泳いでいられるの。だから、たぶん鯨は二つの心を持ってると思う。あたしたちもおんなじ。明月期の心と、暗月期の心……。二つの心は仲が悪いんだけど、仲直りをすると死んじゃうの」

「鯨の話?」と職員。

「あたしたちの話……。明月期のあたしと暗月期のあたしが夢のなかで出会って仲直りすると、死んじゃうの。戦いが終わって、死んじゃう」

「どうして?」と職員はさらに尋ねるが、菅井は筆を走らせながら、ただ「死んじゃうの……」とくりかえすだけだ。

菅井の代表作である『月世界三十六景——月鯨との終わりなき旅』は、背に人間を乗せた月鯨の群れを、月世界のさまざまな場所を背景に描いたものだ。真っ黒な空に宇宙開闢《かいびゃく》の閃光《せんこう》のような太陽が昇り、白い砂丘の上から砂漠を炙りたてている。月鯨たちはその熱から逃げるように怒濤《どとう》となって旅路を急ぐのだ。もしかしたらそのなかの一頭がマヒナだったかもしれないし、だとしたら、その背に乗っていたのは山吹色の長衣をまとったモトカだったかもしれない。

冬芽は覚めぎわにそんなことを考えながら薄目を開けたとたん、はっとした。どうしたわけか、ストレッチャーを動かしていたのは看護師たちではなかった。馴染みのある紺色の制服を着た、二人の養成所の警備員だ。ということは、手術はすでに終わり、これから惨めな敗残者として護送車で養成所にもどされるということか。いや、ただの敗残者ではない。下條を殺るという至上の密命を果たせなかった、敗残者のなかの敗残者だ。

冬芽が意識を取りもどしたことに気づき、警備員の一人がちらりと顔をのぞきこんできた。例によってマスクの上にさらにフェイスガードという警戒ぶりだったが、見憶えのない目もとをしていた。刃物で切り裂いたような鋭く薄暗い嫌な目だ。少なくとも、こんな目をした警備員は第二養成所にはいない。となると、別の養成所の連中だろうか。しかしなぜ別の養成所の警備員が俺を運ぶのだろう。頭を少し持ちあげ、足もとの側からストレッチャーを押している男に目をやるが、やはり知らない顔だ。この男も腫れぼったくて冷ややかな、そしてやはり嫌な目つきをしている。いや、警備員は二人だけではなかった。後ろからあと二人ついてきている。四人がかりで手負いの闘士一人を運ぼうというのか？

それはそうと、冬芽はいつのまにか養成所内で着るオレンジ色のつなぎを着ていた。どうやら回復室で眠っているあいだにこいつらに着せられたらしい。すでに手錠足錠もはめられている。たしかに護送されるときはいつもこの格好だが、手術後、意識すらもどっていなかった闘士をなぜ慌てて養成所にもどそうとする？　それとなく辺りに目を走らせるが、やはりまだ闘技場のなかのようだ。控え室に向かう見慣れた廊下である。護送車を停めた地下駐車場までこのまま連れてゆくつもりらしい。しかしどうも妙だ。さっきからやたらに騒がしい。遠くから怒鳴り声のようなものがときおり聞こえ、多くの人間がどたどたと走りまわっている様子だ。上階の観覧席のほうでも、何やらしきりに興奮気味のアナウンスが流れ、ひどく切迫した気配がここまで伝わってくる。このまま待機しろとか、撮影を禁じるとか、そんな不穏な言葉がかすかに漏れ聞こえてくるのだ。

「あんたら誰だ？　何が起こってる？」と力ない声で問いかけるが、二人とも押し黙ったままこちらを一瞥するだけで、ストレッチャーを押しつづける。

ますます嫌な感じがした。養成所の警備員は、衛生局の補導員と同様、人生のどこかで道を踏みはずした半ばごろつきのような連中が多いが、それでも闘士に対する敬意、あるいは畏怖心を曲がりなりにも持っているし、闘士に話しかけられれば答えるだけの愛想も持ちあわせている。この男たちはどうも雰囲気が違う。懐に危なっかしいものを抱えこんで、仄暗い目でじっと息をひそめている感じだ。

しかし突然、頭の側にいる男が、こちらを見もせず、

「俺たちは催事局直属の警備員だ」と言いだした。「あんたを重要参考人として虎ノ門に連行するように言われている」

ぎょっとした。虎ノ門と言えば、泣く子も黙る救国特別警察の本部があるところだ。日本じゅうに張りめぐらされた国民監視網の中枢、悪名においては首相別邸をもはるかに凌《しの》ぐ党の魔窟《まくつ》のなかの魔窟である。計画がばれたに違いない！　やつらは計画が露見したかもしれないと気づき、慌てて俺という矛《ほこ》を収めようとしたが、結局手後れだったのだ！　終わった。すべては終わった。これから地獄が始まる。

「あんたが意識を失っているあいだにテロが起きたんだよ」と男はぶっきらぼうに続け、こちらの反応をうかがうように視線をよこす。「表彰式のときに、脇坂日出斗がアリーナで自爆した」

自爆した？　脇坂が？　さっき夢のなかで爆発音を聞いた気がしたが、あれはその音だったのか？　そうか！　そういうことか！　やつらは脇坂にも話を持ちかけていたのだ！　いや、待て。もしかしたら俺と脇坂だけじゃないかもしれない。トーナメントの出場者全員に話をつけていたとしたらどうだろう。しかし密命を帯びていたのは俺と脇坂だけで、ほかの六人はきっとわざと俺たちに負けるよう脅しをかけられた、あるいは取引を持ちかけられたのではないだろうか。いま思えば、一回戦の本村、準決勝の種村ともに、想定より覇気も手ごたえも感じられなかった気がする。そうだ。そうに違いない。そうでなければならない。そしておそらく俺よりも脇坂のほうがこの破滅的な役どころに強い意欲を示し、鬼の首を獲る第一候補として考えられていたのだろう。俺は万が一、脇坂が決勝にあがれなかったときのための保険だったに違いない。高橋の言葉がまざまざと脳裏に蘇った。

〝これはあなたにしかできないことです。かぶりたくても、わたしではこの兜はかぶれない。ほかの誰にもかぶれない。我々はあなたに賭けているのです〟

あの大嘘つきめ！　しかしたしかに脇坂なら俺ほど尻込みはしないだろう。つねづねアリーナに骨をうずめると公言してきた男だ。しかも史上初の三度目の優勝を果たしたうえ、闘士人生絶頂の瞬間にさらなる閃光を放ち、あの憎き下條を道連れに大往生を遂げるのである。まさに渡りに船、やつらと脇坂の利害がぴたりと一致したのだ。そして筋書きどおり俺と脇坂が決勝に残り、使命感に乏しい俺が邪魔になった。やつらはもちろんそうなった場合をちゃんと想定していた。あらかじめ俺の腕鎧に仕掛けをほどこし、脇坂の劣勢が明らかになると、いまこそとその奥の手を使ったのだ。そうして俺はいまこうして無惨に生きながらえ、虎ノ門という伏魔殿に引きずりこまれようとしている。ちくしょう！　俺がやったほうがましだった！　あのまま俺に勝たせれば、俺がやってやったのに！

　冬芽は歯嚙みする気持ちを押し隠し、まさに寝耳に水だというふうに、

「それで……それで、どうなった？」と警備員に尋ねるが、

「わからない。被害の詳細は不明だ」とにべもない答えだ。

　聞きたかったのはもちろん下條の生死だ。脇坂はちゃんとジェームチュクとやらをあいつに撃ちこんだのか？　あいつの息の根を止めたのか？　しかしそれを聞くわけにはいかない。自分も計画に関わっていたとみずから宣言するようなものだ。そういえば、俺がかぶっていた兜はどうなった？　試合後、看護師たちに素っ裸にされたが、あの兜は暗殺者としての紛れもない証拠となるだろう。まさか取りにもどって便所に流すわけにもいかない。もうどうしようもない。八方ふさがりだ。隙を見て逃げ出すか？　しかし養成所の警備員はスタンロッドと拳銃で武装している。しかも後ろから来ている二人は、警備員がそんなものを持つことがゆるされるのか、自動小銃らしきものまで手にしている。この四人が本当に催事局の警備員かどうかは怪しいところだが、武装しているのはたしかだ。いくら満月の夜とはいえ、こっちはまだ満身創痍、しかも手足の自由を奪われた状態である。いくらなんでも、この四人を薙ぎたおして闘技場から逃げおおせるとは思えない。きっと瞬く間に蜂の巣にされるだろう。いや、それでいいのか？　そうやってあっさり殺されるほうが、虎ノ門でじわじわ責め殺されるより、よほどましなんじゃないのか？　いや、待て。まだ状況がわからない。脇坂がちゃんと下條の首を獲っていれば、事態は変わるかもしれない。やつらが首尾よく今後の主導権を握れば、脇坂はひそかに新体制の英雄として祭りあげられ、補欠の俺も無罪放免ということになるかもしれない。しかしそんなうまくいくか？　やつらは首謀者をうやむやにしたまま、このどさくさに紛れて権力を掌握し、国家の悲劇として下

條の神格化を推しすすめるだろう。そして真相を知らない俺たちにすべてをおっかぶせ、まるでこいつらこそが国父の命を奪ったちんけな病巣だったとでもいうように切り捨てて踏みにじるつもりなんじゃないか？

それにしても何かがおかしい。考えてみれば、なぜ催事局の警備員が俺を連行する？　虎ノ門に護送するなら、救特の捜査官がやるべきじゃないのか？　もし今回の計画に養成所の所長クラスの人間が関わっているのなら、催事局と救特は対立する立場のはずだ。それともすでに催事局は白旗を掲げていて、せめてもの貢《みつ》ぎ物として俺の首を差し出そうというのか？　わからない。状況がまるでわからない。

冬芽を乗せたストレッチャーはエレベーターで地下に降り、関係者用の駐車場に向かった。駐車場に入ったとたん、救国警備隊の兵員輸送車が河馬《かば》のような無骨な鼻面をずらりと並べているのが目に入った。そして灰色の戦闘服に身を包んだ兵士たちが観覧席へ通じる通路のほうへ装備をがちゃがちゃ鳴らしながら慌ただしく向かうのが見えた。救国警備隊は各地で頻発するデモを蹴散らすのに駆り出されるために、もっとも目にする機会が多い軍隊だが、その本質は対クーデター軍であり、戦力の大半が首都圏に集中している。また、党の私兵という性質上、党の施設である闘技場の警備を担うのも救国警備隊なのだ。しかしこれほど多くの兵士が闘技場に集まっているのを見るのははじめてだった。どうやら警備隊によって一万五千の観客はみな観覧席に足止めを喰っているらしい。どれほどの被害が出たのかわからないが、とにかく情報統制を図ろうというのだろう。もし下條が死んだとなれば、その情報が世間に漏れるまでになるべく時間稼ぎをしたいと党は考えるはずだ。そして混乱がひろがる前に速やかに次の指導者を決定し、その指導者の口から偉大なる国父の死が重々しく公表される、おそらくそういう筋書きを描いているのだろう。そこで順当に長男の下條猛彦が出てくるようであれば、やつらのクーデターは失敗ということだ。そしてもちろん、虫けらのようなこの身も無間地獄《むげんじごく》へと真っ逆さまである。

ストレッチャーは、兵士たちの流れとは逆に、入口付近に停められた催事局の護送車のほうへと進んでいった。それぞれの養成所から一台ずつ来ているから計六台のはずだが、なぜか八台並んでおり、そのうち二台には所属養成所のカードが貼り出されていない。その二台の前には武装した別の四人の警備員が立ち、こちらの到着を待っていた様子だ。この俺を護送するためだけに急遽《きゅうきょ》、催事局から二台の護送車と八人の警備員が派遣されたということなのか？　脇坂が暗殺を決行してからどれぐらい時間が経っているかわからないが、ずいぶん手まわしのいいことだ。しかしここで護送車に乗せられてしまえば、ひと暴れして撃ち殺されるという手はもう使えない。やるならいまが最後の機会だが、後ろからついてきていた二人の屈強な警備員がいつのまにかストレッチャーの両側を固め、スタンロッドを握りしめてこちらを横目でうかがっている。こちらの魂胆など先刻お見通しらしい。しかし結局のところ、ここでひと暴れに踏みきれないのは、明月期の昂ぶりがまだほとんどもどってこないからなのだ。際どきのきの字も自分のなかに見あたらない。血肉のかわりに濡れ砂でも詰まっているかのように体が重たい。頭の働きも鈍くて先のことまで考えが及ばず、虎ノ門で救特の連中にどんな目にあわされるか、なまなましく想像できない。さんざん絞りあげられることは間違いないが、結局俺は何も知らないのだ。気持ちが打ちひしがれ、どうにかなるんじゃないか、などと甘い考えにすりよろうとする自分が胸の片隅に居座っている。

身を起こして肩越しにふりかえると、護送車の一台のスライド・ドアが開けられるのが目に入った。すでになかにはオレンジ色のつなぎを着た人影があった。そうか。俺だけじゃないのか。

ほかの六人もやつらからなんらかの話を持ちかけられた可能性が高いわけだから、当然俺と同じように救特の餌食となるわけだ。もしかしたら、あいつらなら、脇坂がちゃんとやりとげたかどうか、下條を仕留めたかどうか知っているのではないか。俺が意識を失っているあいだ、あいつらは控え室のモニターで表彰式を見ていたかもしれない。下條がぶち殺されるところを見ていたかもしれない。しかしそんな話ができるだろうか。護送車の天井には監視カメラがあり、あれは音声も拾っているに違いない。

護送車のかたわらに到着すると、警備員らに自力でストレッチャーから降りるよう促された。つなぎに血がにじまないところを見ると、手術によって創傷《そうしょう》はすべて癒合《ゆごう》されたようだが、まだ体のあちこちに鋭い痛みが走り、思わず呻きが漏れる。いくら負け試合とはいえ、試合後にこれほどの痛みが残ったのははじめてのことだ。鎮痛剤は投与されたはずだが、おそらくそもそも体内にセレナリンが不足しており、この体はからからに乾いた月昂者の搾《しぼ》り滓《かす》のようになっているのだろう。

押しこまれるように護送車に乗りこむと、準決勝で刃を交えた第五養成所の種村と、第三養成所の池崎がすでに乗りこんでいた。こちらに三人ということは、もう一台には四人乗せられたのだろう。種村は三十六歳、今大会出場者の最年長だが、闘士歴は冬芽のほうが一年ほど長い。短躯だが、牡牛のようにがっちりしており、ボクシング経験者で二刀流の使い手だ。池崎はまだ二十四歳、背がひょろりと高く、バレーボールで千葉の代表として高校総体に出た経歴を持つ、にきび面の若僧だ。冬芽が車内に入ると、種村が顔をあげてこちらに目を向けてきたが、その動きがひどくのっそりしていて、まなざしにもまるで生気がない。いつもなら朝まで控え室で体を休め、体力の回復を待ってから護送車に乗せられるのだが、おそらく点滴を引っこ抜かれて無理矢理連れてこられたのだろう。それにしたところであまりに憔悴しきった様子だが、きっと俺のほうがもっとひどい御面相《ごめんそう》に違いない。しかし種村はまだいいほうで、池崎なんぞ便所の手前の座席にひっくりかえって顔もあげない。もしかしたら警備員に抵抗して袋叩きにされたのかもしれない。

冬芽が種村と反対側の座席に腰をおろすと、護送車のドアが閉められた。まるで棺桶の蓋でも閉じられたような、息苦しい静寂がおりてきた。種村がいまにも眠りそうなどろんとした目でこちらを見て、

「ま、あんたが来ないはずないよな」と言った。

「どうして?」と冬芽は返す。

種村はそれには答えず、二人は目を見あわせたまましばし重苦しく押し黙った。口は災いの元、二人ともわかっているのだ。種村はきっと八百長《やおちょう》を持ちかけられたに違いない。でなければ、同じようにメタルエースの防具を使うよう養成所に強制され、試合中に腕鎧の下で薬物を打ちこまれたかだ。そこで冬芽ははっとし、自分のつなぎの左袖をまくった。あった。手首から五センチほど上にぽつんと注射痕らしきものがあり、周囲が赤く腫れている。思ったとおりだ。ちくしょう、やつらめ……。

種村が気怠げにのぞきこんできて、

「なんだいそりゃ……」と言った。

「さあな。まあ、蚊に刺されたんやないことはたしかや」と冬芽は袖をおろす。となると、種村はやはり八百長か、と考えながら。

「俺はあんたが勝つと思ってたけどな……」

冬芽は胸の内で、なるほど、と思った。どうやら種村は俺が三連覇をなしとげるというおめでたい筋書きのための八百長だと想像していたらしい。結局、本物の台本をわたされたのは脇坂だけだったということか。

「俺もそのつもりやったけどな……そんなことより、あんた見たんか、表彰式?」

「いや……」と種村はかぶりを振り、天井から突き出した監視カメラのほうをちらりと見ると、言葉を選びえらび続ける。「でも、あいつならやりかねねえよな」

「誰か死んだんか?」

「さて、どうだか……。でも、あいつは吹き飛んだんだろうな。ひと足先に……。ちくしょう、やってくれるよ、まったく……」

種村はそう言って喉の奥でひくひくと笑った。冬芽は笑う気にもなれなかった。自分がやっていたら、まったく同じことを言われていたに違いない、とそのときはじめて気づいた。

十八

闘士を運ぶ護送車の窓は、金網で内張りされたうえ、完全に遮光されている。闘士の存在を世間の目から隠蔽《いんぺい》するためだ。しかし護送車が闘技場からはなれるのに、やや手間取った気配が冬芽たちにも伝わってきた。すでに救国警備隊が幾重にも検問を敷いているのだろう。停車し、何かのやりとりがあって、また動きだす。そんなことが幾度かくりかえされた。東京の地理に暗く、第一闘技場から虎ノ門までどれぐらいかかるか見当がつかなかったが、二時間もかかるまいと思われた。

骨の髄まで疲れきり、意識はもうへたりきってろくに働かない。無闇に眠たかったが、目をつぶっても眠りは訪れなかった。頭の芯がこれから起こるであろう災厄に縮みあがり、怯えた目をかっと見ひらいて体を眠らせないのだ。椅子に沈みこみ、瞑目《めいもく》したままおのれの位置づけについて考えを巡らせた。脇坂は当然、成功不成功にかかわらず暗殺の実行犯ということになるだろう。そして自分は未遂犯ということになり、残りの六人は計画に関わった者ということになるのだろうか。それとも〝八人の実行犯〟ということになるのだろうか。しかしそもそも真剣で斬りあう闘士などという者は、この世に存在しないことになっている。存在しないはずの者が下條の暗殺を実行した場合、党はその人物を何者として発表するのだろう。闘士養成所は、表向きは暴力性の高い月昂者を収容する〝特殊療養所〟なのであり、そこから連れ出された危険きわまりない月昂者たちが、党の施設である〝救国第一競技場〟でこんな夜更けに、しかもよりによって満月の夜に何をしていたのか、という説明に窮する事態になる。となると、党は実行犯たちの身元を公表することができない。しかし、名前も身元も明かされない謎の実行犯たち、ということになればまさに藪蛇《やぶへび》、憶測が憶測を呼び、両手の指では足りない陰謀論がそこかしこで噴出し、やがては党の屋台骨を揺るがすことにもなりかねない。党としてはそんな事態は避けねばならない。となれば必然、まったく真実から懸けはなれた絵を描くことになるだろう。もちろんその絵のなかに闘士は一人も出てこない。月昂者は一人も出てこない。脇坂も、俺も、ほかの六人も……。たとえ描かれても、その八つの顔は黒く塗りつぶされている。歴史の隙間に落っこちた、名前を持たない男たちだ。もっとも、そういったことはこの日が来るまでに幾度となく考えてきたことだ。俺はいったい何者として死ぬことになるのだろうと……。

怯えと疑念の堂々巡りのさなか、ふと、妙だという気づきに鼻先をぴんとはじかれた。虎ノ門なら都心に向かうはず。なのに周囲に都会の喧噪《けんそう》がまるで感じられない。もう一台の護送車は一緒に走っているのだろうが、ほかの車の気配は感じとれず、信号に引っかかることもない。いつのまにか辺りはへんに静かで、曲がりくねった道をうねうねと澱みなく進んでいる。ひょっとして山道を走っているのではないだろうか。なぜだ？　行き先は虎ノ門じゃないのか？　運転席と後部座席とのあいだには窓のない堅牢な仕切りがあり、警備員たちの様子はうかがえない。嫌な予感が背すじを這いのぼってきた。

池崎は相変わらず後ろでひっくりかえったまま正体もない様子だ。冬芽は、半ば目を閉じて眠りに落ちかけている種村の膝を揺すり、

「おい。おかしいぞ」と囁きかけた。「俺たち、どこに向かってる？」

種村はどろんと濁った目を億劫げにこちらによこし、

「俺が知ってるように見えるか？」などと言う。

が、耳をそばだててしばし辺りの気配を探ると、その表情にさっと緊張の色を走らせ、冬芽と目を見あわせた。冬芽はまた別の奇妙な点にはたと気づき、自分の足もとに目をやった。護送中いつもなら左足首に追跡機を巻かれるのだが、なぜかいまはそれがない。慌てて種村のつなぎの裾《すそ》を引っぱりあげるが、やはり追跡機がない。ということは俺たちはまだ第一闘技場にいることになっているのか？　じゃあワイヤーはどうだと思い、自分の首に手をやる。ワイヤーもない。しかし種村の胸もとに目をやると、ワイヤーはちゃんとある。おそらく種村は手術を終えて回復室から控え室にもどされたあと警備員らに連行されたのだろう。俺はきっと回復室から直接ストレッチャーごと連れてこられたせいでワイヤーや追跡機がないのだ。しかし控え室にもどされるとき追跡機もつけられるはずだが、なぜ種村はワイヤーだけで追跡機を着けていないのだろう。

「追跡機はどないした？」と問いただすと、種村はかぶりを振り、

「さあ、控え室であいつらが外したっきり俺は知らねえよ」と言う。

「あいつらが外した？　わざわざ？」

「ああ」

なぜだ？　ただ催事局から救特に俺たちの身柄が引きわたされるからか？　だとしたらワイヤーも外せばいいんじゃないか？　新たな疑念が胸に渦巻きはじめたとき、護送車が舗装路から外れたらしく、タイヤがじゃりじゃりと小石を踏みはじめた。すぐに舗装路にもどるかと思いきや、そのまま未舗装路を進んでゆく。冬芽は思わず種村と目を見あわせた。第一闘技場から虎ノ門へ向かうのにこんな荒れた道を通るとは思えない。種村が顔をしかめ、「ちくしょう、やべえ……」とつぶやく。冬芽は言葉もなく、ただ身を強張らせるばかりだ。ついさっきの想像が、今度は迫真性を伴ってふたたび脳裏を巡りはじめる。八つの顔は黒く塗りつぶされている。歴史の隙間に落っこちてゆく、名前を持たない男たち……。


護送車が砂利《じゃり》や小枝を軋《きし》らせながら停まった。まだ未舗装路から出ていない。冬芽は息を殺して耳を澄ますが、辺りに車の気配もなければ、人の気配もない。かすかに樹々のざわめきが聞こえる気がするのが、静けさをいっそう研ぎ澄ませている。きっとどこか人里はなれた場所に違いない。運転席のほうでドアのひらく音がし、続いてどたどたといくつかの重たい足音も聞こえた。警備員たちが車外に出たようだ。種村がまた「ちくしょう、やべえ……」とつぶやいた。

冬芽は立ちあがり、「起きろ」と声をかけながら座席から通路側に投げ出された池崎の脚を揺さぶる。すると、池崎は「ああ」だか「うう」だかの呻き声を漏らし、横になったまま、こちら

にこっぴどくやられたらしい顔を向けてきた。右頬に柘榴《ざくろ》のような赤黒い痣《あざ》が盛りあがっているのは、試合で負った手傷ではなく、警備員にスタンロッドか小銃で殴りつけられたせいだろう。そのうえ、上の前歯も二本ともへし折られ、唇を鮮血で濡らしている。まだ手術時に打たれた鎮静剤や筋弛緩剤が抜けきらないというのに、いや、だからこそだろう、手負いの野人をここぞとばかりに打ちすえたのだ。池崎のそんな顔を見た瞬間、俺たちはもう駄目だ、という絶望が胸底に冷たくひろがった。養成所の警備員は、本来なら下條杯に出場するような優秀な闘士の前歯をへし折ったりはしない。催事局はどうやら俺たちに完全に見切りをつけたらしい。蜥蜴《とかげ》のしっぽ切りだ。救特に引きわたす前に自分たちで始末する気に違いない。容疑者を勝手に始末するなんて、救特にいったいどう言い抜けするつもりだ?

と、池崎が出し抜けにくわっと両の目を見ひらいた。眼球が迫り出さんばかりの突然の形相に、見ている冬芽までがぎょっとした。池崎はすぐさま手を首もとに持ってゆき、ワイヤーに指をかけ、「うおおおおっ!」と胸が裂けんばかりの大声をあげる。種村もほぼ同時に「ふわっ!」というような奇声を発したようだ。冬芽は一瞬、何が起きたかわからなかった。見ると、種村もまた驚愕の面持ちで同じようにワイヤーに指をかけている。ようやく気づいた。ワイヤーだ! ワイヤーが巻きあげられている! あいつら、このまま護送車のなかで俺たちを絞め殺す気だ! 冬芽も思わず首に手を伸ばしたが、空《くう》を切った。そうだ! 俺はワイヤーをしていない! あいつら、俺にワイヤーをはめるのを忘れたんだ! 何かわけのわからないにわかの歓喜が脳裏に突きあげてきたが、そうするあいだにも、池崎と種村は顔面をいまにもはちきれんばかりに真っ赤にふくらませ、額や首に動脈をむりむりと浮きあがらせて無情なワイヤーによる執行に抵抗している。無駄だ。指なんか突っこんだところで締めつけは防げない。冬芽はワイヤーを巻きあげられた経験はないが、ほかの闘士がやられるのは何度か見てきた。絶対に三十秒ともたない。二人は口角から泡を噴き、早くも魂が素っ飛んだような目つきで意識が遠のいている様子だ。

どうする？　そのうちあいつらが入ってくるぞ！　冬芽はとっさに自分も首に手をやって呻き声をあげながら掻きむしる仕草をし、のたうちまわりながら座席にひっくりかえった。両手を喉もとで握りしめ、さもワイヤーに指をかけているふうを装うが、あいつらは監視カメラで俺の反応だけが数秒遅れたのをちゃんと見ていたかもしれない。そうだ、あいつだけワイヤーをかけ忘れたぞ！　でも見ろ！　下條杯を二連覇した名うての闘士がこの期に及んで死んだふりなんかしてやがる！　あははは！　こいつはケッサクだ！　しかしほかにやりようもない。視界の隅で種村の脚が足錠をかちゃかちゃ鳴らしながら痙攣《けいれん》するのが見えた。それに倣い、冬芽も自分の脚をびくびくと跳ねるように震わせる。やがて小便のかすかな臭気が鼻先に漂ってきた。種村と池崎が失禁したのだ。俺もしなければ！　しかし小便なんか出ない。どこに力を入れたらいいかわからない。いままでの人生、俺はいったいどうやって小便をしてきたのだろう。膀胱《ぼうこう》が空っぽなのか？　しかしやがて全身から絞り出した尿意らしきものが陰茎の先っぽに集まってき、じわりと生ぬるく下着を濡らしはじめたのがわかった。無様さを噛みしめながら、胸に刻みこむように自分に言い聞かせる。待つんだ！　死んだふりでもなんでもして、チャンスを待つんだ！

ワイヤーが稼働《かどう》してから四、五分も経ったろうか、監視カメラで三人の闘士が完全に動かなくなったことを確認したのだろう、護送車のドアが開けられる音がした。警備員の一人が顔をしかめたような声で「なんか臭いますね」と言うのが聞こえた。別の警備員が、「ギロチンを使うと大小便を漏らすんだと……」と答えた。また別の警備員が「やっぱり外に出してから、やりゃあよかったんですよ」と言う。「虎ノ門に着いたなんて、こいつらが信じると思うのか？　力はゴリラ並みでも、頭は猿じゃねえんだ。ほら、四の五の言わずに引きずり出せ！」。その声には聞き憶えがあった。どうやら闘技場内をストレッチャーで運ばれるときに言葉を交わした目つきの鋭い男のようで、このなかではもっとも地位が上らしい。

まず種村が二人の警備員に運び出されていった。すでに死んでいるのか、それとも気を失っているだけなのか、いずれにせよ警備員らの種村の扱いはまったくぞんざいで、死体どころか案山子《かかし》の不法投棄でもするかのようだ。種村のつなぎの裾をつかんで座席からごとんと荒っぽく引っぱりおろし、そのまま床を引きずってゆく。

次が冬芽の番だった。座席に倒れこむと監視カメラの死角に入るので、その隙に襟の面ファスナーを上まで貼りつけ、ワイヤーの不在は隠していた。また、口もとに唾液をなすりつけて泡を噴いたかのように装っていたし、首すじを思いきり何度も引っ搔き、みみず腫れの痕を幾本もこれ見よがしに残してもいた。しかし絞め殺された人間にふさわしい形相が思い浮かばず、ただ力なく薄目を開け、口を半びらきにして舌先を出し、苦悶の余韻らしきものでわずかに顔を歪ませ、ぐったりと座席に沈みこむことしかできなかった。そしてひたすら胸の内でくりかえす。体のどこにも力を入れてはならない。頭を床に打ちつけられても動いてはならない。どこをどうぶつけようとけっして反応してはならない。お前は死体だ、頭のてっぺんから爪先まで、お前はまったくの死体だ……。

結局、警備員たちは異物が一体紛れこんでいることに気づかなかった。六人の死者と一人の擬死者ではなく、七人の死者を護送車から運び出したと思いこんでいた。汚れ仕事を嫌ったというのもあるだろうし、そもそも月昴者に指一本でもふれたくないというのもあるだろう、いちいち死体の脈を確認したり表情をのぞきこんだりせず、くたばった闘士たちを最低限の接触で始末したがっていたのだ。警備員たちは闘士たちを護送車のかたわらに折り重なるように積みあげた。冬芽の頭は種村の股間の辺りに放り出され、頬を湿らす小便が師走の外気にさらされて冷たくなってゆくのを感じた。

夜闇《やあん》に紛れて半目を開け、眼球だけを動かして周囲の様子をうかがった。やはり目に映るのは、夜の底で真っ黒な闇を抱えこんだ鬱蒼《うつそう》たる樹々ばかりだ。しかも人里はなれた山林のようで、虎ノ門どころか街の灯などひとかけらも見あたらない。護送車のライトのほかに警備員らがヘッドランプをつけているらしく、青白い光条がときおり森をよぎるが、その明かりがなければ、非感染者にとってはきっと鼻をつままれてもわからないような暗闇だ。しかし冬芽には、黒ぐろとした樹冠の隙間から夜空の濃紺がくっきり見えており、幾重にも重なった枝に隠されてはいるものの、満月の位置もわかっていた。まったく絶望的な状況ではあったが、満月の存在を感じることで、なんとなしに脳裏にひとすじの光明が射してくる気がした。

冬芽は死体に紛れたまま考えを巡らせる。警備員たちはきっとここらに穴でも掘って俺たちを埋めるつもりだ。いや、用意のいいことにその穴はすでにできあがっているらしく、警備員たちが三、四人、かさこそと落ち葉を踏みしめながら森のなかに入ってゆくと、一五メートルほど先だろうか、こちらに背を向けて並び、あらためて穴の様子でもたしかめるふうである。そこに七人仲よく放りこんで永遠の雑魚寝《ざこね》でもさせようというのだろう。いま警備員たちの注意は穴のほうに向いており、逃げるとすれば、これ以上の好機が訪れようとは思えない。しかし問題は手錠足錠だ。いや、手錠は当面いいとして、足錠が厄介だ。歩く分にはさほど困らない長さになっているが、走ろうとすればとたんに足を取られて素っ転ぶだろう。いままで本気で引きちぎろうとしたことはないが、当然、明月期の月昂者の渾身の力にも耐えうるようにつくられているはずだ。しかもちょっと身動きすれば、かちゃかちゃと地の涯まで届くような腹立たしい音を立てるに違いないし、警備員たちはその音を頼りにどこまでも追ってくるだろう。さらにこの警備員たちは兵士さながらに小銃で武装しており、獲物が逃げたとなればためらいなく撃つだろう。誰の指示によるものかはわからないが、もし闘士を一人でも生きて逃せば、次に身に危険が及ぶのはこの警備員たちに違いない。我武者羅《がむしゃら》になって殺しにくるはずだ。

冬芽は狸寝入りを決めこみながら、頭のなかであれこれ策を練ったが、ついさっき湧きあがった〝逃げるならいま〟という思いはみるみるしぼんでいった。どうやっても逃げおおせそうにない。警備員が一人や二人ならどうにかなるが、八人となると手に負えない。しかし冬芽の脳裏には、樹影に隠された満月のような一つの考えが、ひっそりと芽吹きはじめていた。その考えは想像するだに恐ろしい、まさに一か八かの賭けだった。

やがて警備員たちが、放り出された闘士の死体に注意をもどした。ヘッドランプの光が冬芽の顔を舐めてゆく。冬芽はふたたび自分に言い聞かせる。お前は死体だ、お前は死体だ……。警備員たちがまた一体一体足をつかんで引きずりはじめた。三人が運ばれていったところで、冬芽の番が来た。二人がかりで片足ずつつかんで森のなかに引っぱりこんでゆく。右足を引っぱる男が「こいつ、宇野冬芽ですよ」と言った。左足を引っぱる男が「だからなんだ」とぶっきらぼうに返す。「ずっと応援してたんですよ。三連覇するもんだと思ってました。それがこんな……」「俺は脇坂を応援してたよ」「そっちのほうがやばいですね」「あれこれ考えるな。俺たちは言われたことだけやってりゃいいんだ。知らなけりゃ知らないほどいい」「でも……」「もう黙れ！　俺だってこんな仕事は嫌なんだ。教えといてやるよ。汚い仕事をやるときはな、とにかく黙ってやるんだ。口は命、口の軽いやつは命も軽いんだ」

闘士たちはみな長方形の穴に放りこまれた。深さは六、七〇センチとそれほどでもないが、ひろさはがたいのいい七人の闘士を並べてもまだいくらか余裕があった。警備員たちは黙々と仕事をこなした。ときおり言葉を交わしても、森の樹々に耳でもあるかのように険しい囁き声で話した。冬芽は穴の底で、ちょうど七人のまんなか、種村と大久保のあいだに仰向けに横たわっていたが、しかしいまや誰が誰であろうと寸毫《すんごう》の違いもない、無名の死を迎えつつあった。警備員たちはスコップで穴を埋めもどしはじめた。放りこまれた黒い土が夜の澱《おり》のように体をおおってゆく。ひと掬いひと掬いが七人の闘士のそれぞれの生を抹消してゆく。そんななか、生者である冬芽は一人だけ、のしかかってくる夜のように巨大な恐怖と戦っていた。いまならまだ逃げられるんじゃないか？　すぐさま跳ね起きてそこらの藪に逃げこめば、こいつら見つけられないんじゃないか？　いや、そんなことをしなくても、這いつくばって命乞いをしたら、見のがしてもらえるんじゃないか？　さっきのやつだって俺を応援してたって言ってたじゃないか。次から次へと甘っちょろい考えが胸を訪れては去っていった。しかし腹の底ではわかっていた。生きていると気づかれてはならない。生き埋めという抹殺を、屈辱を、恐怖を、甘んじて受けいれるほかないのだ。

いよいよ顔に土がかかりはじめた。土塊《つちくれ》が耳朶を打ち、小石が耳の穴に転がりこんできた。小枝が口もとをかすめ、舌先に枯れ葉が張りついた。うろたえるな。こらえろ。あの円空だって自分から土に埋もれ、即身仏になって死んでいったのだ。お前もそうなれ。死者になるのではなく、仏になるんだ。生まれ変わるんだ。冬芽はゆっくりと末期《まつご》の息を吸いながら、次々と降りかかる冷えきった土に埋もれてゆく。

十九

　時折降りかかる土が左頬や首すじをざらざらとなぶる。にもかかわらず瞼の向こうはいつまでも変に明るくて、膝頭には炙られるような火照《ほて》りを感じていた。どことも知れぬ夜更けの山林で冷たい土に生きながらうずめられようとしているのに、この明るさ、この暑さはいったいどこから湧いて出たものか。土の感触も妙だ。まるで針でつつくように細かく、砂のように乾いている。一向にこの身に降り積もることがなく、吹きすさぶ風に乗って瞬く間にどこかへ流れ去ってゆくようだ。それどころか、次第に心地いい揺れまで感じはじめた。まるで母親の柔らかい腕にいだかれているような、この世界の優しさ温もりを教えこむような揺れだ。なぜ山林に掘られた穴の底でそんな満ち足りた揺れを感じるのだろう。

　夢現《ゆめうつつ》にそんな疑問を撫でまわしていると、誰かが左肩をそっとつかみ、冬芽を揺さぶってきた。

「ねえ、起きて。もうすぐ北回遊道に着くよ」

　ああ、お母さんだ。お母さんの声を聞くのはずいぶん久しぶりな気がする。ずっとどこに行ってたんだろう。俺を長いあいだ独りぼっちにして……。

「ほら、向こうに剣闘士の谷が見えてきた」

　違う。お母さんじゃない。もっと若い女……いや、少女の声だ。聞き憶えがある。そうだ、モトカだ。俺はモトカと月の砂漠を旅していたのだ。月鯨のマヒナに乗り、灼熱の太陽を背に、夜を追って北回遊道を西へ西へ、終わりなき旅を始めるところだったのだ。頬に当たっていた土と思われたものも、どうやらマヒナが時折鼻孔から噴きあげる白砂だったようだ。なんで森の中に生き埋めにされるだなんて物騒なことを考えていたのだろう。ほかの闘士たちと一緒に護送車に乗せられ、ワイヤーで絞め殺されかけ、小便を垂れ流し……いやはや、まったくひどい夢を見たものだ。

薄目を開けると、モトカがこちらを見おろしていた。黒々と磨きあげた珠《たま》のような大きな目が二つ、冬芽を案ずるように細められている。このゆったりとした揺れのせいだろうか、モトカの膝の上で眠りこけてしまったようだ。モトカの面差しや肌つやは確かに十四、五の少女のそれだが、その表情や態度は分別臭くどっしりと構えた様子で、姉御肌《あねごはだ》とでも言おうか、無骨な三十男に膝枕をしてやっても照れのかけらもなくこちらの目を覗きこんでくる。却って冬芽のほうが決まり悪くなり、そそくさと身を起こしながら、

「なんて？　剣闘士の谷？」と尋ねる。

「ほら、目の前を横切っているのが北回遊道だよ」とモトカは世界をひとつかみにするように右手を広げて前方を指し、右のほうへすうっと動かす。「そして右手に見えるのが剣闘士の谷……。北回遊道は剣闘士の谷を通りぬけてゆくの。ほら、ほかの鯨たちが連なってゆくのが見えるでしょう？」

漆黒に澄みわたった空の下、マヒナは今、大きな砂丘の斜面をつづら折りにくだっているところだが、そのくだりきった辺りを、確かに大小様々なほかの月鯨たちが群れをなして右のほうへ泳いでゆくのが見えた。どうやらそこが北回遊道のようだ。幅は一〇〇メートル足らずといったところだろうか、涯もなく波打つ砂丘の狭間《はざま》を縫うように、平らな砂床《さしょう》がゆるやかにうねりながら巨大幹線道路のごとく延々と続いていた。なるほど幾重とも知れない砂丘を一つひとつ昇り

降りするより、多少遠まわりでも平坦なところを選んで泳ぎつづけるほうが鯨にとっても背に乗る人間にとっても具合がいいに違いない。

　モトカに促されるまま視線を右に流してゆくと、ひときわ大きな砂丘に挟まれたところに回遊道が狭まりながら分けいってゆくのが見えた。そしてその入口付近に、細長い白茶けた巨大な物体が二つ、門柱のごとく突き立っており、そのあいだを鯨たちが競うように泳ぎぬけてゆく。遠目には岩か何かを彫った人間の石像のようだが、それにしては大きすぎやしないだろうか。足下を泳ぎゆく鯨の体長を仮に二〇メートルとすると、石像の高さは優にその倍はあるように思われた。となると、四、五〇メートルはあるということになる。人工物であることは間違いないが、ひとところにとどまりつづけることが出来ないこの月面の砂漠で、誰がいつあんな巨像を彫ったのだろう。

「そう。あそこに立っているのが剣闘士の像……」とモトカは少し得意げに言う。

「どうしてあんなものが月に？」

「誰も知らないの……」とモトカはかぶりを振る。「あたしはずいぶん長いあいだ月にいて、もう何百回月を巡ったか分からないいくらいだけど、昔はあんなものはなかった。ある時突然、最初の一つがあの谷に出来て、それからはあそこを通るたびにどんどん増えていったの」

　マヒナが砂丘をくだりきると、ほかの鯨たちが、胸鰭が触れあわんばかりにすぐそばを泳ぎはじめた。ほとんどの鯨がマヒナと同じように細長い小屋を背負っているが、中にはまだ幼いと見える小ぶりの個体もいて、そんな子鯨は何も載せない裸の姿で母親らしき鯨の傍らに寄り添っている。小屋の造りそのものはどれも似たり寄ったりだが、旅人それぞれにこだわりがあるようで、外壁が色とりどりに塗られていたり、屋根の形が小洒落ていたり、御者席にある座席の数が異なったりしている。御者席が無人の鯨も見かけるが、たいていは誰かが腰かけていて、その顔ぶれは、行く手をぐっと睨みつける五十がらみの髭面の男だったり、遠い眼差しの痩せこけた老婆だったり、腕を組んで居眠りする精悍な若者だったり、優雅に本を読む麗《うるわ》しい娘だったりと様々だ。恋人同士や家族連れなのか、それともモトカのように新参者を拾ったのか、時には二人や三人、あるいは大ぶりな鯨の背に大きな小屋を構えて四人以上の大所帯で乗っていたりすることもある。しかしモトカのような小娘が一人きりで月鯨を駆る姿はほかに見あたらない。今は横に冬芽が座っているが、いずれ冬芽が自分の鯨を持つか、ほかの鯨に移り住むかすれば、やはりまた一人きりで旅を続けるのだろう。きっとモトカは旅人たちの中でもひときわ異彩を放つ存在に違いない。若くして月暮らしが長いというその言葉どおり、旅人のほとんどと顔見知りらしく、回遊道に合流してからひっきりなしにあちらこちらへと親しげに手を振っている。旅人たちは同じように手を振りかえすのだが、その手の振りようが子供を気遣う様子ではなく、老練な鯨乗りに敬意を払うようなどこか引きしまった具合なのだ。

また、旅人たちはモトカの隣に腰かける見知らぬ男も気にかかるらしく、皆ちらりと冬芽のほうに視線を寄こしては、軽く手を振ったり、目を合わせてうなずいたり、何に対してか威勢よく親指を立てたりと、それぞれに新入りの印象を確かめるふうだ。とある山羊鬚《やぎひげ》を生やした老人など、マヒナの真横にぴたりと鯨をつけてくると、何かの革でこしらえたらしいメガホンのようなものを取り出し、しゃがれ声を張りあげ、「どこで拾った！」などとこちらを捨て犬か何かのように言ってくる。モトカも足下から自分のメガホンを拾って負けずに声を張りあげ、「北よ！ここから北の、鯨の墓場！」などと答える。モトカが言うには、その老人も、多くの新参者を探し出してきた古参の旅人で、モトカのほうはそんなつもりもないのに、数で張りあおうとしてくるらしい。実際、老人は四十がらみの女と十歳かそこらの少年を後ろに乗せており、またそれが娘と孫のように見えて、どこか誇らしげなのだ。

そうするうちにも、いよいよ剣闘士の谷が近づいてきた。谷の入口には、まるで狛犬《こまいぬ》のように向かいあう二体の剣闘士の像が聳《そび》え立っていた。近づけば近づくほど、その巨大さが胸に迫ってくる。どちらの像も灰褐色の一枚岩を彫ったもので、ざくざくと粗削りだが、確かに剣闘士を象ったもののようだ。左の像は長方形の盾と片手持ちの直剣を手にしており、右の像は三つ叉の槍と投網らしきものを構えている。しかし最も冬芽の目を引いたのは、その表情だ。うっすらとではあるが、どちらも頰笑みを浮かべているのである。剣闘士であるからには、真剣を手に命懸けで戦うことを強いられた男たちのはずだが、二人の顔からは荒々しさはもちろん、ままならぬ身の悲哀すら感じられず、降りかかった過酷な運命の向こうに突きぬけたような満足げな面持ちなのだ。

しかし石像の微笑を見あげながら、冬芽の気持ちのほうは何やら得体の知れない暗雲のようなもので曇ってきた。そうだ。忘れかけていたが、俺もまたかつては剣闘士だったのだ。そして何より不可解なことに、俺はこの頰笑みを知っている。知っているどころか、この地に辿りつく前、また別の世界で、俺はこの手でいくつもいくつもこの頰笑みを闘士たちの顔に刻みこんだのではなかったか。なぜ月の砂漠のど真ん中で俺の彫った頰笑みと出くわすのだろう。いや、そんなことより、そもそも俺はどうやってこの月世界にやってきたのだろう。何がどうなって月鯨の骨の懐に横たわることになったのだろう。

二体のあいだを通りすぎると、回遊道沿いに次から次へと新たな剣闘士像が現れ、その天突く偉容で月鯨の群れを迎える。旅人たちは毎月毎月、幾度となくこの谷を通り、すっかり見なれた光景のはずだが、小屋に籠《こ》もっていた者も皆、御者席に出てきて、ぽかんと口を開け、目を輝かせ、身を乗り出すように列をなす巨像に見いっている。ムルミッロがおり、レティアリウスがおり、サムライがおり、ディマカエリがおり、また、その面差しであれ立ち姿であれ一つとして同じ意匠のものはないが、その顔に湛えられた微笑はやはり同じ泉から湧きあがってきたもののようだ。モトカによれば、この谷に聳える剣闘士の像は二百数十体を数え、今もまだ着々と増えつづけているという。どうやってこんな見あげるような巨像が荒涼たる月世界に忽然《こつぜん》と出現するのか、そのからくりは定かではないが、多くの者が信じるところでは、この白い砂漠から砂を割って土筆《つくし》のように生え出てくるらしい。漆黒の天からずどんと降ってくるよりはいくらかありそうに思えるが、この砂漠の底にはまだまだ人智を超えたものが数多く埋もれているという話になると、なるほどとはうなずきがたい。

しかし剣闘士たちの姿がいよいよ途切れる辺りに差しかかり、冬芽は、巨像が砂漠から生えてくるという突拍子もない話を信じざるを得ない光景に出くわした。大砂丘が形づくる谷はまだ続いていたが、とうとう巨像の最後の一体と思われるものが姿を現した。それまでの二百数十体はどれも回遊道の両側に行儀よく立っていたのに、なぜかその最後の一体だけは、まるでこれで打ち止めだと言わんばかりに、回遊道のど真ん中からぬっと突き出ていた。調子よく泳いでいた鯨たちも、何やら納得のゆかない様子でその障害物をよけてゆく。モトカにとっても意外だったらしく、面喰らったふうに「なんであんなところから……」とぶつくさ言った。しかもその一体だけ、妙に背が低いのだ。近づくにつれて、どうやら胸の辺りから上しかないらしいと知れた。つまり、今まさに砂漠から突き出てくる途上にあるのだ。モトカによれば、ほかの巨像もすべて同じようにしてまず頭を突き出し、ひと月後に谷を訪れた時には、もうすっかり足下まで出きっているのだという。しかしやはりこれまで回遊道の真ん中から生えてきた石像は見たことがないらしい。

その最後の一体がいよいよ目前という時、冬芽は思わず息を呑んだ。それまで見てきたどの巨像にも多かれ少なかれ見憶えがある気がしていたが、胸から上しか出ていないその巨像を見あげた時、脳裏に溢れんばかりの既視感《きしかん》が迸《ほとばし》り、揺るぎない確信が生まれた。太い野暮ったい眉毛、まっすぐ伸びた太い鼻すじ、ぐいと張り出した頰骨……その像は自分だった。冬芽が人生の最後に、瑠香のために彫りあげた己の像にそっくりだった。いや、待て。人生の最後？　なんで人生の最後なんだ？　不意に何かを思い出しそうになった。頭上で照り輝く満月、歓声渦巻くアリーナ、立ちはだかる脇坂の巨軀、握りしめる太刀、頭に重くのしかかる弑逆《しぎゃく》の兜……。そうだ！　俺はあの兜で下條拓を殺るつもりだったのだ！　それでどうなった？　殺ったのか？　殺れなかったのか？　どっちだ？　どうしたわけか、自分を象った目の前の巨像がその答えを知っている気がし、

「停めてくれ……」と冬芽は思わず口走っていた。「マヒナを停めてくれ。この像は、この像は……」

「停める？　ここで？」とモトカは困惑に眉根をよせる。

「俺や、この像は俺や……。この谷は俺がつくったんや」

「どういうこと？　この像がどうかしたの？」

モトカは腑に落ちない様子ながらも、マヒナに指示を出してほかの鯨のあいだを縫うように泳がせ、最後の巨像の胸元に寄せて停めた。ほかの旅人たちは何ごとかと鯨の背から訝しげな視線を投げながら傍らを通りすぎてゆくが、冬芽はそれどころではない。俄に息苦しいような焦燥感

に襲われ、ここでこうしてはいられない、一刻も早く何かをせねばならない、そんな気がしてきてならないのだ。

逸る心のままに御者席を取り囲む柵を乗りこえ、マヒナの背を走りおり、白砂の上に降り立った。モトカもすぐさまあとを追ってきて、「ねえ、どういうこと？　この像を、この谷の像を全部あなたが彫ったたって言うの？」と問うてくる。冬芽はそれに答える余裕もなく、あたふたと己の巨像に駆けより、間近からその姿を振りあおいだ。胸から上とはいえ、残月を象った兜の前立てまでは高さが一五メートルほどはあるだろう。その顔は遥か前方を向いて頬笑んでいるはずなのだが、どうしたわけか、細めた双眸でこちらをにっと見おろしてくるように感じられる。一つだけ願いを叶えてやろうとでも言わんばかりに……。

それにしても、こんな巨大な岩が月にごろごろ転がっているものだろうか。その灰褐色の岩肌をよく見ると、不思議なことに全体にうっすら木目のようなものが走っている。はっと思い、二、三歩さがって眺めると、ところどころに木の節のようなものもあるではないか。もしや俺の彫った闘士像が月の砂漠の底で化石化し、こんな巨大な珪化木《けいかぼく》になったとでもいうのだろうか。

冬芽は恐るおそる岩肌に手を伸ばしていった。なんであれ岩は岩、ただすっとさわればいいものを、なぜか指先を喰いちぎられるかのような恐怖を感じてしまう。そしてその恐怖は杞憂《きゆう》というわけではなかった。人さし指の先が巨像に触れた瞬間、いくつものことが同時に起こったのだ。まず触れた指先に点のような小さな痺れが生まれ、それが瞬く間に猛烈なざわめきの波紋となってきりきりと腕を這いのぼり、全身を掻きむしりながら脳天から爪先にまで広がっていった。その痺れの波紋は冷たく凍えるようでもあり、熱く滾《たぎ》るようでもあり、何かそれ以上の神聖なもののようでもあり、いずれにせよ冬芽は激しい眩暈に意識を揉みしだかれて立っていられず、骨を抜かれたようにその場にくたりと頽れた。

モトカが慌てて駆けよってき、冬芽の肩を支えた。冬芽はモトカの腕の中で巨像にも青白いような波紋が広がってゆくのを見た。かちこちに硬いはずの石像にどうやって波紋が広がるのだろう。それを見たモトカが驚愕の面持ちで何かを言ったが、その言葉は別の音に掻き消された。指先が触れた瞬間、巨像が、己の原型である冬芽の存在に共鳴したのだろうか、鉄琴と釣り鐘を同時に鳴らしたような大音響を発したのだ。はらわたをつかんで揺さぶるような重たい音でありながら、しかしつやつやと磨きあげられた金属が歌うような音、その凄まじい音は月世界じゅうに隈《くま》なく響きわたり、砂粒という砂粒を一つ残らず震わせたかに思われた。

モトカは倒れこんだ冬芽の肩を抱きながら必死の形相で声を張りあげた。

あなたは、まだ、とげつ、できない……そう聞こえた。むこうにかえる、みちが、ひらいてしまった。でもまた、いつか——

その言葉を聞くあいだにも、冬芽を象った巨像が地響きを轟かせながらみるみる低くなり、胸から肩、肩から首、首から顔……と朦々《もうもう》と砂塵を巻きあげつつ白砂の中に沈みこみ、地底に逆もどりしてゆくのが見えた。それに伴い、周囲の砂が蟻地獄のように巨像と共に吸いこまれてゆく。冬芽は体に力が入らず、仰向けになったまま擂《す》り鉢《ばち》状の砂の流れに引きずられ、なす術《すべ》もない。危険を察したモトカが冬芽の体を放し、流れ落ちる砂の斜面を慌てて駆けあがると、救うに救えないもどかしさがあるのだろう、苦い面持ちでマヒナのほうへ後ずさりしてゆく。いよいよ巨像の兜までがすっかり砂漠に沈むと、擂り鉢の底に直径一〇メートルはあろうかという大穴がぽっかりとひらいた。まるで砂漠の栓でも抜いたような、灼熱の陽光すら這い出ることが叶わない、ただひたすらに真っ暗闇の大穴だ。モトカがマヒナの背を御者席まで駆けのぼると、マヒナはすぐさま擂り鉢から距離を取り、驚愕の事態に浮き足立つほかの鯨たちと一緒にそのまわりを怖々泳ぎはじめる。

冬芽はと言えば、ただ流れる砂のまにまに穴に引きずられてゆくばかりだ。俺はまだ渡月出来ない？　向こうに帰る道がひらいた？　向こうってどこだ？　もう少しで思い出せそうな……。きっと暗いところだ。暗く湿った、死が横たわるところ……。体からようやく痺れが抜けはじめ、マネキンに心を押しこまれたみたいにぎこちなくもがきはじめるが、最早、手後れだ。とうとう穴のへりに爪先がかかると、夥しい白砂と共に下半身がずるりと暗闇に落ちこみ、足が虚しく宙を掻く。不思議と恐怖感は薄いが、得体の知れぬ穴を前に抗わずにはいられない。藁《わら》をもつかむ思いだが、その藁とてなく、握りしめた砂もろとも暗黒に放り出される。その胸中では、同じ問いが木霊している。向こうってどこだ？　向こうって……。

二十

まったき暗黒のただなかで、冬芽はひと息もつけぬまま、渾身の力でただひたすらもがきにもがいたのだ。やがて自分を重たく押し包んでいた暗闇がもろもろと崩れはじめると、枷をはめられた両手が、とうとうのしかかっていた分厚い土に風穴をあけ、向こうに到達した。両手が空気にふれた瞬間、闇夜に走る雷光のごとき絶大な希望に魂を貫かれ、全身全霊をかけてがばりと身を起こした。

深ぶかと落ち葉が降り積もった地面の上に、土まみれの頭が一つ、まさに冬の芽のように突き出した。口に入りこんだ異物を唾とともに吐き散らしながら、ぜいぜいと喉を鳴らして幾度も幾度も大きく息をする。久方ぶりの空気を思う存分胸に収めると、冬芽は土を割りながらゆっくりと穴から這い出し、落ち葉の上に転がり出た。全身がぴりぴりと痺れているうえに、体が芯から冷えきっており、骨から揺さぶられるような猛烈な震えが止まらない。痺れがいくらかやわらいでくると、血が泡立つようなえも言われぬ感覚が肌という肌を駆けめぐり、呻き声をあげながらしばし悶え苦しむ。しかし頭の片隅では、かつて見た月昂者の虐待動画の記憶がちらついていた。そういえば、テロリストどもに生き埋めにされたあの不憫《ふびん》な月昂者も、掘り出されたとき、がたがたと痙攣じみた震えに襲われながら苦悶の呻きを漏らしていなかったか？

　しばらくすると、ようやく異常なまでの震えが峠《とうげ》を越え、皮膚の感覚ももどってきた。それでも指先や足先が冷えきったままだが、これはそうそう温まりそうにない。どうと後ろに倒れこむと、手錠につながれた両手を祈るように胸もとで握り、息を震わせながら天を仰ぐ。すっかり葉を落とした枝々の隙間から、雲一つないのっぺりとした群青《ぐんじょう》色の空がのぞいていた。果たしてこの群青は朝まだきの群青か、あるいは黄昏時の群青か。警備員どもに生き埋めにされたのは十二月十八日の満月の夜、いや、日をまたぎ、十九日になっていた。いずれにせよ真夜中だったはずだ。しばし空を眺めていると、しだいに群青が深まってゆく。朝ではない。陽が沈んだばかりなのだ。東の空から、やがて十六夜の月が昇ってくるだろう。それとも俺はもう何日も土のなかで過ごしていて、もっと痩せた月が怖ずおずと遅れがちに昇ってくるのだろうか。

　仰向けになったまま、声にならない静かな笑いが腹の底から湧きあがり、喉をひくひくと鳴らした。誰に聞かせる必要もない、誰に奪われることもない、おのれのために、おのれの運命を称える、とても小さな、それゆえに完璧な笑いだった。どことも知れない山林の底で横たわり、身を波打たせ、冬芽はしばし笑いつづけた。世界よ、俺は生きてるぞ。俺の勝ちだ。俺は賭けに勝った。支配者たちよ、俺の勝ちだ……。にわかに五感が澄みわたり、小枝一本のしなり、落ち葉一枚のそよぎ、地虫一匹の蠢きまでが感じとれるようだ。際どきである。いまになって、この身に極上の際どきが訪れているのだ。生まれてこの方、これほどまでに巨大な自由を感じたことがあったろうか。誰もが、俺は死んだと思っているだろう。あるいはいずれ思うようになるだろう。宇野冬芽は死んだ。下條拓を殺りそこね、陰謀屋どもに野良犬みたいに始末された。しかしまだ、俺がいる。宇野冬芽という殻を脱ぎ捨て、剝き出しの魂となり、羽をひろげ、最後の人生をこの墓穴のほとりから始めるのだ。もう俺のまわりに塀はない。首にワイヤーもなければ、足首に追跡機もない。手錠足錠はまだかかったままだが、こんなものはどうにでもなる。月昂者となってからの三年九カ月を思えば、もう何をしたって生きてゆけるだろう。円空のように山野に漂泊し、ネブカドネツァルのように野草を喰らってでも生きてゆけるだろう。

刻一刻と暗みを増す空と向きあううちに、ふと、瑠香のことを思い出した。いや、瑠香の香りと言うべきか。辺りを見まわすと、目に映るのは、すっかり葉を落とした寒ざむしい樹々ばかりだが、ここここそまさに森に違いない。瑠香が勲婦としてはじめて冬芽の部屋を訪れたとき、瑠香の体からいい匂いがすると冬芽は言った。どんな匂いかと聞かれ、とっさに森の匂いだと答えた。しかしいま、どことも知れぬ森のただなかで、研ぎ澄まされているはずの冬芽の鼻は、自分の体から立ちのぼるむっとするような土の匂いを嗅ぐばかりで、瑠香の香りを捉えることはできなかった。瑠香の匂いにはたしかにかすかなほろ苦さがあったが、もっと濁りがなく、涼やかで若々しかった。土の匂いが重たく沈む薄暗い匂いだとすれば、瑠香の匂いはそよ風と木漏れ日を思わせる軽やかで明るい匂いだった。この森に瑠香はいない、そう思った。きっと瑠香の森は、新緑の青々と生いしげるまばゆい初夏の森なのだ。

瑠香のことを思い出すと、ついさっきまでの天に抜けるような昂揚感はにわかにしぼみ、木《こ》の間《ま》を吹きぬける十二月の冷たい風とともに刺すような孤独が肌に張りついてきた。が、だからといってやることは何一つ変わらない。生きるのだ。生きられるかぎり生きるのだ。今後、抗昏冥薬の投与が受けられない以上、暗月期はいよいよ命をおびやかす危険なものとなる。余命はせいぜい二、三年といったところだろうが、その歳月を何者にも縛られない自由な月昂者として心ゆくまで生きぬけば、それだけで俺は勝者なのだ。

もはや陽は沈みきり、夜のとば口たる濃紺の空が樹上にひろがっていた。冬芽はようやく立ちあがると、危うく終の寝床となるところだった穴をしげしげと見おろした。穴の底の暗がりが、さっきまで見ていた不思議な夢にまだ通じているように思えた。モトカと月鯨マヒナの夢だ。決勝戦のあと複合検査機にかけられながら、昏冥時に見るような緻密な夢にすべりおちていったが、さっきの夢はまったくその続きとしか思えない迫真の夢だった。まるで向こうこそが真の現実であり、こちらの世界をねじふせて夢に格下げさせかねないような……。夢のなかの月世界はけっして月昂者の楽園などではなかったが、旅人や鯨たちはみな、澱むことを知らぬ清々《すがすが》しい活力に満ちていた。モトカのまなざしのなんと潑剌として気高かったことだろう。耳もとで叫ばれたモトカの言葉がまだ耳の底に残っていた。でもまた、いつか……。その続きはなんだったのだろう。来ることになる？　会える？　だとしたらそれはいつだろう。いまふたたび穴の底に寝転がって眠りにつけば、またあの月世界ではたと目を覚ますのだろうか？

しかしいずれにせよ、その前に果たさねばならない義理があった。冬芽はひざまずき、手錠をかけられた手でさらに土を掘りかえしはじめた。まず出てきたのは第六養成所の安藤だ。体のどこにふれても板のように固く強張っており、すでに死後硬直が始まっていることが知れた。手首を探っても脈はなく、胸に耳をあてても鼓動は聞こえない。口もとに手をやっても、やはり息のぬくもりはない。胸もとの面ファスナーを剝がすと、掻きむしった痕の残る太い首にワイヤーが深く喰いこみ、痛々しくくびれている。これでは脳への血流が完全に止まってしまい、明月期の月昂者といえども数分ともたないだろう。いまさらワイヤーを切断しても息を吹きかえすことはあるまい。警備員たちがわざわざ闘士の死亡を確認しなかったのは、ワイヤーで絞めあげれば、月昂者でも確実に殺しきることができると知っていたからだろう。ほかの遺体もすべて掘り出したが、安藤と同様やはり生命の兆候は微塵も見つけられなかった。

冬芽は六人の土に汚れた死に顔をしげしげと見おろすことをおのれに強い、一人ひとり記憶に刻みつけた。六人ともが申しあわせたように口をぽかんと宙にひらいていた。顎が固まり、頑として閉じようとしないのだ。言い残したことがある者は口を開けたまま死ぬという話を聞いたことがあった。言い残したことなら、ないはずがない。しかしその言葉は、彼らの喉を通って外に出られるほど小さなものではないのだ。寂寞《せきばく》たる夜の森に、六つの死の叫びにならぬ叫びが鋭く木霊していた。冬芽は目をつぶり、手を合わせ、彼らの冥福を祈った。もしかしたらいまごろこいつらも、あの白い砂漠で誰かに拾われ、鯨に乗って旅を始めたところなのかもしれない、しばしそんな空想をもてあそんだ。祈り終えると、また元どおりに彼らに土をかぶせ、その上をさらに落ち葉ですっかりおおった。しかしそうして死が完全に隠蔽されてしまうと、ちょっと目を逸らしただけでこの場所を見つけられなくなりそうな気がし、慌てて落ち葉を払いのけた。そして辺りをしばらくうろついて手ごろな石を拾いあつめ、目印として山型に積みあげた。賽《さい》の河原で石を積むと、そのたびに鬼が蹴散らしに来ると聞いたことがあったが、闘士を嘖《さいな》むあの鬼どもはきっと、もう二度とここへあらわれることはないだろう。

ふと空を見あげると、張りめぐらされた枝々の向こうに、満月から少しだけ痩せた月が昇ってくるのが目に入った。昨夜の惨劇を見て打ち沈んだような暗い赤銅色《しやくどういろ》をしていた。おそらく十六夜の月だろう。独房の窓から射しこむ十六夜の月光のもと、互いに貪りあうように何度も瑠香を抱いてきた。はじめて抱いて以来、あとも先もないようなその絶頂の瞬間のためだけに生きながらえてきた。すべての夜が十六夜だったらと、世界が永遠に十六夜だったらと、何度思ったか知れない。瑠香の体のすべらかな感触をまだ肌が憶えており、飢えとして、あるいは喪失の疼きとして、静かに蘇ってくるようだった。

冬芽は最後にもう一度、石積みに手を合わせると、手錠足錠を鳴らしながら、月へ向かっていずことも知れぬ山の斜面をくだりはじめた。恐ろしく喉が渇いており、腹も減っていた。傷もまだ癒えきってはおらず、小刻みな震えもまだ治まってはいない。しかしやはり降りそそぐ月光の賜物だろうか、この山野で生きぬくための獣としての血がこの身に脈打っている気がし、まるで不安をおぼえなかった。

歩くうちに、落ち葉に埋もれかけた枯れ枝や倒木や木ぎれが目につきはじめた。ときおり手ごろなものを拾いあげては、そのなかに封じられているものを思い描いてみた。食料を手に入れ、手錠足錠を岩か何かで破壊したら、次は刃物を探すと決めていた。人口減少に伴い、日本じゅうの山々では、多くの廃村廃屋が暮らしの名残を残したまま打ち捨てられ、朽ちつつある。小刀の一本ぐらいすぐに見つかるだろう。まずは脇坂を彫らねばならない。俺のかわりに死んだ脇坂を……。もちろんほかの六人もだ。しかし闘士たちを彫り終えたらどうするか。何も悩むことはない。木はそこらじゅうにある。よりどりみどりだ。何を彫るべきかは木が教えてくれる。

突如として森がぽっかりと虫喰いのように途切れ、一糸まとわぬ十六夜の月が姿をあらわした。

すでに不吉な赤みはぬぐわれて、ぎらぎらと迫り出さんばかりに濡れ輝き、解きはなたれた冬芽の魂を名指しするようだ。やはりお前はわたしの子供だと。見れば見るほど月は大きくなってきて、月鯨の群れの朦々と巻きあげる砂塵が、飛び跳ねる月兎《げっと》の姿を仄かにぼやかしているような気がした。

二十一

下條拓は若い時分から、尊敬する人物に織田信長の名をあげていた。誰よりも愛され、誰よりも憎まれる、その突出した立ち位置を羨んだのだ。絶大な野心を抱えた者にとって、愛憎は相反するものではない。同じ杯《さかずき》を満たす、陰と陽の美酒なのだ。

二〇九八年に公開されて物議を醸した映画『覇王』のなかで、下條は救特の長官だった日村隼雄を郊外の首相別邸に呼びつけ、持ち前の昂揚した口ぶりで、

「重要なものはたった一つ、野心だよ」と言う。「野心がそれを求めるのなら、わたしは善人にもなるし、悪人にもなる。救世主にもなるし、虐殺者にもなる」

「なるほど……」と日村は鼻眼鏡を押しあげながらうなずく。「野心は道すじを選ばず、ただ目的地を選ぶ……そういうことですね?」

「そのとおりだ」

「しかし首相の野心の目的地とは、いったいどこなのです?」

「わたしのであれ、誰のであれ、人間の野心の目的地はつねに一つ、それは永遠だよ、長官……。わたしは、このわたしについていかなる意見も持ちあわせていない人間が存在することが我慢な

らないんだ。愛するのであれ、憎むのであれ、日本じゅうの誰もがわたしについて考えねばならない。とことん考えねばならない。もちろんわたしとて有限の命を持った一人の人間だ。永遠には生きられない。しかし後世の人間がわたしを愛しつづけることで、憎みつづけることで、考えつづけることで、わたしは永遠になる。人間が永遠に生きるとは、そういうことだ」

日村はさも感銘を受けたふうに、その思想を絶賛し、目を潤ませさえするが、帰りの車のなかで、眼鏡を外して布で拭《ふ》きながら、胸の内でこうつぶやく。

「永遠になったあなたを殺した者も、きっと永遠になる」

別邸で交わされた会話は、脚本家の空想の産物ではない。日村の死後、隔離端末のなかから見つかったとされる日記に書かれていた、二〇四九年九月八日の出来事だ。現在ではその日記のすべてが公開されているが、偽書あるいは日村の創作だという見方も根強い。たしかに内容は真に迫っているが、日村ほど記憶力の優れた者であれば、そもそも日記を書く必要がないというのだ。もっともな見方ではあるが、しかし日記の目的はかならずしも備忘録とはかぎらない。〝永遠になったあなたを殺した者も、きっと永遠になる〟という日村のつぶやきは日記にはない脚色だが、彼もまた、見聞きしたことを書きのこすことで、みずからの人物像に肉づけをほどこし、永遠者の仲間入りを果たしたかったのかもしれない。しかしもちろん、日村は日記など残さなくとも、下條拓暗殺事件、つまり世に言う〝競技場事件〟のもっとも有力な黒幕として、二十一世紀の日本の陰謀史にその名を深く刻んだのだ。

当然のことながら、複数のカメラが下條暗殺の瞬間を捉えていた。表彰式において、実行犯である脇坂日出斗はアリーナの中央から一〇メートルほど北で、南を向いて立っていた。鎌槍と投網は携《たずさ》えていなかったが、左わきにはやはり兜を抱えていた。メタルエースなる金属加工会社が用意した爆薬内蔵の兜だ。脇坂は決勝戦のあと、傷の応急処置を受け、照明に照り輝く胸や腹には肌色の癒合テープが縦横無尽にうねっていた。冬芽の太刀によってかなりの手傷を負い、体調が万全であるはずもないが、ディスプレイに大写しになったその顔は、雲上に突きぬけたかのように晴れやかだ。獰猛さはなりをひそめ、暗殺者の顔に浮かぶかもしれない奸知《かんち》の色など微塵も読みとれない。眉間のしわは柔らかくほどけ、薄暗い奥目はどこか遠いまなざし、口もとには穏やかとすら言える頬笑みを湛えている。前人未踏の三度目の王者となった素直な歓喜の情が、脇坂の荒々しい顔をにわかに洗い浄《きよ》めたかのようだ。

アリーナの中央には幅一〇メートル奥行き五メートルほどの演壇が仮設で組まれ、その上には九脚の椅子が並べられていた。下條はそのまんなかにあるもっとも背もたれの高い玉座のような椅子にふんぞりかえり、そのすぐ後ろにはひときわがたいのいい黒服の警護官が二人、むっつりとした面持ちで控えていた。下條の顔もときおりディスプレイに大写しになる。すでに夜は更け、日付をまたいでいたが、下條の活力は衰えを知らず、殺しても死なないような笑みが顔にみなぎっている。ほかに壇上にいたのは、下條の次男の玄、長女の沙智、三女の愛香、その夫の富田直《とみたなお》道《みち》、四男の快翔、そして財務大臣の永原剛栄、催事局局長の白尾義孝、救国警備隊長官の青木望夢の九人だ。

この九名のなかに、日村が含まれていないことがもっとも重要な点である。日村は救国特別警察の長官に任命されて以来、欠かすことなく下條杯の貴賓席に顔を出しているが、表彰式のときにアリーナにおりてきたことが二回しかない。秘密警察の人間は、たとえ長官といえども本来、黒衣《くろご》でなければならないというのが日村の言い分だったようだ。日村はアリーナにおりないという事実を周囲に印象づけていたため、二〇五一年の下條杯においても、壇上に彼の席がなかったのは不自然ではなかった。闘技場での暗殺という遠い目標を胸中で温めながら、長年をかけてその状況を築いてきたのか、あるいは、ただ状況を利用しただけなのか、それを知りたければ、いまとなっては降霊術にでも頼るほかない。

日記によれば、日村は幾度か、下條にアリーナにおりてゆくのをやめるよう進言したことがあるらしい。貴賓席を囲む特殊ガラスはレーザーの照射をすぐさま感知して防御機能を働かせるが、観覧席とアリーナを仕切る防弾ガラスはそれができないと述べたのだ。しかし下條は「そもそもそんなものを持ちこませないのが、お前さんの仕事だろう、長官……」と笑い飛ばした。闘技場の安全管理は本来、救国警備隊の管轄《かんかつ》だったが、そもそも観覧席にいる党員の身辺調査をおこなったのは救特だ。他人事ではすまず、救特もまた観覧席に多くの捜査官を紛れこませ、怪しい動きに目を光らせていた。しかしもちろん毒針は観覧席に紛れこんでいたのではなく、アリーナに堂々と突き立っていたわけだが。

たたずむ脇坂の背後には、エアホロによってつくりだされた赤鎧の軍団が、槍と盾を構えて整然と並び、優勝者をあたかも凱旋《がいせん》将軍のように見せていた。その頭上をこれまたエアホロが見せる金銀の鷲の群れが『最強王者誕生！　脇坂〝ミョウオウ〟日出斗！』『史上初！　前人未踏！三度目の王者！』などと書かれた絢爛《けんらん》たる巨大横断幕を爪でつかみ、舞い散る色とりどりの紙吹雪のなかを華麗に飛びまわる。党の作曲家チームにつくらせた救国交響曲第五番《不滅》の第四楽章が流れ、そのアレグロの勇壮なリズムに合わせて兵士たちが槍の石突きで大地を打つと、地響きが辺りを揺らすような錯覚をおぼえる。

闘技場全体が天に昇ってゆくかのような目眩くクライマックスとともに交響曲が終わりを迎え

ると、下條がおもむろに立ちあがり、数歩前に出て、勿体ぶったふうに演台に両手を載せた。座っていたほかの八人も、下條に敬意を表《ひょう》し、立ちあがる。観覧席を埋めつくす観衆が一つの生き物のように固唾を呑んで静まりかえる。下條は悠然とこうべを巡らせ、観覧席を見わたす。下條は観覧席よりも低い位置に立っているにもかかわらず、その顔に浮かぶ傲然たる笑みはまるで党員たちを睥睨《へいげい》するかのようだ。例によって仰々しくたっぷりと間を取り、観衆の注意を底まで攫うように惹きつけると、

「今夜、この場に居合わせたあなた方は、実に果報者だ」と始める。また充分に間を取ってから続ける。「あなた方は今夜、その目で偉大な英雄の誕生を目撃した。その英雄の名は、脇坂〝ミヨウオウ〟日出斗……。いまあなた方の目の前にいる、この男だ」とそこで左手を脇坂のほうへ差しのべる。「彼は生まれついての戦士だ。驚くべきことに、そのような男が存在するのだ、この世には……。彼はつねづね公言していた。アリーナに命を懸けると……。アリーナに鮮血を撒き散らし、アリーナに骨をうずめる覚悟だと……。このことは、一つの揺るぎない真実を語っている。人間は誰しも、無限の可能性を持って生まれてくるが、その漫然とひろがった可能性を、ある一点に束ねることができる者だけが、本物の偉業をなしとげられる、ということだ」

脇坂と下條の距離は一〇メートル足らずだ。脇坂はそれまで微動だにせず壇上の下條を見あげ、祝辞という名の演説に耳を傾けているふうだったが、ある瞬間から左わきに抱えた兜に右手がそろそろと伸びてゆく。脇坂の表情はいささかの曇りもない微笑を浮かべたままで、その動きはまだ兜の抱え具合を整えようとする無害な仕草にしか見えない。

「あの道をゆけば、あんなふうにもなれただろう、その道をゆけば、そんなふうにもなれただろう、そう考える者の人生は、結局、何もなしとげられないまま終わる。この道しかないと信じき

ることができる者だけが、何事かをなしとげ、歴史に名を刻む。いまこの瞬間！　この場所で！彼は！　偉大なる戦士は！　脇坂〝ミョウオウ〟日出斗は！」

しかしここから脇坂の動作は奇妙なものとなる。兜を腹の前に持ってきて、その内側をくるりと前に向けたのだ。演壇の両わきには短機関銃で武装した警護官たちが厳めしく立ちならんでおり、はっとして銃口をあげる。しかし何も起こらない。兜のなかから拳銃は出てこないし、手《て》榴弾《りゅうだん》も出てこない。兜は空っぽだ。もちろんそうでなくてはならない。下條も一瞬、はてと眉をひそめるが、雄弁家としての本能が、温めていた最後の言葉をとりあえず言い終えようとする。

「……歴史の一部となった！」

下條は世界をいだくように仰々しく腕をひろげ、演説を締めくくった。本来なら、ここで万雷《ばんらい》の拍手が巻きおこるところだ。が、そうはならなかった。その一瞬前に、歴史の一部となった男が、手もとの一挙で本当に歴史の行く末を変えてしまった。脇坂の兜には水牛を思わせる二本の湾曲した角があしらわれており、彼の右手はその一本の根もとの辺りをいじったようだ。次の瞬間、演壇の前に濁った黄土色の煙があがり、アリーナに轟音が響きわたった。脇坂の巨躯は後ろに引きずり倒されるように吹き飛んだ。壇上の下條も演台とともに一瞬、宙を舞った。壇上にいたほかの八人も椅子と一緒に後ろにひっくりかえり、何人かはアリーナに転げ落ちた。壇上の二人の警護官もまた転倒したが、辛うじて転落は免れ、健気にも一人は倒れた下條を救うべく這うようにして近づいてゆく。下條は壇上に仰向けになったまま動かない。爆発の衝撃の多くは演台によってさえぎられたが、その顔は巻きあげられた砂塵で汚れ、白髪は爆風に逆立った。そして、計画どおりジェームチュクが打ちこまれたのだろうか、額や頬、喉や胸、あちこちから出血している。演壇の両わきに控えていた警護官たちがようやく短機関銃の一斉掃射を加え、倒れた脇坂を蜂の巣にするが、後の祭りだ。

映像を見るかぎり、さほど劇的な瞬間ではない。二十四年にもわたった苛烈《かれつ》な治世を思えば、あまりにも呆気ない幕切れだ。映画のようにスローモーションになるわけでもないし、脇坂の目論見《もくろみ》に気づいた誰かが寸前に悲鳴をあげるわけでもない。脇坂は警護官らに取り押さえられることもなく、ただ、さらりと兜を裏がえし、起爆させる。一連の動作をおこなう脇坂の顔は、決死の形相というわけでもなければ、緊張に引きつっているわけでもない。シルクハットから鳩でも出すほうがお似合いの颯爽とした微笑を浮かべている。脇坂の心中は計りがたい。人間は果たしてあのような頰笑みを浮かべたまま死んでゆけるものだろうか。表彰式の直前に、死の恐怖をやわらげるなんらかの薬物を使用したという説もあるが、さだかではない。一機のドローンが仰向けになった血まみれの脇坂の表情を捉えていた。すでに意識がなかったと思われるが、それでもやはり彼の命の残り火は頰笑みを握りしめて手放さなかった。最後に笑う者が勝者なのだとすれば、脇坂日出斗は紛れもない勝者である。

一方、観覧席の反応はどうだったろう。観衆は何が起こったかわからず、ただ凍りつき、ことのなりゆきを眺めていただけだ。もしかしたら表彰式の新たな演出ではないかと考えた者もいたかもしれないが、ほとんどの党員はただ思考停止に陥り、唖然として座席に釘づけになっていた。ややあって煙が晴れると、壇上にいた雲上人たちが一人残らず爆風に薙ぎたおされ、ひっくりかえっているではないか！　われらが首相も例外ではない。一万五千の党員たちの脳裏を、たった一本の矢が一瞬で貫いてゆく。その矢にはこう記されている。ひょっとして、首相が死んだ？　不死かとも思われた、あの下條拓が？　党員たちはみな、救国党という巨人の一滴の血でありひとつまみの肉であり一片の骨である者たちだったが、目の前でその巨人の首が転げ落ちたのだ。

地の底から巨大な驚愕と不安が湧きあがってくる。俺はどうなる？　わたしはどうなる？　党はどうなる？　日本はどうなる？　党員たちが恐慌の波に足もとを洗われはじめたとき、場内にアナウンスが入った。

『みなさん！　落ちついてその場で待機してください。わたしは日村隼雄です。救国特別警察の長官・日村隼雄です。わたしが責任を持って事態の収拾にあたります。ですから、落ちついてその場で待機してください。いかなる事件が発生しようとも、党の屋台骨は盤石です！　党の力は不滅です！　けっして揺らぐことはありません！』

党員たちはみな、ほっと胸を撫でおろしたのではないだろうか。そうだ。我が党にはまだ日村がいる。首相の懐刀《ふところがたな》と言われた、あの日村が……。甲高い声が演説には不向きだと言われてきたが、今夜の日村の声は、なんと落ちついていることだろう！　なんと雄々しく響くことだろう！　ゲートがひらかれ、救国警備隊の兵士たちがアリーナに雪崩《なだ》れこんでくる。ブラック・ゲートからは普段なら闘士が載せられるはずのストレッチャーが三台慌ただしく出てきて、いまだ煙の晴れきらぬ演壇に駆けより、下條に群がってゆく。

二十二世紀となったいまに至るも下條の死亡日時はさだかではない。ブラック・ゲートの奥に運びこまれた下條は、ただちに闘技場の手術機によって複数のジェームチュクを摘出されたあと、千代田区の救国大学付属病院に運びこまれたという。そして党の発表によると、集中治療室で一週間、生死の境をさまよったあと、二〇五一年十二月二十五日の午前十一時二十六分に正式に死亡が確認されたことになっている。折しも世間はクリスマスだったが、それを表立って祝う者はいなかった。しかしその発表をどれだけの国民が鵜呑みにしただろう。下條の自爆テロによる重傷が日村によって公表されるやいなや、例によって、すでに死亡しているとの噂がネット上に燎原《りょうげん》の火のごとくひろがった。ポスト下條の体制づくりが完了するまで引き延ばしを図っているとの見方には説得力があった。実際、自爆テロから下條の死去が発表されるまでの一週間は激動の七日間だった。

十九日の午後零時、日村が官邸において、首謀者の一人と疑われる者の身柄をすでに拘束していると発表した。その時点ではまだ名前は伏せられていたが、〝党の非常に重要な幹部〟だと明かされた。その幹部は、表彰式の際、アリーナにおりる予定であったにもかかわらずおりなかった、たった一人の人物だ。内務大臣の飯地修武である。飯地は決勝戦の直前、自宅から連絡を受けたあと、血相を変えて闘技場をあとにしたという。スサノオと名づけられた愛犬のピットブルが突然、泡を噴いて絶命したのだ。何者かが檻に毒餌《どくえ》を投げこんだと貴賓席で派手にまくしたてたらしい。犬どころか三百余人の闘士を飼う下條は、飯地のピットブルになどまるで興味がなかったが、帰りたいなら帰ればいいと言ったとされる。飯地は飛んで帰った。しかし、愛犬の死によって命拾いした、めでたしめでたし、というわけにはいかなかった。事件発生後すぐに、救特が飯地の屋敷に急行し、有無を言わせず身柄を拘束したのだ。なぜタイミングよく帰った？　暗殺計画について事前に情報を得ていたんじゃないのか？　飯地はただちに虎ノ門に連行されたが、取調室で烈火のごとく怒り狂った。「俺が誰だかわかってるのか！　お前らの上官の上官、そのまた上官だぞ！　お前らからしたら雲の上の存在だ！」「俺が自分でスサノオを殺したとでも？」「スサノオをこの手で殺すぐらいなら、孫を絞め殺すほうがまだましだ！」「これは陰謀だ！　俺ははめられたんだ！　毒餌を放りこんだやつを探せ！　そいつが犯行グループの一人だ！」「あいつだ！　日村だ！　あいつが仕組んだんだ！　あの猫かぶりめ！」……。飯地の目は節穴ではなかったと言えよう。飯地邸の防犯カメラには犬を飼う柵のなかに肉の塊らしきものを落とすドローンの姿が映っていたが、そのドローンは救特が裏の仕事で好んで使ったとされるカルラW4という国産機だった。

事件発生から一週間で、救特は四百名以上もの容疑者を逮捕したが、飯地はそのなかでもっとも地位の高い、党の重鎮のなかの重鎮だった。はじめは無実を主張していた飯地だったが、二カ月後にはすべてを自白した、ということになっている。飯地は当時、政敵であるほかの党幹部の過去や私生活についての醜聞を海外メディアに売りわたしていたとの疑いが浮上し、救特からひそかに目をつけられていたという。つまり容疑が固まりしだい国家機密漏洩罪で逮捕されて失脚し、身ぐるみ剝がれることが決まっていたのだ。そこに、中国四川省《しせんしょう》は峨眉山《がびさん》で学んだというふれこみの風水師から、下條を殺らねばお前が殺られると吹きこまれ、このたびの陰謀に踏みきったとされる。暗殺が成功したのち、救国警備隊の副長官だった甥の横井《よこい》岳春《たけはる》が三百五十人の隊員を率いて、第一闘技場をただちに制圧する計画を立てていたのだが、肝腎かなめの横井がいざとなって尻込みしたことで、すべては瓦解《がかい》した。飯地は二〇五二年の九月に薬殺刑に処されたが、言い残したことはあるかと刑務官に尋ねられた際、執行台の上で「わたしほどの愛国者はいない。日本万歳！」と胸が裂けんばかりに声を張りあげたという。救国党の闘犬と呼ばれた男の最期だった。

しかしもちろん、どれほど逮捕者が出ようと、それで下條暗殺の真相が国民に明らかにされたわけではない。それどころか、日村の口からまさに嘘八百が滔々《とうとう》と並べたてられた。第一競技場でおこなわれていた救国闘技会なるものは、党の建前上、あくまで健常者の格闘家同士が常識的なルールに則《のっと》って技を競いあうものだとされており、当然のことながら、党はその建前を微塵も崩さなかった。何度も記者会見をおこなった日村の口からは、結局、月昂者のげの字も出ることがなかったのだ。実行犯である脇坂日出斗は、月昂者としての記録を抹消され、党のイベントで試合をおこなう〝バーサーカー〟なる格闘技団体所属の格闘家の一人だと発表された。救国闘技会は発足当初から隠れ蓑《みの》としていくつもの架空の格闘技団体をサイト上に載せており、たしかにそのなかにバーサーカーという団体も含まれていたから、いちおうの辻褄は合っていたが、所属選手の名前や顔写真のなかに脇坂のものが差しこまれたのは事件後なのではないかという指摘がネット上にあらわれては、すぐさま文化育成局の検閲ＡＩによって削除された。

　党の公式発表によれば、脇坂は直腸に五〇〇グラムを超える高性能爆薬を仕込み、下條らと近づくことができる表彰式の際に自爆テロを決行したことになっている。そのときの映像は〝あまりにも悲劇的〟との理由から公開されず、ＣＧによる簡易的な模擬映像だけが連日放送され、そのことが陰謀論者たちの情熱に油を注いだ格好になり、数撃ちゃ当たると言わんばかりに夥しい仮説・憶測が飛びかった。トーナメントに出場したほかの選手も計画に関わっていたのかという記者の質問には、脇坂ともう一人の選手が実行犯として予定されており、ほかの六人は負けるよう八百長を持ちかけられていたようだとの答えだった。しかし残念ながら、その七人はすでに殺害され、奥多摩湖にほど近い山林のなかにそろって埋められているところを発見された、と日村が明かすと、記者たちのあいだにざわめきが走った。七人が、その夜のうちに殺された？　甥の裏切りにあってパニックに陥った飯地が、証拠隠滅のために催事局の警備員を動かし、彼らを闇に葬り去ろうとしたのだという。しかしもちろん、そのなかの一人である宇野冬芽の遺体だけが見つからなかったという事実は伏せられた。周辺の捜索は当然おこなわれたに違いないが、党は結局、冬芽を捕らえることはできなかった。七人の格闘家を殺害した催事局の警備員八名は特別法廷で極秘裏に裁かれ、二〇五二年の三月にそろって処刑されたことになっているが、現在では、その八名の身元や顔写真は捏造された架空のものだった可能性が高いとされており、その正体は、救特の捜査官だったという説がもっとも有力だ。ちなみに冬芽の前にあらわれた金属加工会社の高橋なる男は、催事局の管理課長・野沢達馬《のざわたつま》であり、二〇五一年十二月二十四日の未明、都内のアパートの一室で死亡しているのが発見された。縊死とされているが、他殺の疑いは永久に晴れない。

しかし国民がもっとも驚いたのは、下條の長男・猛彦の逮捕だった。猛彦は多くの国民から長らく下條のもっとも有力な次期後継者と見られてきたが、実際は、次男の玄とつねに天秤にかけられていた。そして二〇四八年ごろからは、下條の胸の内で玄が後継者となることがほぼ決まっていた、と猛彦は考えていた。と同時に、弟の猜疑心の強さと非情さを恐れていた猛彦は、玄が首相となったあとの日々にぬぐいがたい不安をおぼえるようになった。遅かれ早かれ暗殺されるに違いないと怯えるようになったのだ。猛彦は元女優である飯地の姪と結婚しており、飯地とは日ごろから浅からぬつきあいがあった。そんな男からある日、重大な話を持ちかけられた。下條と玄を排除し、猛彦を首相、飯地を副首相とする新体制を築くというクーデター計画だ。酒の勢いでそんな与太話が出たことはあったが、暗殺には荷担していないと、猛彦は頑なに否定した。しかし飯地と同様、最後には罪を認めた。猛彦には妻と三人の子供がいた。彼ら四人の命の保証と亡命の許可を得るために、取引に応じたという見方が根強い。猛彦は二〇五二年の十二月に処刑されたが、執行時に、「父とともに、お前らが来るのを地獄で待つ」と捨て台詞を残したと言われている。

あの夜、壇上にいた者で命を拾ったのはたった二人だ。下條の警護官の一人と、四男の快翔である。次男の玄も死んだ。長女の沙智も死んだ。三女の愛香も夫とともに死んだ。財務大臣の永原も死んだ。催事局局長の白尾、救国警備隊長官の青木も死んだ。飯地も猛彦も逮捕された。しかしその権力の巨大な空白は瞬く間に埋められた。下條の死の公表とともに、党の最高委員会の新たなメンバーが国民に伝えられた。おおかたの予想どおり、日村が新首相の座に収まった。ほかの六人も総入れ替えとなり、最高委員会の平均年齢は一気に十五歳も若がえった。そして日村は、驚くべきことに、首相も含めた最高委員会のメンバーの任期は一期を五年とし、連続二期で十年を限度とすると発表した。要するに、下條の独裁体制から集団指導体制への移行を宣言したのだ。下條の暗殺を、所詮、雲上でくりひろげられる泥沼の権力闘争に過ぎないと斜に構えていた国民は、日村の言葉に驚き、沸きたった。「下條拓というカリスマは不世出《ふせいしゅつ》の天才政治家であり、彼のほかには長期政権を担いうる人材がいない」「より柔軟で発展的な国家資本主義の実現のために」というのが日村の言い分だったが、改革の始まりを予感させるに充分な言葉だった。

国民は、それまで日村のことを、下條の腰巾着、あるいは無情で怜悧《れいり》な警察官僚としか見ていなかった。小器用な男なのだろうが、国を背負って立つ器ではない、せいぜい二番手三番手の男なのだろうと。しかし未曾有とも言えるクーデター未遂事件の処理にあたり、日村はいつもどおり淡々としたつまらない対応ぶりだったものの、冷静沈着、泰然自若《たいぜんじじゃく》、虚飾を排した態度と見ることもできた。下條のように民衆を熱狂させることもなければ、ユーモアで惹きつけることもなかったが、持ち前の異様な記憶力を頼りに、記者のどんな問いかけにも動ずることなく、さて、どう言えば愚かな彼らに理解できるだろうか、とでも言いたげな独特の間を取りながら、曖昧さのない几帳面な答えで応ずることができた。下條を動とすれば日村は静、下條を陽とすれば日村は陰、下條を兎とすれば日村は亀……国民はいまさらながら気づいた。日村もまた、ただ者ではないと。下條はかつて〝答えを知っている〟かのように見えたことで支持を受けたわけだが、その〝答え〟とやらはもはやこの二十四年で出つくし、腐敗と停滞ばかりが分厚く日本をおおうようになっていた。しかし日村は、まったく毛色の違う指導者として〝その先の答えを知っている〟かのように国民の前に立ちあらわれた。

下條になくて自分にある特質はなんだと思うか、とある記者に日村が聞かれたことがある。日村は五秒ほど小首をかしげてから、わずかににやりとし、「強いて言えば、ポーカーフェイスでしょうか」と答えた。会見場にどっと笑いが起こった。日村は国民からつねづねその無表情をからかわれていたから、それを逆手《ぎゃくて》に取った冗談と捉えたのだ。たしかに半分は冗談だったろう。しかし半分は違う。日村はいっさいをポーカーフェイスでやってのけた。下條とその三人の子供を含めた要人を暗殺し、猛彦と飯地にその罪をなすりつけ、党の邪魔な古株を一掃した。たった七日間で絶大な権力を掌握したのだ。無辜《むこ》の六人の闘士を縊《くび》り殺し、山に埋めたのも、結局は日村である。下條は嘘つきだったが、日村もまた一歩も引けを取らぬ大嘘つきだった。下條は残酷な権力の亡者だったが、日村はそれに輪をかけた冷徹非情な合理主義者だった。日村は、テロが起こったその日、日記にこう書きしるした。

〝脇坂日出斗による自爆テロが発生。壇上にいた首相、玄、沙智、愛香夫妻、快翔、永原、青木、白尾らが重傷を負う。あたかも党の大屋根が一夜にして吹き飛ばされ、青空がのぞいたよう〟

日村は下條ほどユーモアを好まなかったが、笑うことを知らないわけではなかった。下條のように国民や取り巻きを笑わせるのではなく、自分一人を笑わせるためのひそかなユーモアだったと言えよう。その私的な諧謔《かいぎゃく》が〝青空がのぞいたよう〟という一人ほくそ笑むようなぎりぎりの表現にあらわれているだろう。

その死から半世紀以上が経過し、下條拓にまつわる書籍や映像はいよいよ夥しい。下條が望んだとおり、誰も彼もが彼について考えてきたし、いまも考えているし、これからも考えつづけるだろう。下條の鋼鉄のような笑顔は、人びとの記憶に一度突き刺さると、けっして抜き去ることができない。良くも悪くも下條は人びとが待ち望んだ男だったのであり、その功罪は人びとが分かち持たねばならないものなのだ。

一方、日村隼雄はどうだろう。クーデターの黒幕と恐れられ、救国党中興の改革者として歴史に名を刻みながらも、日村について語る人びとの口ぶりはいま一つ熱を帯びることがない。要するに、華がない男、絵にならない男なのだ。自己韜晦《とうかい》を旨とする日村は、いまに至るも謎の多い人物である。酒も飲まず、女遊びもせず、博奕も好まなかった。公邸に絵画も飾らず、音楽も聴かず、スポーツにも興味がなかった。あるとき夫人が、「何が楽しくて生きてるの?」と尋ねたそうだが、日村は「人を生かすのは楽しみなんかじゃないよ。恐怖だ。恐怖こそが人を生かすんだ」と答えたという。趣味を聞かれると、いつも「考えることです」と答え、みなを苦笑させた。しかし日村が「わたしはいつも考えています」とつけたすと、誰もがおのれの行く手に暗雲を見たかのようにその笑みを引きつらせたという。

しかし日村の自室に足を踏みいれることがゆるされた者は、彼ががらんどうの殺風景な部屋でただひたすら思索にふけっていたわけではないことを知ったろう。日村は実は紙の書物の蒐集《しゅうしゅう》家《か》であり、二万冊もの蔵書に囲まれて暮らしていた。「本のたたずまいが好きなんだよ。人間と違って、彼らは勝手にしゃべりだしたりしないからね」と語っていたという。その守備範囲は、改革者としての知識の源泉となったであろう『国家資本主義の盛衰』『政治エリートの終焉』『新たなる哲人政治』などの一世を風靡《ふうび》した政治関連の学術書はもちろん、人類学、生物学、地球科学、歴史など多岐にわたっていたが、意外にも一角にはミステリやＳＦなどの娯楽小説がずらりと並んでいた。しかもそのなかにはジョージ・オーウェルの『1984年』、マーガレット・アトウッドの『侍女の物語』、トム・ロブ・スミスの『チャイルド44』などの古典的ディストピア小説が含まれており、こういった半ば禁書と言える反体制的作品をあえて所有していたところが、面従腹背《めんじゆうふくはい》の権化《ごんげ》とも言える日村の性分を如実にあらわしているように思われる。

また、壁をおおいつくす本棚の一隅には、さらに意外なものが並んでいたことがわかっている。十二体の木彫りの像が飾られていたのだ。日村の次女が父の死後に出版した『我が父、日村隼雄——静かなる権力者』によると、頬笑みを浮かべた二体の人間の像と、十体の動物の像があったという。その十二体の木像には、どこかしらにこう刻まれていた。

〝瑠香ニ捧グ　残月〟

動物のなかには猪や鹿や鯨や鷲などがおり、どれも即興的で粗削りながら、生きいきとした可愛らしい味わいがあった。そして二体の人間のうち一体は、スーツ姿の恰幅のいい男だった。ひと目見て下條拓を彫ったものだとぴんときたという。もう一体は兜をかぶり投網と槍を手にしていたことから、闘士と見て間違いない。もしかしたら脇坂日出斗を彫ったものだったかもしれないと次女は書いている。それが事実なら、日村は、ともに微笑を湛えた独裁者と暗殺者の像を仲よく並べていたことになる。これもまた日村一流の隠微なユーモアだったのかもしれない。

十二体の木像にはどれも日付がないが、すべて事件後に冬芽が行方を晦《くら》ましてから彫られたものと見て間違いない。日村は宇野冬芽が野伏《のぶし》のように山野に生きながらえていることを知っていた。二〇五三年八月の日記にこう書かれている。

〝UT、興味深い。一寸の虫にも五分《ごぶ》の魂。もう捕らえる必要はない。彫りたいだけ彫ればいい〟

二十二

下條暗殺による政変後、救国闘技会は二度とひらかれることはなかった。下條拓という希代《きたい》の独裁者が夢見た狂宴は、その死とともに幕をおろしたのである。

三百七十人ほどいた闘士や教練士たちは徐々にほかの療養所に振りわけられた。殺しあうことを強いられた狼たちは、今度は飼い慣らされた犬の群れに黙して紛れこむことを強いられたのだ。六カ所あった養成所は二〇五二年の十月にはすべて閉鎖・解体され、更地となった。新たな権力者による旧権力者の慌ただしい尻ぬぐいだったと言えよう。日村が十年の任期を終えた二〇六二年には、かつて闘士だった男たちのほとんどがすでに昏冥死し、五人しか生き残っていなかったという。そして二〇六五年の六月には、最後の闘士経験者だった男が山口県の療養所において三十八歳で死亡し、アリーナの熱狂と悲哀を身をもって知る証人は一人もいなくなったとされている。ちなみに冬芽の教練士だった仲野卓馬は二〇五五年の二月に兵庫県の療養所で死亡している。冬芽から託された冬芽自身の木像は、事件後の混乱のなかで瑠香のもとに届けることが叶わなかったのだろう、現在、仲野の孫の一人が所有していることがたしかめられている。これは、現存する夥しい木像のなかで、ただ一つの自身を彫った作品である可能性が高く、史上最強のサムライの像である、代々受け継ぎ、けっして手ばなすべからず、との祖父の遺言を守り、その孫も恭しく床《とこ》の間に飾っているという。しかし養成所のなかで彫られた二百数十体を数えるほかの闘士像はすべて、事件後すぐさま、所長の命により焼却処分されたようだ。その所長は、クーデターに関わったとして、二〇五二年に叛逆《はんぎゃく》罪で処刑されている。

闘士がたどった運命は、明月期のたびに彼らを慰めた勲婦たちにも訪れた。およそ百八十人いた彼女らもまた、同じようにほかの療養所に振りわけられ、埼玉県西部の山あいにあったとされる勲婦療養所もまた、その存在の痕跡を掻き消された。しかし二〇八〇年代に公開された衛生局のデータにより、山岸瑠香のその後の足どりはわかっている。まず二〇五二年の六月に福島の療養所に移され、半年後の十二月には鹿児島に移された。そこで終わりではなく、わずか四カ月後には北海道に、さらに五カ月後には岡山に移された。

しかし山岸瑠香は、かならずしも孤独な余生を送り、不幸のどん底で死んだとは言えない。事件後、最初の満月の夜、彼女はまだ勲婦療養所にいた。突然、闘技会の終わりを告げられ、つまり勲婦という立場の廃止を言いわたされ、ほかの療養所に引きとられるのを待つ日々だったろう。勲婦たちは療養所の端末で、闘技会の生放送を見ることができたから、下條杯トーナメントの表彰式で自爆テロ事件が発生したことは知っていた。そして一週間後、日村の口から下條の死が公表された瞬間、闘士と勲婦は一蓮托生《いちれんたくしょう》、自分たちもまた用済みになったことがわかったろう。今後もう二度と男に抱かれることはないし、抗昏冥薬の投与を受けることもないのだ。

宇野冬芽はすでに四十一戦をこなし、ノルマを達成していたが、瑠香はその時点でまだ四十三回しか闘士に抱かれておらず、引退後に移る療養所を自分で選ぶことができない宙ぶらりんの状態だった。本来なら、冬芽が最後の下條杯の一回戦と準決勝で二勝した分で二度、第二養成所に呼ばれて、ノルマの四十五回を達成し、瑠香は冬芽とともに高知か宮崎の療養所に行くはずだった。それが勲婦として見た、せめてもの夢だった。しかしその夢は儚くも、独裁者の見た悪夢とともに砕け散った。瑠香のほかにも闘士と約束を交わした勲婦は少なからずいたが、どの女ももう二度と男に会うことは叶わず、連絡を取ることもできなかった。なかでも瑠香の悲しみは、ほかの女たちよりもさらに深いものだったはずだ。トーナメントに出場した脇坂以外の〝格闘家〟たち七人は、催事局の警備員によってすぐさま第一闘技場から連れ出され、奥多摩の山林でひそかに殺害されたうえ、その場に遺棄されたと報じられたからである。

ところが事態は一変する。二〇五二年の一月十六日、事件後に巡ってきた最初の満月の夜のことだ。療養所の敷地内に二つの不審物が外部から放りこまれた。勲婦療養所は、機関銃の据えつけられた監視塔こそないものの、闘士養成所と同様、高い塀に囲まれている。療養所は人里はなれた山林を切りひらいてつくられ、夜ともなれば塀の外は暗い森が陰々とひろがるばかりだ。標高は四〇〇メートルを超え、折しも冬のまっただなか、気温は氷点下にまでさがり、骨まで凍える夜だったろう。

高塀に張りめぐらされた戒護システムが一人の不審者の接近に気づき、所内に警告を発した。しかしその不審者は、手にしていた二つの物体を塀越しに敷地内に投げいれると、ほどなく踵《きびす》を返し、夜の森に消えた。駆けつけた職員が恐るおそるその物体を検《あらた》めると、危険物などではなく、どちらもただの木彫りの像であることが判明した。一体はどうやら槍と投網を手にした闘士像のようだ。もう一体は腕をひろげたスーツ姿の男で、なんとなしに演説に酔いしれる下條拓に似ていた。背中を見ると、どちらにも〝瑠香ニ捧グ　残月〟と刻まれている。〝瑠香〟は収容者の一人である山岸瑠香だろうし、〝残月〟は最後の下條杯で二位に終わった宇野〝モーニング・ムーン〟冬芽を指すと見て間違いない。先月の下條杯のあとに二人が一緒になるつもりでいたことは、所内でもひろく知られていた。監視カメラの映像のなかの男は、兜に腕鎧や脛当てという見なれた出立ちではなかったし、闘士の普段着とも言えるオレンジ色のつなぎも着ていなかったし、手錠足錠もしていなかった。どこかで盗んだのだろうか、暗色の上着とズボンを着こみ、足もとはスニーカーのようだ。トレードマークだった金髪の根もとには黒毛がのぞき、顔にはひと月分の髭をたくわえ、その瞳は夜の獣のように爛々と輝いている。療養所の職員たちは報道を見て宇野冬芽はすでに死亡したものと思っていたが、戒護システムもまた、監視カメラの映像から不審者の正体を宇野冬芽であると判断した。しかしそもそも冬芽以外の人間が〝残月〟と記された木像をここに投げこむ理由がなかった。

所長室に呼ばれた瑠香は、応接テーブルに載った二体の木像を見てはっと息を呑む。その頰笑みから、ひと目で冬芽の手になるものだとわかったのだ。もしや冬芽が遺《のこ》したものが形見として届けられたのだろうか？　そうではなかった。先ほど塀の外から放りこまれたものだと所長は腑に落ちない様子で説明する。宇野冬芽らしき男によって。その言葉に嘘はないと瑠香は思った。が、どちらの像にも見憶えがなかった。養成所で冬芽が彫っていたのは、職員が手に入れた市販の端材だ。そのせいだろう、窓辺や壁ぎわに並んでいたのはもっと行儀のいい端整な作品だった。一方この二体は、野山で風雨にさらされた歪な木材を彫ったもののようだ。もっと荒々しく、躍動感があり、一度死んだ木が新たな命を吹きこまれ、残月の微笑を湛えて息づいている。彫刻である以上、一ミリたりとも動くことは叶わないはずだが、どうしたわけか、むしろ自由のなかにたたずんでいるように見えた。闘士像のほうはどうやら脇坂日出斗を彫ったものらしい。もう一体はおそらく下條拓……。瑠香の知る冬芽の作品は、みな闘士であり、敗れ去った者たちだ。命を落とすか、心が折れて悄然《しょうぜん》と消え去った者たち。頰笑みを奪われた者たち。つまりこれは墓標なのだ。であれば理屈は合っている。脇坂は死んだ。下條も死んだ。この二体は、明らかに競技場事件のあとに彫られたものだ。となると、冬芽は生きている！　ほかの六人はともかく、冬芽だけは殺されることなく、ネブカドネツァルのように山野をさまよい、生きながらえている！

職員は二体の木像を手に取り、背中に彫られた一文を瑠香に見せる。〝瑠香ニ捧グ　残月〟。自分に贈られたものだということはすでに察していたが、その言葉に、あらためて心を鷲づかみにされる。宇野冬芽はなぜこんなものをきみによこすのかと、所長は問う。瑠香は震える声をどうにか抑え、

「生きているからだと思います」と答える。「自分はまだ生きている、とあたしに告げるためだと思います」

瑠香は、冬芽がもともと木工所の職人で、養成所でもずっと仲間の闘士を彫っていたことを説明するが、モデルはみな敗れ去った者たちなのだということは伏せておく。脇坂と下條の死によって新たな時代が到来することを告げる、あるいは到来を祈願するものかもしれないという推測は伏せておく。それにしても、どうやってここを知ったのだろう、と所長は首をかしげる。瑠香にもわからない。勲婦療養所が埼玉県西部にあることは冬芽に話したが、そもそもこの特殊療養所は闘士養成所と同様、地図には示されていないし、養成所の端末では衛星写真アプリは使用できないから、探しようもないはずなのだ。

この木像をきみに渡すわけにはいかない、と所長は言う。宇野冬芽は下條前首相の暗殺に関わった可能性があり、生きて逃亡しているならば、叛逆罪に問われる容疑者にほかならない。この木像は、証拠品として救特に押収されるだろう。薄々わかっていたことであり、瑠香はさほど落胆はしなかった。かまうものか。すでにメッセージは受けとった。冬芽の死を知ってからというもの、どれほどの涙を流したか知れず、明月期の昂ぶりは虚ろな胸のなかで力なく空まわりするようだったが、にわかにまばゆいばかりの歓喜がその空虚を満たしてゆく。生きていた！　冬芽が生きていた！　ほかにはもう何もいらない！

勲婦たちは、闘士に呼ばれない普段の夜、敷地内の農園で作業に勤《いそ》しむ。昼間に眠り、ひと晩じゅう働く。農園にもどる道すがら、瑠香は込みあげてくる笑みを抑えられない。さっきまで陰鬱に黙りこくっていた夜空が、いまやなんと饒舌《じょうぜつ》に鳴り響いていることだろう。都市の光の氾《はん》濫《らん》から逃れ、この地の夜空は夜空としての誇りを失ってはいない。見あげれば、ニッケル色の潤んだ満月がまっすぐ瑠香を見おろしていた。最高の褒美を受けとったはずの我が娘の様子をうかがうために。その満月が涙に溺れて揺らめきはじめると、夜空いっぱいに月光が溢れ、踊りだす。瑠香は所長室で冬芽の映像を見た。木像を投げこんだあと、冬芽は塀の上の監視カメラを見あげ、髭を生やした口でにやりと笑い、左手を振った。瑠香が見ることを知っていたみたいに。像が投げこまれたのはついさっきのことだ。冬芽はまだそこらへんにいるかもしれない。荒涼たる冬枯《こ》れの森のなかで、張りめぐらされた枝越しに同じ月を見あげているかもしれない。

二体の木像は救特の捜査官に押収され、のちに新首相・日村隼雄の本棚に収まった。日村は木像を眺めながら、捨て駒に過ぎないと考えていた剣奴に、そのときはじめて興味を搔きたてられたかもしれない。どうやって生きのびたんだ？　この男は本当に不死身なのか？　救国警備隊の兵士を動員し、勲婦療養所周辺の山々を捜索させるが、冬芽の足どりは杳《よう》として知れない。月昂者は夜行性だ。昼間は人目につかない場所にひそみ、夜に動いているのだろう。もっとも、日村にとって、宇野冬芽は是が非でも捕らえねばならない相手ではなかった。抗昏冥薬を断たれた月昂者は、遠からず死ぬ。三年後に生きている確率はおよそ三分の一、五年後に生きている確率は六分の一しかない。野山をさまようちに、いずれ朽ちはてて死ぬさだめなのだ。もし街におりて騒ぎを起こしたとしても、そんな月昂者は古今を問わずときおりあらわれるのであって、世間の耳目《じもく》を驚かすほどのことでもない。闘技会がどうの暗殺計画がどうのと道ゆく人びとに事の真相を喚きたてたところで、そもそも気のふれた月昂者の言葉を真に受ける者などいないのだ。

ところが冬芽の出没は一度きりでは終わらなかった。それどころか、始まりに過ぎなかった。次の満月の夜もまた勲婦療養所に木像が放りこまれたのだ。それを拾ったのは今度は職員ではなく、塀ぎわの清掃作業をしていた勲婦の一人だった。その勲婦は像に刻まれた〝瑠香ニ捧グ〟という一文を見て、瑠香にそれを手わたした。今度の作品は人間ではなく、鼻の先から尾びれの先までが四〇センチほどもある一体の鯨の像だった。その鯨は胸びれを大きくひろげ、喜悦のあまり反りかえったかのような伸びやかな姿をしており、背中には小屋のようなものを載せていた。瑠香はその鯨に見憶えがあった。菅井元香が描いた月鯨に違いない。冬芽と一緒に養成所の端末で菅井の代表作『月世界三十六景――月鯨との終わりなき旅』の画像を幾度か見たことがあったのだ。

冬芽は月昂という病と創造性とのあいだの悲劇的な因縁に魅せられており、菅井元香をその象徴と見なしていた。そして菅井元香は、灼熱の太陽に追われながら終わりなき旅を続ける月鯨を、月昂者が昏冥から逃れて生きながらえることの象徴と見なしていた。動画のなかで、「月鯨がけっして太陽から逃げきることができないように、わたしたち月昂者もけっして昏冥から逃げきることはできません。追いすがってくる死から逃れつづけること、それこそがわたしたち月昂者にとっての生なのです」と語っていたのだ。冬芽が死のほうではなく、生のほうを向いて彫った作品を、瑠香ははじめて見た。これは宣言だ、冬芽は生きるつもりなのだ……そう思った。とことん生きるつもりなのだ。そして生きつづけるかぎり、自分が生きているということを、こうして示しつづけるだろう。

しかし月鯨の像はすぐさま職員に没収され、やはり救特に送られた。そしてこれもまたのちに日村の本棚に収まった。日村がそれを月鯨と気づいたかどうかはわからない。しかし、二度あることは三度ある、とは考えた。翌月の満月の夜、勲婦療養所の周囲に救国警備隊の一個小隊と偵察ドローン数体をひそませ、待ち伏せさせた。が、冬芽はあらわれなかった。あらわれたとしても、待ち伏せに気づき、引きかえしたのだ。念のため、警備隊は十六夜の晩もそこにとどまった。が、気のゆるみが出たのだろう。いや、そもそも療養所は農園でもあり、広大な敷地を持っている。高塀の周囲は三・四キロもあった。夜目のきく月昴者であれば、兵士らの目を盗んで塀に近づくことは不可能ではない。結局、木像はまんまと敷地内に投げこまれた。今度は猪の像だった。四月はツキノワグマ、五月は鹿、六月は鷲だった。木像が投げこまれるたびに職員たちが慌ただしくそれを探しまわり、農園で作業する瑠香にもその気配が伝わってくる。ああ、また冬芽が来たのだ、塀を隔ててはいるけれど、まだ近くにいるのだ、同じ月明かりを浴びているのだ、と思うと、冬芽の頬笑みが昇る月と重なるようだった。

不思議なことに、兵士らに発破をかけても人員を増やしても、宇野冬芽を捕らえることができない。もはや監視カメラに映ることもなく、それこそ亡霊のようにひそかに療養所に近づき、かならずや木像を投げこんでゆく。明月期を避けたり、昼間に動いたり、あの手この手を駆使し、兵士らの裏をかくのだ。兵士らは歯ぎしりし、日村は呆れかえる。そしてどこからか、次のような発想が生まれた。そうだ。山岸瑠香をさっさとよその療養所に移してしまおう。せめてもの報復だ。宇野冬芽は、そうとは知らず、愛しい女のいない虚無に向かって延々、像を放りこみつづけることになるのだ。

瑠香は、福島の療養所に移された。これでもう二度と冬芽の気配を近くに感じることはできない、そう思われた。しかし驚くべきことに、冬芽がその存在すら知らなかったであろう療養所に、またしても秋田犬《あきたいぬ》らしき獣の像が放りこまれたのだ。犬の腹を見るとたしかに〝瑠香ニ捧グ　残月〟と刻まれており、監視カメラに映った姿も、どうやら本物の宇野冬芽のようだ。どうやって瑠香の行方を探りあてたのか、誰にもわからない。それこそ犬のように東北まではるばる匂いをたどってきたとでもいうのだろうか。今度は福島に警備隊が派遣されるが、翌月は狸、翌々月は蛇、木像はたしかに放りこまれる。瑠香はその後、鹿児島に移されるが、なんとそこにも冬芽はあらわれ、さらに北海道に移されても、冬芽はやはりあらわれる。日村は日記のなかで、〝UT、お前は千里眼を持っているのか？　翼を持っているのか？〟と問いかけるほどの不可解な事態だ。

しかしそもそも月昂者は、古今東西、異常な身体能力・生命力のみならず、不思議な〝第六感〟をも持っているとされ、彼らはそれをしばしば〝月が教えてくれる〟などと表現してきた。一九一二年の四月、豪華客船タイタニック号が処女航海で大西洋に沈むという大惨事があったが、その船に乗る予定だったイギリスの実業家ジョン・スチュワートは、月昂を発症して行方知れずとなった弟から、タイタニック号が沈む夢を見た、という手紙を山のように受けとり、渋々別の便で行くことにして命拾いしたという話はひろく知られている。また、二十世紀に生きたフランスの双子のデラボルド姉妹、アリスとマリーは、十四歳のときにまったく同じ日に月昂を発症し、十八歳のときに同じ日に昏冥死したが、明月期になると、一つの魂が二つの肉体を持ったかのように、いっさい言葉を発することなく完璧に意思疎通ができたと言われている。月昂者のそんな不思議な能力は、古来、戦争にも利用されてきた歴史があり、二十一世紀の初頭にはエリザベス・トンプソンによって『月昂者たちの戦争』という浩瀚《こうかん》な書物が書かれた。そのなかから一例をあげると、旧ソ連の赤軍兵士だったヴァシリー・ソコロフという青年は、月昂発症後、明月期になると自在に体外離脱することができたと言われている。そして第二次世界大戦中の独ソ戦において、その能力をスターリンに買われて敵状を探っていたとされており、彼の数奇な生涯はハリウッドで映画化もされている。もちろんほとんどの月昂者はそのような能力を持たなかったが、『月昂者たちの戦争』によると、〝社会から放逐《ほうちく》され、獣のように山野をさまようことを強いられた昔ながらの月昂者たちは、現代の月昂者が失ってしまったさまざまな特殊能力を持っていたと考えられる〟という。

しかし神出鬼没の冬芽とて、仙人のように霞を喰って生きていたわけではない。療養所の近隣の農家に救特が聞きこみをすると、ときおり農作物を盗まれるとの証言が数多く得られた。犯人は猿や猪ではない。作物のかわりに、畑に置き土産を残してゆくからだ。木彫りの像である。〝残月〟と銘が刻まれているから、冬芽のものと見て間違いない。人であったり、仏さんであったり、鳥獣であったり、虫であったり、さまざまだ。見せてくれと頼むと、農家によってはごろごろと抱えるようにして玄関先に持ってくる。気味悪がって山に捨てたり燃やしてしまったりした家が多かったが、なかには段ボール箱に入れて物置に仕舞いこんでいたり、下駄箱やサイドボードの上に丁寧に並べていたりする家もあった。農作物を取られてさぞ腹を立てているかと思いきや、大半が正体不明の山男にあきらめ半分憐れみ半分という様子だ。療養所から逃げた月昂者が近くの山中に潜伏しているのだと話すと、まあそんなとこだろうというような淡泊な反応である。田舎では、里を追われた月昂者は山にひそむものと昔から相場が決まっており、人や家畜に危害を加えないかぎり、騒ぎたてるほどのこともないのだ。それどころか〝残月さん〟などと愛称をつけている家まであり、素朴な手彫りの像に愛着を感じている者も少なくなかった。一人の老婆などは、いい顔だ、いい顔だ、としきりに像を撫でさすって、朝晩拝んでいたそうだ。とある市井の残月研究者によると、全国各地の農家が所有する宇野冬芽の木像は、現存するだけでも七百体を超え、もっとも多く残っているのが岡山県だという。

二〇五三年の九月、瑠香は岡山県の霧野町《きりのちょう》にある第三蓬莱園《ほうらいえん》に移され、その地が終の住処となった。九月中には、まだ冬芽はあらわれなかったが、やはりと言おうか、十月末の満月の夜には鳩の像を放りこんできた。北海道から海を渡り、はるばる岡山の山奥までやってきたのだ。もはや救国警備隊は派遣されず、なんの警戒もなされていなかった。瑠香は職員に呼ばれ、ただ鳩の像を手わたされた。いまにも飛びたとうと翼を大きくひろげた見事な鳩だった。その鳩の像は、瑠香の部屋に飾られたはじめての冬芽の作品となった。

それからというもの、瑠香の部屋には数多くの像が届くようになった。兵士たちから逃げまわることがなくなったせいだろう、冬芽の創作意欲はいよいよ盛んになり、明月期の夜ともなると、立てつづけにいくつもの像が投げこまれた。職員の善意により、不要になった棚が瑠香の部屋に運びこまれ、狐、梟《ふくろう》、鯉、男、女、老爺、老婆、子供、赤子、カブトムシ、亀、蜥蜴……冬芽が目にしたありとあらゆる命が生きいきとそこに並び、その棚はあたかも大自然の縮図のように豊かだった。瑠香は来る日も来る日もそれらを眺めながら、あるいはそれらに眺められながら、静かに眠りについた。瑠香の部屋に収まりきらなくなった像は、しだいに所内のあちこちに置かれるようになり、入所者の目を楽しませるようになる。第三蓬莱園には、もっとも多いときで八百人を超える月昂者と五十人の職員がいたが、誰一人として残月の名を知らぬ者はなかった。その男が宇野冬芽という一時代を築いた剣闘士だったことを知る入所者は瑠香のほかに一人もいなかったが、月昂者たちはみな、残月を名乗る同類の男にひそかに畏敬の念をいだいていた。雨の日も風の日も、雪の日も雷の日も、暑さにうだり寒さに凍えながら、飢えに苦しみ渇きに悶えながら、そして一人の女を想いつづけながら、黙々と山野に生きる、その過酷な日々に思いを馳せれば、会ったことも見たこともないその男の生きざまに、誰もが、月昂者という儚くも懸命な存在の心髄を見たのだ。そしてそんな男に一途に愛される女とはいったいどんなだろうと誰もが考えるのだが、日々の農作業に勤しむ山岸瑠香は、たしかにいくらか可愛らしさはあるものの、色黒で痩せっぽちの、どこにでもいるような、無口で生真面目で平凡な女に過ぎないのだ。

山岸瑠香が死んだのは、二〇六八年の九月のことだ。満天の星が瞬く新月の夜、月昂者たちは一人残らず自室の寝床にもぐりこみ、月とともに昏冥という名の眠りにつく。その眠りは深く長く、平均して三十六時間にも達する。押しよせる夢という夢を掻きわけながら、魂魄《こんぱく》となって冥府との境にまで漂いだし、危うくさまよう。多くの者は帰ってくるが、それが叶わぬ者もいる。何百人もの入所者を抱える療養所では、新月のたびに少なくない月昂者が行ったきり帰ってこない。寝床のなかで少しずつ冷たくなり、もう二度と目を覚ますことはないのだ。もし月昂という病に少しでも優しさがあるとしたら、その安らかな死のほかにない。懊悩《おうのう》に揉みしだかれたしわ深い老人も、我が身の悲運に憤る荒くれ者も、最期はみな、あどけない子供のような寝顔で、ときには頰笑みながら死ぬのだという。きっと瑠香もそうだったろう。瑠香の部屋は、壁という壁をびっしりと棚がおおいつくし、そこにはたくさんの頰笑みを浮かべた木像が幾重にもひしめき、彫り手にかわって瑠香を見おろしていた。もちろんその最期の眠りをも、見とどけたことだろう。二〇四八年の三月に大阪の衛生局で冬芽と出会ってから、二十年と半年という月日が経っていた。発症してから二十年もの歳月を生きながらえる者は、百人に一人もいない。四十四歳になっていたが、まだ若い娘のように見えたという。

奇妙なことに、翌月の明月期になっても、所内に木像が投げこまれることはなかった。それまでのことが人智を超えた奇跡だったかのようにぴたりとやみ、もう二度とそんなことは起こらなかった。残月が不思議な力で愛する者の死を知ったのだと言う者もいれば、同じ新月の夜に、彼もまたどこかの山中で夜露《よつゆ》に濡れながら死んだのだと言う者もいた。どちらが正しかったかと言うなら、前者になる。昏冥から目を覚ました冬芽は、それが野生に育まれた月昂者の第六感だろうか、それとも死を見とどけた像たちからの知らせだろうか、いずれにせよ瑠香の死を知ったのだ。この世界にもう瑠香はいない。四年のあいだ瑠香を抱き、十六年のあいだ瑠香に木像を捧げつづけた。しかしもう瑠香はいない。この世界は空っぽになってしまった。喉首が捩《ね》じ切れるような慟哭《どうこく》が夜の山々に響きわたるのを聞いたと言う入所者もいる。

宇野冬芽はその後も十年ほどは生きつづけたと考えられている。実際、瑠香が死んだあとも岡山県の農家には長らく残月の木像が置かれつづけ、その姿を目にした者も少なからずいた。本来なら逃亡月昂者を見かけた者は衛生局に通報せねばならないが、二〇七〇年代ともなるとすでに党が国民に振るう統制力はかなり弱まっており、ほとんどの者が、冬芽が農作物を抱えて立ち去るのをただ遠くから眺めるだけになっていた。なかには声をかけて軒先に食事を出したりする者もおり、そんな家には、数日後かならず見事な木彫りの像が届けられた。夜更けの畑で冬芽としばらく話しこんだという男もいて、懐から小刀を取り出すと、台風で折れた庭先の枝を拾い、目の前で瞬く間に牡牛を彫りあげたそうだ。なんでそんなことができるのか尋ねると、俺は昔、侍やったんや、と答え、それが冗談にしか聞こえない真実を語るときの作法であるかのように静かに笑ったという。

仮に冬芽が瑠香よりも十年長く生きたとすれば、月昂者として三十年という歳月を過ごしたことになり、千人に一人とも言われるたぐい稀な幸運児だったと言える。冬芽の木像を知る者の多くは、晩年の鋭利な彫り目に孤独の翳りを見ると言うが、しかし湛えられた頬笑みの穏やかさは終生変わらなかった。

二〇八四年の七月、藤村哲郎《ふじむらてつろう》というアマチュア洞窟《どうくつ》探検家が、岡山県霧野町内の山深い急峻《きゅうしゅん》な斜面で小さな洞窟を発見した。石灰岩質の岩場にあいた洞口《ほらぐち》は狭かったが、そこを抜けると、すぐに天井高七メートル、ひろさ三〇平方メートルはあろうかという、ほぼ円形の空間がひろがっていた。そしてそこで唖然とするほかない光景に出くわした。藤村を驚かせたのは、天井や壁をおおう鍾乳石《しょうにゅうせき》や地面に立ちならぶ石筍《せきじゅん》などではない。洞窟の壁という壁に廃材を利用したと思われる棚が設えられ、そこに夥しい木彫りの像がびっしりと並んでいたのだ。仏像や人間の像もあったが、多くは鳥や獣、魚や虫という自然を模したもので、ざっと見ただけでも数千体ではきかなかった。そのときの映像が藤村によってネット上にあげられると、どうしたわけか数日後に文化育成局によって削除された。しかし動画はすでに情報の大海に拡散してしまっており、怪しげな話に目がない連中のあいだでひとしきり話題になったようだ。現在では、その三十二分ほどの映像は『残月洞《ざんげつどう》——二十一世紀の円空！　驚異の木像曼陀羅《まんだら》！』などのタイトルで自由に視聴することができ、再生回数は三百万回を超え、世界じゅうから数多くの驚嘆のコメントがよせられている。

藤村の映像がアップされたあと、すぐさまその洞窟に救特の調査が入り、木像は大小合わせて二万八千七百六十三体を数えたとされている。生涯で十二万体を彫ったとされる円空とは較ぶべくもないが、冬芽が岡山にたどりついてから仮に二十五年間を生きたとすると、単純計算で一日あたり三体は彫らねばならない。不可能ではないにしても、食料調達に要する時間や、昏冥を含む暗月期の活動低下も考慮に入れれば、やはり驚異的な作品数と言えよう。一つの孤独な魂が、来る夜も来る夜も小刀と木材を手に暗がりで静かに燃えつづけるさまは、狂気と紙一重である。残念ながら、その残月洞は現在、一般人の立入が禁じられ、入口が鉄扉《てつび》によって封鎖されている。というのも、そもそもその洞窟のある山林は私有地だったが、その所有者は日村隼雄の長男になっているのだ。洞窟が発見されたあと、日村がすぐさまその一二ヘクタールにも及ぶ山林を元の地権者から買いとったのである。実際、日村は晩年、老体に鞭打って山深きその洞窟を何度か訪れており、日記にもそのことを書き残している。

〝驚くべき光景である。まるでUTの脳味噌のひだに分け入ったような……。われらが下條拓は、より多くの人間の記憶に刻みこまれることで永遠の存在となることを望んだが、UTもまた、別の方法でもって永遠となることを求めたに違いない。その方法はまさに対極にある。UTはきっと、この洞窟が永久に発見されなかったとしても、気に病むことはなかったろう。自己の彼方に真実を見る者に、幸いあれ……〟

ところで藤村がその洞窟で発見したものは、木彫りの像だけではなかった。空間のほぼ中央にテーブルのように平らに盛りあがった部分があり、その上に蒲団のようなものが敷かれ、そこに男の亡骸《なきがら》が一体、横たわっていたのだ。編集により映像が一部ぼかされているが、黒っぽい人間の死体らしきものが胎児のような格好で、何かを抱きかかえるように横たわっているのが、はっきりと見てとれる。おそらく暗色系の衣服を着ているのだと思われるが、顔や手といった肌が露出した部分も、白骨化と言うよりはむしろ黒ずんで見える。洞窟のなかが自然にミイラができるほど乾燥していたとは考えにくいが、おそらく部分的には肌や肉が残り、ミイラ化していたのだろう。

「うわっ、何これ！　すげえもん見つけた！」と藤村は興奮を抑えきれず、ところどころで声を裏返らせながら実況している。「なんかくせえと思ったら死体だ！　ていうかミイラだ、ミイラ！　いったいいつのミイラ？　でも服とか見ると、わりと最近ですね。現代ですね。これは男です、男……。けっこう大柄で髭を生やしてます。昔はよく山のなかで月昂者の死体が見つかったって聞きますから、もしかしたらこの人も月昂者かも……。見てください。まわりじゅう木彫りの像だらけですけど、このミイラも像を抱きかかえて死んでます。見たところ、女の人の像みたいですね。髪の長い女の人……。高さ三〇センチぐらいです。このミイラの人が彫ったんでしょうかね。全部全部この人が彫ったんでしょうかね。それとも、大昔に誰かが彫ってこの洞窟に収めたのを、この人が発見して、ここに住むようになったんですかね。どうでしょうかね。でも待ってください。ここに刃物がありますよ。もう完全に錆びさびですけど、小刀みたいなのが何本も転がってます。砥石みたいなのもありますね。ということは、やっぱりこの人が彫ったんですかね。きっとそうなんでしょうね」

藤村は死体のそばをはなれると、壁ぎわの棚にぎっしりと並ぶ像のほうへ近づいてゆく。そしていくつか手に取り、眺めては元にもどす。

「全部おんなじこと書いてますね。これ、なんて読むんでしょう。ルカですかね。たぶん女の人の名前ですね。〝瑠香ニ捧グ　残月〟……。この〝残月〟ってのが彫った人の名前なんでしょうね。あそこのミイラの人の芸名っていうか、ペンネームっていうか……。いまいいこと思いつきましたよ。この洞窟の名前、残月洞にしよう。それ以外にないでしょう、残月洞……。僕が最初に発見したわけじゃないけど、名前は僕がつけてもいいんじゃないですか？　それにしても、この瑠香ってのは誰なんでしょうね。奥さんか、恋人か、そんなんですかね。とにかく大事な人だったってことはたしかでしょうね。これだけのもんを全部捧げるわけですから。そういえばあのミイラ、女の人の像を抱いてましたね。ひょっとしたら、あれが瑠香なんですかね。そうかもしれませんね。それにしてもすごい数ですよ。これだけ彫るのにいったい何年かかるんでしょうね。すごい執念ですよ。しかも同じものは二つとないんじゃないですか？　まあ手彫りですから当たり前っちゃ当たり前ですけど、もうありとあらゆる生き物がいますよ。人間、猿、猪、哺乳類はもちろん、鳥、爬虫類、魚、両生類、虫……ああ、そうか！　そういうことか！　ここは一つの世界なんだ！　この残月って人は、世界をまるごと一つ彫ったんだ！　瑠香って人のために世界をまるごと一つ創造したんだ！　そういうことか！　そういうことなのかな？　なんかわかんないけど、この洞窟を見てたらそんな気がした。うん、そんな気がした……」

二十三

骨だ、と思った。鮮烈な既視感が冬芽の意識に矢のように突き立った。あれは検査機の一部なんかじゃない。獣の骨だ。俺は今、巨大な獣の骨格の中にいて、太々と伸びる立派な背骨を見あげているのだ。いつだったか、ずいぶんと昔になるが、こんな夢を見た憶えがあった。だから知っているのだ。あれは月鯨だ。俺は今、打ち捨てられた月鯨の骨の中に仰向けに横たわっているのだ。

そうか。ここはあそこなのか。瞬く間に、脳裏に荒涼たる白い砂漠が涯もなく広がった。これはあの時の夢だ。二〇五一年の十二月、最後の闘技会の夜、決勝戦で脇坂に敗れた時に見た、そして奥多摩の森の中に生き埋めにされた時に見た、あの不可思議な夢だ。しかし前とは何かが違っていた。いまだ晴れきらぬ頭を揺さぶり、古い記憶に分厚く積もった埃《ほこり》を払おうとする。そうだ。風だ。あの時はびゅうびゅうと鳴る乾いた熱風が、白砂を巻きあげながら月鯨のあばら骨のあいだを吹きぬけていた。それがどうだろう。風音が聞こえるには聞こえるが、一面の野原を撫でてゆくような優しい涼しげな音だ。いや、風音だけじゃない。鳥の声がする。あっちからもこっちからも色とりどりの鳥のさえずりが聞こえてくる。命という命を炙り殺す月の砂漠にどうして鳥がいるんだ？　それとも鯨乗りたちと同様、鳥たちもまた月を巡る永遠の旅人なのだろうか？

そこでようやく気づいた。肋骨という肋骨に細い蔓《つる》のようなものが巻きつき、生きいきとした葉を存分に繁らせ、透けてくる陽射しを緑に染めている。はたと身を起こすと、息をするのも忘れてあばら越しに辺りを見まわす。唖然とした。肋骨の隙間から垣間見えるのは、灼熱の太陽が統《す》べる剝き出しの宇宙ではないし、下界に広がるのも、茫漠たる白砂の砂漠ではない。月鯨の亡骸のまわりでは、数知れぬ樹々が幾重にも枝葉を張りめぐらせ、鬱蒼とした森のような光景を形づくっていた。そして木の間《こま》に覗く空は、なんと水を張ったように冴えざえと青いのだ。左の手の甲にくすぐったいような感触があった。手を持ちあげると、ゴミムシのような黒光りする昆虫が指先に昇ってゆき、翅《はね》を広げ、肋骨の隙間から森の中に飛びたっていった。右手で砂をつかみ、目の前に持ってくると、その中でつやつやとした小さなミミズが盛んにのたくっている。違うのか？　ここはあそこじゃないのか？

その時、一つの仄かな香りが鼻先を掠めた。記憶の底の暗がりで、翳ることなく慎ましい光を放ちつづけてきた匂い。浅葱色のような、萌葱色のような、ほろ苦くも涼しげな匂い。森の香りだ、と思った。いや、これは瑠香の香りだ。初めて瑠香を部屋に呼んだ時の古い記憶がまざまざと蘇り、一瞬、手を伸ばせば触れられる気がした。瑠香？　ここに瑠香がいるのか？　冬芽は咄《とっ》嗟《さ》に膝立ちになり、肋骨を牢獄の鉄格子のようにつかみ、目を凝らして森に視線を走らせる。樹皮に青々と苔《こけ》をまとった杉と思しき巨樹が二本、枝を絡みあわせんばかりに立っており、そのあいだを人影がよぎった気がした。瑠香か？　いや、鹿だ。赤茶色の背に白い斑点のある大きな牝《め》鹿《じか》が、堂々たる幹の陰から悠然と姿を現した。長い首をぴんと立て、どこか気高いような面持ちでこちらを見ている。鯨骨《げいこつ》の中の薄暗がりにひそむ人間の存在に気づいているのだ。こちらに害心がないと分かったのだろう、またゆったりと歩きだし、白い尻をこちらに向けて森の奥へと消えていった。

冬芽は立ちあがると、鯨骨の尾のほうに向かい、肋骨の途切れたところから不意に檻の戸を開けられた獣のように恐るおそる外界に踏み出した。そして半ば藪に埋もれた骨のまわりをしばし歩きまわり、確かにそれが全長一五メートルはあるであろう鯨の骨であることを見てとった。しかしこれは本当に月鯨なのだろうか。いったい白砂の砂漠はどこへ消えたのだろう。暗黒の空と剝き出しの太陽はどこへ行ったのだろう。もしこの月世界がこんな森に覆われてしまったのだとしたら、あの月鯨の群れはいったいどこを泳いでいるのだろう。

冬芽は森の中を歩きだした。どちらへ向かったらいいかまるで分からず、小枝を拾って放り投げ、指し示されたほうに足を向けた。渡月者と月鯨を追いたてていた強烈な陽射しは、豊かな枝葉に濾《こ》され、穏やかな木漏れ日となって森の底に光を躍らせていた。吹きわたる風が森を波打たせるように樹々をざわめかせ、あちらこちらで様々な鳥が競うように鳴きかわしていた。キツツキが樹を打ち鳴らすような軽快な音も聞こえ、押しよせるような蟬の声も時折満ちては引いていった。リスが転がるように梢《こずえ》を渡り、猪の親子づれがこちらを睨みつけながら行く手を横切っていった。樹種もまた多様で、杉や椎《しい》、樫《かし》や水楢《みずなら》、栂《つが》や樅《もみ》……絵に描いたような豊かな森だ。いつの間にか鼻が匂いに慣れてしまったらしく、もう瑠香の香りを嗅ぎとることは出来なくなっていた。しかしふと妙な考えが兆した。もしかしたら、この森は瑠香がこの世界に持ちこんだものではないだろうか。俺が剣闘士の像をあの谷に持ちこんだように、森の香りをまとった瑠香にもそんな力があるんじゃないだろうか……。

ふさふさと柔らかに積もる落ち葉を踏みしめ、朽ちゆく倒木を跨《また》ぎ、苔生《こけむ》す岩を乗りこえ、小一時間ほども歩いただろうか、突如として森の終わりが見えてきて、冬芽ははっとした。樹々の合間が、光に呑まれてゆくように白々と輝きだしたのだ。あれはもしや砂漠じゃないだろうか。道すがら、藪に呑まれて崩れゆく何体もの鯨骨に出くわした。ひょっとしたら月鯨はもう滅びたのではないかと案じはじめていたのだが、砂漠が残っているならば、月鯨もきっと生きながらえているだろう。俄に気が逸り、歩みを速めた。砂漠が近づくにつれて、思わぬ錯覚が起こってきた。砂丘のうねる月の砂漠が、ゆるやかに凍りついた涯なき白波のように見えてきたのだ。この森林が緑の大陸あるいは島であるならば、砂漠は白い大海原《おおうなばら》、そして冬芽は今、二つの世界がせめぎあう海岸線に辿りつこうとしていた。

ひと足またひと足と、ほとんど小走りになりながらとうとう月の砂漠に走り出た。視界が一気にひらけ、浴びるように茫洋たる砂漠と向きあった。しばし言葉もなく立ちつくし、無辺の白い世界にあてもなく心を浮かべた。やっと来たかと差し招く砂漠のようでもあり、よそよそしい横顔を見せる砂漠のようでもあった。白く枯れた鯨骨や岩が点在しているのは同じだが、左手の砂丘の向こうには樹々の頭が青々と覗いているし、右手にはこんもりとした墳墓《ふんぼ》のような樹林がいくつもうずくまっている。きっとこの月世界のそこかしこに森が生まれつつあるのだろう。しかし何より違うのが空だ。暗幕で天球を覆ったようだった空が、今や清冽《せいれつ》なばかりに青く澄みわたり、彼方には初々しいような薄雲がたなびいている。そしてこの陽射しのなんたる穏やかさよ。じりじりと肌を焼いてきた太陽は、今や優しく大きく身を広げ、万物を分けへだてなく抱擁《ほうよう》する。記憶の中の砂漠に落ちる影は、どれも煮つまったように重たく暗かったが、今、足下から伸びる影は軽くしなやかで、あるじである人間に颯爽とつきしたがう術を学んだかのようだ。どうやらこの新たなる月世界は、荒ぶる太陽との和解をなしとげたようである。

となると、月鯨と旅人たちは今頃どこでどうしているのだろう。しかし次の瞬間、冬芽は思わず息を呑んだ。目の前の巨大な砂丘の頂《いただき》に、ひと塊の砂塵が狼煙《のろし》のように高々とあがり、風に散ってゆくのが見えたのだ。なんと、さっそく一頭の月鯨が現れたのである。一散に斜面をくだってくるところを見ると、どうやらこちらの姿を認め、ここまで下りてくるつもりらしい。きっと新たな渡月者の匂いを嗅ぎつけたのだろう。もしやモトカの駆るマヒナだろうか、と手びさしをつくって瞳を凝らしたが、まだその姿は遠く、正体を定めがたい。ふと、剣闘士の谷での混乱に満ちた別れが思い出された。自らの石像に触れて帰還の扉がひらいたあと、砂中に引きずりこまれる冬芽に、モトカは叫んだのだ。でもまた、いつか……と。今がその、いつか、なのだろうか。

月鯨は砂丘の斜面をもどかしげに小刻みに蛇行しながら下りてくる。時折、鼻孔からこれ見よがしに砂塵を噴きあげ、尾鰭や胸鰭も激しく砂面《さめん》を打って白砂を撒き散らすさまは、どこか跳ねながら駆けよってくる無邪気な子犬を思わせる。近づくにつれて、どうもマヒナではない気がしてきた。マヒナよりやや小ぶりで、傷や固着物の少ないなめらかな肌の具合を見ると、もっと若い鯨のようだ。背負った小屋も全体が目の覚めるような純白に塗られており、マヒナのものと異なっている。御者席に緑の布を頭に巻いた人影が見えるが、あれはいったい何者だろう。なぜ一心にこちらを目指すのだろう。俺を知っているのか？

その時、またもや鼻先をひとつまみほどのあの匂いが撫でていった。森の香りだ。あるかなきかの微かな香りだが、脳髄のひとひだひとひだに染みわたり、積年の懊悩の垢《あか》を洗い浄めてゆくようだ。冬芽は月鯨が目の前に辿りつくのを待った。待っているはずが、いつの間にか砂漠を一手に受けとめるように腕をゆっくり大きく広げ、足のほうも一歩二歩と勝手に歩きだしていた。

御者席にいたのは女だった。女は若草色の布をかぶり、薄茶色の衣服に身を包み、腰にはやはり骨笛を差していた。月鯨は砂丘の麓からまっすぐこちらに近づいてきたが、冬芽の目の前で左に旋回すると、最後にひときわ高く砂煙を噴きあげ、とうとう泳ぎを止めた。冬芽の足下の砂面が最後にぐねりと一つ波打つのが感じられ、舞いあがった砂が音を立てて頭や肩を打った。初めて出会ったはずの月鯨の目が、あんたのことならほくろの数まで承知していると言わんばかりに、にんまりと笑ったように見えた。

旅の女は慣れたふうに柱をつかんで御者席から身を乗り出し、日陰で咲くような微笑を浮かべ、目を眩しげに細めて冬芽を見おろしてきた。女は最後の夜に会った時そのままの若く美しい姿だった。それに較べて俺はどうだろう。すっかり歳をくい、長きにわたった獣のような暮らしの中で骨の髄までくたびれてしまった。そう思いながら、冬芽は老いて毛深くなり、爪の硬く黄ばんだ自らの手に目を落とした。が、それは見飽きた醜い手ではなかった。太刀を握って戦いに明け暮れていた頃の、女を抱いては喜びに打ち震えていた頃の、艶つやと輝かんばかりの手だった。革サンダルを履いた足も、袖から覗く腕も、これから始まる新たな生を前に、かつての精気を蘇らせ、清々しく脈打ちはじめていた。

顔を上げると、頬笑みに細められた眼差しが冬芽を包んでいた。冬芽は月鯨に歩みより、夢の底を踏み抜いてしまわないかと案ずるように一歩一歩その背を登っていった。そして怖ずおずと女に手を伸ばし、その腕に触れた。指の一本一本が女の二の腕に柔らかく沈み、温もりが掌に広がる。女の目を深々と覗きこんだ。初めて衛生局の一時保護施設で出会った時、女は穴の底から見あげてくるような薄暗いがらんどうの目をしていた。それが今はどうだろう。瞳は喜びに潤み、白砂の輝きを映して翳りなく煌めいていた。冬芽はずっとこの瞳を、この輝きを、追いもとめていたのだ。そのためなら命だってくれてやろうと戦いつづけたのだ。

女の名前を呼ぶのが恐ろしい気がした。呼んだ途端、女がこの世界と共に砕け散ってしまいそうで。しかしその名前のほうがやがてひとりでに冬芽の喉を駆けあがり、舌先に躍り出て、声となった。

「瑠香……」と。

「待った?」と瑠香が言った。そのひと声のみずみずしさが冬芽の鼓膜をくすぐり、波紋を描きながら全世界に広がってゆくようだった。

「いいや。瑠香は?」冬芽の声もまた若々しく清らかだった。

「ううん……」と瑠香もかぶりを振った。「冬芽はずっと前からここに来とったよ。ほら……」

瑠香が空を指さすと、背後に広がる森から飛びたったのだろう、数十羽の鳩が群れをなして頭上を越えていった。

「ああ、そうか……」と冬芽は声を漏らした。四半世紀にわたって彫りつづけた夥しい木像の数々が、脳裏にひしめきつつ広がった。その中にはもちろん鳩もいただろう。鹿もいただろう。猪もいただろう。リスもいただろう。「全部、届いてたんか」

「届いとったよ。全部全部届いとったよ」と答えながら瑠香は冬芽の手を取り、御者席の中にいざなった。「ほら、行こう。丘の向こうでみんなが待ってる」

「みんなって?」

「みんなって言ったらみんな……」と瑠香が御者席から左手を伸ばし、辺りをひと抱えにするように悠然と宙に滑らせる。「ここは全部、あたしたちの世界やから……」

月鯨が再び背をうねらせながら泳ぎだし、今下りてきた砂丘をつづら折りに登りはじめた。砂まじりの青白いような風が二人の頬を撫でながら吹きぬけてゆく。瑠香が御者席に着き、冬芽はその隣に座った。初めて瑠香を部屋に呼んだ時のことを思い出さずにはいられなかった。冬芽のベッドに二人で腰を下ろしたが、拳三つ分ほどあいだがあいており、その僅《わず》かな距離に、どう転ぶとも知れない息づまる沈黙が立ちはだかったのだ。今もまた二人のあいだに沈黙があったが、あの時の沈黙とは違い、むしろ無言の抱擁のようだった。冬芽は瑠香に体を寄せ、左手で瑠香の右手を握りしめると、その横顔を見つめ、おどけたように鼻を鳴らし、

「いい匂いがする」と言った。

瑠香は笑みをこらえる面持ちで冬芽のほうを見やり、

「どんな匂い?」と聞く。

冬芽は右手で瑠香のかぶった若草色の布を払いのけ、鼻先をこすりつけながら瑠香の頬の香りを嗅ぐ。

「なんか懐かしい匂い……。ずっと探しとった匂いがする」

首すじに冬芽の鼻が触れると、瑠香はくすぐったさにたまらず身をくねらせ、けたけたと笑い声を上げた。冬芽も笑った。そしてそれが月鯨の笑い方なのだろうか、二人を運ぶ若い鯨がこれ

でもかと言わんばかりに盛大に砂塵を噴きあげ、御者席の屋根をざらざらと掻き鳴らし、二人をさらに笑わせた。自分たちの笑い声を聞きながら、瑠香をきつく抱きよせながら、瑠香の頬に鼻をすりつけながら、冬芽は、瑠香が笑っている、と思った。瑠香はきっとあすも笑うだろう。あさってても笑うだろう。終わりなき旅を続けながら来る日も来る日も笑うだろう。

しかし冬芽の心の奥底で、仄暗い眼差しが膝を抱えて座りこみ、こちらを見つめていた。これは夢だ。もう戻ることのない月昂者が見る最期の夢だ。俺の老いはてた体は、洞窟の底に襤褸《ぼろ》切れのように横たわり、瑠香の像にしがみついたまま、夜のようにゆっくりと冷えてゆくのだ。しかし五十年後、あるいは百年後、あるいは千年後、何者かが洞窟を発見し、無数の木像に見守られつつ抱きあい常《とこ》しえに眠る俺たちの姿を見出すだろう。それとも俺は、俺たちは、永遠に誰の目にも留まることなく、誰にどんな物語を語ることもなく、時の彼方の懐でただ二人、ひっそりと見つめあい、いだきあい、共に残月の頬笑みを湛え、眠りつづけるのだろうか。

冬芽は二度と放すまいといよいよ瑠香をきつく掻きいだくと、その耳元に貪るように唇を這わせ、今こそ繰りかえし繰りかえし囁きかける。

「瑠香……瑠香……愛してる。ずっと愛してる。世界が終わってもずっと……」と。

初出　「小説推理」
「そして月がふりかえる」二〇一六年二月号
「月景石」二〇一七年七、八月号
「残月記」二〇一九年四～七月号

小田雅久仁●おだ まさくに

1974年宮城県生まれ。関西大学法学部政治学科卒業。2009年『増大派に告ぐ』で第21回日本ファンタジーノベル大賞を受賞し、作家デビュー。13年『本にだって雄と雌があります』で第3回Twitter文学賞国内編で第1位。22年、本書『残月記』で本屋大賞ノミネート、第43回吉川英治文学新人賞受賞、翌年に第43回日本SF大賞を受賞。

残月記《ざんげつき》

2021年11月21日　第1刷発行
2023年 3月14日　第5刷発行

著　者―― 小田雅久仁

発行者―― 箕浦克史

発行所―― 株式会社双葉社
東京都新宿区東五軒町3-28　郵便番号162-8540
電話03(5261)4818〔営業部〕
03(5261)4831〔編集部〕
http://www.futabasha.co.jp/
(双葉社の書籍・コミック・ムックが買えます)

DTP製版―株式会社ビーワークス

印刷所―― 大日本印刷株式会社

製本所―― 株式会社若林製本工場

カバー印刷―― 株式会社大熊整美堂

ISBN978-4-575-24464-9 C0093